光文社古典新訳文庫

未成年3

ドストエフスキー

亀山郁夫訳

kobunsha classics

光文社

Title : ПОДРОСТОК
1875
Author : Ф.М.Достоевский

目次

未成年 3

第三部

第一章

1

　こんどは、まったくべつの話だ。

「べつの話」「べつの話」といつも宣言しておきながら、じぶんのことばかり書きつづけている。そのくせ、ぼくはこれまでにも何度となく、じぶんのことを書く気などぜったいにないと公言してきたのだ。それに、この手記を書きはじめるにあたって、断固、じぶんのことは書くまいと考えていた。読者が少しもぼくを必要としていないことは、わかりすぎるほどわかっている。ぼくはじぶんのことではなく、他人のことを書いているし、書きたいと思っているが、それでもたえずじぶんが出てくる。とすると、これはもう悲しい過ちというしかない。というのは、ぼくがたとえどんなに望んだところで、どうしてもそれを避けることができないからだ。ぼくが何よりもいまいましく感じているのは、これほど熱をこめて身辺の出来事を書きながら、それによって、ぼくがいまもってあのころと同じ人間であると思わせる根拠を与えてしまうことだ。もっとも読者は、ぼくがもう何度となくこう嘆いていたことを記憶しておられるだろう。『ああ、これまでの生活を一変させ、完全に一から出直すことができたら！』と。もしもいま、じぶんがラディカルに変身し、まるきりべつの人間になっていなかったら、こんなふうに慨嘆することもなかったはずなのだ。それはあまりにわかりきったことだ。そして相手がだれであれ、この手記の真ん中にまでたえずさしはさまざるをえないこういうお詫びの言葉や断り書きに、じぶん自身どんなに嫌気がさしているか、皆さんに少しでも想像していただけたら、と思う！

本題に入ろう。

当時、ぼくは九日間におよぶ昏睡状態から目覚めて一人の人間として復活はしたものの、改心までしたわけではなかった。もっとも、ぼくのこの復活とやらも、広い意味で理解すればむろんばからしいことで、これがもし現在であれば、これとは多少違ったものになっていたかもしれない。理想、つまり感情は、またしても、彼らの前からすっかり姿を消してしまうことにあった（これまでなんども書いてきたことだ）、そしてそれも、ぼくがこれまで何度となく同じ宿題を課しながら、それでもやはり実行できなかった以前のようにではなく、もう是が非でも立ち去ろうと決心したのだ。これまでいろんな人から辱《はずかし》めを受けてきたが、だれにたいしても復讐する気にはなれなかった――その点は誓って言える。ぼくは、嫌悪も呪詛もなしで姿を消そうとしていたが、ぼくはじぶんの力を持ちたかったのだ。もはやこの世界のだれにも依存することのない、ほんものの力を。ぼくはもう、この世のすべての人たちと和解しようという気になりかかっていた！　ぼくは当時のこの夢を、一個の思想としてではなく、当時の否定しがたい感覚として書きとめている。病床に臥《ふ》しているあいだ、ぼくはまだその感覚にかたちを与えたくなかった。病人として、弱りはて、彼らがぼくのためにあてがってくれたヴェルシーロフの部屋に横になりながら、じぶんがどれほど情けない無力のレベルにあるかを痛感していた。ベッドに転がっていたのは、人間ではなく、むしろ一本の藁みたいなものだった。それもたんに病のせいばかりではない――それがぼくにとってどれほど屈辱的だったか！　するとまさに、ぼくという存在のもっとも奥深いところから、ありったけの力でプロテストの思いが湧きおこってきて、ぼくは、かぎりなく肥大化した傲慢と挑戦の感情のようなもので息がつまりそうになるのだった。これまでの全人生をとおして、当時の回復期の最初の日々、つまりベッドの上に一本の藁のように寝ころがっていたあの日々ほど、傲り高ぶった気持ちに充たされた時期は記憶にない。

しかしぼくはさしあたり沈黙をまもり、何も考えまいとまで決心した！　ぼくはたえず彼らの顔色をうかがい、ぼくに必要なことをすべてそこに読みとろうとつとめた。彼らもまた、しつこく尋ねたり、興味を示したりするのを望んでいないことは明らかで、ぼくと話すことといえばまるでよそごとばかりだった。ぼくにはそれがありがたかったが、同時にがっかりもさせられた。この矛盾について説明することはしない。リーザとは、母以上に顔を合わせなくなっていた。そのじつ彼女は毎日、それも二度ずつ、ぼくの部屋に顔を見せていたのだ。彼らのやりとりの断片や全体の様子から、ぼくはこう結論づけた。リーザはいろんな心配が恐ろしく重なりあって、じぶんの用事でひんぱんに家を空けているのだ、と。「じぶんの用事があるらしい」という考えのうちにすでに、ぼくにとってはある屈辱的なものが含まれていたらしい。もっとも、そうしたことはどれも、今さらここに記す価値もない、病的で、純粋に生理的な感覚にすぎなかった。タチヤーナおばも、ほとんど毎日のようにやって来た。ぼくに優しく接するというのではまったくなかったが、少なくとも以前のようにがみがみ言うことはなかった。それが極端にぼくをいまいましい気持ちにさせたので、ぼくは率直にこう言ってやった。『ねえ、タチヤーナさん、がみがみ言わないときのあなたって、ものすごく退屈ですね』。すると彼女は、『そうかしら、それならもうここに用はないわね』と吐きすてるように言って帰ってしまった。ひとりでも追いはらえたことが、ぼくは愉快でならなかった。

ほかのだれはさしおき、ぼくがいちばん苦しめていたのはママで、ママにはいつもいらだちを覚えていた。おそろしいくらい食欲が出てきて、食事の出が遅いなどとぶつぶつ不平をもらしてばかりいた（といって、食事が出るのが遅れたことはいちどもなかったのだ）。どうすればぼくの機嫌がとれるか、ママにはわからなかった。あるときママはスープを運んできて、いつものようにじぶんの手でぼくにスープを飲ませたが、食べているあいだ、ぼくはずっとぶつぶつ言いつづけていた。そのうちふと、そうして不平をこぼしているじぶんがいまいましくなってきた。《もしかしてぼくが愛しているのはママだけかもしれないのに、そんなママを苦しめている》。にもかかわらず、ぼくの憤懣はおさまらなかった。そこでかんしゃくを起こしたぼくが急に泣きだすと、ママはかわいそうに、てっきりぼくが感激して泣きだしたものと思い、ぼくのうえに屈みこんでキスをしはじめた。ぼくは心を鬼にしてなんとかそれを耐えたが、その瞬間、ぼくは心からママを憎んでいた。しかしぼくはいつもママを愛していたし、そのときだってママを愛していた。けっして憎んだりはしていなかった。よくある話だが、だれかを愛すれば愛するほど、まっさきにその人をいじめてやりたくなるものなのだ。

はじめの何日か、ぼくが憎んだのは、医師ひとりだった。その医師はまだ若い、不遜な面がまえをした男で、口のきき方もつっけんどんで、無礼ともいえる態度をとっていた。えてして学問畑の連中というのは、つい昨日ある特別な発見をしたばかり、といった顔をしたがるものだが、そのくせ昨日は一日、何ひとつ特別なことは起こっていない。ところが、『中クラス』や『凡庸な連中』にかぎって、つねにそうなのだ。ぼくはしばらくがまんしていたが、ついにとつぜん怒りを爆発させ、家族全員がそろっている目の前ではっきり言ってのけた。そうやってたらたら往診に来てもしょせん無意味で、あなたの助けなどまるきりなくてもぼくは回復できる、あなたは、いかにもリアリストを気どっているけれど、そのじつまるきり偏見のかたまりだ、医学がこれまでだれひとり治療できたためしがないことを理解していない、と。しまいには、あなたはどうみてもろくな教養もないばかりか、『近ごろやけに偉ぶっている、わが国の技師どもや専門家どもとまったく変わらない』と。医師はひどく立腹したが（そのことひとつで彼はそうした中クラスの人間であることを証明した）、それでも、やはり続けて往診にやってきた。ぼくはとうとうヴェルシーロフに向かって、その医師が往診をやめないなら、この前の十倍も不快な話をやつにぶつけてやると言い放った。それを聞いてヴェルシーロフは、前回口にしたことより二倍不快なことを言えといってもむずかしいだろう、十倍などとんでもない、と口にしただけだった。彼がそう注釈をつけてくれたことが、ぼくはうれしかった。

それにしても、なんて妙な男だろう！　ぼくが言っているのは、ヴェルシーロフのことだ。彼が、彼ひとりが、すべての原因だった。それがどうだ？　そのときぼくが恨みに思わなかったのは、彼ひとりだったのだ。ぼくを喜ばせたのは、ぼくにたいする態度ばかりではない。ぼくたちはそのとき、たがいに打ちあけなければならないことが山ほどあって……だからこそ、何も口にしないのがいちばんとおたがいに感じあっていたのだと思う。人生のこうした局面で、賢い人間と出会えるというのは、とても気持ちのいいものだ！　ぼくはすでにこの話の第二部で、逮捕された公爵がぼくに宛てた手紙のこと、ゼルシチコフのこと、ぼくに有利になる彼の釈明等々、ヴェルシーロフがじつに簡潔かつ明瞭に伝えてくれたことを先回りして述べておいた。ぼくは内心、沈黙を守ると腹を決めていたので、きわめてそっけなく、二つ三つごく短い質問をしただけだった。彼はそれにたいして、明瞭かつ正確に答えてくれたが、よけいな言葉はいっさいなく、何よりもよいことに余分な感情をいっさいまじえなかった。そのときのぼくは、その余計な感情というやつを怖れていたのだ。

ランベルトについては何も話さないでいるが、読者はむろん、ぼくが彼について考えすぎるほど考えていたことを察していたと思う。熱に浮かされているあいだ、ぼくはランベルトのことをなんどか口走った。けれど、熱もさがって正気にもどり、つらつらと周囲の様子を眺めているうち、ぼくはランベルトについてはすべてが秘密に付されていて彼らは何も知らない、ヴェルシーロフも例外ではない、と見てとった。そこでぼくはほっとし、内心の恐怖は去ったが、驚くべきことにそれがぼくの思いちがいだったことをあとで知らされるにいたった。病いに臥しているあいだ、ランベルトはすでになんどか立ち寄っていたが、ヴェルシーロフはそのことをぼくには言わずにいたので、ランベルトにとってぼくという人間はもう忘却の彼方に沈んでしまったものと勝手に思い込んでいたのだ。にもかかわらず、ぼくはしょっちゅう彼のことを考えていた。そればかりか、嫌悪の念もなく、むしろ好奇心にかられ、おおいに気乗りすらしながら考えていた。まるで、じぶんのうちに芽ばえた新しい感情や計画に見合う何か新しいもの、出口となるものがそこにあると予感しているかのように。要するに、ぼくが何かを考えると心に決めたら、第一に、ランベルトのことから考えることにしたのだ。ここでひとつ奇妙な話を挟むことにする。つまりぼくは、彼がどこに住んでいるか、こうしたもろもろの出来事がどこの通りで起こったのか、きれいさっぱり忘れていたということだ。部屋にしろ、アルフォンシーヌにしろ、例の狆《ちん》にしろ、廊下にしろすべて残らず覚えていた。今でもそれらの絵を描けそうなくらいだ。ところがああした事件がはたしてどこで起こったのか、どこの通りのどの家で起こったのか、きれいさっぱり忘れていた。しかも何より奇妙なのは、そうしたことに頭が向いたのが意識が完全に回復してから三日目か四日目、つまりランベルトのことが気になりだしてからすでにだいぶ時が経っていたことだ。

というわけで、ぼくが復活して第一に感じたのは、まずはこんなことだった。ただぼくが取りあげたのはごく表面的なことで、肝心な部分には気がつかずにいたというのが、ひとまず正しい。事実、ことによるとまさしくあのとき、大事な部分はすべてぼくの心のなかで決せられ、かたちをなしていたのかもしれない。なにしろぼくが腹を立て、癇癪を起こしていたのは、たんにスープの出が遅かったせいばかりではないのだから。ああ、忘れもしない。あの頃とくに長時間ひとり残されたりすると、ぼくは時としてどんなに悲しい気持ちになり、気持ちがふさいだことか。もっとも家の者たちは、まるで図ったように、ぼくがあの人たちといっしょにいると気が重くなり、世話をすればかえって気が立つらしいと察して、しだいにぼくをひとりだけにすることが多くなった。気のまわしすぎというものだ。

2

意識を回復して四日目、午後の二時過ぎ、ぼくはベッドに横になっていた。そばにはだれもいなかった。明るく晴れわたった一日で、午後の三時をすぎて日が傾きはじめると、赤い夕日が部屋の壁の片隅に斜めからさしこみ、明るいスポットをなしてその場所を照らしだすのを知っていた。そのことを知ったのはここ数日のことで、それが一時間後に起こる、いや、何よりぼくが二二が四のようにそのことを前もって知っているという事実が、すさまじいまでに癪《しゃく》にさわるのだった。ぼくは発作的に寝がえりをうった、すると深い静寂のなかにふと、『主イエス・キリストよ、われらが神よ、われらを憐みたまえ』の一句がはっきりと聞こえてきた。その言葉はなかばささやくような声で発せられ、そのあと深く大きなため息がつづき、そしてまた完全に静まりかえった。ぼくはいそいで頭を上げた。

もう以前から、ということは前の晩から、といおうか、すでに一昨日から、一階にある三つの部屋で、何か特別なことが起こっているのに気づきはじめていた。以前、母とリーザが使っていた、客間をひとつ隔てた小さな部屋に、いまだれかべつの人が住んでいるらしい。すでにいちどならず、昼となく夜となくなにか物音らしきものを耳にしてきた。しかしそれはいつもごく短時間のことで、すぐにまた完全な静寂がもどり、しかもそれが何時間かつづくので、ぼくはとくに注意を向けずにいた。昨晩はヴェルシーロフが来ているのかもしれないという考えが頭をかすめた。それからまもなく彼がぼくの部屋に入ってきたので、なおさらそう考えた。もっとも、彼らの話のはしばしから、ぼくが病気で寝ているあいだ、ヴェルシーロフがどこかよその家に移り、そこに寝泊まりしていることははっきり承知していた。ママとリーザについて言うなら、ふたりがすでに上にある以前のぼくの『棺桶』に部屋を移していることは(ぼくを安静にしておくためだと思っていた)だいぶ前からわかっていて、《よくもまああんなところにふたりして寝られるものだ》と心ひそかに思ったくらいだ。そしていまふいに明らかになったのは、彼女たちがもといた部屋に住んでいるのはだれかよその人で、しかもその人というのが、全然ヴェルシーロフなんかではないということだった。ぼくは、予想もしなかった身軽さで(それまで、ぼくはまるきり体力をなくしていると想像していたのだ)ベッドからするりと両足を下ろし、スリッパをつっかけ、そばに置いてあったキッド革の灰色のガウンをはおると（ヴェルシーロフがぼくに恵んでくれたものだ）、客間を通りぬけてママのもとの寝室へ向かった。そして、そこで目にしたものにすっかり混乱してしまった。こういったことに出くわそうとは予想だにしていなかったので、ぼくは呆然とドア口に立ちつくしてしまったほどだ。そこには、おそろしく白く立派な顎ひげをたくわえた、白髪の老人が腰を下ろしていた。彼がもうだいぶ以前からそこにそうして座っていたことは明らかだった。腰をかけていたのはベッドの上ではなくママの小さな椅子で、背中だけベッドにもたせかけていた。もっとも、背筋をまっすぐに立てていたので、背中の支えなどはまるきりいらないように見受けられた。そうはいえ、彼が病身であることは一目でわかった。シャツの上から毛皮のコートをはおり、膝はママの肩掛けでおおい、両足はスリッパをつっかけていた。見たところ背丈はかなりあり、肩幅もひろく、病身にもかかわらずひどく元気そうにみえた。そうはいうものの、いくらか青ざめ、肉も削げ落ち、顔は面長で、髪はさして長くないながらびっしり生えていた。年は七十を過ぎている様子だった。傍らの、手が届くほどの近さにある小さなテーブルには、三、四冊の本と、銀ぶちのメガネが置いてあった。この人と顔を合わせることになろうなど夢にも思っていなかったが、その瞬間、ぼくは彼がだれであるかをすぐに察知した。ただ、それでも合点がいかなかった。この数日、ほとんど隣りあわせで過ごしながら、彼はどのようにして、ぼくの耳に何ひとつ聞きとれないくらいひっそりと過ごすことができたのか。

ぼくの顔を見ても、彼は身じろぎひとつせず、だまってじっとこちらを見つめていた。ぼくも同様に彼を見返していたが、違いはといえば、こちらがはかりしれぬ驚きの思いで見つめていたのにたいし、彼にはいささかの驚きもなかったことだ。それどころか、わずかこの五秒ないし十秒の沈黙のあいだに、このぼくを隅々まで見抜いたとでもいわんばかりに急に笑みをもらし、それから小声でそっと笑いだした。笑いはすぐに静まったが、その顔には明るく陽気ななごりが、おもにその目もとに漂っていた。その目はとても青い、きらきら光る大きな目だったが、寄る年波に勝てず瞼《まぶた》はむくみ、重く垂れて、無数の小じわに囲まれていた。何よりもまずぼくの心にひびいたのがその笑い方だった。

ぼくはこう考えている。人が笑うとたいていの場合、見ていていやになってくる。人の笑い顔には、何かしら俗悪なもの、笑っている当人を貶《おとし》めるような何かが露わになるからだ。といって当人は、その笑いが引きおこす印象についてほとんどの場合何も知らずにいる。これは、総じてだれもがわかっていることだが、眠っているときのじぶんがどんな顔をしているのか知らないのと、まったく同じ理屈だ。眠っているときも利口そうな顔をしている人もいれば、利口な人でも、眠っているときはひどく間のぬけた、それゆえ滑稽な顔になる人もいる。どうしてそういうことになるのか、ぼくにはわからない。ぼくが言いたいのはただ、笑っている人間は眠っている人間と同様、その大半がじぶんの顔について何も知らないということだ。ひじょうに多くの人間が、笑い方というものをまるで心得ていない。もっともこれは、心得ているとか、いないとかの問題ではない。笑い方というのは、言ってみれば、天からの授かりものなので、じぶんでこしらえて何とかなるといった代物ではない。それを作りあげるには、じぶんを鍛えなおしてよりよい方向へと向かわせ、じぶんの性格のよくない本能を克服するしかない。そうすれば、そうした人間の笑い方も十中八九、よりよい方向へと変わることができる。人によっては、笑いでもってじぶんの正体をさらけ出し、たちまち裏の裏まで見透かされてしまう。文句なしに知的そうな笑いでも、どうかすると嫌らしいものになる。笑いが第一にもとめるのは真摯さだが、はたして人間のどこに真摯さがあるというのか？　笑いがもとめるのは悪意のなさだが、人々が笑うのはまず第一に悪意からだ。真摯で悪意のない笑い、それが陽気さというものだが、現代に生きる人々のどこに陽気さがあるというのか、人々は陽気になれるすべを心得ているのだろうか？（現代における陽気さうんぬんは、ヴェルシーロフの説で、ぼくはそれをよく記憶していた）。人間の陽気さというのは、人間をまるごと際だたせる最大の特徴だ。ある人の性格が長いことつかめなくても、その人が何かの拍子に心から大笑いすれば、その人の性格のすべてはただちに、まるで手にとるようにわかってしまう。もっとも高度な、もっとも幸福な成長をとげた人だけが心おきなく、ということは、文句なしに気持ちよくはしゃぐことができる。ぼくが言っているのは、その人の知的な成長のことではなく、性格のこと、その人となりだ。とどのつまり、もしもだれか人を観察し、その胸の内を知りたいと思ったなら、彼が沈黙している様子とか、しゃべっている様子とか、泣いている様子とか、あるいは彼が、このうえなく高邁な理想に心を揺りうごかされている様子とかを見届けるのではなく、たんに彼が笑っているときの様子をしっかり観察すればいい。気持ちのいい笑い方をする人間は、気持ちのいい人間だ。そのさい、あらゆるニュアンスに目を向けてほしい。たとえば、その人がどんなに朗らかで、素朴でも、笑い方はけっして間のぬけたものに見えないようにしなければいけない。笑いのなかにほんの少しでも間のぬけたところに気づいたら、つまりその人は、たとえどんなに立派な考えや理想を振りまこうと、大した頭脳の持ち主ではないことが明らかになる。もしもその人の笑いが間がぬけたものではなくても、その人自身、笑いだしたとたん、どこか少しでも滑稽に見えだしたら、その人には、その人本来のほんものの品格というものがない、少なくとも十分にはないということを知るべきなのだ。あるいは、たとえその笑い方が分けへだてないものであっても、どことなく俗っぽく見えるとしたら、その人の品性も俗っぽく、それまでその人のうちに認めていた高潔でかつ高尚なものすべては、――たんなる付け焼刃か、知らず知らず借用したもので、いずれその人はかならず悪い方向へと変わり、『実益』一辺倒の仕事に精をだし、高潔な理想など若気のいたりとばかり、おしげもなく捨て去ってしまうだろう。

笑いをめぐるこの長たらしい話を、物語の流れを犠牲にしてまでわざとここに差しはさんだのは、ぼくがこれを、ぼくの人生経験から得たもっとも重要な結論の一つと考えているからである。そしてこれをとりわけ推奨したいと思っている相手は、すでにフィアンセも決まり、心の準備もできているが、それでもなおためらいと不信を捨てきれずに相手を見つめ、最後の決心がつきかねている結婚前のお嬢さんたちだ。どうか、ろくに知りもしない結婚の話題に首をつっこみ、あれこれ教訓を垂れるなどもってのほかと、この哀れな未成年を笑わないでほしい。とにかくぼくは、笑いが、人間の魂のもっとも確実な試金石ということだけはわかっている。子どもを見てほしい。完全に気持ちよく笑うことができるのは子どもだけだ。だからこそ、魅力的なのだ。泣いている子どもはいやだが、笑って楽しそうにしている子どもは、天国の光であり、未来の啓示であり、そのとき人間はついに子どものように清らかで素朴になる。そしていま、何か子どものように清らかで信じがたいほど魅力的なものが、その老人のつかのまの笑いのなかにもきらめいたのだった。ぼくはすぐさま彼に近づいていった。

3

「さあ、お座り、ここにかけて、まだ足元がふらついているだろうに」そう言って彼はそばの椅子をぼくに示し、あいかわらずきらきら光る眼でぼくの顔を見つめながらやさしく招きよせた。ぼくは彼のそばに腰をおろして言った。

「ぼくはあなたがだれか知っています。あなたは、マカール・ドルゴルーキーさんでしょう」

「そうとも、おまえ。起きあがれてほんとうによかった。おまえは若者だ。若いってほんとうにすばらしいことだ。年寄りは墓場が近いが、若者は長く生きていけるからね」

「どこかお悪いのですか？」

「そう、悪いんだ、とくに足がね。ここの戸口まではなんとか辿りつけたが、ここにこうして腰を下ろしたとたん、足にむくみがきてね。先週の木曜日からそうなのさ。急に冷え込んだろう（注、ということはつまり寒波が来てからだ）。これまでは軟膏を塗ってきたんだが、ほらね、二年前医者のリフテンさんが、ほら、エドムンド・カールルイチ・リフテンさん、あのお方がモスクワで処方してくださったもので、はじめはよく効いた、ほんとうによく効いたものだ。それが、今度という今度は、効かなくなってしまったってわけさ。おまけに胸まで苦しくなって。そこへもってきて、昨日からは背中まで痛みだしてな、まるで犬に嚙まれたみたいな感じなのさ……夜もろくに眠れんのだよ」

「それなのに、どうしてぜんぜん声が聞こえなかったのでしょう？」ぼくは遮るように言った。彼は、何か思いをめぐらしているかの様子でぼくを見つめた。

「だから、母さんだけは起こさんようにな」ふと何かを思いだしたかのように彼は言いたした。「ひと晩、ここで世話をやいてくれた、まるでハエみたいに、こそとも音を立てずにな。いまはどうやら横になっているらしい。ああ、年をとってから病気をするというのは、ほんとうにつらいものだ」彼はため息をついた。「魂のすがりどころもないが、何とかそれで持ちこたえているし、この世に生きられるっていうのは、うれしいものでね。人生をまた一からやり直せっていわれても、魂だけはべつに怖気づかんだろう。といって、こんな考えを抱くというのは、罪なことかもしれんのだが」

「どうして、罪なことなんです？」

「そういう考えは夢だからさ、年寄りは潔くこの世を去らねばならない。それに、不平をこぼしたり、不満をいったりしながら死を迎えるとしたら、それこそ大きな罪というものだ。心の楽しさゆえに生命に執着するのだとしたら、たぶん神さまはお許しくださるだろう、たとえ、年寄りといえどもな。人間が、すべての罪について、これは罪深い、これは罪深くない、ってことを知るのは困難なことだ。そこには、人知を超えた秘密が隠されているわけでな。年寄りは、いついかなるときも満足し、おのれの知恵が花と咲きほこっているあいだに死ななくてはならない、幸せに満ちて、潔く、日々の暮らしを満喫し、終わりの時はおのれの日々を懐かしみ、喜んで、大きく息をつきながら去りゆくことだ。稲穂の束に帰っていく一本一本のように、じぶんの秘密を補ってな」

「あなたはしきりに『秘密』とおっしゃっていますが、『じぶんの秘密を補って』ってどういうことですか?」ぼくはそう尋ねて、ドア口のほうをふり向いた。ぼくたちがふたりきりであること、あたりを完全な静寂が支配していることがうれしかった。日没前の夕日が窓から明るく差しこんでいた。彼の話しぶりはいくぶん仰々しく、言いまちがいもあったが、とても真摯でつよい興奮を伴っており、ぼくが来たことを心から喜んでいるようすだった。しかしぼくは、彼が明らかに熱病の、それもかなり悪い状態にあることを見てとった。ぼくもまた病身であり、彼の部屋に入っていったときから、すでに熱に浮かされていた。

「秘密とは、何かということだね? すべては秘密の一種なのさ、そう、すべてに神の秘密が宿っているんだ。一本一本の木、一本一本の草に、まさにその秘密が宿っているんだよ。小鳥が歌うのも、星たちが夜空に輝くのも、すべてはこの秘密、同じ秘密なのだ。しかし、何よりいちばん大きな秘密というのは、あの世で人間を待ち受けているもののなかにある。まさしくそういうことなんだよ、アルカージー!」

「おっしゃる意味、ぼくにはよくわかりません……むろん、あなたをからかうためにそう言っているんじゃないんです、だって、ぼくだって神を信じているんですから。でも、そういう秘密って、もうだいぶ前から人知によって明らかにされているし、まだ明らかにされていないものがあるにしても、いずれはすべて確実に明らかにされてしまいますよ、おそらくごく短期間のうちにね。植物学の世界じゃ、樹木がどう生長していくか完全に知られています。生理学者や解剖学者は、鳥がなぜ歌うのかまで知っていますし、いや、いずれ知ることになるはずです。それから星についてですが、星の数はすべて数えあげられているばかりか、それらの運行のすべてまで、分単位の正確さで計算され、千年後の何時何分にこれこれの彗星が出現するというところまで予測できるんです……で、いまでは、もっとも遠い星々の成りたちまでわかるようになりました。顕微鏡を見てください――これは、百万倍の倍率で対象を拡大するガラスのレンズですが――そのレンズをとおして水滴を観察すると、そこにはまるきり新しい世界が、微生物たちの全生活が見えるはずですから。ところが、これだって秘密だったのに、もうこうして明らかにされたんですからね」

「その話はわたしも聞いているよ、おまえ、人からなんども聞かされた話だ。何もいうことはない、たいへん偉大でりっぱなことだ。でも、すべてが神の意志によって人間に与えられたものだからね。神が『生きよ、そして知れ』といって、人間に命の息吹をもたらしたのには、それだけの理由があったわけでね」

「でも、それって、――一般論でしょう。ただし、あなたは、科学の敵でもなければ、教権拡張論者でもないわけですよね？　こんなことといって、わかってもらえるのかどうか……」

「いや、ちがうよ、おまえ、若いころから科学の本はすこしは読んできたし、じぶんにはよくわからなくても、そのことで不満をこぼすわけじゃない。わたしがだめでも、ほかの人がわかってくれるだろうからね。いや、むしろそのほうがよいのかもしれん、何といっても、餅屋は餅屋だものね。だって、おまえ、学問が万人にとってためになるとはかぎらんじゃないか。ところが、みながみな身の程知らずときていて、世間をあっと驚かせたい、いや、かくいうわたしだって、何か手に職があろうものならその一番手かもしれんのだ。ところがこうして、まるきり手に職もなく、何も知らないとなったら、自惚《うぬぼ》れようにも自惚れられない。ところが、おまえはまだ若いし、頭だって切れる。つまり、そういう運命をおまえは授かっているわけだから、せいぜい勉学に励むことだな。なんでも知って、神を信じない者、不届き者らと顔をあわせても、きちんと立ちむかえるようにしなければね、暴言を浴びせられて、おまえの未熟な思想がかき乱されるようではいけないよ。ところで、そのレンズとやら、じつはついこの間見たばかりでね」

彼はそこで息をつぎ、大きくため息をもらした。ぼくがこうして来たことに彼は明らかにたいへんな満足を得ていた。だれかと心置きなく話したいという願いは、もはや病的ともいえるほどのものだった。しかも、けっして欲目ではなく、彼はときどき、何かしら異様ともいえる愛情をこめてぼくを見つめた。彼はそっとぼくの手のうえに掌を置き、ぼくの肩をなでた……しかし、ここは率直に述べよう、彼はどうかするとぼくのことなどすっかり忘れ、じぶんひとりだけがそこに腰を下ろしているかのような感じになって、たしかに熱をこめて話してはいるのだが、それがまるでどこか宙にむかって話しかけているような調子なのだ。

「じつは」と彼は話をつづけた。「ゲンナージーの庵にひとり、偉大な知恵者が暮らしておってな。高貴な一門の出で、中佐の位と、たいへんな財産の持ち主だが、俗世で暮らしながら、結婚に縛られるのをきらった。しんと静かな隠れ家を好み、俗世の煩いから気持ちを解きはなち、社交界をはなれ、そこに蟄居してもう十年になる。修道院の掟はしっかり守っているが、剃髪は望まない。それに、いいかね、所持している本の数ときたら、あれほどの持ち主は見たこともないくらいだ。で、じぶんから話してくれたのだが、なんでもその価値は八千ルーブルにも上るそうだ。ピョートル・ワレリヤーヌィチという名前のお方だ。その方は、いろんな時期にわたっていろんなことを教えてくれたし、わたしもその方の話を聞くのを大きな楽しみにしていたものだ。で、わたしはあるときこう尋ねたのだ。『だんなさま、それほどにも立派な知恵をお持ちになり、もう十年も修道院の掟にしたがい、おのれの欲望を完全に絶ってお暮らしになりながら、どうして出家されて、さらなる完成をめざされないのですか？』とね。すると、その人はそれにこう答えたものだ。『ご老人、なんだってこのわたしの知恵のお話をなさる、もしかすると、その知恵がわたしをとりこにしているのであって、知恵をかためたのもこのわたしではないかもしれないよ。わたしが掟を守って暮らしているとか考えておいでのようだが、ひょっとしてわたしはもうとっくの昔に節度なんてものを失くしてしまっているのかもしれない。それに、なんだってこのわたしが欲望を絶ったなどと勝手に解釈しておられるのか？　わたしはいますぐにでもじぶんの持ち金を投げだすことができるし、官位だって返上する気はあるし、勲章だっていますぐ、このテーブルにすっかり投げだすことができる。だが、パイプのタバコだけはこの十年、おおいに努力はしてきたものの、何としても絶ちきれずにいるのだ。こんなことでいったい修道僧といえるのかね、欲望を絶ったなどととても褒められたものじゃない』とね。そのときわたしは、その驕りをしらぬ態度に、心から目をみはったものだ。さて、それからだが、去年の夏、わたしはまた聖ペテロ祭の時期に、例の庵に立ち寄ってみた――これも神のお導きだろう――その人の庵には、なんと例の品物が置いてあるではないか、そう、顕微鏡だよ、たいへんな金を払って外国から取り寄せたのだそうだ。『お待ちなさい、ご老人、おまえさんにひとつ、びっくりするような代物をお目にかけよう、おまえさんがまだいちどもみたこともない代物だ。ほら、ここに水滴があるだろう、涙みたいにきれいな。まあ、見てごらん、そこに何があるか、これでわかるさ、技師どもがいまに神の秘密をくまなく明るみにさらして、わたしたちにはなにも残してくれないってことがな』——とこんなことを言ったんだ。よく覚えているよ。ところがだ、わたしはこの顕微鏡ってやつを、その三十五年前に、アレクサンドル・ウラジーミロヴィチ・マルガーソフの家で覗いたことがあった。その方は、わたしらの領主さまで、ヴェルシーロフさんの母方のおばにあたっておられてな、その人の死後、領地はヴェルシーロフさんの手に渡ったわけだが。そのお方というのがたいそうお偉くて、立派な将軍で、たくさんの猟犬を抱えておられ、あの当時わたしは、その方のもとで長年勢子《せこ》をつとめておったのだ。それで当時、そのお方もまたその顕微鏡をお備えになった。これまた外国から持ち帰ったものだ。で、男女のべつなく屋敷の使用人たちにひとり一人そばに寄って覗くように命じ、ノミやらシラミやら、あげくの果ては、針だの毛だの水滴だのをお見せになったものだ。いやや、じつに面白かった。みんなそばに寄るのを怖がっておった。そもそも旦那さまが怖い、――なんせ怒りっぽいお方だったから。なかには最後までのぞき方がわからないものもいた。目を細めてみるのだが、何も見えやしない。また、恐れをなして叫ぶものもいた。百姓頭のサヴィン・マカーロフなんぞは、両手で目をおおって、『何されてもかまわん――行くもんか！』とわめきたてる始末だ。いろんなおかしなことが持ち上がったものだ。もっとも、三十五年あまりも前にこれと同じ奇跡を見たということは、ピョートル・ワレリヤーヌィチには伏せていたよ。なんせ、えらく大満足で、これを見せてやろうってわけだしな。わたしはそれどころか、ほんとうにびっくりして、怖気づいたようなふりさえしてみせたくらいだ。すると、そのお方はしばらくしてこう尋ねたものだ。『で、どうだね、ご老人、何か言いたいことは？』そこで、わたしは深くお辞儀してから、こう言ってやった。『神は、光あれと言われた。すると光があった』とね。すると、そのお方はふいにこうわたしに申されたのだ。『すると闇があった、ではないかな』と。その言い方というのが、たいそう妙で、にこりともしないのだよ。で、わたしがきょとんとしてその方を見ると、その方はまるで怒ったような顔をして、黙りこんでしまわれた」

「べつにどうということはありません、ピョートル・ワレリヤーヌィチとかいうそのお方は、たんに修道院で聖飯を食したり、礼拝をしてはいるけれど、神さまは信じてらっしゃらないんです。で、あなたは、たまたまそういうときに居合わせた、それだけのことです」とぼくは言った。「しかも、その方って、かなり滑稽な人物ですよ。だって、それまでに確実に十回ぐらいは顕微鏡を見ているはずなのに、どうして十一回めに頭が急に変になったんでしょうか。その感じやすさ、なにか病的ですよ……修道院で拍車がかかったんでしょうか」

「いや、純粋な人で、偉大な知恵をお持ちの方だったね」老人は諭《さと》すように言った。「そのお方が、不信心者なんてことはない。その方には、知恵がたくさんありすぎて、心が落ちつかないのだ。そういう人たちというのは、地主衆や学者衆からひじょうにたくさん出てきている。それにもうひとつ言っておくが、そういう人間はじぶんでじぶんを罰するようになるということだ。だから、おまえはそういう人たちを避け、腹を立てたりせずに、夜の眠りにはいる前には、その人たちのことを思い浮かべながら祈ってあげることだ。なぜかといえば、そういう人たちこそ神を求めているのだからね。で、おまえは、寝るまえにお祈りをしているのかね?」

「いいえ、それってただの習慣にすぎないと思ってますから。ただ、正直言うと、そのピョートル・ワレリヤーヌィチという人、ぼく気に入りました。少なくとも枯れた干し草とはちがって、やはりちゃんと人間の血が通っています。いくぶん、ぼくたちの身近にいる人と似ていますもの。ぼくたちふたりとも知っているある人にね」

老人が注意を向けたのは、ぼくの答えの最初の部分だけだった。

「お祈りしない、というのは、いいかね、よくないことだ。お祈りっていうのはよいものでね、心が朗らかになる。眠りに入るまえ、朝、起きたとき、夜、ふと目が覚めたとき。これだけは話しておくよ。この夏、七月のことだ、わたしらは、ボゴロッキー修道院のお祭りを見ようというので先を急いでいた。目的地に近づくにつれてしだいに人がふえ、しまいには二百人ぐらいの人だかりになった。みんな、アニーキーとグリゴーリーのふたりの大聖者の神聖な、不朽のご遺体に口づけしようと先を急いでいたのだ。で、いいかね、わたしらはみな野宿したのだが、翌朝早く目覚めると、まだほかのみんなは眠っているし、お日さまも森の向こうからまだ顔を出していない。そこでわたしは深く頭を下げた、そして、よいかね、あたりを見まわして思わずため息をついたんだ。いたるところ、もう、言葉につくせないほどの美しさだ！　すべてが静まりかえり、空気は軽やかだ。草が茂っている――茂るがいい、神の草たちよ、小鳥たちが歌っている――歌え、神の小鳥たちよ、母親に抱かれた赤ん坊がぴいぴい泣いている――小さな子よ、神の恵みあれ、幼い子よ幸せに育て！　で、そのときわたしははじめて、生まれてはじめてこれらのものすべてとわが身が一体になったような気がしたのだ……わたしはまた横になり、それこそ軽やかな心持ちで眠りに落ちた。いいかね、おまえ、この世に生きるというのはすばらしい！　病が少しでも癒えたら、春の祭りに出かけていきたい。神秘がどうのというが、むしろ秘密があるからこそよいのだ。秘密というのは、心に恐ろしくもあれば、ふしぎなものでもある。その恐れが心の喜びに通じているのだ。『主よ、すべては汝のうちにあり、わたしもまた汝のうちにある、われを受けとめたまえ！』。若者よ、不平をこぼしてはいけない、秘密であればこそ、それだけ美しいのだから」感きわまって彼はそう言いそえた。

「『秘密であればこそ、それだけ美しい……』この言葉、忘れないようにします。あなたって、ひどく不正確な話し方をされるけれど、おっしゃっていることの意味はわかります……ぼくはショックを受けているんです。あなたは、言葉で表せることよりもはるかにたくさんのことを知っているし、理解もされている。ただ、あなたは熱に浮かされているみたいです……」彼の熱っぽい眼と青ざめた顔を見ているうちにこの言葉がふいに口をついて出た。しかし、その言葉は耳に届かなかったらしい。

「おまえはまだ若いが、知っているのかな」先ほどの話を続けるかのように彼はまた話しだした。「どうかね、この世に生きる人間の記憶には限りってものがあることを。人間に与えられた記憶は、せいぜい百年が限度ということになっている。死んでから百年くらいの間は、子どもたちや、その顔を見たことのある孫たちが覚えてくれているが、それから先は、たとえ記憶が残りつづけるとして、それはたんに口伝えとか頭のなかでの想像だけのものだ。なぜかといえば、その人の生前の顔を見た者たちがみんないなくなってしまうからだ。で、墓場の墓には草が生いしげり、墓の白い石も剝げおちて、すべての人びとから忘れ去られてしまう、彼の子孫からもそう、そしてそのあとはもう、その人の名前まで忘れられてしまうんだ。なぜかって、人びとの記憶に残るのはほんの少しだけだからね——いや、それでいいのだ！　いとしい子どもたち、忘れるがいい、でも、わたしは、きみたちをたとえ墓の下からでも愛しているからね。子どもたちよ、きみたちの朗らかな声が聞こえるようだ。いましばらくは、日の光を浴びて生きることだ、楽しむがいいだろう、きみたちのために神さまに祈ってあげよう、墓参りにやってくるきみたちの足音が聞こえるようだ。親の命日に、先祖のきみたちの夢のなかに降りていってやろう……どのみち、死んだ後にも愛はあるのだから！……」

要するに、ぼくもまた、彼と同じように、熱に浮かされていたということだ。部屋を出ていくなり、落ち着くよう言い聞かせるなり、あるいはベッドに寝かしつけるなりするべきなのに——なにしろ彼は意識がもうろうとしていたからだ——、ぼくはいきなり彼の手をつかむと、彼のうえにかがみこみ、その手をしっかりにぎりしめながら囁きかけていたのだ。声をうわずらせ、胸のうちで涙にくれながら……。

「あなたにお会いできて、ぼくは幸せです。きっとあなたのことをずっと前から待っていたんだと思います。あの人たちのだれひとり、ぼくは好きじゃない。あの人たちは《気品》というものを知らないからです……あの人たちのあとについていくようなことはしません、ぼくは、じぶんがどこに行こうとしているのか、じぶんにもよくわからないのです、ぼくはあなたといっしょに行きます……」

だが、幸いなことに、そこでとつぜんママが入ってきた。でなければ、この話しあいがどんな顚末をたどったかわからない。ママは、起きぬけらしく、心配げな顔をして入ってきた。両手にガラス瓶とスプーンをもっていた。ぼくたちを見るなりママは叫んだ。

「やっぱりそうだったのね！　うっかりキニーネの時間に遅れたせいだわ、すっかり熱に浮かされてるじゃないの！　寝過ごしてしまって、マカールさん！」

ぼくは立ち上がって、部屋を後にした。ママはそれでも彼に薬を飲ませ、ベッドに寝かしつけた。ぼくもじぶんのベッドに横になったが、つよい興奮にかられていた。ぼくは、大きな好奇心をいだきながら戻り、必死になってこの出会いのことを考えていた。あのときぼくがこの出会いに何を求めていたのか――わからない。むろん、ぼくはただとりとめもなく考えにふけっていただけで、頭のなかをちらちらかすめていたのは、なにかの思想というより、思想の断片にすぎなかった。壁に顔を向けて横たわっていると、部屋の角っこにふいに夕日の明るくかがやくスポットが目にとまった。ぼくがさっきまであれほど呪わしい気持ちで待ちうけていたスポットなのに――そう、忘れもしない――、まるでぼくの魂が踊りだし、新しい陽だまりがこの心を隅々まで満たしてくれたような気がしたのだ。この甘い一瞬をぼくは覚えているし、忘れたくない。これはまさしく、新しい希望と新しい力の一瞬だった……。ぼくはそのとき回復期にあったので、こういう衝動は、ぼくの神経の状態の不可避の結果だったのかもしれない。でも、あのときのこのうえなく明るい希望を、ぼくはいまでも信じている――ぼくがいまここに書きしるして忘れまいとしたのは、まさにこのことなのだ。むろん、マカールさんと巡礼の旅に出るつもりなどないこと、そしてぼくをとらえたあの新しい志がいったい何を意味しているのか、ぼく自身わかっていないことは、はっきりと理解できていた。しかしぼくはすでにそのとき、たとえ熱に浮かされていたとはいえ、ひとつの言葉を発していたのだ。『あの人たちは、気品というものを欠いている！』と。『もちろん、――ぼくは有頂天になって考えていたのだが――この瞬間からぼくは「気品」を求めている、でもあの人たちにはそれがない、だから、ぼくはあの人たちのもとを離れるのだ』という言葉を。

ぼくの背中でなにかさらさらいう音がし、ぼくは振りかえった。ママはぼくのほうに身を屈め、好奇の色を浮かべながらおどおどとぼくの眼をのぞきこんでいた。ぼくはふいにママの手をとった。

「でも、ママ、どうしてあんな大切なお客さんについて何も教えてくれなかったの？」こんなことを言うなどじぶんでもほとんど予期せぬまま、ぼくはふいに尋ねた。ママの顔からすべての不安の色がただちに消え、かわりにぱっと喜びのようなものが広がったかに見えた。しかしママは何も答えず、ただひと言こう口にしただけだった。

「リーザのことを忘れないでおくれ、リーザのことも。おまえはリーザのことを忘れているよ」

ママは顔を赤らめ、早口にそういうと、そそくさと部屋を出ていこうとした。というのも、彼女もまた、気持ちに尾ひれをつけるのをひどくきらっていたからで、その点でママとぼくはうり二つだった。つまり、恥ずかしがりや、純真なのだ。しかも、当然のことながら、ママはぼくとマカールさんの話題で話をはじめる気にはなれなかった。目を見かわし、ひとこと話すだけで十分だった。ところがぼくは、そう、じぶんのどんな気持ちにも尾ひれをつけることをきらってきたはずのぼくが、ママの手をつかんでむりやり引きとめたのだ。ぼくはうっとりとママの目を見つめ、しずかな声でやさしく笑い、もういっぽうの手のひらでママの愛らしい顔を、落ちくぼんだ頰をなでていた。ママはかがみこみ、額をぼくの額に押しあてた。

「じゃあね、キリストさまがついているわ」ママは体を起こすと、満面に笑みをうかべながらふいに言った。「早くよくなって。おまえは大丈夫だから。病気なのは、あの人よ、とても重いの……寿命というのは、神さまの思し召しというけれど……ああ、何てこと言っているんだろう、わたし、そんな、滅相もない！……」

ママは部屋を後にした。畏れと、不安と、敬虔な思いを抱きながら、ママは、寛大な心で永遠にじぶんを許してくれた、法律上の夫で巡礼者のマカール・ドルゴルーキーを生涯にわたって心から尊敬していたのだった。

第二章

1

だが、リーザのことを『忘れていた』わけではなかった。ママは勘違いしていた。何ごとにつけ敏感なママは、てっきり兄と妹の関係が冷え込んでいるかのように思ったのだ。しかし問題は愛のせいではなく、むしろ嫉妬に原因があった。これからのこともあるので、かんたんに説明しておこう。

公爵が逮捕された直後から、あわれなリーザのうちに、何かしら傲慢不遜なところが目立つようになった。何か人を寄せつけない、ほとんど耐えがたいほどの横柄さ。ただし、家のものはみな真意がわかっていたし、彼女がどんなにつらい思いをしているかも理解していた。しかしもし、ぼくがはじめ、ぼくたちにたいする彼女のそういう態度に腹を立て、機嫌を損ねていたとしたら、それはひとえにこの病気のせいで十倍もはげしくなったくだらない苛立ちのせいだ。いまぼくはそのときのことをそんなふうに考えている。リーザを愛するのをやめる、といったことはまったくなかった。それどころかよりいっそう愛するようになっていたが、ただ、こちらから近づく気にはなれなかっただけだ。といって、何があっても向こうから近づいてくるはずのないこともわかっていた。

要はこういうことだ。公爵の逮捕後、彼にかんするすべての事情が明るみに出ると、リーザはただちに、いわば初仕事としてぼくたち全員にたいし、相手かまわず、じぶんを哀れんだり、何かしら慰めたり、公爵を弁護してやれるといった考えをもつことなどもってのほか、断固許さないといった態度に出た。それどころか、——何ひとつ人にうちあけたり、議論したりすることもなく、——彼女はたえずじぶんの不幸なフィアンセがとった行動を、最高にヒロイックなものと誇りに感じているかのように見えた。彼女は、ぼくたちみんなに向かって絶え間なくこう言っているかのようだった(くどいようだが、ひと言も口に出したことはなかった)。『だって、あなたがたのだれひとり、あんなふるまいできないじゃないの、あなたがたは、名誉と義務の求めに応じてじぶんを投げ出したりできないでしょう、だって、あなたがたのうちのだれが、あれだけの感じやすい、清らかな良心をもっているっていうの？　あの人のとった行動についてとやかくおっしゃってるけど、心のなかで悪事を犯していない人なんているのかしら？　みんなそれを隠しているだけ、でも、あの人はね、じぶんの目で判断し、無価値な人間としてとどまるより、自滅する道を望んだの』彼女のひとつひとつのしぐさが物語っていたのは、明らかにそのようなことだった。たしかなことはいえないのだが、かりにぼくが彼女の立場だったら、同じような態度に出ただろう。また、ここに書いたような思いが、彼女の胸のうちにあったか、つまり心のなかでそうつぶやいたかどうか、ここのところもわからない。つぶやかなかったのではないかと、ぼくはにらんでいる。理性のもう一つのあきらかな半面で、彼女はきっと、じぶんの『ヒーロー』のくだらなさをまるまる見ぬいていたにちがいない。というのも、不幸で、それなりに度量もあるこの男が、同時に、このうえなくくだらない男でもあるということにだれひとり異をとなえるはずはないからだ。ぼくたちみんなにたいする彼女の傲慢さや挑戦的な態度、そして、ぼくたちが彼について何か別の考えをいだいているのではないかという絶えざる猜疑心は、部分的に、彼女の心の奥で、じぶんの不幸な恋人にかんするべつの考えがかたちづくられつつあることをうかがわせた。しかしながら、ここでいそいで付けくわえておくが、ぼくの見立てでは、彼女の態度の少なくとも半分は正しかった。最後の結論で迷うというのは、ぼくたちのだれよりも、彼女にあってこそ許されるべきものだったからだ。ぼく自身心から認めるが、すべてが過去の話となったいまでさえ、ぼくたち全員にこうした難題を課したあの不幸な男について、最終的に何をどう評価したらよいのか、皆目わからないありさまである。

それはともかく、リーザのおかげで家のなかはちょっとした修羅場と化しはじめていた。みんなをあれほどつよく愛していただけに、リーザは大きな苦しみを味わわなくてはならなかった。持ち前の性格から、彼女はだまって苦しみに耐える道をえらんだ。彼女の性格はぼくのそれに似ていた。つまり、我がつよく、プライドが高いのだ。当時もいまも、ぼくはずっと思っている。彼女が公爵を愛したのは、我のつよさゆえ、つまりほかでもない、公爵は性格がよわく、最初のひとことから最初の瞬間からじぶんに完全に屈服したからだ、と。こうした考えは、いっさいの打算ぬきで、心のなかでおのずと形をなしていくものなのだ。だが、こういう弱い男にたいするこうした強烈な愛情というのは、どうかすると、似たもの同士の愛よりもはるかに強烈で、苦しいものとなる。なぜなら、気の弱い恋人にたいする責任を思わず知らずわが身に引きうけることになるからだ。少なくともぼくはそんなふうに考えている。家族一同、そもそものはじまりから、ごく優しい心づかいをもって彼女を包みこんできた。とくにママがそうだった。けれど、リーザは態度を和らげず、まわりの同情にも応えようとせず、どんな助け舟も退けるような態度をみせた。それでもはじめのうちママとは口をきいたが、日に日に言葉数が減り、話しかたはとぎれがちで、顔つきもより険しさをましていった。ヴェルシーロフにははじめのうち相談もしていたが、やがて相談相手、助っ人役にワーシンを選んだ。それを後で知ってぼくは仰天した……彼女は毎日ワーシンのもとを訪ね、裁判所にも通い、公爵の上司を訪ね、弁護士や検事のところにも顔を出していた。しまいには、一日じゅう外に出かけている日が何日も続くようになった。当然のことながら、毎日、日に二度ずつ、牢獄の貴族監房に閉じ込められている公爵も訪ねていた。ただ、ぼくもあとですっかり確信したことだが、リーザにすれば、それらの面会は相当につらいものだったはずだ。当然のことながら、愛しあうふたりの内心を知り尽くすなど他の第三者にできるはずもない。けれど、ぼくの知るかぎり、公爵は、絶えず彼女を深く傷つけていたらしい。たとえば、何で？　奇妙なことに、たえまない嫉妬によって。もっともこの話は後まわしにすることにして、ひとつある考えを付けくわえておこう。それは、はたしてふたりのうちのどちらが相手をより苦しめたかは、一概には決めがたいということだ。ぼくたちの前では、じぶんのヒーローだと誇りにしていたリーザだが、彼に面と向かったときはまるでべつの態度をとっていたのかもしれない。ある証拠からそのことをはっきり疑っているのだが、その証拠についても後ほど触れることにする。

さて、リーザにたいするぼくの気持ちや態度についていうと、表に出ていたものはすべて、たんに上っ面なたがいの嫉妬から生まれた偽りにすぎず、そのじつ、このときぐらいぼくたちふたりが愛し合ったことは、後にも先にもなかった。さらに付けたすなら、マカール老人にたいしてリーザは、彼がわが家に現れたそのときから——最初のおどろきと好奇心の時が過ぎたのち、——なぜかほとんどさげすむような、横柄ともいえる態度で接しはじめた。老人にたいして、彼女はまるでわざとのようにいささかの関心も示そうとはしなかった。

前章で説明したとおり、『沈黙をまもる』と決意していたぼくは、むろん理論上は、ということは、ぼくの夢としてこの誓いを守りきる心づもりだった。そう、ヴェルシーロフ相手には、たとえばあの人の話や、たとえば、彼があの人に書きおくった手紙のなかのもっとも大切な一行、すなわち『文書は焼却されず、そのまま残っているので、いずれ姿を現します』の話を持ちだすくらいなら、動物学とか、ローマ帝国の話を持ちだす心づもりでいた。ちなみに、その一行とは、熱病からわれにかえり、理性をとりもどすや、すぐさま胸の内でふたたび考えはじめた一行だ。ところが、ああ！　実行にうつした第一歩めから、いや、ほとんどろくに歩きださないうちから、ぼくは思い知らされたのだ。こうした事前の決心のなかにじぶんを抑えつけておくことがどれほど困難で不可能なことか、を！　つまり翌日、マカール老人と初めて知りあった翌日、ぼくはある思いもかけない事件によって恐ろしく興奮させられることになったのだった。

2

ぼくが興奮させられたのは、いまは亡きオーリャの母親ナスターシヤ・エゴーロヴナのとつぜんの訪問だった。ぼくが病気で臥せっている間、彼女が二度ほど見舞いに立ち寄ったことや、ぼくの健康をたいへん気遣っているという話は、ママからすでに聞いて知っていた。ママが日頃から彼女について口にしていた『気のいい女性』は、わざわざぼくの見舞いに寄ってくれたのか、それともたんに、すでにできあがった習慣でママを訪ねただけのことなのか、ぼくは尋ねなかった。ふつう、ぼくにスープを飲ませるために部屋にやってくるとき（ひとりではまだ食事ができなかったときのことだ）、ママはいつもぼくの気を紛らせようと、家のなかのことについてあれこれ話してくれた。その際、ぼくはいつも頑なに、そういった話にはあまり興味がないようなそぶりを見せようと努力していた。だからナスターシヤさんについても、それ以上詳しくは話を聞きだそうとしなかったし、だまりこくっていたほどだ。

十一時ごろのことだった。ぼくがベッドから起きあがり、テーブルのそばの肘掛け椅子に移ろうとしていたところにいきなり彼女が入ってきた。ぼくはそこで、わざとベッドに体を預けたままにしておいた。母は上で手が離せない用事があるらしく、彼女が入ってきても下に降りてこなかった。だからぼくと彼女は、いきなりふたりだけで対面することになった。彼女はにこにこ笑みを浮かべ、ひと言も口にすることなく、壁ぎわの椅子にぼくと向かいあわせで腰をおろした。ぼくはだんまりの場面を予感した。それに、彼女の来訪には総じて、すさまじくいらだたしい印象を覚えた。ぼくはうなずくこともせずにじっと彼女の目に見いっていた。ところが、彼女のほうもじっとこちらの顔を見つめていた。

「公爵がいなくなって、今はあの家にひとり住まいとなると、それは寂しくもなりますよね」ぼくはしびれを切らしてふと尋ねた。

「いいえ、そんな。いまはべつの家に住んでいるんです。わたしはいまアンナさんのお世話で、あるひとの赤ちゃんの面倒を見ているんです」

「だれの赤ちゃんです?」

「ヴェルシーロフさまのですよ」彼女はドアのほうをちらりと振りかえると、秘密めかしたささやき声で言った。

「でも、それってタチヤーナおばがいるじゃないですか……」

「タチヤーナさまも、アンナさまも、おふたりともいらっしゃいます。それと、リザヴェータさまもそう、あなたのお母さまもそう……みなさんおいでになります。みなさんがいっしょになって、面倒を見ておられるんです。タチヤーナさまとアンナさまはいま、おたがいたいへんな仲良し同士でございまして」

初耳だった。話しているうちに、彼女はとてもいきいきしてきた。ぼくは憎らしい思いで彼女をにらみつけていた。

「このまえ来られたときにくらべて、ずいぶん元気になられましたね」

「そう、たしかにおっしゃられるとおり」

「少し太られましたか?」

彼女はけげんそうにぼくを見た。

「あの方たちがとても好きになってしまいました、とても」

「いえ、アンナさまですよ。すっかり。とても上品なうえ、しっかりした考えをおもちで……」

「だれのことです？」

「へえ、そうなんですか。で、彼女はいまはいったいどうしています？」

「とても落ち着いてらっしゃいます、とても」

「彼女はいつも落ち着いていましたよ」

「いつもそうでいらっしゃいます」

「もし、あなたが陰口を言いにきたとしても」ぼくは、がまんしきれなくなって叫んだ。「いいですか、ぼくはべつに何の口出しもしませんからね、ぼくはここを捨てる決心をしたんです……なにもかも、みんな、ぼくにはもうどうでもいいんです、ぼくはここを出ていくんですから！……」

ぼくはふとわれに返ってだまりこんだ。じぶんの新しい目的を彼女に打ちあけようとしかけたことが、屈辱的に思えてきた。彼女は、驚きの色も動揺する様子もなくぼくの話を聞いていたが、ふたたびだんまりがはじまった。ふいに立ち上がると、彼女はドア口に近づいていき、隣室をのぞきこんだ。そこにはだれもいず、ぼくたちふたりきりなのを確かめると、落ちつきはらった様子でひきかえし、もとの席に腰をおろした。

「やりますね！」ぼくは急に笑いだした。

「あなた、あの、お役人さんからお借りになっているあのお部屋、あれをあのまま借りっぱなしにしておくおつもりですか？」彼女は、ぼくのほうに屈みこみ、声を低めてふいに尋ねた。それを聞くことが、じぶんがここに来た最大の理由とでもいわんばかりの口ぶりだった。

「部屋ですか？　わかりません。ひょっとして引きはらうかもしれません……そんなこと、わかるもんですか？」

「家主さんたち、あなたをひどく待たれているようなんです。あのお役人、ひどくいらだっているご様子です、奥さまも。ヴェルシーロフさまはあのふたりに、あなたがかならず戻りますからと確約しておられました」

「それにしても、どうしてそんなことまで？」

「アンナさまも知りたがっておられました。でも、あなたが残られると知ってたいへん喜んでおられました」

「でも、どうして彼女はそこまではっきりわかるんです。ぼくがあの部屋に確実に残るなんてことが」

『それに、どうして彼女がそんなことに関わってくるんですか』と言い足そうとしたが、自尊心もあってくわしく聞くのは控えた。

「それに、ランベルトさんも、同じことを請け合っておられましたよ」

「何ですって?」

「ランベルトさんでございます。あの方もヴェルシーロフさまに、あなたが部屋に残るといっしょうけんめい請け合っておられましたし、アンナさまにたいしてもそう請け合っておられました」

ぼくは、全身を揺さぶられたような気がした。なんという奇怪さか! では、ランベルトはすでにヴェルシーロフにまで手を伸ばしているということだ、ヴェルシーロフにまで手を伸ばしているということだ——ランベルトとアンナさん——彼は彼女にまで手を伸ばしているのだ! 全身が熱くなるのを感じたが、ぼくは沈黙を守った。自尊心のおそろしい波が押しよせ、ぼくの心をいっぱいに充たした。自尊心かそれとも別のものか、ぼくにはわからない。だが、ぼくはその瞬間ふと、じぶんにこう言い聞かせていたらしい。『ひと言でも説明を求めたら、またしてもあの世界に取りこまれ、ぜったいに連中と手を切れなくなる』。憎しみがぼくの胸のうちで燃え立っていた。ぼくは必死で沈黙を守りぬくと腹をきめ、体を固くして横たわっていた。彼女もまる一分ばかりじっと黙りこんでいた。

「ソコーリスキー老公爵はどうされてます?」ぼくは、理性を失ったかのように唐突に尋ねた。要するに、ぼくは、話題を絶ちきろうと思いきってその質問を向けたのだ。ところがぼくは、またしてももっとも重要な問題にうっかり触れてしまい、狂ったようにああも必死になって逃げだそうと心に決めた世界へふたたび舞いもどるはめとなった。

「老公爵は、ツァールスコエ・セローにおられます。少し体調を崩されましたし、ペテルブルグではこのところ熱病がやはりだしておりますから、みなさんがあの方に、ツァールスコエ・セローにある持ち家の別荘へお移りになられるようアドバイスされたのです。空気もようございますし」

ぼくは答えなかった。

「アンナさまと将軍夫人が、一日おきにお見舞いにゆかれています、いっしょにおでかけになられているようで」

アンナさんと将軍夫人(つまりあの、あ、あの人のことだ)――あのふたりが友だち同士だなんて! いっしょに出かけるなんて! ぼくは沈黙を守っていた。

「おふたり、とても仲良しになられましてね、アンナさまはカテリーナさまのことをとてもよくおっしゃられています」

ぼくはずっと押しだまっていた。

「カテリーナさまは、また社交界に『デビュー』されまして、もう毎日がお祭りさわぎ、光り輝かんばかりでございますよ。なんでも、宮仕えの方々までがみんなあの方にご執心とのこと……ビョーリング氏とのことはもうほったらかしで、とても結婚までにはいたらないとか、みなさん、そうはっきりと口にされておられます……どうやらあの事件以来とか」

ということはつまり、ヴェルシーロフの手紙以来ということだ。体じゅうに震えがきたが、ぼくはひと言も発さなかった。

「アンナさまは、セルゲイ・ソコーリスキー公爵のことでたいへん胸を痛めてらっしゃいます、カテリーナさまも同じです。みなさん、公爵は無罪になる、でも、あのステベリコフは有罪になると話されています……」

ぼくは憎しみの目を彼女に向けた。彼女は立ちあがり、ふいにぼくのほうに屈みこんだ。

「アンナさまがじきじきに命じられたのです、あなたの容態を聞いてくるように、と」彼女の話しぶりがすっかりささやき声になっていた。「そして、あなたが外出できるようになり次第、あの方のところにお越しくださるようにお願いしてくれと命じられました。では、これで失礼いたします。どうか、くれぐれもお大事に、わたしはこれから戻ってありのままをお伝えします……」

彼女は部屋を後にした。ぼくはベッドの上で起き上がった。額から冷や汗がにじみ出てきた。しかしぼくがそのとき感じていたのは、怯えではなかった。ランベルトとその陰謀にかかわる、ぼくからすると不可解で醜悪としかいえない情報を耳にしても恐怖に充たされることはなかった。ぼくの病気中、そして回復期にはいった日々、あの夜、彼と出会ったときのことを思い出して感じた名状しがたい恐怖にくらべれば、もう何のこともなかった。それどころか、ナスターシヤさんが部屋を後にしてすぐ、ベッドの上でぼんやりとしていた最初の瞬間、ぼくはランベルトのことなど考えてもいなかった。……それよりもぼくを鷲づかみにしていたのは、あの人にかんする知らせ、そう、あの人がビョーリングと別れたという話、社交界への復帰、お祭りさわぎ、成功、「光り輝き」の知らせだった。「光り輝かんばかりでございます」ナスターシヤさんの言葉が耳もとにこだましていた。ナスターシヤさんの不思議な話を聞いたあとでも、気をひきしめ、沈黙をまもって、くわしく問いただきずにすんだぼくだったが、このときばかりはふと、じぶんの力をもってしては、この循環から逃れることはできないと感じたのだった。こうした生活へのはかりしれない願望、あの連中の生活がぼくの心をすっかりつかんだ……さらにもうひとつ、このぼくが幸せと苦痛とを感じるほどのある甘ったるい願望もまた。考えはなにかしら堂々めぐりしていたが、ぼくは成りゆきにまかせていた。《何も考えることはない！》――ぼくにはそう感じられた。《それにしても、ランベルトが来たことをママまでがだまっていたとは――あれは、ヴェルシーロフが黙っているように命じていたのだ……死んでも、ヴェルシーロフにランベルトのことなんか訊くものか！》。――《ヴェルシーロフは》――ぼくの頭のなかにまたちらりと閃いた――《ヴェルシーロフとランベルト、ああ、あのふたりの頭からはいくらでも新しい事件がわいてくる！　それにしても、でかしたぜ、ヴェルシーロフ！　ドイツ人のビョーリングを縮みあがらせたのだから、あの手紙で。ヴェルシーロフは、彼女を中傷したわけだから》La calomnie... il en reste toujours quelque chose.（中傷ってやつは、かならず後腐《あとくさ》れになる）。《で、あの宮中のドイツ人はスキャンダルに縮み上がった――は、は……彼女には、よい教訓さ！》――《ランベルトは……ランベルトのやつ、彼女に手を伸ばしているのではないか？　もちろん、そうとも！　あの女のことだ、やっと「くっつかない」はずがない！》

そこでぼくは、こういうばかばかしいことを考えるのをぴたりとやめ、途方にくれて枕に顔をうずめた。《そんなまね、させるもんか！》ぼくは決然としていきなり声を上げると、ベッドから飛びおり、スリッパをつっかけ、ガウンをはおってそのまままっすぐマカール老人の部屋へ向かった。そこには、ありとあらゆる迷いからの避難所が、救いが、すがることのできる錨があるとでもいわんばかりに。

ほんとうに、ぼくはそのとき、ぼくの全精神の力でもってその考えを感じとったのかもしれない。でなかったら、はたして何のために、あれほど衝動的に、いきなりあの場からとび起き、ああした精神状態でマカール老人のもとへと駆け出していったのか？

3

ところがマカール老人の部屋には、まったく予期しない人の姿があった。ママと医師である。ぼくはなぜか、昨日同様、老人はひとりきりでいるものとはなから想像していたので、呆気にとられ、戸口のところに立ちどまった。だが顔をしかめるいとまもなく、すぐにヴェルシーロフが、そして彼につづいていきなりリーザが近づいてきた……つまり、家族一同がどういうわけかマカール老人のもとに参集したわけだ、

『しかも最悪のタイミングで』！

「おからだの具合はどうかと思って、寄ってみました」マカール老人のほうにまっすぐ歩みよりながら、ぼくは言った。

「それはありがとう、そう、おまえが来るのを待っていたんだよ。来てくれるとわかっていたからね！　昨夜、おまえのことを考えていたもので」

彼は、ぼくの目を優しそうに見つめていた。そこでぼくは、この老人がほかのだれにもましてこのぼくを愛してくれていることを悟った。だが、ぼくは、瞬時にして見てとった。顔はたしかにほがらかだが、このひと晩でいちじるしく病勢が増していることを。医師は、たったいま、たいそう念入りに診察をすませたところだった。あとで知ったのだが、この医師は（ほかでもない、ぼくが、口喧嘩したあの若い医師で、マカール老人が到着するとすぐ治療にあたっていた）この患者をたいそう注意深く扱い、――医学用語でどういうのか言えないのだが――いろんな病気が複雑に合併して生じている、という診断をくだしていた。ひと目で気づいたことだが、マカール老人は、その医師とたいそう仲良しな間柄になっていた。最初の瞬間、それがぼくには気に入らなかった。もっとも、そういうぼくときたら、むろんそのときはさぞ嫌味な男に見えたにちがいない。

「それはそうと、アレクサンドル君、今日はいかがです、このお方のお加減は？」ヴェルシーロフが尋ねた。ぼくがあんなふうにど肝を抜かれていなかったら、ぼくはいのいちばん、この老人にたいするヴェルシーロフの態度に、恐ろしいまでの好奇心にかられ彼をじっくり観察したことだろう。それはすでに昨日から考えていたことだった。ぼくがなによりショックを受けたのは、いま、ヴェルシーロフの顔にあらわれている、ひじょうに柔和で気持ちの良い表情だった。そこにはまぎれもなく真摯な何かが感じられた。すでにどこかで指摘しておいたことだが、ヴェルシーロフの顔は、彼がほんの少しでも素直な気持ちになると、たちまちおどろくばかりに美しくなるのだった。

「いえね、ぼくたち、ずっと言い合いばかりしているんですよ」医師は答えた。

「マカールさんと？　それはちょっと信じがたいですね、彼と言い合いなんてできないはずですが」

「いえ、わたしの言うことを少しもきいてくれないんです、夜も眠りませんし……」

「その話はもういいでしょう、先生、お小言はたくさんです」マカール老人がそう言って笑い出した。「ところで、ヴェルシーロフさん、このお嬢さんはどうなりましたかな？　この人なんか、朝からため息ばかりついて、おろおろしておりますよ」

ママを示しながら彼はそう言いそえた。

「ああ、アンドレイさん」ママはじっさい、ひじょうに不安げな調子で叫んだ。「じらさずに早く話してください。かわいそうに、どういう判決がくだったんです？」

「わが家の令嬢に、有罪判決がくだりました！」

「まあ！」ママが叫んだ。

「でも、シベリア行きってわけじゃない、安心なさい。ぜんぶで十五ルーブルの罰金です。とんだ茶番ですよ！」

ヴェルシーロフが腰をおろすと、医師も腰をかけた。みんなが話していたのはタチヤーナおばのことだが、この経緯についてぼくはまだまったく何も知らなかった。ぼくはマカール老人の左側に腰をおろし、リーザはぼくと向かいの右側に腰を落ちつけた。彼女にはどうやら、何か個人的にとくにさし迫った用事があるらしく、その相談でママのところに来たらしかった。顔には、見るからに不安そうないらだちが浮かんでいた。その瞬間、なにげなくぼくたちの目が合った。そこでぼくはふと心のなかで思った。《ぼくたちふたりとも泥まみれの人間だ、歩みよりの最初の一歩はぼくからだ》するとぼくの気持ちが急になごみはじめた。ヴェルシーロフが今朝の出来事について話しはじめた。

要は、今朝タチヤーナおばが、料理女との訴訟で簡易裁判所に引っ張り出されたのである。訴訟といっても、お話にならないほどくだらない話だった。すでに述べたことでもあるが、性悪のフィンランド女は、いったん腹を立てるというと、時として何週間にもわたって口をきかなくなり、女主人の質問にたいしてひと言も答えないことがあった。これもすでに書いたことだが、その料理女に弱みをつかまれている彼女は、すべての面で彼女の言いなりになってきたし、ひと思いに辞めさせることもできずここまできたのだった。こうした未婚の女性と女主人のきまぐれな感情のもつれは、ぼくの目からすると、最大の軽蔑に値しこそすれ、けっして注目に値するものではない。ぼくがここでこの経緯について話をする気になったのは、ひとえに、この料理女がこのあと、ぼくのこの話のその後の流れのなかで、少なからず運命的ともいうべき役割を果たすことになるからだ。そんなわけで、タチヤーナおばは、すでに数日にわたってろくすっぽ返事もしない頑固なフィンランド女にたいして、ついに堪忍袋の緒を切らし、いきなり彼女の頰に平手打ちを食らわせたのだった。こんなことはこれまでいちどとしてなかったことだ。フィンランド女は、このときもやはりうんともすんとも言わなかったが、その日のうちに、裏階段のどこか下の隅っこに住んでいるオセートロフという退役海軍少尉に話を持ちこんだ。この男は、いろんな種類の事件をわたり歩いては、生存のための闘いと称して、そのたぐいの問題を裁判にもちこむことを生業としていた。結局、タチヤーナおばは簡易裁判所に呼びだされ、なぜかヴェルシーロフが証人として証言台に立たされるはめになったのだった。

ヴェルシーロフがことの顚末をやけに面白おかしく話してみせたので、ママまでが大笑いしたほどだ。彼は、タチヤーナおばと、その海軍少尉と、料理女の顔つきまで真似てみせた。料理女は最初から、賠償金をいただきたいと法廷に申し立てた。『だって、かりに奥さまが牢屋に入れられでもしたら、わたしはいったいだれの食事を作ればいいっていうんです?』というわけだ。裁判官の質問にたいしタチヤーナおばは釈明することも潔しとせず、たいそうな剣幕でもって応えた。それどころか、『ええ、ぶちましたとも、これからだってぶちますよ』という言葉で陳述を終えた。そのため、法廷侮辱罪として三ルーブルの罰金を言いわたされた。のっぽでひょろりとやせた青年の海軍少尉は、依頼人を弁護するため長々と演説をぶちはじめたが、恥さらしなことに、途中でしどろもどろとなり、廷内の失笑を買うはめになった。審理はじきに終わり、タチヤーナおばは、侮辱したマリヤにたいし十五ルーブルの賠償金を支払うよう、判決を申しわたされた。

タチヤーナおばが間をおかず、その場でただちに財布をとりだして金を払おうとすると、海軍少尉がいきなりそこに割ってはいり、手をのばしてそれを受けとろうとしたが、タチヤーナおばはほとんど叩かんばかりにその手を払いのけ、マリヤのほうに向きなおった。『結構です、奥さま、ご心配にはおよびません、お給与に上乗せしていただければ。この人には、わたしから支払いますので』。『どうだい、マリヤ、とんでもない背高のっぽを選んだものさ！』タチヤーナおばは、マリヤがようやく口をきいてくれたので大喜びし、海軍少尉を手で示した。『たしかに、ほんとうに背高のっぽですわ、奥さま』マリヤは悪戯っぽい調子で答えた。『カツレツは、グリーンピースを添えてってことでしたね？　さっきは聞きもらしてしまいました、こちらに急いでいたもので』。『いや、そうじゃなくて、キャベツよ、マリヤ、それとそう、昨日みたいに焼きすぎないで』。『はい、きょうは特別にがんばってみます、奥さま。では、どうかお手を』。そういって彼女は、和解のしるしに奥さまのお手にキスをした。要するに、法廷内をどっと沸かせたのだった。

「あきれた女ね！」ヴェルシーロフがもたらした知らせにも、話しぶりにもママは大喜びして頭をふったが、それでもちらりちらりと心配げにリーザのほうを見やった。

「若い頃から変わったところのある娘さんだったな」マカール老人がにこりと笑みを浮かべた。

「胆汁と無為が原因でしょう」と医師がそれに応じた。

「あら、このわたしが変わっているですって、このわたしが胆汁と無為ですって？」タチヤーナおばがふいに部屋に入ってきた。見るからに上機嫌そうだった。「アレクサンドル先生、あなたにそんな冗談を言う資格はないわ。あなたは、あなたがまだ十歳のときから、わたしのことをご存じのわけですから、わたしがどんなに暇な女か、それに胆汁だって、まる一年も治療しながら治療しきれてないじゃないですか、それってとても恥ずかしいことですよ。さあ、わたしを笑いものにするのはいい加減にして。助かったわ、ヴェルシーロフさん、わざわざ裁判所に来てくれて。それはそうと、マカールおじいちゃん、お見舞いの相手は、あんただけ、こっちはべつよ」（そういって彼女はぼくを指さしたが、すぐさま親し気にぽんとぼくの肩を叩いた。こんなに機嫌のいい彼女は、これまでいちども見たことがなかった）。

「で、どうなのさ？」彼女はふいに医師のほうに向きなおると、心配そうに眉根を寄せて言った。

「それがさっぱり横になりたがらなくて、こうして腰をかけたまま、ごじぶんを消耗させる一方です」

「いや、こうしてちょっと座っているだけさ、みんなといっしょにね」マカール老人は子どもがねだるような顔をしてつぶやくように言った。

「そう、わたしたち、こうしているのが好きなのよ。ほんとうに。こうして集まって、輪になっておしゃべりするのが大好き。だもの、マカールおじいちゃんの気持ち、わかるわ」タチヤーナおばが言った。

「それに、落ち着きがなくてね、まったく」そういうと老人はまた医師のほうに向き直りにこりと笑みを浮かべた。「さっぱり言うことをきかないんだ。でも、お待ちなさい、最後まで話をさせてくだされ。横になる、というのはだね、いいかね、おまえさん、わしらのあいだでは、つまりこういうことだ。『いったん横になったら、二度とは起き上がれない』――てわけで、よいかな、この考えが骨の髄までしみついているってことだ」

「なるほど、そんなところだろうと思っていました。そんなのは民間の迷信です。『横になったが最後、下手すれば、もう二度と起き上がれない』。民間では、これがかなりしばしば恐れられていて、病院で臥せっているくらいなら、歩きまわって病気が過ぎるのを待ったほうがましって考えられているんです。でもね、マカールさん、あなたはたんにふさぎの虫にとりつかれているだけです。自由と広々とした道が恋しいだけです。病気といってもその程度のものなんですよ。一つの場所に長く住む習慣から遠ざかってしまった。だって、あなたは、いわゆる巡礼でしょう？　たしかに放浪っていうのは民間では情熱みたいなものになっていますからね。民衆にそういうところがあることは、わたしもなんどか気づいています。わがロシアの民というのは、だいたいのところが放浪者なんです」

「それじゃ、マカールさんも放浪者ってわけ、あなたに言わせると」タチヤーナおばが聞きとがめた。

「いや、べつにそういう意味じゃないんです。わたしは一般的な意味でこの言葉を使っただけですよ。たとえば、信心深い放浪者もいる、そう、敬虔な、ね、でも、やっぱり、放浪者であることに変わりはない。尊敬をこめて、ポジティブな意味で言っているのですが、でも、放浪者はやはり放浪者なんですよ……わたしは医学的な観点から……」

「はっきり言っておきますけど」ぼくはひょいと医師のほうに向き直った。「放浪者というのは、むしろ、ぼくとかあなたたちのことなんです。ここにいる全員がそうなので、この老人のことじゃない。ぼくたちこそ、この老人から、これからまだいろいろ学ばなければならないんです。だって、この人の人生には確固とした何かがあるのに、ぼくたちの人生ときたら、どんなにえらそうにしようが確固とした何かがあるわけじゃありませんから……でも、こんなこと言ったからって、どうせあなたにわかるわけもないでしょうけど」

あきらかに手きびしい物言いだったが、ぼくはそれを言うためにここに来たのだった。じつのところ、じぶんがなんのためにここに座りつづけているのか、わからなかったし、まるで頭が変になっているようだった。

「何てこと、言いだすんだい？」タチヤーナおばが訝《いぶか》しそうな目でこちらを見た。

「なに、マカールじいさん、この子のことをどう思ったわけ？」そう言って、彼女はぼくを指さした。

「神よ、この子に祝福を、賢いこの子に」老人はまじめくさった顔で言った。だが、『賢い』という言葉を耳にして、ほぼ全員が笑いだした。ぼくは、なんとか持ちこたえた。いちばん大声で笑っていたのは、例の医者だった。ひじょうにまずかったのは、ぼくがそのとき、みんなの事前の申し合わせを知らなかったことだ。ヴェルシーロフ、医師、タチヤーナおばは、すでに三日前から、当時、ぼくが考えるよりはるかに病状が重く回復の見込みもないマカール老人にたいする気遣いや、悪い予感から抜けだせないママの気を何とか紛らわせてやろうと申し合わせていた。だからこそ、一同は冗談を言いあったり、笑ったりするように心がけていたのだ。ただ、気のきかない医者だけは、当然のことだが、冗談のひとつも口にできなかった。そのせいで、あとであんな結果になってしまったわけだ。かりにぼくが彼らの申し合わせを知っていたら、あんな結果になるようなことはしでかさなかったにちがいない。リーザもなにも知らなかった。

ぼくはそこに腰かけたまま、聞くともなく聞いていた。彼らはおしゃべりをしたり笑ったりしていたが、ぼくは、あの知らせや情報をもたらしたナスターシヤさんのことが頭にはりつき、振りはらうことができなかった。彼女がすわったまま様子をうかがい、用心深く立ちあがってはべつの部屋をのぞきにいった姿がずっと頭に浮かんでいたのだ。やがて、みんながいっせいに笑いだした。どういうきっかけかまったくわからないのだが、タチヤーナおばがいきなり医師を無神論者呼ばわりしたのだ。「どうせ、あんたたち、藪医者どもは、みんな無神論者なんですから！……」

「マカールさん」おそろしく間抜け面をよそおい、いかにも傷ついた、公平な意見を求めるとでもいわんばかりの口調で医師は叫んだ。「わたしって、無神論者でしょうか、どうなんでしょう？」

「あんたが、無神論者だって？　いや、あんたは、無神論者なんかじゃない」相手の顔を食い入るように見つめながら、落ちつきはらって老人は答えた。「そうじゃない、ありがたいことにね！」老人は首を横にふった。「あんたは、陽気な人間だ」

「陽気な人間は、それだけでもう無神論者じゃないってことになるわけですか？」医師は皮肉っぽい調子で尋ねた。

「それはそれで、一種の思想ってものかな」ヴェルシーロフが口をはさんだが、その顔にはひと筋の笑みもなかった。

「それって、強力な思想です！」ぼくは驚いて思わず叫んだ。医師は訝《いぶか》しそうに周囲をみまわした。

「学者と呼ばれている人間や、教授と呼ばれている連中に」マカール老人は、軽く目を伏せて切りだした（その前に彼らは、おそらく何か教授たちの話をしていたのだろう）。「わたしははじめのうち恐れをなしていたものだ。彼らの前に出ることもできなかった。なぜかといえば、無神論者というものをなにより恐れていたからだ。わたしはこう考えていた。わたしのなかに魂はひとつしかない。だからもし、そのひとつを滅ぼしてしまったら、ほかにもうひとつを探しあてるなんてことはできやしない。ところが、後になって勇気が出てきた。『なあに、連中だって神さまってわけじゃない、わたしらと同じ、わたしらと似たりよったりの人間なんだ』と考えたのさ。それに好奇心も旺盛だった。『無神論てどんなものか、ひとつ突きとめてやろう』という気になった。ただし、それから間もなく好奇心そのものがどこかに消えてなくなってしまったがね」

老人はそこで口をつぐんだが、それでも話をつづけようと、あいかわらず静かでおだやかな笑みを浮かべていた。この世には、人に嘲《あざけ》られるなどとはつゆほども疑わず、だれかれなく他人を信用するお人よしな連中がいるものだ。そういう連中は、つねに了見が狭い。というのも、心のなかのもっとも大切なものをゆきずりの相手にさらけ出してしまうからだ。ただしマカール老人のうちには、それとは異なる何かがあるように見えた。何かべつのものが彼にしゃべらせているといった感じで、たんなるお人よしの無邪気さとはちがっていた。説教師としての何かがすけて見えた。ぼくは、彼が医師や、ことによるとヴェルシーロフにも向けたある種の悪戯っぽいとさえいえる笑みを感じておおいに満足した。そこで交わされている話題は、あきらかにその前の週の議論のつづきらしかった。そこには、残念ながら、またしても例の宿命的な一語が、そう、昨日、ぼくがあれほど強烈なショックを受け、ぼくがいまもって後悔している突飛なふるまいにおよんだ例の一語が飛びだしたのだった。

「無神論者である人間を」と老人は、集中を切らすことなく話しつづけた。「わたしはいまもって恐れているのかもしれない。ただし、これだけは言っておくがね、アレクサンドル君、わたしはこれまでいちどとして無神論者に出会ったことがないのだよ、逆に出会ってきたのは、落ちつきのない人間ばかり——そう、こんなふうに呼ぶのがいちばんだと思う。ほんとうにいろんな人間がいるものだ。どんな人間かなんて、とても想像がつかないくらいでね。大きな人間もいれば、小さな人間もいる、愚かな人間もいれば、学のある人間もいる。ひじょうに低い身分から出た人間もいる。要するに、すべては空なのだよ。なぜかといえば、書物のもつ喜びにひたりきり、一生かけて読んだり、講釈したりしている人間がいるが、ご当人は疑問だらけで、何ひとつまともには解決できずにいるんだ。ある者は、あちらこちらに手を出し、じぶん自身を見失なっている。かと思えば、心は石よりも固くなっているのに、ふらふら夢ばかり追いかけている人間もいる。あるいは、冷淡で、軽はずみで、ただ人を笑い、嘲っていれば気がすむような人間もいる。書物から花ばかり摘みとっている人間もいるが、それはじぶんの考えに合ったものだけで、当人はあくせくしているだけ、定見というものが欠けている。改めて言わせてもらうが、これはあまりにわびしすぎる。ちいさな人間は、ないないづくしで、パンもなければ、子どもを養う手立てもなく、ちくちくする藁のうえで眠る毎日ながら、心のなかはいつも朗らかで、軽やかだ。罪もおかせば、乱暴もするが、いつも心は軽やかだ。それに比べ、大きな人間は、たらふく飲み食いして金貨の山に囲まれている。なのに心はふさぎの虫にとりつかれている。あらゆる学を頭につめこんだ者もいるが、ふさぎの虫が去ることはない。そこで、わたしは思うのだ。知恵がつけばつくほど、わびしさが増すものだとな。それに、こう考えるのもいい。世界が生まれてこのかた、人はいろんなことを教えてきたが、はたしてこの世界が無類にすばらしく楽しく、あらゆる喜びに満ちた住まいになるような、そんなためになることを教えてくれただろうか？　もっと言おう。人は、気品に欠けているし、それを持とうとさえ思っていない。だれもが身を滅ぼし、ひとり一人がじぶんの破滅を誇らしく感じているだけで、唯一の真理に向きあうなどといったことは考えない。神なきままに生きるのは、ただの苦しみにすぎないというのに。そして、つまるところ、われわれを照らし出してくれるものを、かえって呪う始末で、それが何なのかはじぶんでもわからない。それに、いまさらどうというわけではないが、人間というのは何かに跪《ひざまず》かずにはおれないものだ。それができない人間は持ちこたえられないし、それはどんな人間にも言えることでね。だから、神をしりぞければ偶像を拝みはじめる――木の偶像か、金の偶像か、あるいは空想上の偶像をだ。そういう連中はみな偶像崇拝者であって、無神論者とはちがう、つまり、そう呼ばなくてはいけないということだ。それでは、無神論者はいない、ということになるのか？　いや、じっさい無神論者といえる連中がいるにはいる、ただし、偶像崇拝者のほうがはるかに恐ろしい。なぜかといえば、そういう連中は、神の名を口にしながらやってくるからだ。なんどか耳にしたことがあるが、そういう連中に出くわしたことはまったくない。よいかな、先生、そういう連中は確実にいる、いるはずだと思っている」

「いますよ、マカールさん」ヴェルシーロフがふいに相槌をうった。「そういう連中はたしかにいるし、『いるはずです』」

「ぜったいにいます、『いるはずです』」こらえきれず、熱くなってぼくもふいに口走った。なぜかはわからない。だがヴェルシーロフの言葉の調子につい引き込まれ、『いるはずです』という言葉にふくまれた、ある理念のようなものに魅せられたのだ。このやりとりは、ぼくにとってまったく意外なものだった。だがこの瞬間、これまたまったく意外なあることが起こったのだった。

4

驚くばかりに明るく晴れあがった日だった。マカール老人の病室のブラインドは、医師の指示もあり、ふだんは一日じゅう開けられることがなかった。もっとも、窓にかかっていたのはブラインドではなくカーテンだったので、窓のてっぺんの部分にはやはりすきまがあった。これは、従来のブラインドではまったく日ざしが見えないことを、老人が気に病んでいたからだった。ふと気づくと、ぼくたちはちょうど太陽の光がマカール老人の顔をふいにまともに照らしだしたその瞬間までそこに腰を下ろしていた。会話のあいだ、彼ははじめ気にもかけなかったが、話が始まると、彼はなんどか無意識にわきに頭を傾けた。明るい日ざしが彼の病みおとろえた目をつよく刺激し苛立たせていたのだ。彼のわきに腰を下ろしていたママは、すでになんどか不安そうに窓のほうに目をやっていた。なにかで窓をすっぽり覆ってしまえばそれですむ話だったが、話の邪魔になるまいと、マカール老人が座っている椅子を右に少しずらしてやろうと思いたった。せいぜい十五センチか、二十センチばかり動かすだけでよかった。ママはすでになんどか体をかがめ、椅子に手をかけたが、ずらすことができなかった。マカール老人が腰をかけている椅子はびくともしなかったのだ。彼女のそうした努力を察したのか、話が盛り上がるなか、まるで無意識のうちにマカール老人はなんどか腰を浮かしかけたが、両足がいうことをきかなかった。しかしママはそれでも力をこめ、動かそうとしていた。そしてついにそうしたことにリーザはすっかり切れてしまった。リーザの、いくぶんぎらついた、いらだたしげな目に気づいてはいたが、最初のうち、ぼくにはそれが何に起因しているのかわからなかったし、おまけに話にすっかり気持ちを奪われていた。と、そこでとつぜん、マカール老人をほとんどどなりつけるようなリーザの声がするどくひびきわたった。

「ねえ、少しでも腰を上げてやりなさいよ。ママが苦労しているの、わかるでしょう！」

老人はちらりと彼女に目を走らせ、すぐに事情をのみこむと、とっさに腰を上げかけたが、体がいうことをきかなかった。二十センチ弱腰を浮かせることはできたが、また椅子にどさりと腰を落とした。

「だめみたいだ、どうも」なぜかおとなしくリーザを見やりながら、彼はいかにも申しわけなさそうに答えた。

「まるまる本一冊分もお話しできるっていうのに、体はちょっとも動かせないってわけ？」

「リーザ！」タチヤーナおばが叫んだ。マカール老人は、またしても並々ならぬ努力を払って立ちあがろうとした。

「杖をお取りになったら、そばにあるでしょう、杖があれば立ちあがれます！」リーザはするどく追い打ちをかけた。

「たしかにそうだ」老人はそう言い、すぐに急いで松葉杖に手をかけた。「体を起こしてやるだけでいい！」ヴェルシーロフが立ちあがった。医師もそばに寄り、タチヤーナおばも跳びあがったが、それよりいち早く、マカール老人は全力をふりしぼって松葉杖にすがり、ひょいと体を起こすと、いかにも得意そうにその場に立ったまま一同を見まわした。

「ほうら、立ちあがれた！」なかば誇らしげに、嬉しそうな笑みを浮かべながら老人は言いはなった。「ありがとう、リーザ、よいことを教えてくれた、この足はもう、まるきり役立たずと思いこんでいたよ……」

だが、彼が立っていられたのは、ごくわずかの間だった。話がまだ終わりきらないうちに、全身の重さをかけて立っていた松葉杖が何かの拍子にカーペット上でつるりと滑った。そこで彼の『足』は彼をささえきれなくなり、彼はどうと床に倒れこんだ。忘れもしないが、それはもう見るも恐ろしい光景だった。一同があっと叫び声をあげ、彼を抱きおこそうと駆けよった。幸い、どこにも怪我はなかった。どしんと重い音をたてはしたものの、たんに両膝を床にぶつけただけで、うまく右手を前にさしだし、体をささえることができたのだ。彼は抱きおこされ、ベッドに座らされた。ひどく青ざめていたが、それは驚きのせいではなくショックのためだった（医師は他のもろもろの原因以外に、心臓病の兆候を見ていた)。母は驚きのあまり、完全に取りみだしていた。するとマカール老人は、まだ青ざめた表情のまま小刻みに体を震わせながら、まだ十分にはショックから立ち直れないようすで、ふいにリーザに顔を向け、優しいといえるようなちいさな声で彼女に言った。

「だめみたいだ、リーザ、どうも足がちゃんということをきかん!」

そのときに受けた印象は、とても言葉では言いあらわせない。要するに、あわれな老人のその言葉には、恨みや非難のひびきがこれっぽっちもなかったということだ。それどころか、明らかに彼は、当初からリーザの言葉に悪意らしきものを何ひとつ認めず、じぶんに向けられたするどい言葉も、それを何かしら当然のことと、つまりじぶんは悪いことをしているのだから「お灸をすえられて」しかるべきものと受けとめていた。こういったことが、恐ろしいばかりにリーザにも作用した。老人が倒れた瞬間、彼女はみなと同じようにさっと立ちあがり、顔面蒼白となったまま立ちつくしていた。むろんじぶんにすべての責任があると思って苦しんでいたからだが、老人のこのような言葉を耳にすると、ふいに、ほとんど一瞬のうちに、恥ずかしさと後悔の念で顔が真っ赤になった。

「さっ、もうこれくらいにして!」タチヤーナおばが急に命令口調で言った。「すべておしゃべりのせいよ！　そろそろ解散の時間ね。そもそもお医者さまがおしゃべりをしだすようじゃ、いいことあるはずないわ！」

「その通り」あれこれ病人の世話をしていた医師のアレクサンドル先生が相槌をうった。「申しわけありません、タチヤーナさん、病人に必要なのは安静でした！」

しかし、タチヤーナおばはその言葉を聞いていなかった。彼女は三十秒ばかり、無言のままじっとリーザを観察していた。

「こっちにおいで、リーザ、いい年したこのおばかさんにキスしておくれ、いやじゃなきゃね」思いがけない言葉だった。

そこでリーザは、彼女に口づけをした。何のためなのかわからないが、そうせざるをえなかったのだ。そこで、ぼくも飛びつくようにして、タチヤーナおばに口づけをした。ほかでもない、叱責などしてリーザの気持ちをへこませるわけにはいかず、彼女のうちにまぎれもなく芽生えかけているはずの新しく美しい感情を、喜びと祝福で迎えてやらなくてはならなかったからだ。ところがそんな気持ちとはうらはらに、ぼくはふいに立ちあがると、一語一語をしっかり区切りながらこう切りだした。

「マカールさん、あなたはまた、『気品』という言葉を使われましたね。ぼくはちょうど昨日からこの二日間、ずっとこの言葉に苦しんできたのです……いえ、これまでずっと苦しんできました、ただ、以前はそれが何なのかわからなかっただけです。この言葉の一致を、ぼくは何か運命的なもの、ほとんど奇跡的なものと受けとめています……このことをあなたのいる前ではっきり述べておきます……」

だが、一瞬のうちに話を止められてしまった。くどいようだが、ぼくは、ママとマカール老人に関する彼らの取り決めを知らなかった。むろんそれまでの例もあり、彼らはこういったたぐいのどんなスキャンダルも起こしかねない男とぼくを受けとめていたのだ。

「抑えて、あの子を抑えて！」タチヤーナおばはすっかり逆上して叫んだ。ママはふるえだしていた。マカール老人は一同の驚きようを見てすっかり怖気づいてしまった。

「アルカージー、いい加減にしなさい！」ヴェルシーロフが厳しい調子で叫んだ。

「いいですか、みなさん、ぼくからすると」と、ぼくはさらにいちだんと声を張りあげた。「ぼくからすると、この赤ちゃんのような人のそばに（そういってぼくはマカール老人を指さした）あなたがたの姿を見るのが――醜悪なんです。ここでひとりだけ神聖なのは――ママです。でも、そのママも……」

「病人がびっくりしていますよ！」医師が執拗な調子で言った。

「わかっています、じぶんが世界の敵だってことぐらい」しどろもどろな調子でぼくはそう言いかけたが（あるいは、何かしらそういったたぐいのことを言ったらしいが）、あらためてまわりを見まわしてから、挑みかかるような目でヴェルシーロフをにらんだ。

「アルカージー」彼はまた叫んだ。「以前もいちどここで、われわれの間でこれとまったく同じような場面があっただろう。お願いだから、今はがまんしてくれ！」

どれほどつよい気持ちをこめて彼がそれを言いはなったか、ぼくには言いあらわすすべもない。その顔のなかに、異常とも思える悲しみが、真摯で、あふれんばかりの悲しみがあらわれた。何よりもふしぎでならないのは、彼がまるで罪びとのように見えたことだ。ぼくは裁き手であり、彼は罪人だった。そうしたことに、ぼくは打ちのめされた。

「たしかに！」ぼくは彼に答えて叫んだ。「これとまったく同じような一幕がすでにありました。それはぼくが、ヴェルシーロフを葬ったとき、心からえぐりとったときです……でも、そのあと、死者の復活がつづきました。そしていまは……いまはもう夜明けはありません！　でも……でも、ここにおられるみなさんはいまにおわかりになるでしょう、ぼくにいったい何ができるか！　ぼくに何が証明してみせられるか、みなさんには想像もつかないでしょうが！」

そこまで言うと、ぼくはじぶんの部屋に駆け出していった。ヴェルシーロフがあとから追いかけてきた。

5

ぼくの病気が再発した。強烈な熱病の発作が起き、夜になるとうわごとがはじまった。だが、うわごとばかり言いつづけていたわけではない。それこそ無数といってよいほどの夢が、果てしもなく延々たる行列をなして現れた。それらの夢のうちのひとつは、ないしその断片は、死ぬまで忘れないだろう。いっさいの説明ぬきでお伝えする。これは、予言であり、飛ばすことはできない。

ふと気づくと、ぼくは、大きな、誇らしい計画を胸に抱きながら、天井の高い、大きな部屋のなかにいた。しかしそこは、タチヤーナおばの家ではない。ぼくはとてもはっきりとその部屋を覚えている。前もってこのことを述べておく。ぼくはひとりきりなのに、不安と苦しみを覚えながらたえず感じていた。まるでひとりきりなんかではなく、ぼくを待っている人がいる、何かを期待されている、と。どこかドアの向こうで人々が腰をおろし、ぼくが何をしでかすかを待ちうけているのだ。耐えがたい感じだ。『ああ、ぼくひとりならいいのに！』そしてふいにあの人が入ってくる。あの人はおどおどしているように見える。ひどく恐れている。ぼくの目をのぞきこんでいる。ぼくの手には文書がにぎられている。あの人はぼくをとりこにしようと微笑みながら身をすりよせてくる。哀れだと思う。だが、少しずつ嫌悪を感じはじめる。ふいにあの人は両手で顔をおおう。ぼくは、いいようのない軽蔑の念にかられて『文書』をテーブルのうえに放りだす。『せがんだりしないで、さあ、どうぞ、ぼくはべつに何もいりませんから！　ぼくが受けた屈辱にたいして、ぼくは軽蔑で応えます！』ぼくは、はかりしれない誇りで息をつまらせながら部屋を後にする。

ところが、ドア口の暗がりでランベルトがぼくをつかまえる。『このバカ、バカ野郎！』ぼくの腕を思いきり押さえながら彼はそうささやく。『あの女はな、ワシリエフスキー島に女子用の寄宿学校を開かなくちゃならないんだ』（注、つまり生計を立てるためだ。父親の老公爵がかりにぼくからこの文書の話を知ったら、彼女の相続権を奪い、家から追いだすだろうから。ぼくはここに文字通り、夢で見たとおりに、ランベルトの言葉を書きつけている）。

「アルカージーさんは、『気品』をお望みなのよ」どこか近く、すぐそこのちょうど階段のあたりから、アンナさんのちいさな声が聞こえてくる。だがその言葉のうちにひびいているのは、賞賛ではなく、たえがたいほどの嘲りだ。ぼくはランベルトとともに部屋に引きかえしてくる。だがランベルトの姿を見るなり、あの人はけらけら笑いはじめる。ぼくの第一印象は――すさまじい驚き、思わず立ちどまり、そばに寄りたくなくなるほどの驚きだ。あの人の顔を見つめるが、信じられない。あの人はとつぜん顔から仮面を脱ぎすてたかのようだ。顔立ちは同じだが、ひとつひとつの線が、まるではかりしれぬ厚かましさに歪んでみえる。『お代、いただきましょうか、奥さん、お代をね！』ランベルトは叫ぶが、ふたりはいちだんと大声を出して笑いだし、ぼくの胸はつぶれそうになる。『ああ、この恥知らずな女性が――ひと目でぼくの心に気高い心を沸きたたせたあの女性か？』『よく見ろ、上流社会の、高慢ちきな女どもが、金のためにいったい何をやらかすかをな！』ランベルトが叫ぶ。ところがこの恥知らずな女性は、そうまで言われながらたじろがない。ぼくがこうして呆気にとられているのが、おかしくてたまらず高笑いしている。そう、あの人は買い取る気でいるのだ、ぼくにはそれがわかる……それにしても、ぼくはどうしたのか？　ぼくはもうあわれみも嫌悪も感じてはいない。かつて経験がないほど震えている……ぼくをとらえているのは、えもいわれぬ新しい感情であり、それはぼくがいまだかつていちども経験したことのないものだ。まるで世界全体をひっくるめたような強力な感情だ……ああ、このままではもう何としても帰れない！　ああ、ぼくはどんなに気に入っていることか、これほどにも下劣であることが！　ぼくはあの人の手をつかむ。あの人の手に触れたことにぼくは苦しいまでの衝撃を覚えている、そしてじぶんの唇を、あの人の、どぎつい、真っ赤な唇に近づける、笑いに震え、ぼくを誘惑するその唇に。

ああ、この下劣な記憶を払いのけたい！　呪わしい夢！　誓って言う。このあさましい夢を見るまで、ぼくの頭のなかに、この恥ずべき考えに似た何かが浮かんだことなど、いちどとしてなかった！　何かこれに類した無意識の夢など見たこともなかった（たしかに、ポケットに縫いつけた『文書』を保持し、時として妙な薄笑いを浮かべてポケットをつかんでみることはあったが）。では、いったいどこからこうしたものが、待っていましたとばかりに出現したのか？　それは、ぼくのなかに蜘蛛の魂がひそんでいたからなのだ！　それはつまり、すべてがもうすでに、ぼくの堕落した心のなかに、ぼくの欲望のなかに芽生えて身を隠していたのだが、正気でいるあいだ、ぼくの心はまだそれを恥じているので、理性は何かそうしたものを意識的に思いえがくことができなかったということだ。ところが夢のなかでは、魂それ自体が、心のなかにあるものすべてを、完全に正確に、ひとつの絵巻物としてあますところなく――

予言的なかたちで——描きだし、取りだしてみせたのだ。今朝、マカール老人の部屋から駆けだしたとき、ぼくが彼らに証明してみせようとしていたのは、まさにこのことだったのか？　でも、もうやめよう、しかるべき時が来るまでは、これについていっさいふれずにおこう。ぼくが見たこの夢は、ぼくの人生に起こったもっとも奇怪な出来事のひとつなのだ。

第三章

1

三日後の朝早く、ベッドから起きあがり、両足を一歩先に踏みだしたとたん、ぼくはふいに感じた。これ以上寝こまずにすむ、と。ぼくは、回復が近いことを全身に感じとった。こうした細々としたことなど、ここに書きこむ価値などないだろうが、当時の数日間、特別なことは何ひとつ起こらなかったものの何もかもが喜ばしく、穏やかなものとして記憶に残った。それは、ぼくの思い出のなかでもめったにない経験だった。ぼくの精神状態を型にはめて述べるようなことはしない。それがどんなものであったかを読者が知ったところで、読者はむろん信じないだろうから。すべてはあとで、事実に基づいて説明されるほうがいい。ただ、さしあたり次のひとつのことを言っておく。読者は、蜘蛛の魂ということについて記憶しておいてほしい。しかもその蜘蛛の魂が、『気品』のために彼らのもとを逃れ、社交界からすっかり足を洗おうとしている人間のうちに潜んでいる、ということを！　『気品』にたいする渇望はとてつもなく大きなもので、それはむろんいうまでもないことなのだが、それがはたして、ほかのもろもろの欲望と——それがどのようなものかは神のみぞ知るだが——どのようにしてひとつに折り合えたのか、ぼくにとっては謎なのだ。たしかに、人間がじぶんの魂のなかで、最高の理想を最低の卑劣さとならべて育むことができる（とくにロシア人がそうらしい）能力と、しかもそれがすべて完全に真摯になされる事実は、つねに謎であり、なんどとなく目をみはってきたものだ。これは、ロシア人のなかにある特別の大らかさで、ロシア人を大きな将来に向かわせてくれるものなのか、ただの卑劣にすぎないのか、これが問題なのだ！

しかしこれは脇に措くとしよう。何はともあれ、小康状態が訪れてきた。ぼくは単純にこう考えただけだった。できるだけ早く行動を起こせるよう、何としても回復しなければならない、それもできるだけ早く、と。だから、医師（だれにせよ）の言いつけにしたがいながら、衛生第一の暮らしを心がけ、医師の言いつけを守ると心に決めた。並外れた分別をともなう嵐のごとき企みは（これこそは大らかさの賜物なのだが)、家を出ていく日、つまり全快する日まで先送りした。こうした穏やかな印象やら小康状態の快感やらが、間近に迫った嵐のような決断の予感のもとでの悩ましいほどに甘美でおののくような胸のときめきとどうしてひとつに共存できたのか、ぼくにはわからない。だが、これもまた『大らかさ』のせいではないかと思っている。とはいえ、ついこのあいだまでぼくの心のなかにあった不安はすでに消えていた。ぼくは、未来にたいして怯えおののくこともなく、じぶんの資力と力量を信じきっている大金持ちのように、すべてを一定の時期まで先送りしたのだ。ぼくを待ちうける運命に戦いをいどむかのような傲岸不遜な心が日を追って頻繁に訪れるようになったが、これはひとつには、現実に回復しつつあることや、すみやかに生命力が戻ってきたためだと思っている。そして、こうして最終的に、かつ実際的に病から回復していくこの数日を、ぼくはいま、あふれんばかりの喜びとともに思いかえすのだ。

そう、彼らはなにもかも許してくれた。あの突飛なふるまいを許してくれた。しかも、その彼らとは、ぼくが醜悪な連中と面罵した、その当人たちなのだ! ぼくは人間のこういう側面を愛する。これを、心の知恵とぼくは呼んでいる。すくなくともこの心の知恵が、たちまちのうちにぼくを魅了したのだ、といっても、ある程度までのことだが。たとえばヴェルシーロフとぼくは、とても気のあう知人同士のように話をにつづけたが、それもある程度までだ。すこしでも感情がちらつきだすと（じっさいにちらついたのだが）、何か恥ずかしい気がしてきて、すぐさまじぶんを抑えにかかるのだった。勝者が敗者に気がねせざるをえなくなる場合というのがあるが、それはまさしく、勝者が敗者を打ち負かしたために生じることだ。勝者は、あきらかにぼくのほうだった。だからこそ、ぼくは気が引けた。

その日の朝、つまり、ぼくが病気の再発から立ちなおり、ベッドから起きあがった朝のこと、ヴェルシーロフがぼくの部屋に立ちよった。そこでぼくは彼の口からはじめて、あのときのママとマカール老人をめぐる一同の申し合わせを知ったのだった。ついでながら彼は、老人がたとえ快方に向かったとしても、彼の病状について責任をもって大丈夫とはいえないと医者は話していると告げた。ぼくは彼に、これからはもっと注意深くふるまいますと心から誓った。ヴェルシーロフがこうしたことを告げてくれたことで、ぼくははじめてそこで気づいたのだった。彼自身も、ひじょうに真摯に老人の身を案じている、つまり、彼のような人間には期待できないくらいに深く案じていること、そして彼が老人を、彼自身にとってもなぜか格別にかけがえのない存在とみなしていること、それもたんにママのせいばかりではないことに……。ぼくはただちにこの事実に興味をいだき、ほとんど目をみはらされたほどだった。そして正直に述べると、ヴェルシーロフがいなければ、ぼくはこの老人のもつ多くのものを見落としてしまい、この胸のうちにもっとも堅固でオリジナルな思い出のひとつを残してくれた彼を、十分に評価できなかったろう。

ヴェルシーロフはどうやら、マカール老人にたいするぼくの態度に、危惧の念を覚えていたらしかった。つまり、ぼくの理性と、節度を信頼していなかったということなのだが、そのため、ぼくが時と場合によっては、考え方も見解もまるで異なる人間にどう接すべきかを心得ている人間だと知って、ひと言でいえば、必要とあれば譲歩もできる大らかさをもっていると知っておおいに嬉しがった。もうひとつ正直に述べると（じぶんを貶めることにはならないと思う）、ぼくは農民出のこの男のなかのある種の感情と考え方に、ぼくにとってまったく新しい何か、ある未知のもの、ぼく自身がそれ以前に理解していたよりもはるかに明快で、かつ心の慰めとなるような何かを見いだしたのだった。しかしながらこの老人が、度しがたい落ちつきと揺るぎなさをもってかたくなに信じ込んでいるある種の決定的な偏見には、ぼくも時としていやおうなく頭に血がのぼることがあった。しかしこの場合もむろん、ひとえに彼の無教養に原因があり、その一方で彼の魂はかなりみごとに組織化されていて、ぼく自身ほかの人々のなかに、この類のみごとさに優る魂に出会ったことがなかったほどなのだ。

2

すでに前にも述べたことだが、この老人のなかでぼくが第一に惹きつけられたのが、異様なまでの純真さであり、自尊心の完全な欠如ということだった。ほとんど無垢な、といってもよい心の姿をうかがい知ることができた。心の『ほがらかさ』があり、それゆえ『気品』もあった。『ほがらかさ』という言葉を彼はとても好んでいて、ひんぱんにそれを用いた。しかしどうかすると、ある種の病的ともいえる歓喜や、ある種の病的な感動といったものが顔をのぞかせることもあった。思うに、ひとつは、率直に言って彼の例の病がずっと消えなかったせいなのだが、かといってそれが、気品が現れる妨げとなることはなかった。コントラストもあった。どうかすると他人の皮肉にまったく気づかない驚くべき純真さがあるが（これにはぼくもしょっちゅういらいらさせられたが）、同時に何かしら狡猾なデリケートさが彼のなかで同居し、それがなによりも議論のさなかに顔をだすのだ。彼は議論するのを好んでいたが、それもごくたまにあることで、しかもそのやり方が一風変わっていた。彼がロシアじゅうをめぐり歩き、いろいろと見聞したことは明らかだが、くり返していうと、彼は何にもまして感動にひたることを好み、したがって感動を呼び起こさせてくれるすべてのものを好み、じぶんでも感動的な話をするのを好んでいた。総じて、彼はたいへん話好きだった。ぼくは彼からいろんな話を聞いた。彼自身の遍歴の話や、太古の昔の『苦行者』の人生にまつわるさまざまな伝説の話である。そういう話をぼくは知らなかったが、思うに、その伝説の大部分が庶民のあいだに口伝えで知られてきた話をじぶんなりに咀嚼し、勝手にゆがめたものだった。なかには、とてもまともに聞く気になれないような話もあった。けれど、明らかな作り話や、たんなるでたらめの間に、つねに驚くほどまとまりをもち、民衆の感情に満ちあふれ、つねに感動的なあるものが見え隠れしていた……。そうした話のうちでぼくが記憶しているのは、たとえば、『エジプトのマリヤの生涯』という長い話だ。この『聖人伝』や、これに類したほかのすべての伝記について、ぼくはそれまでまったく何の知識ももたなかった。率直に言って、ほとんど涙なくしては聞きとおせないような話だった。感動のためというより、あるふしぎな歓喜のせいだ。その聖女が彷徨《さまよ》った、ライオンたちの棲息する灼熱の砂漠のような、何か、異様に熱いものが感じられた。もっとも、これからこの話をするつもりはないし、そもそもその資格がない。

こうした感動のほかに、ぼくが気に入ったのは、今日の現実の話で、いまなおたいへんな論争の的となっている問題にたいする、ある種の時としてきわめてユニークな見方だった。たとえばあるとき、最近あった除隊兵の話を聞かせてくれたことがあった。彼はこの事件のほとんど目撃者といってもよかった。ある兵士が、軍務から故郷の百姓たちのところに戻ってきたが、また百姓たちと暮らすのはいやだったし、そもそも彼自身が百姓たちに嫌われていた。男は生活をみだし、飲んだくれ、どこかで強盗を働いた。確実な証拠はなかったものの、拘束され、裁判にかけられた。法廷では、弁護士は彼の無罪を完全に証明するところまでいった――証拠がないの一点ばりだった。ところがふいに、それまで話を聞くいっぽうだったその男は立ちあがると、弁護士の話に割って入った。『いや、おまえさん、ちょっと話を止めてくだせえ』。そしてすべてを、『塵《ちり》ひとつのこさず』供述し、悔悟して泣きじゃくりながらすべての罪を認めたのだった。

陪審員たちは退出し、評決のために別室に閉じこもったが、やがていっせいに全員が姿を現した。『いや、無罪です』。傍聴人たちは全員、大声で叫び、喜びあったが、兵士は、まるで棒杭になったみたいにその場にぽかんと立ち尽くしたままだった。合点がゆかなかったのだ。裁判長が、無罪放免の判決を下すにあたって彼に伝えた訓戒の意味もさっぱりわからなかった。兵士はふたたび自由の身となったが、あいかわらずじぶんが信じられない。ふさぎの虫にとりつかれた彼は、考えこみ、食うものも食わず、人とも話さず、五日目にはついに首を吊ってしまった。『心に罪を抱いて生きてはいかれないということだ！』マカール老人はそう話を結んだ。この話は、むろん、ごくつまらないもので、これに類した話はどんな新聞にもわんさと載っているが、ぼくが気にいったのは、彼の話しぶりで、何よりもはっきりと新しい思想をはらんだいくつかの言葉だった。たとえば、村に帰った兵士が当初百姓たちに気に入られなかった話をするとき、マカール老人はこんなふうな言い回しをした。『で、兵士がどういうものかは、知れたものだ。兵士というのは、「百姓の腐ったの」なのさ』。勝訴の一歩手前までいった弁護士については、あとでこんなふうな言い方もしたのだった。『で、弁護士がどういうものかは、知れたものだ。弁護士というのは「雇われた良心」でね』。これらふたつの表現を、彼はじぶんもそれと気づかず、何の苦労もなしに言ってのけたわけだが、そこには、ふたつの物ごとにたいする完全に独自の見方が、むろんそれは民衆全体のものの見方というわけではないが、それでもやはりマカール老人の、独自の、借りものではない見方が示されていた！　いろんな話題にかかわる民衆の見方というのは、ユニークさという点で、時としてじつにすばらしい内容をはらむことがあるものなのだ。

「ところでマカールさん、あなたは自殺の罪についてどうお考えになります？」ぼくは同じ話題にからめて彼に尋ねた。

「自殺というのは、人間のもっとも大きな罪だ」老人は大きくため息をついて答えた。「だが、それを裁くことができるのは、ひとり主のみ。なぜかといえば、主のみがすべてをご存じだからだ、すべての限界、すべての節度というものをね。わたしらは、そういう罪びとのことを絶えず祈ってやらなくてはいけない。そうした罪の話を耳にするごとに、眠りにつくまえに、その罪びとのために心から祈ってやることだ。その罪びとを思い、神にむかって大きく息をつくだけでいい。その罪びとがまるで知らない人間であってもいい――むしろそのほうが、祈りは届きやすい」

「でも、その人がすでに裁きを受けていたとしても、ぼくの祈りは助けになるんでしょうか？」

「そんなことがどうしておまえにわかるのだね？　多くの人たちが、そう、多くの人たちが信じることを知らず、無知の人々を迷わせている。そんな連中の話を聞いてはいけない。なぜかといえば、その当人がどこにむかって歩いているのか知らないありさまだからだ。まだ生きている人間による、裁かれた者たちへの祈りは、確実に届く。だとしたら、だれからも祈ってもらえない者たちはどうなるというのだ？　だから、眠りにつくまえ、祈るときには、こう終わりに付けたすのがいいんだ。『主イエスよ、だれひとり祈ってくれるもののないすべての人々を憐れみたまえ』とな。こういう祈りはきわめて聞きとどけられやすく、神さまにも気持ちがよいものなのだ。まだ生きているすべての罪びとのためにも同じように祈ることだね。『主よ、いまだ悔いあらためざるすべての人々の運命を憐れみ、救いたまえ』とね。これもまた良き祈りというものだ」

ぼくはマカール老人に、祈りますと約束した。その約束が、老人に桁外れに大きな満足を与えることができる、と感じながら。そして実際、老人の顔は喜びに輝きだした。だがいそいで付けたすと、こういった場合、老人はぼくにたいしてけっして上から見下ろすような態度をとらなかった、つまり、どこぞの未成年に年寄りがとるような態度をとることはなかった、ということだ。それどころか、ひんぱんにぼくの話を喜んで聞いてくれたし、いろんな話題でぼくが話すのに心から聞き入ることもあった。彼はたとえ相手が『若人《わこうど》』（老人はこの高尚な語彙をもちいて表現したが、ここは『若人』ではなく、『若者《わかもの》』と言わなくてはいけないことは百も承知だった）でも、じぶんが相手にしているその『若人』が、教育面でじぶんよりはるかに高いことを同時に理解もしていた。たとえば、彼はひどくしばしば隠遁生活の話をするのを好み、

『隠遁』を『巡礼』よりも比較にならないほど上に置いていた。彼らは、自己の救済ぼくは、そういう人たちのエゴイズムをやり玉にあげて、はげしく反論した。彼らは、自己の救済というというもっぱらエゴイスティックな理想のゆえに世界を捨て、彼らが人類にもたらしえたかもしれない利益をも放棄している、と。彼ははじめ、ぼくの言っていることがわからなかった。いや、まるきり理解できなかったのではないかと思う。しかし、彼はやっきになって隠遁を擁護しはじめた。『はじめのうちは（つまり、隠遁生活に入ったころは）、むろん、じぶんをかわいそうに思うだろう……だがそのうち、日が経つごとにどんどん喜びが増し、やがては神を視ることができるようになるのだ』。そこでぼくは、学者や医師や、そうじてこの世で人類の友とされる人たちの有益な活動をあますところなく描きだしてみせ、彼をおおいに感激させた。というのは、ぼく自身がそれを熱っぽく語ったからだ。彼はひっきりなしに相槌を打ってくれた。『そうだとも、おまえ、ほんとうにその通りだ、神よ、おまえに祝福を、おまえはただしい考え方をしている』。だが、ぼくの話が終わると、彼としてはやはりかならずしも同意しきれなかったらしい。『それはたしかにそうかもしれない』彼はそう言って深く息をついた。『だがね、そうして最後までもちこたえ、よそ見せずにいられる者は、そう多くないのじゃないかね？　お金は神ではないが、それでも半神だし、大きな誘惑だ。そこにもってきて女の性というものもあれば、自意識、そして嫉妬もからまってくる。かくして大きな事業は忘れさられ、小さなことに関わりあうようになる。隠遁もそうだろうか？　隠遁に入った人間は、ありとあらゆる功《いさおし》に向けておのれを鍛えていく。友よ！　そもそも、この俗世になにがあるというのだい？』並々ならぬ感情をこめて彼は叫んだ。『あるのは、夢だけではないかな？　おまえの石のうえに一粒の砂を撒いてごらん。その石の上の黄色い砂粒が芽を吹いたら、そのときは、おまえの俗世の夢も叶うだろう。わたしらの間ではそういう言い方がなされている。キリストさまが言われた『行きて、おまえの富を分かち、万人の僕となれ』とはそういうことじゃないかね？　そうすれば、おまえはいままでより何千倍も豊かになれる。なぜかといえば、人は、たんに、食物や、高価な衣装や、誇りや、羨《ねた》みによっては幸せになれず、限りなくいやます愛によってこそ幸せになれるからだ。そうすれば、十万、百万といったちっぽけな財産ではなく、全世界を手に入れることができるのだよ！　いまは、倦むことしらず集めては、狂ったようにばらまいているが、そのときが来れば、孤児も乞食もなくなるだろう、なぜかといえば、すべてがじぶんのもの、すべてが血の通じた友となり、すべてを手に入れ、ひとつのこらず買いしめたことになるからだ！　いまではもう、どんな金持ちも身分の高いものも、じぶんの命数に無関心になり、じぶんでどんな楽しみをこしらえだしたらよいのかわからないといった例がめずらしくない。だが、そのときが来れば、じぶんの一日、一時間が千倍も増えたかのような気がしてくるよ。なぜかといえば、一分たりとも無駄にするのがいやになって、一分一秒を心の喜びとして感じるようになるからね。そのとき英知は、たんに本だけから汲みとるようなものではなくなり、当の神さまと顔を合わせるようになる。大地は、太陽よりも輝きをまし、悲しみも、嘆きもなくなり、ただひとつ、かぎりなく貴い天国だけが……』

こうした歓喜にあふれる言葉を、どうやらヴェルシーロフもひどく好んでいたらしかった。このときは、彼もちょうど同じ部屋に居あわせていた。

「マカールさん！」すっかり興奮して熱くなったぼくは、ふいに彼の話に割って入った（その晩のことをぼくはよく記憶している）。「でも、そういうことなら、あなたが喧伝《けんでん》しているのは、コミュニズム、完全なコミュニズムということになりますよ！」

コミュニズムの教えについて彼はまったく何も知らなかったし、そもそもこの言葉自体耳にするのははじめてのことだったので、ぼくはただちに、この話題について知っているかぎりのことを述べはじめた。正直、ぼくが知っていることもごくわずかでしかも曖昧だったし、今でさえそれに精通しているわけでは必ずしもないが、何はともあれ、ぼくはおおいに熱をこめて知っていることを述べたてていった。ぼくはいまでも、ぼくが老人にもたらした異常ともいえる感銘を思いだすたびに、大きな満足をおぼえる。それはもはや感銘といったものでさえなく、ほとんど震撼という言葉に近かった。にもかかわらず彼は、その歴史的ディテールにおそろしく興味を示した。『どこでだね？　どんなふうに？　だれが打ちたてたのかね？　だれが言ったんだね』。ついでに述べておくと、これは概ね一般民衆の特性である。なにかにおおいに興味を掻き立てられると、もはや一般的な概念では満足せずに、かならずや確固として正確なディテールを要求しはじめるのだ。ところがこのぼくは、そのディテールの点となるとひどく知識があやふやだったし、ヴェルシーロフがそこに居あわせていたせいもあっていくぶん気恥ずかしさも手伝い、ますます熱くなる一方だった。結局、感動したマカール老人は、最後はぼくのひと言ひと言に『そうか、そうか！』とくり返してはいるものの、どうやら理解できておらず、話の筋も見失なっているようすだった。ぼくはいまいましくなってきたが、ヴェルシーロフがふいに会話を断ちきって立ち上がると、そろそろ寝る時間だと宣言した。そのときはすでに全員が集まっていて、時間も遅かった。それから数分後、ヴェルシーロフがぼくの部屋をのぞいたので、ぼくはすぐ、マカール老人をどう見ているか、彼についてどう考えているのか、と尋ねた。

ヴェルシーロフは愉快そうににやりと笑った（だがコミュニズムの話のなかでぼくがまちがったところを笑ったわけではなく、それどころかその間違いについてはひと言も触れなかった）。もういちどくり返すが、彼はマカール老人にすっかり愛着を覚えているようすだった。ぼくはしばしば、彼が老人の話を聞くときの顔に、ものすごく魅力的な笑みが浮かぶのを目にした。もっともその笑みが批判を妨げることはけっしてなかった。

「マカールさんは、第一に、百姓ではなく、屋敷付きの下僕だったんだ」彼はひどく乗り気になって話しはじめた。「下僕の子として生まれた、もとは屋敷付きの下僕をしていた農奴ということだ。その昔、屋敷番や下僕は、じぶんたちの主人の私生活や、精神生活、そして知的生活から生まれる関心を、ひじょうに数多く分かちもったものでね。気をつけて見てみるといい。マカールさんはこれまで、何よりも地主や上流社会の生活で起こるいろんな出来事に関心を抱いてきた。彼が、最近、ロシアで起こったある種の出来事にどれくらい興味を寄せてきたか、おまえはまだ知らないだろう。彼がたいへんな政治家だってこと、知っているか？　どんなごちそうも喜ばないが、だれがどこでどう戦い、戦争がはじまるかどうかといった話をしてみろ。昔はわたしも、こういった話で彼を有頂天にさせてやったものだ。学問をとても尊敬していて、すべての学問のなかでいちばん尊敬しているのが天文学なんだ。にもかかわらず、何か独立した考えを作りだしていて、いったんそれを言い出したら梃でも動かないんだな。信念があるんだね、確固とした信念が、かなり明快な……心からの信念だ。まったくの無学なのに、思いもかけず、その彼からはとても想定できないような知識をもっていて、われわれに不意打ちを食らわせることもあったな。あのとおり、隠遁を夢中になって賞賛するわりには、隠遁生活にも修道院暮らしにもけっして入ろうとはしない。なぜかというと、あの医者のアレクサンドル君がいみじくも呼んだように、彼はまぎれもない『放浪者』だからさ。ついでに言っておくが、おまえ、アレクサンドル君に腹を立てているようだが、それは無意味なことだよ。そう、ほかにもうひとつあった。マカールさんにはいくぶん芸術家気質のところがあるということだ、じぶんの言葉をたくさんもっている。ただし受け売りもあるがね。論理的な話になるというと、いくぶんぎくしゃくして、どうかするとひどく抽象的になる。発作的にセンチメンタリズムが顔をだすが、あれは完全に民衆的というか、むしろきわめて民衆的なセンチメンタリズムでね、ああいう感激を、われわれのロシアの国民というのは、広くじぶんの宗教的な感情のなかに持ちこんでいるんだ。彼のもっている純朴さ、温厚さということについては、省いてもよかろう。この話題は、われわれがとりあげるべき話題でもなさそうだし……」

3

マカール・ドルゴルーキーの人となりにかんする話に一区切りをつけるため、老人の話、とくに彼の私生活にまつわる話から、何かひとつお伝えしよう。それらの話の特徴は一風変わっているというか、何ひとつそこに共通するものというのがなかったというより正しい言い方になる。何かしら教訓めいたもの、共通の傾向といったものはいっさい引きだすことができず、かりにそれらしきものがあるとしても、多かれ少なかれ、感動的だったという点に尽きてしまう。ただし、感動的ではない話や、まったく愉快で賑やかな話もあったし、自堕落な修道僧を嘲るような話まであったので、そうして話をすることで、じぶんの理想をもろに傷つけるようなこともあった——こちらからその点を注意したこともあるが、ぼくが何を言わんとしているのか、彼には呑み込めなかった。時おり、何がそこまで話そうという気にさせるのか測りかね、彼のその能弁ぶりに呆れて、いちどならず、これはひとつには老化と病気のせいと思ったこともある。

「彼は、もうむかしの彼じゃない」ヴェルシーロフはあるときぼくにそうささやいた。「むかしの彼は、けっしてあんなふうじゃなかった。まもなく死ぬのかもしれない、われわれが思っているよりもずっと早くね。だから、心の準備をしておかなくては」

言い忘れていたが、ぼくたちの家では、一種の「夜会」にも似た習慣ができあがっていた。マカール老人に付きっきりでいるママのほか、ヴェルシーロフも夜になるといつも彼の部屋を訪ねていった。ぼくも毎晩訪ねていったが、ぼくの場合はそもそもほかにはどこにも行きようがなかったのだ。ここ数日、ほぼ毎晩のように、リーザはほかのだれよりも遅れて入ってきたが、ほとんど何も話さずにただじっと腰を下ろしているだけだった。タチヤーナおばもやってきた。たまにではあるが、例の医師も顔を見せた。医師とは、これというきっかけもなしに急に親しくなった。といってべつに大の仲良し、というわけではなく、少なくとも以前のような刺々《とげとげ》しい言動が消えてなくなっただけだ。ぼくが気に入ったのは、彼の飾り気のない人柄と――ようやくそれがはっきりと見えてきた――彼が、ぼくたち一家に寄せてくれる愛着だった。そのおかげで、ぼくもつい彼の、医師の身分を鼻にかけたような横柄な態度を許す気になった。そのうえぼくは彼に、かりに清潔なシャツが着られないなら、せめて両手をよく洗い、爪の垢ぐらいはとっておいたほうがいいと注意してやった。これはなにもおしゃれとか、洗練されたマナーとかいったもののためではなかった。清潔は、当然のことながら、医師という職業には欠かせない条件なのだということを率直に説明し、その理由も教えてやったのだ。やがて、料理女のルケーリヤも台所から顔を出し、ドアの陰に立ったまま、マカール老人の話に聴き入るようになった。ヴェルシーロフはあるとき彼女に、ドアの陰から出て、いっしょに座って聞くよう呼びかけた。ぼくはそれが気に入った。ところが彼女はそれ以来、ドア口にも近寄らなくなってしまった。そういう性格なのだ！

では、話のひとつを差しはさむことにしよう。べつに選りすぐりのものというわけではなく、たんにこの話がより深くぼくの記憶に残ったから、というだけの理由にすぎない。これは、ある商人の物語で、これに類した話は、聞く耳さえあれば、わが国の市や町のどこででも、それこそ何千と転がっているのではないだろうか。気が進まないという向きは飛ばしてくださっても結構。ましてや、マカール老人の語り口を真似て話そうというのだから、なおさらのことだ。

4

「で、これから話をするアフィーミエフスクというわしらの町で、じつはこういうふしぎな出来事があったのだ。スコトボイニコフのあだ名で知られた、マクシム・イワーノヴィチという商人が住んでおってな、これが、その地方では、並ぶものもないくらいの金持ちだった。更紗の工場を建てて、数百人の職工を使い、それはそれはたいへんな鼻息なのだよ。何のことはない、何もかもがもう、この男の指ひとつで動いておって、お上もまったく手が出せなかったし、その熱意には修道院長もおおいに感謝しておった。修道院にたくさんのお金を寄進していたからだ。だが、男は、いちどばかな考えにとりつかれるっていうと、それはもう、おのれの魂の罪深さをくよくよ思い悩んじゃ、来世のことをあれこれ気に病んだものだ。男ひとりの暮らしで、子どもには恵まれなかった。女房については、結婚してはじめの年に、なんでも殴り殺してしまったとかいう噂だ。若いころから、口より先に手が出る性分だったらしい。だが、これはもう大昔の話で、その後は二度と、嫁をもらってじぶんを縛る気にはなれなかったようだ。

酒にも目がなくて、いい頃あいになるっていうと、酔っぱらって裸で町じゅう走りまわっては、大声でわめき立てたものだ。たいした町じゃなかったが、それでもいい恥さらしにはちがいない。で、その頃あいが過ぎるっていうと、やたらと怒りっぽくなるものだから、この男の判断することはすべてよし、この男の命じることはすべてごもっとも、ってなことになった。職工たちの給料もぜんぶじぶん勝手に決めておった。ソロバンをとり、メガネをかけ、『フォマー、おまえさんは、いくらだろうね？』と聞く。『クリスマスからいただいてねえですだ、マクシムの旦那、おいらのお手当は、三十九ルーブルになりますだ』『なに、そんな大金になるか！　そいつは多すぎるな。そんな大金にじぶんが値するとでも？　まったく分不相応ってもんだ。十ルーブル差っ引いて、ほれ、二十九ルーブル、持ってけ』。フォマーとしては、ぐうの音も出ない。それに、だれひとりとして文句を言いだす勇気もない、みんなだまったきりなのだ。

『やつにいくらやればいいかぐらい、こっちはちゃんとわかっとる。ここの連中には、この手にかぎるんだ。ここの連中ときたらぐうたらばかりで、わしがいなかったら、それこそ飢え死にしちまうところだ、次から次とな。もっと言や、ここの連中は、どいつもこいつも盗っ人ときた、目についたものは、なんでもかっさらっていく。根性なんてもんも、からっきしねえ。もひとつ重ねて言や、ここの連中はみんな酔っ払いときてる。まともに給料、支払ってみろ、それこそぜんぶ酒場にもっていって、裸になるまではてこでも動くもんか、で、しまいは身ぐるみはがされておっぽり出されるってのが関の山ってわけよ。かてて加えて、ここの連中は、どいつもこいつも意気地なしときてな。酒場の前の石に腰かけちゃ、泣き言並べておる。『おっかさん、なんだって、こんなひでえ呑み助産んでくれた？ おいらみてえなひでえ呑み助は、産んですぐひねり殺しゃよかったんだ！』。いってえ、これが人さまっていうのかい？いや、こいつはけだもので、人さまなんてもんじゃねえ。まずもって、性根を叩きなおさなくちゃなんねえ。金をくれてやるのはそれからだ。ちゃんとわかってるんだ。金を、いつ、くれてやったらいいかぐらい、な』

マクシムは、アフィーミエフスクの連中についてこんな言い方をしておった。あまり褒められた言いぐさじゃないが、やっぱりほんとうのことだった。そこの連中は、すぐに弱音を吐くし、こらえ性ってものがない。

で、同じ町に、もひとり、べつの商人が住んでおったのだが、これがあるときぽっくり逝ってしまった。若い、軽はずみな男で、仕事に失敗し、全財産失くしてしまった。最後の年なんぞは、それこそ砂の上の魚みたいにのたうちまわり、結局のところは、命尽きてしまった。その男、マクシムとはずっと折りあいが悪くてな、そのうえ、借金で首がまわらなくなっておった。聞くところだと、死に際までマクシムのことを呪いつづけていたという話だ。男が死んだあとには、まだ若い後家さんばかりか、子どもが五人残された。亭主に死なれ、ひとり取り残された後家さんの前には、巣のない母ツバメと同じ――少なからぬ試練が待ちうけておった。食うに食わせられない子どもを五人も抱えているうえ、なけなしの持ち物である木造家も、このマクシムの借金のかたに取りあげられようとしていたんだ。そこでその後家さん、教会の入り口に、五人の子どもをずらりと並ばせた。いちばん上が八歳の男の子、残りはみんな幼い娘ばかり、年子のいちばん上が四歳、いちばん下はまだ母親の腕に抱かれて乳をしゃぶっているありさまだ。朝の礼拝を終えてマクシムが出てくるっていうと、子どもらはみな横一列に並んでやつに跪《ひざまず》いた――母親がそうするよう前もって仕込んでおいたわけだ――で、子どもたちはみなちいさな掌を胸の前であわせ、母親は、その後ろで、五番目の子どもを抱きかかえたまま、やつに深々とお辞儀をした。みんなの見ている前でだ。『マクシムの旦那さま、どうか、このみなし児たちを哀れと思い、なけなしのパンを取りあげないでくださいまし、生まれた巣から追い立てないでくださいまし！』そこに居あわせた人々はみなもらい涙にくれたというが――母親は、子どもたちをみごとに仕込んだ。母親はこう考えたのだろうな。《人さまの見ている前なら、少しは世間体を考え、お許しくださるだろうし、みなし児たちに家も返してくれるだろう》と。ところが、そうは問屋がおろさなかった。マクシムは立ちどまり、『おまえさん、まだ若いから、亭主が欲しいんだろう、べつに子らがかわいそうで泣いてるわけじゃあるめえ。おまえの死んだ亭主は、死に際までわしを呪っていたっていうじゃないか』と言ってそのままそばを素通りし、家は返してやらなかった。《なんで、あんなばかどものおつきあいをする必要がある（つまり、情けをかけてやる必要があるか）？　ちょっとでも甘い顔してみろ、それこそ次から次と悪口をばらまきはじめるから。何してやろうが、何のたしにもなりゃせんよ。せいぜいつまらん噂が立つくらいのもんだ》。そして実際、こんな噂が立っておった。十年ほど前の話だ。この後家さんがまだうら若き娘だった時分、やつはそれが神殿を壊すにひとしい罪であることも忘れ、莫大な金を餌にこの娘に言い寄ろうとしたとかいう噂だ（たいへんな美人だったとか）。だが、そのときはすべてが不首尾に終わった。こうした悪辣なまねを、この町はおろか、県全体にわたっておこなってきたのだが、今回はいっさいの節度を失いはてたってわけだ。

幼子を抱えた母親が泣き叫ぶのを尻目に、男はみなし児らを家から追んだしたわけだが、といってたんなる怨みが原因ってわけじゃなかった。人間てのは、どうかすると、どこまでも我を押しとおすことがあるもんでな。まあ母親は、はじめは人の助けで暮らしていたが、そのうち雇われ仕事が見つかって、働きに出るようになった。といっても、ああいう田舎町だ、工場以外にまともな働き口などない。そこで、床洗いしたり、菜園の草とりしたり、風呂焚きしたりしていたわけだが、これが乳飲み子を抱えての仕事となれば、つい泣きだしたくもなる。残りの四人は、ぼろシャツ一枚で通りを走りまわっておる。で、さっきの教会の入り口で跪かせた頃は、それでもなんとかぼろ靴ははかせてやれたし、まがりなりにもコートらしきものを身につけさせることもできた。何といっても商人の子だ。ところがいまじゃ、外に走りだすのもはだしのまま。そりゃ当然だとも、何せ子どもに着せる服など、すぐにボロ切れ同然になってしまうからな。ところが、子らからすりゃ、そんなものべつにどうってことはない。お天道さまが照ってさえいりゃ、そりゃもう大喜び、小鳥さながら先のことなど考えず、鈴みたいな声できゃっきゃとはしゃいでおる。後家さんは考えた。《冬が来たらおまえたちに何が着せられる。せめてそれまでに神さまに召してもらえたら！》。ところが、冬を待つまでもなかった。たまたまこの土地に、子らのかかる妙な咳が広まりだした、いわゆる百日咳《ひゃくにちぜき》ってやつで、子から子へと次から次と伝染《うつ》っていった。まずまっさきに乳飲み子がやられ、次いで、ほかの子らも病気にかかり、女の子四人とも、その秋のうちに次から次へと召されていった。ただし、じつのところ、そのうちのひとりは通りで馬車に引かれて死んだのだったがな。で、それからどうなったと思う？　葬式を終えると、母親は急にわんわん泣きだした。たしかに呪いはしたが、いざ神さまに召されてみると、死んだ子どもが不憫でたまらない。母心ってやつだ！

母親のもとに残ったのは、いちばん上の男の子ひとり。その子可愛いさのあまり、毎日はらはらおろおろするばかりでな。ひよわで、気持ちもやさしく、まるで女子のように愛らしい顔立ちをしておった。そこで母親はその子を、工場の支配人、つまり名づけ親のもとにあずけ、じぶんはとある役人の家に乳母として雇われた。ある日、その子が中庭を走りまわっていると、二頭立ての馬車に乗ったマクシムがとつぜんそこに乗りつけた。しかも運悪く、酒に酔っておった。で、男の子は、入り口の階段で足を踏みはずしていきなり、というか思いがけず男のそばにころがり落ちた、それも、馬車から降りようとしていたやつにぶつかり、やつの腹に両手でまともにしがみついたわけだ。そこでマクシムは、子どもの髪の毛をつかんでわめき立てた。『いったいどこのがきだ？　鞭を出せ！　こいつをぶったたけ、いますぐ、わしの見てる前で』。

子どもは死んだように真っ青になり、鞭で打たれ、泣きわめいた。『なにをそうやっていつまでもめそめそしてる？　こいつを叩きのめせ、泣きやむまでな！』。どれくらい叩いただろうか、子どもは死人みたいになるまで泣きやめなかった。そこでとうとう鞭うちを止めたマクシムはぎょっとなった。子どもは息がなく、気を失って倒れておる。あとで聞いた話だが、男はさほどはげしく鞭打ったわけではなかったが、その子は人一倍おびえやすいたちだったようだ。さすがのマクシムも、しゅんとして尋ねた。『で、いったいこいつはどこのガキだ？』。返事を聞いた。『なんてこった！　こいつを母親んとこに連れていけ。いったいどうして工場なんかで遊ばせておく？』マクシムはそれから二日ほどだまったままだったが、また尋ねた。『あの子、どうなった？』。じつのところ、事態はまずい方向に向かっておった。子どもは病にかかり、母親のもとで寝ていたので、役人の家での仕事もやめてしまった。子どもが肺炎を起こしたのだ。『なんてこった！』男は言った。『何だって、あれしきのことで？　こっぴどくぶったたいたならまだしも。ほんのちょっくらかわいがってやったぐらいで。ほかの連中にもあんなふうに鞭をくれてやったが、こんなばかげたことにはならなかったぞ』母親が訴え出てくるものと待ちうけていたが、ここは意地のみせどころとばかり口をつぐんでおった。ところが、母親としては訴え出るどころの話ではない。そこで男はじぶんから十五ルーブルを使いにもたせ、医師をさし向けた。といって何か恐れたわけではない、ただなんとなくその気になったまでのことだ。そのうち、例の頃あいが来て、三週間ばかりどっぷり酒に漬かった。

冬が過ぎ、キリストさまの復活の日がやってきた。大いなるその祝日の日、マクシムはまた尋ねた。『で、例の子、どうしてるか？』。冬のあいだはずっと口にせず、尋ねようともしなかった。すると『すっかりよくなったそうで、母親といっしょにおりますが、母親のほうは毎日働きに出ておるとのことでございます』との答えが返ってきた。で、マクシムは、その日のうちにその後家の家を訪ねたわけだ。家のなかには入らず、門に女を呼びだし、じぶんは馬車に乗ったまま。『じつをいうとだな、おかみ、わしとしては、あんたの息子のほんとうの恩人になってだ、できるかぎり恵みをほどこしてやりたい。今日からでも、わが家にあの子をひきとりたいんだ。すこしでもわしの意に染めば、それそうとうの財産をあの子の名義にしてやろう。かりにこれで文句なしとなれば、わしが死んだのちは、家の全財産の後つぎとして認めてやってもいい、じつの子同然だ。といっても、ひとつ条件つきだ。つまり、大祭日の日以外、あんたは、わが家に出入りしないという条件だ。あんたなりにそれでよし、と納得するなら、明日朝にでもあの子を連れてきてくれ、あの子にしたところで、いつまでも骨遊《バーブキ》びしてるわけにもいくまい』。そう言って帰っていったのだが、残された母親はまるで頭がおかしくなったようなありさまだ。話を聞きつけた町の連中は、母親にこう言って聞かせた。『この子が大きくなったら、きっとあんたを恨むことになるよ、せっかくの機会をじぶんの手で奪ったといってね』。その夜、母親は、子どもの寝顔を見ながらひと泣きすると、翌朝、子どもを連れていった。子どもはまるで生きた心地もしなかった。

マクシムは、その子に坊ちゃまみたいな服を着せ、家庭教師を雇い、のっけから本の前に座らせた。片時も目を離さず、いつもじぶんのそばに置くというほどの熱心さだったそうな。子どもがちょっとあくびでもをすると、たちまち叱責が飛ぶ。『さあ、本に向かって！　勉強だ、勉強、おまえを一人前に仕立てたいんだ』。男の子はもと体が弱かったが、あの鞭の一件以来、よく咳が出るようになった。《ここじゃあ、暮らせんってわけか？》マクシムはいぶかしく思った。『母親といっしょにいるときは、はだしで駆けまわり、パンの皮ばかりかじっていたくせに、どうしてここだと前より体が弱くなる？』すると家庭教師は、『どんな子どもも遊びがだいじ。勉強ばかりは体によくありません、運動が欠かせません』とか言って、その理由をながながと説いて聞かせた。マクシムはしばらく考えて『たしかに、あんたの言うことは一理ある』。で、この先生というのが、ピョートル・ステパーノヴィチといって、もうこの世に生きてはおらんが、あたかも神がかりのような人物だった、ただし、とんでもない酒好きときた、それも度を越して飲むものだから、前々からもうどの職も断られ、町をほっつき歩きながら人のお情けで生きてきたのだが、頭の良さだけはたいへんなもので、学問にもいろいろ通じておった。『こんなところでくすぶっている人間じゃない』ピョートルは内々にそうつぶやいとった。『大学の先生になっても当たり前の人間が、こんなところで泥まみれだ、着ている服にまで嫌われちまったぜ』。マクシムは椅子にすわったまま、子どもにどなりつけた。『さあ、遊びにいけ!』。ところが主人の前に出るっていうと、子どもはもうろくに息もできないありさまだ。そのうち、主人の声を聞いただけで体がすくみ、ぶるぶる震えだす始末。で、マクシムの旦那はますます驚きあやしむようになった。《この子は、いったいどういう子か、せっかく泥のなかから拾いあげ、ドラデダムまで着せ、ズック靴も履かせ、縫いとりつきのシャツも着せてやった、将軍の息子なみの扱いだ、なのにどうしてなついてくれんのか? なんでまた、狼の子みたいにだまりこんでいる?》。世間の人はすでにひさしく、マクシムを見ても驚くようなことはなくなっていたが、ここでまた改めて目を瞠った。まるで気がふれたみたいになったからだ。いたいけな子にうるさくつきまとい、一歩も離れることができなくなった。《命が縮まろうがかまわん、この子の強情をたたきのめしてやる。この子の父親は、死に水を取られているときまで、このわしを呪っていた。こいつは父親ゆずりの強情な性格だ》。といっても、鞭はいちどとしてふるわなかった（あのとき以来、恐れてきたのだ）。だが、マクシムは子どもを震えあがらせた、とこういう次第だ。鞭なしで震えあがらせたわけだ。

そうこうするうち、ある事件が持ちあがった。マクシムが部屋から出ていくのを見計らい、子どもは本から離れ、ひょいと椅子の上に飛びのった。部屋を出ていくまえ、子どもの手に届かないように、マクシムがゴムボールを箪笥の上にぽんと投げていったからだ。ところが子どもは、箪笥の上にあった陶器のランプに袖をひっかけてしまった。ランプは床におちて砕けちり、ガシャンという音が家じゅうにひびきわたった。その高価な品は、マイセンの陶器だった。ひとつ離れた部屋でとつぜんの音を聞きつけたマクシムは、大声で叫びたてた。子どもはすっかり肝をつぶし、無我夢中で走りだした。テラスに飛びだし、庭を横切り、裏の木戸をぬけて河岸通りに向かってまっすぐ駆けだしていった。河岸通りは散歩道になっておって、古い柳の木が茂っていた。にぎやかな場所だ。見ていた連中の話だと、水際へと駆けおりていった子どもは、船着き場のすぐそばまで来ると、両手をはっしと打ちあわせたそうだ。だが、水を見て恐れをなしたか、その場に杭のように立ちつくしてしまったというのだ。そこは、川幅もひろく、水の流れは急で、はしけが行き来するところだ。向こう岸には露店が並び、広場もあって、教会の金色のねぎ坊主が輝いておる。折りしも、ファージング大佐の女房が、娘を連れて渡し場に急いでいるところだった。町に歩兵連隊が駐留しておったのだな。娘は、年は同じ八歳ぐらい、ちっちゃい白のワンピース姿で、男の子を見るとにっこり笑った。手にかごをぶら下げ、そこにはハリネズミが入っておった。で、娘が言った。『ママ、ちょっと見て、男の子があたしのハリネズミを見てる』『ちがうわ』大佐夫人が答えた。『あの子ね、何かにおびえているみたい』『坊や、何をそんなにおびえてるの？』（これはすべてあとで聞いた話じゃ）。『それにしても、なんてかわいい子かしら、すてきな服、こっちにいらっしゃい。ぼうや、どこの子？』それまでハリネズミなどいちども見たことがない男の子は、そばに寄って見ているうち、何もかも忘れてしまった。何といっても、まだ子どもだからの！『きみのもってるそれ、なあに？』『これね』女の子は答えた。『これ、ハリネズミっていうの、さっき村のお百姓さんから買ったの。森のなかで見つけたんだって』『へええ、これがハリネズミか』。子どもはもう笑っていて、指の先で突っつきだすと、ハリネズミは毛を逆立てた。で、娘は、男の子を見てうれしそうに言った。『あたしね、このハリネズミ、家にもって帰って、芸を教えるんだ』『ねえ、そのハリネズミ、ぼくにちょうだいよ！』そう言って必死でねだっているところへ、いきなり雷のようなマクシムの声がした。『あっ、あんなところに！　その子をつかまえて！』（激怒のあまり、マクシムは帽子もかぶらずにじぶんで子どものあとを追いかけてきた）。そこで一部始終を思いだした子どもは、きゃっと一声叫び、水際にむかって駆けだして行った。そして両のこぶしを胸に押しあてて、空を見あげたんだそうだ（そう、その姿をみんなが見ていた！）。そうして、ざぶんと水のなかに飛びこんだ！　さあ、たいへん、みんなが叫びだし、渡し船から飛びこむものがいる、助けあげようとするも、川の流れが速く、どんどん水に流されていく。そしてようやく引きあげたときは、しこたま水を呑んで、死人のようだった。もともと胸の弱い子だもの、水に勝てるわけがない。それに、そう長く生きられる命でもなかった！　それにしても、こんな幼い子がじぶんから命を絶つなど、後にも先にも土地の人間の記憶にはない！　その罪深いことといったら！　そもそもこんなにちっちゃい魂だ、あの世で神さまにどんな申し開きができるというのだ。

それからというもの、マクシムの考えることといえばそのことばかり。もう、見る影もないほど人が変わってしまった。当時は、見るのも痛々しいばかりの悲しがりようだった。酒を飲みだした。浴びるほど飲んだが、そのうちふっつり酒も止めてしまった。なんの効き目もない。工場に出ていくのもやめ、だれの話にも耳を傾けなくなった。話しかけられても、黙っているか、うるさげに手を振るばかりだ。こうして約二か月が過ぎ、やがてひとり言を口にするようになった。歩きながら、ぶつぶつひとり言を言っておる。その頃ワーシコワという村で火事があって、九軒の家が焼けた。マクシムは様子を見に出かけていった。すると、焼けだされた人々がぐるりと彼をとりまき、大声をあげて泣きだした。そこで彼は助け船を出すと約束し、指示を出したのだが、しばらくして彼は管理人を呼びつけ、ぜんぶの約束を引っこめてしまったそうだ。『その必要はない、何もくれてやらん』そう言ったきりで、引っ込めたそのわけは話さなかったという。『主は、わたしを、どこぞの人でなしのごとく、世間のさらしものにした。それならば、致しかたない。わしの名声は、風のごとく吹きちらされてしまった』。修道院長がみずからお出ましになった。厳格な長老で、修道院に仮の宿舎を開かれたお方だ。『おまえさん、どうされたか?』長老はたいそう厳かな調子で言われた。『じつは、こういうわけでして』そう言いつつマクシムは福音書を開き、ある個所を示したそうだ。

《しかし、わたしを信じるこれらの小さな者の一人をつまずかせる者は、大きな石臼

を首に懸けられて、深い海に沈められる方がましである》

『たしかに』と修道院長は言われた。『これは、あのことをじかに言われたものではない。とはいえ、やはり通じるところがある。おのれの節度を失った人間は、不幸だ。その者は、破滅する。おまえは、うぬぼれが過ぎたのだ』

呆然としてマクシムは立ちつくしていた。修道院長はじっと目を凝らしつづけた。

『聞くがよい、そして、よく覚えておくがよい。《望みをなくした者の言葉は、風に飛ばされる》と言われている。重ねて、また次のことも覚えておくことだ。神の御使《みつか》いもまた不完全であり、完全で罪なきものは、われらが唯一の神イエス・キリストのみであり、天使たちが仕えるのはその方なのだ、ということをな。そもそも、おまえにしたところで、べつにその子どもの死を望んでいたわけではなく、たんに思慮が足りなかっただけのこと。ただ、ひとつだけ、わたしにもふしぎでならないことがある。おまえはすくなからず、これに劣らぬひどい狼藉を働いてきたであろう、すくなからず人々を路頭に迷わしめ、すくなからず堕落させ、そしてすくなからず破滅させてきた――それらの行いはいずれも、殺戮と同じようなものではないのか？　それにだ、それより先に、あの子の妹たちがみなつぎつぎと死んでいったであろう、四人の幼子たちが、それもおまえの目の前で、といってもよいくらいだ。なのになぜ、おまえはあの男の子ひとりに苦しむのか？　なんせ、前の子どもたちを不憫と思わないどころか、考えることとさえ忘れているように見える。いったいなぜ、あの子のことをそうも恐れるのか、そのこと自体、さほど罪があるわけではないのに？』

『夢に出てくるのです』神妙な調子でマクシムは答えた。

『それがどうした？』

だが、もはやそれ以上なにひとつ打ちあけず、黙って腰をおろしていたとのことだ。修道院長は唖然とされたが、そのままお帰りになった。どうにも手のうちようがない、というわけだ。

それからマクシムは、例の家庭教師ピョートルを呼びにやった。あの事件以来、顔を合わせていなかったのだな。

『覚えているか？』と尋ねた。

『覚えておりますよ』と答える。

『おまえは、なに、油絵具で描いた絵を町の料理屋にもちこんだり、大主教の肖像画の模写をしたりしているそうだな。どうだ、ひとつわしのために絵を描いてもらえんか？』

『お安い御用ですとも。わたしどもは、あれやこれや才覚に恵まれておりますもので、できないことは何ひとつとしてございません』

『それなら、わたしにひとつ、壁が隠れるくらいのいっとう大きな絵を描いてくれ。まず、川を描く、それから石段、渡し場、それから、あのときあそこにいた人間をぜんぶそのまま描いてくれ。それに、大佐夫人も、女の子も、例のハリネズミもだ。それに、向こう岸もぜんぶ描くんだ、ぜんぶあるがままにな。教会も、広場も、露店も、辻馬車が待ちうけているところもだ、ぜんぶあるがままに。で、そこで、渡し場の、水際に立っている子どもを描くんだ。それから、両のこぶしをこんなふうに、胸の、両の乳首のところに押しあてているところ、ここは何としても描くんだぞ。これは、欠かせんからな。さらに、あの子の前方、向こう岸にある教会の上空を大きく空けるんだ、天国の光を浴びた天使たちが、こぞってあの子を迎えに飛んでくるところを描くようにな。どうだ、うまく描けるか？』

『お安い御用で』

『トリフォーン、わしはな、おまえみたいなへぼな絵描きじゃなく、超一流の画家をモスクワから呼ぶことだってできるのだぞ、いや、ロンドンからだって呼べるのだ、だが、おまえはあの子の顔を知っておる。万が一、まるきり似てないか、少ししか似てなかったりしてみろ、五十ルーブルしか払わんからな。ただし、かりにもしうり二つに描けたら、二百ルーブルくれてやろう。忘れるなよ、目は空色だぞ……とにかく、いちばんでっかい絵にしろ』

用意が整った。ピョートルは描きだした。ところが、あるときふいに顔を見せて言った。

『だめです、とてもあんなふうには描けません』

『どうしてまた？』

『なにしろ、あの、自殺って罪は、あらゆる罪のなかでいちばん大きな罪です。だとしたら、あんな罪をおかしたものを、どうして天使が迎えになんか来ますか？』

『そう言ったって、あれはしょせん赤ん坊だろ、赤ん坊に罪など押しつけられるもんか』

『いいえ、赤ん坊なんかじゃありません、立派な子どもです。あのときは、もう八歳になっておりました。やはり、なにがしか、責任は負わねばなりません』

それを聞いたマクシムはますます怖れ入った。

『そこで』とピョートルは言った。『こんなことを思いつきました。空の部分を空けずに、天使などはいっさい描かないやり方です。あの子を迎えいれるみたいな感じで、光の筋をさっと差しこませる。ひと筋のとても明るい光をね。そうすれば、同じような効果が得られますよ』

こうして光の筋が描きこまれた。わたし自身、のちに、何年も経ってから、その絵を、その光の筋を、川を見た——壁いっぱいに川が流れ、全体が青々としておる。愛する少年も水際におる、ちっさな両手を胸に押しあててな。おさない女の子も、ハリネズミもおる。——すべてがじつにみごとに描かれておった。ただし、マクシムはその絵をだれにも見せようとはしなかった。書斎にしまいこんで鍵をかけ、だれの目からも隠してしまったのだ。ひと目見ようと町じゅうの連中が押しかけてきたが、マクシムはみんなを追い返すように言いつけた。そこで大きな騒ぎになった。絵を描いたピョートルは、すっかりのぼせ上がり、『おれは、いまではもう何でもできる。サンクトペテルブルグの宮廷付きしか働く場所はないぜ』と気炎を上げておったな。じつに気のいい男だったが、とてつもなく自惚れがつよくてな。で、とうとう運も尽きてしまったというわけだ。二百ルーブルをまるごと手にしたピョートルは、さっそく酒をやりだし、自慢げにその金をみんなに見せびらかした。で、夜の夜中、酔っぱらっているところを、いっしょに呑んでいた町の職人に殺され、金を奪われたのだ。すべてが明らかになったのは、翌朝のことだ。

と、まあこんなふうな結果で終わってしまったもので、あの町じゃいまでも何かにつけ、この思い出話にふけっているそうな。で、とつぜんマクシムは当の後家さんのところに馬車でやってきた。その頃、女は、町はずれの貧しい町人の家に間借りしておった。今度は、中庭まで入っていった。マクシムは、女の前に立つと床にまで届くような丁寧なお辞儀をした。ところが女は、あれ以来身動きもままならぬほど病みついておった。『なあ、おかみさんよ』マクシムは大声でわめき立てた。『おまえさんが、身持ちのいい後家さんだってことは知っておる、だから、このおれと、このろくでなしのおれといっしょになってくれ、この世でもういちど、まともな暮らしをさせてくれ！』。だが、相手は生きた心地もなく男を見つめるばかり。『こんどは、おれとおまえさんの子がほしい、もしも男の子が生まれれば、あの子はおれたちふたりを許してくれたことになる。おまえさんも、このわしも。あの子がわしにそう言いつけたんだ』。女は、相手がもはや正気じゃなく、頭に血がのぼっているのがわかった。それでもこらえきれずに言ったものだ。

『そんな、またつまらない冗談を』女は答えた。『それこそ弱気ってものです。あたしはね、その弱気のせいで子どもをひとり残らず失くしてしまったんですよ。おまえさんの顔など見たくもあるもんですか、そんな死ぬまでつづく苦労なんてまっぴらです』

マクシムはいったん引き下がったが、それしきで諦めるような男ではない。まさしく驚天動地のできごとに、町じゅうが大騒ぎになった。マクシムは入れかわり立ちかわり、口利きをさし向けた。よその県から、町人暮らしをしている叔母をふたり呼び寄せた。厳密には叔母ではなかったが、親戚であることに変わりはない。だからその意味では礼儀にかなっていた。ふたりの叔母は、百姓小屋から一歩も出ずに、長いこと説得しては甘い餌で釣ろうとした。町の婦人たちやら、商家のおかみ、寺院の長司祭の妻やら、役人の奥さんまでが狩りだされた。こうして女は町じゅうの人間に包囲されたわけだが、女はかえって頑なになる。『それで、死んだ子どもが生きかえるならともかく、何をいまさら? そもそも、そんな罪なことをして、死んだ子どもたちにどんな言い訳が立つっていうんです!』なんと、大修道院長までが口説き落とされ、女の耳もとでささやいたものだ。『あの男を生きかえらせることができるのは、おまえさんだけだ』とな。すると、女はかえって怖気《おぞけ》をふるった。世間の連中は、首を傾げるばかりだった。『ったく、どうしてあんないい話、断れるものか!』とな。で、結局、女の心にとどめをさしたのは、マクシムのこういう言葉だった。『そうはいえ、あの子が自殺したことにまちがいない、幼子というより、もう立派な男子で、年格好からいって、もはや聖餐など許されるべくもなかった。つまりあの子にも、やはり、ちいさな責任があるわけでな。もしもわしと夫婦になってくれたら、おまえに大きな約束をしよう。あの子だけの供養のために、新しい教会を建ててやる』これには女もいやとはいえず、ついに首を縦に振った。こうしてふたりは式を挙げたわけだ。

　ところが、その後、話は一同があっと驚くような展開を見せてな。ふたりは、結婚の一日めから、それこそ心を合わせ、夫婦の契りを固くまもりながら暮らしはじめたのだ。さながら二つの体にひとつの魂が宿ったかのようだった。その冬、女は身ごもり、ふたりはあちこちの寺院を訪ねて、ひたすら主の怒りを恐れだした。三つの修道院を訪ね、神のお告げに耳を傾けた。男は、約束した寺院を建立し、町には病院と養老院を建てた。やもめの女や孤児たちには金を分け与えてやった。かつてじぶんが傷つけた連中のことを思いだしては、償いを申し出た。きりなく金をばらまくので、妻と大修道院長はとうとう、『もうそれくらいでよかろう』とマクシムの手を押さえたほどだ。マクシムは、おとなしくそれにしたがった。『わしはあのとき、フォマーの勘定をごまかしていた』。そこで、フォマーにはその分が返された。フォマーは嬉しさあまって泣きだしたほどだ。『おら、おら、こんなことしてもらわなくたって……でなくても、いろんなことに満足しておりますだに、こうなりゃ、死ぬまで神さまにお祈りせずば』。そんなわけで、この行いは人々の心に深くしみこんでいった。つまり、善い行いが人を生かすというのはほんとうのことなのだ。町の人々は、みなよい人たちばかりだった。

工場は、細君がじぶんで切り盛りするようになったが、それがなかなかの腕だったので、いまでも噂になるくらいだ。マクシムは酒を断てなかったが、その間は細君がよく面倒をみ、あとで治療してやった。マクシムの話しぶりには重みが出てきて、声まで別人になった。前例がないくらい憐み深くなり、家畜にまで情けをかけるようになったという話だ。百姓が馬の頭に、むやみやたらと鞭をくれるのを窓から見れば、すぐさま人をやって、二倍の値段で馬を買いとった。涙の才も授かった。だれに話しかけられても、すぐに涙にかき暮れる。やがて月が満ち、神もやっとふたりの祈りを聞きとどけて、ふたりに男の子をお授けになった。そうして、あのとき以来、はじめてその顔には光が差した。たくさん施し物をしたり、たくさんの借金を棒引きしてやったり、洗礼の日には、町じゅうの人を招いたものだ。

こうして町じゅうを呼び招いたその翌日、男は急に浮かぬ顔になった。ただならぬ気配を察した女房は、赤ん坊を抱いてそばに寄り、こう言ったものだ。『死んだあの子は、わたしたちを許してくれたんですよ、わたしたちの涙と祈りを聞きとどけてくれたんですよ』。ここでひとこと言っておくが、ふたりはこの一年、ただのいちどもこの話題を口にしたことはなく、ただ胸のうちにしまいこんでいたのだそうだ。そしてマクシムは、あいかわらず浮かぬ顔で女を見つめた。『そうじゃない、あの子は、まる一年、顔を見せなかったのに、昨晩、また夢に出てきた』。細君は、後になってからこう思いかえしたものだった。『あの奇妙な話を聞いたあと、この胸にはじめてじわりと恐怖が広がりました』。

思うに、男の子が夢に出てきたというのは、やはりただごとではなかった。マクシムがこの話をするのとほとんど時をおなじくして、赤ん坊に異変が生じたからだ。急に病みついてしまった。そして子どもは、八日間、苦しみつづけ、片ときも休まず祈禱があげられ、何人もの医者に声をかけ、モスクワからは、超一流の医者がわざわざ鉄道で呼び寄せられた。やって来た医者は、いきなり怒りだした。『わしは超一流の医者だぞ、モスクワじゅうからお呼びがかかっているというのに』。そして水薬を処方すると、さっさと引き上げていった。八百ルーブルも踏んだくって、だ。で、赤ん坊は、その日の夕方、死んでしまった。

さて、その後、どういうことになったか？　マクシムは全財産を愛する細君に譲り、全資産と証文のたぐいを引き渡してしまった。そうして、法にのっとってすべてを正しく仕上げるというと、細君のまえに立ち、深々とお辞儀をして、こう言ったものだ。『かけがえのない妻よ、どうか、わしを行かせてくれ、わしは、この魂を救ってもらいたい、まだ時があるうちにだ。もしも、この魂が救いもえられず、むなしく時を過ごすことになれば、ここに戻ることはない。わしは、頑固で、無慈悲で、さんざ苦しみを与えてきたが、主もこの先の悲しみと巡礼にたいし、わしを見殺しにするようなことはなさるまい、なんせ、これだけのものを捨てて旅に出るというのは、それこそちょっとやそっとの苦しみでもなければ、生やさしい悲しみでもないからな』。細君は、さんざ涙を流して夫を引きとめようとした。『あなたはいままでは、この世でたったひとりの人、この先、だれを頼りに生きるというんです？　わたしは、この一年のあいだに、心からあなたをいとしく思うようになりました』。そして町じゅう総出で、まるひと月も彼をかきくどいては、泣き落としにかかり、むりやり引き止めようとしたものだ。だが、男はがんとして従わず、ある夜、こっそり町を抜けだしたきり、二度と戻ってはこなかった。噂によれば、いまにいたるも、巡礼と忍耐の暮らしに身をやつしているものの、毎年いちどは、愛しい細君のもとを訪ねてくるという……」

第四章

1

　では、いよいよこの手記の締めくくりとなる、あの最後の破局的な事件の話にはいることにしよう。しかし、話の筋道をつけるために、少し先回りをしていくつか事情を説明しておかなければならない。これは、ぼくが行動を起こした当時はまったく知ることのなかった話で、ぼくがそれを知り、すっかり合点がいったのは、それからもうはるか後になって、ということはつまり、すべてがすでに終わりを告げたあとのことなのだ。しかし、これを説明しておかないと、すべてを謎のまま書きつづけることになるので、じぶんでもはっきりさせられなくなる。そんなわけで、いわゆる芸術性などは犠牲にし、率直で簡潔な説明に徹しようと思う。つまり、これを書いたのがぼくではないかのように、じぶんの感情をぬきにし、新聞の entrefilet（雑報）に似たようなものに仕上げようと思うのだ。

要するに、ぼくの幼友だちであるランベルトが、おぞましいならず者一味のひとりとしておおいに、というか直に関わっていることに間違いはないということだ。この一味は、今日では恐喝と呼ばれる犯罪行為のためにたがいに連絡を取りあっているが、現在その行為は、法律にも記され、処罰の対象にもなっている。ランベルトが加わっていた一味は、モスクワにいるときに組織されたもので、向こうではすでにかなりひどい悪事を重ねていた（その一部は、あとで摘発された）。あとで耳にしたのだが、モスクワでは、一時期、きわめて経験に富み、頭もよく回る、年配の男がリーダーとして仕切っていたとのことだ。彼らは仕事を行うのに、一味全体でかかることもあれば、何組かに分かれてかかることもあった。おそろしく醜悪で、口にするのもはばかられる淫らな悪行（もっともこのニュースはすでに新聞記事になった）に手を出すかと思えば、同じリーダーの指導のもとで、かなり手のこんだ巧妙ともいえる犯行も重ねてきた。そのいくつかについてはぼくもあとで耳にしたが、ここで細かな話を伝えるのは控えよう。ただ、ひとつだけ述べておくと、彼らの手口の基本的な特徴は、ある人間のちょっとした秘密を嗅ぎだす点にあった。それが、時としてかなりの人格者で、最高クラスの社会的地位にある人間にまで及ぶのだ。その後、その人物のもとに顔を出しては、文書（そんなものがまるきりないこともしばしばだった）を公けにするぞと脅しをかけ、口止め料として金銭を要求する。とくに罪もなければ、まるきり犯罪臭のない場合もあるが、それが公けになると、いかに立派な、毅然とした人間でもたちまち怖気づいてしまう。一味が狙いをつけたのは、その大部分が家族内の秘密だった。一味のリーダーが、時としていかに巧妙な動きを見せたかを示すため、いっさいのディテールを省き、連中がおこなったある詐欺事件の話をする。きわめてまっとうなある家で、じっさい、罪深く、犯罪的といえる事件が持ちあがった。ほかでもない、世間から尊敬されているある有名人の妻が、若くて金持ちの将校とひそかに愛人関係を結んだのだ。一味はそれを嗅ぎつけ、次のような手に出た。すなわち、その青年に、相手の夫に知らせるとじかに通告したのである。彼らは証拠など何ひとつもってはいなかったし、青年もそのことはよく承知していた。そもそも彼ら自身、そのことを隠そうともしなかった。しかしこの場合、彼らの手口の巧みさと計算高さは、次のような判断に現れていた。話を聞かされた夫は、かりに証拠などいっさいなくても、動かぬ証拠を突きつけられた場合とまったく同じ行動に出、同じ決心をするとにらんだ点である。つまり彼らはその男の性格を知り、彼の家庭的な状況をつかんだうえで狙いを定めたわけだ。ここで大事なのは、一味にはそうとうに高い階級の青年がひとり加わっており、その青年があらかじめ情報を入手できたという点である。彼らは、この愛人からかなりの額の金をしぼり取ったが、それにはいっさい危険は伴わなかった。犠牲となった当の相手が、内密にすますことを切望していたからだ。

ランベルトはモスクワの一味に関わってはいたものの、その組織の一員というわけではなかった。この仕事の味をしめると、少しずつ小手調べのかたちで、一本立ちの仕事をこなしはじめた。前もって断わっておくが、彼は必ずしもこの仕事に長けているわけではなかった。たいそう頭も切れ、用心深かったが、切れやすく、しかも純朴というよりもむしろ幼稚な男で、つまりは人間も社会もろくに知らなかったのだ。たとえば、モスクワのリーダーの偉さなどまったく理解がおよばなかったらしく、こういった事業を方向づけしたり、組織化したりすることをきわめて容易なものと考えていたようだ。おまけに彼は、一味のほぼ全員を、じぶんと同じろくでなしどもと思いこんでいた。あるいは、たとえて言うなら、これこれの男はこれこれの理由で怖がっている、ないし怖がるはずだ、そういったん思いこむと、まるで公理のように、その男がじっさいに怖がっているものと信じて疑わない。このあたり、ぼくにはどうもうまく言いあらわせない。このことはいずれ事実にもとづき、よりわかりやすく説明しようと思うが、ぼくに言わせると、彼の頭はかなり未発達で、ある種の、善良で、高貴な感情といったものをまるきり信じていないどころか、ことによると理解できていなかったかもしれない。

彼がペテルブルグにやって来たのは、ペテルブルグでならモスクワよりも広い舞台で活躍できるとかねて考えてきたのと、もうひとつ、モスクワのどこかで何やらまずい立場に置かれ、彼にたいしてとてつもなく不愉快な悪だくみをいだいた何者かが彼をつけまわしていたからだった。ペテルブルグに着くと、彼はただちに以前の仲間のひとりとコンタクトをとったが、見つかった仕事の縄張りは小さく、仕事もろくなものではなかった。その後、顔も知られるようになったが、よい話は何ひとつまとまらなかった。『ここの連中はろくでなしで、どいつもこいつも餓鬼どもときた』彼はあとでぼくに言ったものだ。ところがある日の明け方、彼はとつぜん、塀《へい》のそばで凍死しかけているぼくを発見し、彼に言わせると、「金のなる木ともなる大仕事」の手がかりをもろにつかみとった。

すべての問題は、ぼくがあのとき彼の部屋で体を温めていたときに口走ったうわ言に起因していた。そう、ぼくはあのとき、熱病にかかったも同然だったのだ！ しかしともかく、ぼくが口にした言葉のはしばしからはっきりしたのは、あの運命的な一日に経験したすべての屈辱のなかで、何よりもビョーリングと彼女からうけた屈辱だけをしっかりと胸に刻みこんでいたということだ。でなければ、ランベルトの家で、そのことだけを口走るはずもなく、たとえばカジノ店主のゼルシチコフのことを口走ってもよさそうなものだった。しかしあとでランベルト自身から聞いた話だと、うわ言の中身は前者にかんするものばかりだったらしい。おまけにぼくは感激のあまり、あの恐ろしい朝、ランベルトとアルフォンシーヌのふたりを、まるで解放者か救済者のように眺めていたのだった。その後、体も回復するなかで、ぼくはベッドに横になったまままあれこれ思いをめぐらしていた。はたしてランベルトは、ぼくのうわ言から何を聞きだすことができただろうか、いったいどの程度、ぼくは彼に口をすべらせてしまったか？　しかしそのときも、あそこまで多くのことを知ったかもしれないといった疑念が浮かんだことはいちどとしてなかった！　そう、ぼくはむろん良心の呵責から、じぶんがよけいなことをべらべらしゃべり散らしたのではないかと疑っていたものの、くり返していうと、まさかあれほどまでとはとても想定できなかったのだ！　ほかにも、望みをかけ、あてにしていたことがあった。それは、ぼくがあのとき彼の家で、はっきりと言葉を発することができなかったということだ。それについては、ぼくのうちにしっかりとした記憶が残っていた。ところが実際に明らかになったのは、ぼくがあとで考え、望みをかけていたより、はるかに明瞭に言葉を発していたということだ。しかし、問題は、こうしたことがすべて明るみに出たのが、その後しばらく経てからのことで、まさにその点にぼくの不幸があった。

ぼくが口走ったうわ言や、嘘や、つぶやきや、有頂天ぶり、その他もろもろから、彼はまず、ほとんどすべての人の姓を正確に知り、二、三の住所まで嗅ぎつけた。第二に、これらの人物（ソコーリスキー老公爵、彼女、ビョーリング、アンナさん、そしてヴェルシーロフまでも）の役割について、かなり事実にちかい概念を作りあげた。さらに第三に彼は、ぼくが侮辱を受けており、いまにもその復讐に出かねないことを知った。そして最後の第四は、これがもっとも肝心なことなのだが、隠された秘密の文書が存在することを彼は知った。その文書というのは、かりに半狂人となった老公爵に見せ、老公爵が読んで、じつの娘がじぶんを狂人とみなし、隔離するためにすでに『法律家と協議している』ことを知りでもすれば、それこそ完全に正気を失うか、あるいは彼女を家から追い出して相続権を奪うか、それともこれまで結婚したいと念じつつ許してもらえなかった mademoiselle（マドモワゼル）ヴェルシーロワとの結婚に走るといった事態を招きかねない手紙なのだった。

端的にいえば、ランベルトはひじょうに多くのことを理解した。恐ろしくたくさんのことがあいまいなまま残されていることはまぎれもなかったが、名うての恐喝屋はそれでも正しい手がかりをつかんでいた。その後、ぼくがアルフォンシーヌのもとを逃げ出したとき、彼はすみやかにぼくの住所を探りあて（住所係というもっとも単純な手段をつかった）、それからただちにしかるべき調査をおこない、何らかの筋から、ぼくが口走った人物がすべてじっさいに存在していることを知った。そこで、彼はいきなり第一歩を踏みだしたのである。

最大の鍵は、文書が存在し、その所有者がぼくであり、その文書には高い価値があるということだった。その点にランベルトは疑いを挟まなかった。ここでひとつ、ぼくはある事情を省略する。それについては後に、それにふさわしい場所で語ったほうがいいと思う。だがこの事情こそ、この文書の存在と、何はさておきその価値についてランベルトが抱いている確信を、この上なく深めさせたものなのだ（あらかじめ断っておくが、これはまさに運命的ともいうべき事情であって、ぼく自身、そのときはむろん、突如すべてが崩れさって事件の全容がおのずと明らかになる最後の最後まで想像すらできなかったことだ）。そんなわけで、その肝心な点に確信をもった彼は、まずはその第一歩としてアンナさんのところに出かけていった。

しかしながら、いまもってぼくには解けない難問がある。どうやってランベルトは、アンナさんのような、容易には近づきがたい上流婦人の家にもぐり込み、うまく取りいることができたのか？　たしかに彼はいろいろと情報を集めたにはちがいない、だからといって、それがいったい何の足しになるというのか？　たしかに彼はなかなか立派な身なりをしているし、パリジャン風のフランス語も話す、フランス人の姓ももっている、しかし彼がペテン師であることぐらい、ひと目で見破れそうなものではないか？　それとも、そのとき彼女が必要としていたのは、まさにそのペテン師だったと考えるべきなのか？　でも、そんなことがはたしてありえるのだろうか？

ふたりの会見の詳細はどうしても知ることができなかったが、その後、なんども頭のなかでその場面を思い描いてみた。十中八九ランベルトは、最初のひと言と身ぶり手ぶりで、じぶんの大好きな、愛する友人の心配をしている幼なじみ、といった役どころを彼女の前で演じてみせたにちがいない。だが、この最初の顔合わせの際に彼はむろん、このぼくが『文書』を保持していること、それが秘密であること、そしてその秘密を知っているのはじぶん、つまりランベルトだけであること、そしてこのぼくがこの文書をねたにアフマーコフ将軍夫人に復讐する気でいることなどを、ひじょうにはっきりと仄めかしたことだろう。大事な点は、彼がなしうるかぎり正確に、この書類のもつ意義と価値を説明できたということだ。アンナさんについていえば、彼女はまさしく、この種の情報であればなんにでもすがりつかざるをえない状況にあり、彼女はしまいまで、異常な注意力でもって話を聞かざるをえなかった……『生存競争のために』、じぶんからその針に食らいついていかざるをえなかったというわけだ。ちょうどその頃、彼女のフィアンセである老公爵は、彼女から引きはなされ、ツァールスコエ・セローに監視付きで連れ去られ、あろうことか彼女まで監視下に置かれたのだった。そこへいきなり、このチャンスが飛び込んできたというわけである。しかもそれは、女同士のひそひそ話でもなければ哀れっぽい愚痴でもなく、中傷でもなければゴシップ話でもない、れっきとした手紙、手書きの文書、つまり彼の娘と、彼をアンナさんから引きはなそうとする全員の悪だくみを数学的に証明するものだった。となると、ここを逃げ出してでもじぶんの身を守らなくてはならない、しかし、逃げだす先は、彼女のところしかない、やはりアンナさんのところだ、そして二十四時間以内に彼女と結婚式をあげる。でないとたちまち精神科の病院に投げこまれてしまう。が、もしかするとランベルトは、この令嬢相手に、一時たりとも策を弄せず、最初のひと言からいきなりこう切り出したのではないか。『Mademoiselle（マドモワゼル）、そのまま一生独身でいるか、それとも億万長者の公爵夫人となるか、決心のしどころですよ。で、うまいことにここに文書があるんです。そいつを、未成年から盗みとってあなたにお渡ししましょう……ただし、三万ルーブルの手形と引き換えにですがね』。まさしくそんなふうだったとさえ考えている。そう、彼は、人間を、じぶんと同じような卑劣漢とみなしていた。くどいようだが、彼のうちには、卑劣漢の素朴さ、卑劣漢の無邪気さといったものがあった……いずれにせよアンナさんとしては、そう切りだされたところで、一瞬たりともうろたえることはなかったし、みごとなまでにじぶんをコントロールし、独特の調子でしゃべる恐喝屋の話を最後まで聞きとおしたということもおおいにありうる。それもすべては、『懐の深さ』ゆえだ。そうはいえ、むろんはじめは顔を少しは赤らめたろうが、すぐに気をとりなおし、最後まで話を聞きとおした。あの近寄りがたく誇り高い、じっさいにあれほどの知性に恵まれた立派な娘が、ランベルトごとき男と手を組む……その姿を想像するだけでもう知性などというものが信じられなくなる！　ロシア人の知性というのは、こうしたスケールの懐の深さが大の好みときている。まして女性の知性、おまけにこうした状況ともなれば、なおさらのこと！

ここで要約しよう。病後ぼくが外出した日と時刻までに、ランベルトは二つの点を拠りどころとしていた（ぼくにはこの点は確実にわかっている）。すなわち、第一は、アンナさんから、文書の代償として少なくとも三万ルーブルの手形をせしめ、その後、彼女の手助けをして老公爵を脅し、彼をさらってすぐにもふたりを結婚させる――要するにそんなふうな話だった。そこでは、すっかり計画まで立てられた。残すはぼくの助力、つまり文書そのものを待つばかりとなった。

第二のプランは、かりにこちらが有利となれば、アンナさんを裏切り、彼女を放り出して、その書類をアフマーコフ将軍夫人に売りつける。そこではビョーリングもあてにされていた。だが、ランベルトはまだその夫人のもとに顔を出しておらず、たんに後を追いまわしているだけだった。やはり、ぼくが期待されていた。そう、ぼくは彼にとって必要な人間だったのだ、といってもぼくではなく、文書である！　ぼくにかんしても二つのプランができあがっていた。第一のプランは、ほかにやりようがなくなった場合、ぼくといっしょに行動して、前もってぼくを精神的にも物理的にも支配したまま、分け前の半分をせしめるというものだ。しかし彼は、第二のプランのほうにはるかに乗り気だった。そのプランは、子どもよろしくぼくを騙し、文書を盗みとるか、ぼくから力ずくで奪いとるというものである。彼はこのプランを夢心地で、愛《め》でいつくしんだ。くり返そう。これにはある事情があった。そしてその事情ゆえに彼はほとんどこの第二のプランの成功を疑ってはいなかったのだが、先ほども述べたとおり、それについては後で説明することにする。いずれにせよ、彼は、はげしい苛立ちを覚えながらぼくを待ち受けていた。すべてがぼくにかかっていたからだ。どんな手を打つにせよ、何をどう決心するにせよ。

ここで彼の努力も正当に評価してやらなくてはならない。というのは、彼はその短気な性格にもかかわらず、その時が来るまでじっとじぶんを抑えることができたからだ。病気の期間中、彼はぼくの家に姿を見せることはしなかった。いちど来て、ヴェルシーロフに会っただけである。彼はぼくを不安がらせたり、怖気づかせることはせず、ぼくが外出できるその日その時刻まで、ぼくにたいして完全に無関係といった態度を守りつづけた。ぼくが文書を人に渡すとか、中身を告げるとか、破棄するといったことにかんして、彼はいたって冷静だった。彼の家で口走った言葉から、ぼくがいかにこの秘密を大事にし、この文書について人に知られやしないか、どんなに怖れているかを察知したのだ。そして、病気から立ちなおった最初の日には、ほかのだれをさしおいても、まっさきにじぶんのところにくるという点についても、彼はいささかの疑いもさしはさまなかった。ナスターシヤさんがぼくのところにやって来たのも、ひとつは彼の指示によるもので、ぼく自身が好奇心と恐怖に駆り立てられ、どうにもがまんしきれないところにまで来ていることを彼はちゃんと知っていたのだ……おまけに、彼はあらゆる手立てを講じて、ぼくが外出する日まで知ることができた。だから、たとえぼくがそれを望んだところで、とうてい彼と手を切ることなどできなかった。しかし、かりにランベルトがぼくを心待ちしていたとしても、それ以上につよくぼくを待ち受けていたのは、アンナさんだったかもしれない。率直に述べよう。ランベルトがいざとなれば彼女を裏切る気でいたのは、ある意味正しかったかもしれず、その理由は彼女のほうにあった。ふたりはまぎれもなく手を握りあっていたが（どういうかたちかは知らないが、それに疑いの余地はない）、アンナさんは最後のぎりぎりの瞬間まで、彼に完全に打ちとけることはなかった。胸襟を開き、本心をさらけだすようなことはしなかった。彼女は、どんな合意にも、どんな約束にも応じる気でいることを仄めかした――しかし、たんに仄めかしただけのことだ。ことによると、彼のプランを細部にわたって聞くには聞いたが、ただ沈黙によって同意しただけかもしれない。ぼくにはそう結論できる確固とした材料がある。すべての原因は、彼女もまたぼくを待ち受けていたという点にある。彼女は、ランベルトのようなやくざ者よりむしろぼくと組みたかった――これはぼくにとってまぎれもない事実だ！　ぼくにはそれがよく理解できる。だが、彼女の誤算は、そのことをついにランベルトも悟った点にある。もしも彼女が、彼の頭越しに、ぼくから文書をだまし取り、ぼくと手を組むようなことになったら、彼としてはそれこそ元も子もない。しかもその頃彼はすでに、この「仕事」の確かさに自信をもっていた。これがほかの人間だったら、臆病風に吹かれてまだ疑いを捨てきれずにいただろう。だが、ランベルトは年も若く、大胆で、いても立ってもいられぬほど金儲けの欲にかられていたし、人間をろくすっぽ知らず、人間なんてみんな卑劣漢だとばかりに、あきらかにたかをくくっていた。こういう人間というのは、疑うということを知らず、ましてやアンナさんからすでに肝心要の了解を取りつけていたから、なおさらだった。

最後にもうひと言、もっとも重要な点を述べておこう。それはつまり、ヴェルシーロフはその日までに何かを知っていたか、当時、たとえ間接的であれ、彼がなにがしかの計画にランベルトとともに関わっていたのか、という点だ。いやいや、断じてそのようなことはない。当時はまだ関わっていなかったはずだ。とはいえ、ことによるとすでに運命的なひと言は仄めかされていたかもしれない……がしかし、もういい、たくさんだ、ぼくはあまりにも先走りが過ぎた。

ところで、このぼくはどうだったか？　ぼくは何かを知っていたか、外出の日までに何を知っていたか？　このentrefilet（雑報）を書きはじめるにあたって、ぼくはこう断っておいた。外出の日までじぶんは何も知らなかったし、ぼくがすべてを知ったのはあまりにも遅く、すでにすべての幕が閉じられたときだった、と。これは事実だ、が、はたして完全にそのとおりだったのか？　いや、それはちがう。ぼくはまぎれもなく、何かをすでに知っていた。いや、あまりに多くを知りすぎていたとさえいっていい。でも、どのように？　読者は、あの夢のくだりを思い出してほしい！　ああいう夢がありえたとすれば、ああいう夢がぼくの心のなかから飛びだしてきて、ああした形をとりえたとすれば、それはつまりぼくが、おそろしくたくさんのことを――知っていたというのではなく、予感していたことを意味する。さっきぼくが明らかにしたことや、じっさい『すべてが終わった後』はじめて知った事実のうち、おそろしくたくさんのことを……。

頭では知らなかったが、心は予感にうちふるえ、悪しき霊たちがすでにぼくの夢を支配していたのだ。そうしてぼくは、相手がどういう男かを知りつくし、その細部まで予感しながら、その男のところへ駆けつけていったのだ！　では、なぜ駆けつけていったのか？　ふしぎなことに、ぼくはいまこうして書いているまさにこの瞬間、じぶんはすでにそのとき、なぜ彼のもとに駆けつけていったのか、その理由をすみずみまで知っていたような気がするのだ。しかるにぼくは、それでもやはり、何もまだ知らなかった。もしかすると、読者はそれを理解してくれるかもしれない。しかし、いよいよ本題にはいろう。事実をひとつひとつ辿っていくのだ。

2

事の起こりは、ぼくが外出する二日前の夕方、リーザが全身に不安をにじませながら帰ってきたことにあった。彼女はひどく悔しそうだった。じっさい彼女の身に、我慢できないことが起こったのだ。

彼女がワーシンとつきあいがあったことは、すでに述べたとおりだ。そのワーシンのところに彼女が出かけていったのは、ぼくたちが役に立たないということを見せつけるためだけではなく、じっさいにワーシンを高く買っていたからだった。ふたりのつきあいは、すでにルーガの時代からはじまっていて、ぼくはいつも、ワーシンが彼女に気があるように見えてならなかった。不幸に打ちのめされていたリーザは、当然のようにワーシンにアドバイスを求めた。毅然としていて、おだやかで、つねに抜きんでた知性の持ち主と考えていた相手である。おまけに女性というのは、いったん相手が気に入ると、その相手の知性を見る目が甘くなり、たとえ前後のつじつまの合わないようなことを言われようとも、それがじぶんの意に適っていれば、喜んでそれを確固たる結論とみなしてしまうものなのだ。リーザがワーシンに惹かれたのは、彼がじぶんの境遇にたいするばかりか、はじめのうちは公爵にたいしてもおなじく同情を感じてくれているように思えたからだった。おまけに、じぶんにたいする気持ちをうすうす気づいていたので、リーザとしても、恋のライバルに寄せる彼の同情を尊ばないわけにはいかなかった。他方、彼女の口から、ワーシンのところへときどき相談に行っている旨伝えられた公爵は、のっけからひじょうにつよい不安を感じつつ、その話を受けとめた。嫉妬したのだ。リーザはそのことにひどく傷つき、こんどはもうわざとあてつけにワーシンとのつきあいを続けた。公爵は何も言わなくなったが、陰気に沈みこむようになった。その後、リーザがじぶんから正直に話してくれたことだが(だいぶ経ってからのことだ)、ワーシンにたいする気持ちはそのうち、たちまちと言ってもよいほどすみやかに冷めてしまったらしい。彼はもの静かな男だったが、最初はあれほど好きだった彼の永遠に揺らぐことのないそのもの静かさが、その後やけに嫌味なものに思えたというのだ。どうやら彼は実務家肌のてきぱきした男で、じっさいに、いかにも役立ちそうな助言をいくつか与えてはくれたが、それらはどれも、まるであてつけのように実行不可能なものばかりだった。どうかすると、あまりに上から目線で、彼女にたいし戸惑いの色など少しもみせず判断を下すのだった。それがひどくなる一方だったので、彼女はじぶんの境遇にたいする軽蔑の念が、知らず知らず大きくなっていくせいだと考えたほどだった。あるとき彼女は、彼がぼくにたいして変わることなく親切にしてくれることや、知的な面でぼくよりはるかな高みにありながら同等の話し方をしてくれることにたいしてお礼を述べた（つまり彼女はぼくの言葉を彼に伝えたのだ）。すると彼はこう答えた。

「いや、そういうことじゃないんです、そういうわけでもないんです。それは、彼のなかに、ほかの人との違いもまったく見ることができないからなんです。べつに彼のことを、頭のいい人よりもばかな人だ、なんて考えていませんし、善良な人よりも悪い人だとも考えていません。ぼくはだれにたいしても平等なんです。だって、ぼくの目にはだれもがみんな同じように映るんですから」

「まあ、それじゃ、違いがわからないのですか？」

「いや、もちろん、だれだってどこかは人と違いますがね、ぼくの目には、違いは存在しないんです。なにしろ、人々の違いなんてぼくには関係のないことですから。ぼくにとっては何もかもが同じですし、どうでもいいことなんです、ですから、だれにたいしても等しく親切でいられるんですよ」

「だとしたら、ものすごく退屈じゃありません？」

「いいえ、ぼくはいつもじぶんに満足してますから」

「それじゃ、何も望んでらっしゃらないんですね？」

「いえ、望んでますよ。でも、そうたいしたことは望んでません。ぼくはほとんど何も必要としていないんです、一ルーブルも余分には。金ぴかの服を着ていようが、このままの服だろうが、ぼくには同じことです。金ぴかの服着たって、なにひとつワーシンの足しにはなりませんから。食べものになんか誘惑されません。地位とか名誉とかいったものが、いまのぼくに値しえるでしょうか？」

彼は文字どおりこのような言い方をしたと、リーザは名誉にかけてぼくに誓ったものだ。そうはいうものの、この場合はそれだけで判断してはならず、その言葉が発せられた状況を知る必要がある。

リーザは、彼が公爵にたいしても寛容な接し方をしているのは、おそらく、彼にとってはすべてが同じで、「違いが存在しない」からにすぎず、じぶんにたいする同情の念からではまったくないとの結論に徐々に近づいていった。ところがそのうち、彼は何やら目に見えて持ち前の冷静さを失い、公爵にたいして非難がましいことを口にするばかりか、さも見くだしたような皮肉を浴びせるようになった。それにはさすがにリーザもかっとなったが、ワーシンはひるまなかった。要するにこういうことだ。彼はいつも穏やかな調子で話し、批判するにしても怒りを交えることはなく、彼女の愛するヒーローがまるでとるに足らぬ人物であることを論理的に立証していくだけなのだが、まさにその論理性のなかに皮肉が込められているのだ。そしてしまいには、彼女の愛の「浅はかさ」や、その愛のもつ頑固な暴力性といったことを、彼女の前でずばり論証してみせたのだった。「あなたは、じぶんの感情に溺れています、迷いは、いったんそれと意識されたら、何としても是正しなくてはなりません」

これはまさにその日のことだった。リーザは憤然と席をけり、出ていこうとしたが、そこでこの理性的な男ははたして何をしたか、そしてそれはどのような結末を見たか。——なんと彼は、この上なくエレガントな態度で、しかもたっぷり思いをこめて彼女に結婚を申し込んだのだ。リーザはその場で、面と向かって彼を「ばか」よばわりし、部屋を後にした。

あの不幸な男はあなたに「値しない」という理由で裏切りを勧めること、しかも裏切りを勧めている相手は、現にその男の子どもを身ごもっている女性ではないか——これが、こうした連中の知性というものなのだ！　ぼくはこれを、恐るべき論理主義、はかりしれない自尊心から発した人生にたいする完全な無知と名づける。かててくわえて、リーザがすでに妊娠していることを知っていた、という理由ひとつをとっても、彼がじぶんのそうした行いに誇りさえ感じていたことを、彼女ははっきりと見抜いたのだ。彼女は、あまりのくやしさに涙さえ浮かべながら公爵のもとへと急いだ。ところが公爵は公爵で、ワーシンの上を行った。リーザの話を聞いたいま、もはや何ひとつ嫉妬するいわれはないと納得してもよさそうなのに、それがたちまち逆上してしまったのだ。もっとも、嫉妬深い人間というのはえてしてそんなものなのだ！　公爵は彼女を相手に恐ろしい一幕を演じ、ひどい侮辱を浴びせたので、彼女はただちに公爵との関係をすべて絶ちきってしまおうと決心したほどだった。

それでも、彼女はなんとかじぶんを抑えて帰宅してきたのだが、母親には打ちあけずにはいられなかった。そう、その夜ふたりはまた、以前とまるきり同じように心を許しあった。氷は断ち割られた。ふたりはむろん、いつもの習慣からたがいに抱き合いながら涙に暮れた。リーザはひどく沈んだ顔をしていたが、見るかぎり、落ち着きを取りもどしたようだった。マカール老人の部屋での集まりでも、ひと言も発しないながら、途中で部屋を後にすることもなかった。老人の話すことに熱心に聞き入っていたのだ。例の椅子の一件があってから、彼女は終始、無口のままながら老人にたいしてひじょうに、何か臆病ともいえるほど丁重になった。

だが、このときマカール老人はなぜか思いもかけず、驚くほど急に話題の向きを変えた。ここで断っておくと、ヴェルシーロフと医者は、この日の朝、ひどく暗い顔で老人の健康について話しあっていた。さらに述べておくとぼくたちの家ではすでにここ数日、ちょうど五日後に迫っていたママの誕生日の準備にかかっていて、しばしばそのことが話題にのぼった。マカール老人はこの日のことについて、なぜかふと思い出にふけりだし、ママの幼い頃や、ママがまだ「はいはいしていた」頃の話をはじめた。「わたしの腕から離れなくてね」老人は思い出を話しだした。「歩き方を教えようとしてな、部屋の隅に三歩ばかり離れて立たせ、おいでおいでですると、あの子ときたら、よちよちしながら部屋を横切ってこっちに近づいてくるんだ、こわがりもせず、笑いながらね、で、わたしのところまでたどりつくと、いきなり首っ玉にかじりついたもんだ。そこでいろんなおとぎ話をしてやったな、ソフィヤさん。おまえさんはおとぎ話にはほんとうに目がなくて、二時間ぐらいはわたしの膝のうえに乗ったまま聞いていたものだ。下男部屋でもよく、『よくもまたマカールになついたもんだ』とみんな目を丸くしていたよ。それに、おまえさんを森のなかに連れていって、えぞいちごの茂みを探しだし、そのそばにすわらせ、こっちは木を切って笛をこしらえてやった。たっぷり遊んで家に帰るころにはもう、この腕のなかですやすや眠っているんだ。あるときは狼がこわいといってわたしに飛びつき、がたがた震えていたこともあったな、といって狼なんか一匹だっていなかったがね」

「そのときのことは覚えてます」ママは言った。

「ほう、そうかね？」

「いろんなこと、覚えてます。物心がつくとすぐ、わたしに注がれるあなたの愛とやさしさに気づきました」しみじみとした声でママはそういうと、急に顔を赤らめた。

マカール老人は、しばらく間をおいてから言った。

「申しわけないが、みなさん、もうすぐお別れです。どうやら命の尽きるときがきたようです。年老いてから悲しい思いをせずにすみました。ありがとう、みなさん」

「何をおっしゃいますか、マカールさん、縁起でもない」いくらか慌てたようすでヴェルシーロフが叫んだ。「さっき、お医者さんが言ったばかりですよ、ずいぶんよくなったって、ね……」

ママはおびえた様子で耳を傾けていた。

「いや、あのアレクサンドル君に何がわかるものですか」マカール老人は笑みを浮かべた。「気持ちのやさしい男だが、それだけのこと。いや、もう結構、それとも、みなさんは、わたしが死を恐れているとでもお思いなのかな？　じつは、今朝、お祈りのあとでふっと胸に湧いて出るものがあってね、もはやここからは生きて出られないと、そういうお告げがあった。そうなれば、仕方ない。神のみ名に祝福あれ。ただ、おまえさんたちをもっと眺めていたいだけだ。多くの苦しみを嘗めたヨブだって、新しいわが子を眺め、慰めを得たが、昔の子どもたちを忘れたろうか、忘れられたろうか――いや、そんなことはないはずだ！　ただ、年をとるにつれて、悲しみが喜びとまじりあい、明るいため息に変わっていくような気がするものさ。世の中とは、そんなふうなものなんだ。どんな魂も苦しみを嘗め、慰めをえる。いいかね、わたしにはね、おまえさんたちに、ひと言だけ言いのこしたいと思ったことがあるんだ、ほんのひと言だよ」穏やかで、うつくしい笑みを浮かべながら――その笑みをぼくはけっして忘れないと思う――老人は話をつづけ、ふいにぼくに向かって言った。「愛する子よ、聖なる教会のために尽くしなさい、そしてもし時が来たなら、――教会のために命を捨てなさい。いや、そう慌てないでよい、びくびくせんともよい、いますぐにというわけじゃない」老人は苦笑いを浮かべた。「いまのおまえには、そんなことは考えることもできんだろうが、いずれ、おそらくは思いあたるときがくる。それに、もうひとつだけ言っておくことがある。もしも何かよいことをしようと企てるときは、ひとの羨みのためではなく、神のために行うことだ。じぶんの仕事をしっかりもって、どんな弱気にもくじけないこと。焦らず、うろうろせず、着実に行うこと。そう、おまえに必要なのは、それくらいだな。それから、毎日、怠りなくお祈りをする習慣を身につけなさい。わたしがこんなことを言うのは、いつか思いおこすときがくるだろうと思うからでな。それと、ヴェルシーロフさん、あなたにも二つ三つ言っておきたいことがあったのだが、べつにわたしが言わずとも、神さまがきっとあなたの心に語りかけてくれよう。それに、あの矢がわたしの胸を射貫いてからというもの、わたしたちは長いこと、あのことに触れるのをやめてきた。でも、いま、こうしてこの世と別れるにあたって、ひとつだけ思い出してほしいことがあるんだ……あのとき約束したことだ……」

最後のひと言を、彼は目を伏せたまま、ほとんどつぶやくように口にした。

「マカールさん！」ヴェルシーロフはうろたえた様子で言い、椅子から立ち上がった。「いや、いや、そう慌てることはない。わたしはたんに思い出してもらいたいと思って……あの件で、神にたいし、ほかのだれよりも罪を負っているのは、このわたしだ。なぜかといえば、たとえ、わたしの主人といえど、やはりこの弱さをだまって見過ごすべきではなかったからだ。だから、ソフィヤ、おまえもいたずらに胸をいためることはしないでいい、なぜかといえば、おまえの罪はわたしの罪であり、思うに、あのときのおまえに分別なんてものはまだほとんどなかったろうし、あったにしたところで、この人といわば同類だったわけでね」何かしら痛みに唇をふるわせながら、彼はにこりと笑みを浮かべた。「だから、あのときわたしは、妻であるおまえを棒で懲らしめることもできたはずだし、そもそもそうすべきだったのかもしれない。だが、おまえがわたしの前で泣きながら突っ伏し、何ひとつ隠すことなく……わたしの足に口づけしたものだから、おまえが可哀そうになった。いや、ソフィヤ、おまえを責めるために言い出したわけではないんだ、ただ、ヴェルシーロフさんに忘れてほしくないから……なぜかといえば、貴族の約束であれば、あなたも忘れてはおられないだろうし、婚礼の冠によってすべては隠されてしまうからでね……子どもたちのまえでこれだけははっきり言っておく、あなた……」

極度に興奮した彼は、相手の肯定の返事を待ちうけているかのようにヴェルシーロフを見つめた。くり返すようだが、すべてがあまりに思いがけないことだったので、ぼくは身じろぎもせずに腰を下ろしていた。ヴェルシーロフも、老人におとらず興奮していた。ヴェルシーロフは無言のままママのそばに歩みよると、彼女をつよく抱きしめた。それからママは、やはり無言のままマカール老人に近づき、深々とお辞儀をした。

ひと言でいえば、驚嘆すべき場面が出現したのだった。このとき部屋にいたのは身内だけで、タチヤーナおばもいなかった。リーザは椅子に座ったまま何やらすっと背筋を伸ばしだまって聞きいっていたが、急に立ち上がると、マカール老人にむかって毅然とした調子で言った。

「マカールさん、より大きな苦しみに耐えられるよう、わたしのことも祝福してください。明日、わたしの運命が決まるのです……ですから、今日、わたしのために祈ってください」

そう言い残して、リーザは部屋から出ていった。マカール老人がリーザについては、すでにママの話からすべてわかっていたことをぼくは知っている。だが、ヴェルシーロフとママがいっしょにいるところを見たのは、この晩がはじめてだった。ぼくがこれまで彼のそばに見ていたママは、彼のたんなる奴隷にすぎなかった。ぼくが責め立てたこの人には、ぼくの知らないことや気づかないことが、ほかにもまだ恐ろしくたくさんあった。だからぼくは、途方に暮れて部屋にもどった。そしてこうも言っておかなくてはならない。つまり、彼をめぐるいろんな疑念が集中して生まれたのが、まさにこの時期に当たっているということ。ほかでもない、この時期ほど彼が、神秘的で謎めいた人間に映ったことはいちどもなかった。しかし、ここのところこそが、現にぼくが書きしるしている物語の鍵であり、いずれ時がくればすべては明らかになるだろう。

《しかし》――すでにベッドに入ってからぼくは内心ふと考えた――《これでわかったのは、彼はマカールさんに、ママがひとりになったときにはママと結婚するという『貴族の約束』を立てていたということだ。以前、マカールさんについてぼくに話を聞かせたとき、彼はその点について口を閉ざしていた》

翌日、リーザは一日家を空けていたが、かなり遅くなって帰宅すると、そのままマカール老人の部屋に向かった。ふたりの邪魔をしないよう彼のところには顔を出さないつもりだったが、そのうち、ママもヴェルシーロフも部屋にいることに気づいて、ぼくも入っていった。リーザは老人のそばに腰をかけたまま、その肩に顔をうずめて泣いており、老人は悲しげな顔をして無言のままその頭を撫でていた。

ヴェルシーロフが説明してくれたところだと（すでに部屋に戻ったあとのことだが）、公爵は自説を曲げず、たとえ裁判が確定する前でも、事情が許せばリーザと結婚する決心をしたという。リーザとしては、もはや躊躇する権利さえないに等しかったが、それでもなかなか決心できずにいた。それに、マカール老人も結婚するように『命じていた』。むろん、すべてはいずれおのずと解決し、命令されたり、躊躇することもなく、じぶんからすすんで結婚に踏みきったにちがいない。だがこのときの彼女は、愛する人にあまりに手ひどく傷つけられ、じぶんの目で見てさえ、その愛にあまりに卑しめられたことから何としても決心できずにいたのだ。しかしそこには、その傷のほかにも、ぼく自身、疑ってもみなかった新しい事情がまぎれ込んでいた。

「で、聞いているかね、例のペテルブルグ区の若者たちが昨日、全員逮捕されたという話？」ヴェルシーロフがふいに言いたした。

「ええ？　デルガチョフが？」ぼくは叫んだ。

「そうさ、ワーシンもだ」

とりわけワーシンの名を耳にして、ぼくは衝撃を受けた。

「でも、いったいどんなことで巻きこまれたんです？　ああ、あの連中、これからどうなるんだろう？　それにわざとみたいに、リーザがワーシンをああもこっぴどくやっつけた直後に！……連中、どうなると思います？　ステベリコフの仕業ですよ！　ステベリコフがからんでいます、まちがいありません！」

「それはさておき」ヴェルシーロフは不思議そうにぼくを見て言った（まさしく、わからずやで察しのわるい相手を見る例の目つきだった）。「あの連中に何があったかはだれにもわからないし、今後どうなるか、だれにもわかるはずはない。わたしの言っているのはそのことじゃないんだ。さっき聞いた話だが、おまえ、明日、外に出る気でいるんだってな。セルゲイ公爵のところへは寄らないのか？」

「いえ、それが第一です。正直言うと、ほんとうに気が重くて。でも何か伝えなくていいですか？」

「いや、べつに。わたしもいずれ会うつもりだからね。ただ、リーザがかわいそうなんだ。それに、マカールさんにどんなアドバイスができるっていうんだね？　彼自身、人間のことにしろ世の中のことにしろ、何もわかるわけないし。それに、なあ、おまえ（彼はひさしくこの「なあ、おまえ」でぼくを呼んだことがなかった）、ほかにもいるようじゃないか……何人か、若い連中で……そのひとりがおまえの昔の友だちで、ランベルトとかいう……あの連中も、とんでもないろくでなしのようだな……ただひとこと注意しておこうと思ってね……といって、むろん、これはすべておまえの問題で、わたしに口出しできる話じゃないことは承知しているが……」

「ヴェルシーロフさん」なにも考えず、ぼくの場合よくあることなのだが、なかば霊感に打たれたように、ぼくはいきなり彼の手をつかんだ（ほとんど暗闇のなかで起きたことだった）。「ヴェルシーロフさん、ぼくはだまっていました。――それはあなたもご存じでしょう――ぼくがこれまでだまってきたのが何のためか、おわかりになりますか？　あなたの秘密から身を守るためです。ぜったいにそれを知るまいと、ぼくはきっぱり決意したんです。ぼくは臆病者なんです。あなたの秘密が、ぼくの胸のなかから、あなたという人を永久につかみ出してしまうのを怖れているんです、それがいやなんです。そうすれば、あなただって、ぼくの秘密を知る必要がなくなるわけでしょう? ぼくがどこに向かおうとあなたはどうでもいい、ということにしましょうよ! そうでしょう?」

「おまえの言うとおり、でも、それ以上、何も言わないでくれ、頼むから!」彼はそう言ってぼくの部屋を後にした。こうしてぼくたちは、ほんの少しながら思いがけず胸襟を開きあった。だが彼は、たんに明日、人生の第一歩を前にしたぼくの興奮に油を注いだだけで、ぼくはその夜、朝までずっと目をさましていた。でも、ぼくはいい気持ちだった。

3

翌日、ぼくは家を出た。朝の十時をまわっていたが、だれにも挨拶せず、何も言わず、そっと家を出るようにできるかぎり心がけた。いってみれば、こっそり抜け出したのだ。なんのためにそんなことをしたのかわからないのだが、ぼくが出ていくところをかりにママに見とがめられ、声をかけられたところで、ぼくは、何かひと言意地の悪い言葉を返すだけだっただろう。通りに出て外の冷たい空気を吸いこんだとたん、ぼくはすさまじく強烈な感覚に身ぶるいしたほどだった。それはほとんど動物的で、肉感的とでも呼びたいような感覚だった。何のために歩いていたのか、どこに行こうとしていたのか？　それはもう完全に曖昧模糊としていたが、同時に肉感的でもあった。ぼくは恐ろしくもあれば、喜ばしくもあった。すべてが渾然一体となっていた。《ぼくは今日、汚辱にまみれるのか、まみれずにすむのか？》武者ぶるいしながらぼくはひとりつぶやいたが、今日、このようにして踏み出した一歩が、もはや決定的かつ一生取りかえしのつかないものとなることは、わかりすぎるくらいわかっていた。しかし、何もそう謎かけするような話し方をするほどのこともないのだ。

ぼくはそのまま、公爵が収容されている監獄に直行した。すでに三日前に、監獄長に宛てたタチヤーナおばの紹介状をあずかっていたので、監獄長は気持ちよくぼくを迎えてくれた。彼がはたして好人物かどうかはわからないし、そんなことはべつにどうでもよいことだと思う。しかし彼は、公爵との面会を許可し、親切にもぼくたちのためにじぶんの部屋を空けてくれた。べつにどうということもない部屋——あるクラスの役人が住んでいる官舎にあるごくふつうの部屋だった——これまた、くだくだと書きつらねるまでもないことだ。こうしてぼくと公爵はふたりきりになった。

公爵は、なにやら軍服まがいの部屋着をまとって目の前に姿を現した。ただし、シャツはぱりっとしており、洒落たネクタイをしめ、顔も洗って、髪もきちんと櫛が入っていた。と同時にひどく痩せこけており、顔は黄色っぽかった。両目も黄色っぽかった。端的に、そのあまりの変わりように、ぼくは困惑して立ちどまった。

「ずいぶん変わられて!」ぼくは思わず叫んだ。

「べつにどうってことありませんよ! さあ、お座りになって」彼は妙にきどった口調で肘掛け椅子を勧め、じぶんは向かいの椅子に腰をおろした。「さっそく本題に入りましょう。じつをいうと、アレクセイ君……」

「アルカージーです」ぼくは訂正した。

「えっ? ああ、そうでしたね、でも、まあ、いいでしょう。いや、そうでした!」彼はふいに合点したらしかった。「いや、申しわけない、さっそく本題に移りましょう……」

要するに、彼はひどく気がせいて、何かべつの話題に移りたがっていた。彼は、頭のてっぺんからつま先まで何かに、そう、何かしらひどく重要なアイデアにつかれており、それをひとつのかたちにまとめあげて、ぼくに伝えたいと願っていたのだ。彼はおそろしくたくさんのことを早口で話した。身をこわばらせ、いかにも苦しげな様子で身ぶり手ぶりをまじえながら説明してくれたが、最初の何分か、ぼくは何がなんだかさっぱり合点できなかった。

「手みじかに言うと（彼はもうそれまでにこの『手みじかに言うと』を十っぺんも使っていた）、手みじかに言うと」彼は結論めかして言った。「ぼくが、アルカージー君、こうしてあなたにご足労願ったのは、というか、昨日リーザに頼んでああまでしつこく呼びたてたのは、たとえこれが火事騒ぎみたいなものだとしても、決心の中身そのものは、とてつもなく決定的意味を帯びているからです、それでぼくたちが……」

「失礼ですが、公爵」ぼくは彼の話をさえぎった。「昨日ぼくを呼びたてたって、何ですか？　そんなこと、リーザはひとこともぼくに言ってませんでしたが……」

「まさか！」彼はそう叫んだきり、まるで合点がいかないとでもいった調子で急に話をやめ、ほとんど怯えたような表情を見せた。

「彼女、ほんとうに何も伝えてくれませんでした。昨晩、家に戻ってきたときは、ひどく取りみだしたようすで、ぼくと言葉を交わす余裕もなかったほどでね」

公爵は椅子から急に立ち上がった。

「まさか、嘘じゃないでしょうね、アルカージー君。だとしたら、これって……いったい……」

「でも、それがいったい何だっていうんです？　何をそう心配してらっしゃるんです？　たんに忘れただけのことでしょう、それとも何か……」

彼は腰をおろしたが、茫然自失の面持ちだった。リーザがぼくにひと言も伝えなかったと知らされ、完全に意気阻喪してしまったのだ。彼はすぐまた手をしきりに振りまわしながら話しだしたが、言っていることを理解するのは、またしても困難をきわめた。

「待ってください！」彼はふいにそう言うと、口をつぐんで、指を立てた。「待ってください、これって……これって……もしもぼくのまちがいでなければ……これって、何かありますね！……」彼は躁患者のような笑みを浮かべながら言った。「それが何を意味するかというと……」

「そんなもの、何も意味してなんかいませんよ！」ぼくはそう言ってさえぎった。「ただぼくがわからないのは、どうしてそんなつまらないことでそこまでくよくよするのか、ってことです……そう、公爵、あれ以来、あの晩から、――覚えていますか……」

「あの晩って、なんのことです？」ぼくに話の腰を折られたことが明らかに癇にさわったらしく、彼はひどく気まぐれな調子で叫んだ。

「ぼくたちが最後に会ったゼルシチコフの家ですよ、そう、ほら、あなたから手紙をもらう前のことです？ あなたはあのときものすごく興奮していましたが、あのときと今では大きく違います――あなたを見てると怖くなるほどね……でも、ひょっとして、覚えてらっしゃらない？」

「ああ、そうでした」彼は急に思いだしたように、いかにも社交界の人間らしい声で言った。「ああ、そうでした！ あの晩……聞きました……で、体調はいかがです、あんな目にあって、いまはどうなんですか、アルカージー君？……でも、それはともかく本題に移りましょう。じつを言うと、ぼくはとくに三つの目的を追い求めているんです。目の前に、三つの課題がありましてね、で、ぼくは……」

例の「本題」について彼は再び早口で話しだした。ぼくはついに悟った。ぼくが目の前にしている男は、放血療法とはいわぬまでも、少なくとも酢を含ませたタオルをすぐにでも額に当ててやらなくてはならない相手なのだということだ。脈略を欠いた彼の話はむろん、裁判にかんして考えうる結末のまわりをぐるぐる回りつづけるばかりだった。彼の連隊長がわざわざ見舞いに来て、何ごとか長々と説得していったが、ついに従おうとしなかったとか、どこかに提出したばかりの報告書の件とか、検事のこと、権利は奪のうえ、どこかロシアの北部地方へ確実に送られること、タシケントに開拓民として移住し、そこで一定期間勤務せざるをえなくなる可能性があるとか、じぶんの息子（いずれ生まれてくるリーザの子）に、『アルハンゲリスクは、人里離れたホルモゴールィにて』を教えこみ、伝えてやることになる、といったことだ。

「アルカージー君、ぼくがあなたの意見を聞きたいと願ったのは、そう、ぼくがあなたの気持ちをとても大事にしているからです……アルカージー君、リーザがぼくにとって何を意味するか、彼女が、いま、そしてこの間、ここにいるぼくにとって何を意味したかわかってくださったら、そう、ぼくの大好きな、弟みたいなあなたにわかってもらえたら！」両手で頭を抱えながら、彼はいきなり叫んだ。

「セルゲイ公爵、あなたは彼女を台なしにする気ですか、道連れにするつもりなんですか？　ホルモゴールィなんて場所へ行くなんて！」そんな叫びが思わず口をついて出た。こんな躁気のある男と一生をともにする――そんなリーザの運命がふいにありありと、まるで初めて見るようにぼくの意識に立ち現れたのだ。彼はこちらをじろりと見ると、再び立ちあがり、一歩踏みだしたが、あいかわらず両手で頭を抱えたままくるりと向きをかえ、ふたたび腰を下ろした。

「ぼくはね、蜘蛛の夢ばかり見るんです！」彼は唐突に口にした。

「あなたはひどく高ぶっています、悪いことはいいません、公爵、横になって、いますぐ医者を呼んではいかがです」

「いや結構、それはまたあとの話です。あなたにわざわざここに来ていただいたのは、結婚式のことであなたに説明しておきたかったからです。式は、ご存じのように、この教会で挙げるつもりです、すでに申し上げたとおりです。その件についてはすべて承諾を得ていますし、みなさんからがんばれと言われています……で、リーザのことですが……」

「公爵、お願いですから、リーザのことは許してやってください」ぼくは思わず叫んだ。「少なくとも、せめていまぐらいは彼女を苦しめないでください、嫉妬したりしないでください！」

「何だってまた！」ほとんど目を皿にして、こちらをじっとにらみながら彼は叫んだ。何やら妙にだらしない、無意味でいぶかしげな笑みに顔がゆがんだ。「嫉妬したりしないでください」というひと言が、なぜかおそろしい衝撃を彼にもたらしたことは明らかだった。

「ごめんなさい、公爵、つい心にもなく。そう、じつは、公爵、最近、ぼくはある老人を、といってもぼくの名義上の父ですが、知ったんです……ああ、あなたもその人にお会いになったら、もっと落ち着かれるでしょう……リーザもその人のことはとても尊敬しています」

「ああ、そうだった、リーザが……ああ、そうだった、その人って、あなたのお父上ですか？ それとも……pardon, mon cher（いえ、失礼しました）、なにかそんなふうな……覚えています……彼女が教えてくれたんです……おじいさんがどうとか……そうです、まちがいありません。じつは、ぼくもある老人を知っています……Mais passons（でも、いいでしょう）、大事なのは、問題の本質をはっきりさせるには、まず……」

ぼくは立ちあがって、帰ろうとした。痛々しくて彼を見ていられなかったのだ。

「どういうことです？」ぼくが立ちあがったのを見て、彼はきびしく、厳めしい口調で言った。

「苦しくてあなたを見ていられない」

「アルカージー君、もうひと言、もうひと言だけ！」態度も身ぶりも一変させてふいにぼくの肩をつかむと、彼はぼくを肘掛け椅子に押しもどした。「あなたは、あの連中のことを聞いてますか、何の話かわかりますよね？」彼はぼくのほうに屈みこんだ。

「ええ、デルガチョフのことですね。あれは、確実に、ステベリコフの仕業です！」

じぶんを抑えきれずにぼくは叫んだ。
「そうです、ステベリコフと……あなたはご存じないんですか？」
彼はそこで言葉を切り、例のごとく目を皿にして、ぼくをひたとにらんだ。すると
また、例によってどこか間のぬけた、せわしない無意味でいぶかしげな笑みが、さら
にいっそう広がりだした。彼の顔は徐々に青ざめていった。ぼくはふと何かにゆすぶ
られるような気がした。昨日、ワーシンが逮捕された話を伝えてくれたときのヴェル
シーロフの目つきを思いだしたのだ。
「まさか、そんな」ぼくはぎょっとして叫んだ。
「いいですか、アルカージー君、ぼくがあなたに来てもらったのは、事情を説明する
ためだったんです……ぼくとしてもそうするのが……」彼は早口にささやきだした。
「あなたなんですね、ワーシンを密告したのは！」ぼくは叫んだ。
「ちがいます。いいですか、あそこに原稿がありました。ワーシンは、いよいよ最後
の日を前にしてリーザにあれを渡しました……保管してもらうためにです。で、リー
ザはその原稿をここに置いていった、ちょっと読んでほしいといって、で、その翌日、
ふたりが喧嘩する事態に立ちいたったわけです……」
「あなたはその原稿を当局に提出した！」

「アルカージー君、アルカージー君」

「それであなたは」ぼくはつと立ちあがって、一語一語句切りながら叫んだ。「ほかに何の動機もなく、ほかには何の目的もなく、あのかわいそうなワーシンが、たんにあなたの恋敵であるというだけの理由で、たんなる嫉妬心から、あなたはリーザに託された原稿を渡した……だれに渡したか？　相手はだれです？　検事ですか？」

だが、彼にはそれに答えるいとまもなかった。たとえあったにせよ、答えられなかったろう。なぜなら、そのとき彼はぼくの前に、あいもかわらず病的な笑みを浮かべ、目のすわった木偶《でく》のように突っ立っていたからだ。だが、そこでふいにドアが開き、リーザが入ってきた。彼女は、ぼくたちふたりがそこにいるのを見てほとんど気を失いそうになった。

「ここにいたの？　それじゃ、ここに来ていたわけ？」ふいに顔をゆがめ、ぼくの手をつかみながら彼女は叫んだ。「それじゃ……知ってるわけね？」

だが、彼女はすでにぼくの顔の表情から、ぼくが『知っている』ことを読みとっていた。ぼくはこらえきれず、思わず彼女を抱きしめた。つよく、つよく！　そしてその時はじめてぼくはまざまざと見てとったのだ。明けることのない、出口のない、果てしもない悲しみが、この……じぶんから苦しみを求めようとする女性の運命のうえに、永久に覆いかぶさっているのを！

「でも、ほんとうにこの人といま話ができると思って？」彼女はそう言ってふいにぼくの腕を振りほどいた。「ほんとうにこの人といっしょにいられて？　兄さんはどうしてここにいるの？　この人を見て、見て！　ほんとうにこの人を裁けると思って？　ほんとうに？」

そう叫びながら、この不幸な男を指さした彼女の顔には、かぎりない苦しみと同情があふれていた。彼は、両手で顔をおおったまま、肘掛け椅子に腰をおろしていた。たしかにリーザの言うとおりだった。それは、強度の酒で頭をやられた廃人同然の男だった。ことによるとこの状態は、すでに三日前にははじまっていたのかもしれない。彼はその日の午前中に病院に移されたが、夕方近くにはすでに脳炎を起こしていた。

4

リーザを残したまま公爵のもとを出たぼくは、午後の一時ごろ、以前住んでいたアパートに立ちよった。言い忘れていたが、その日は湿度の高い、どんよりした日で、緩みだした寒気に、象ですら神経を乱しかねない生あたたかい風が吹いていた。アパートの主人は大喜びしてぼくを迎え、何もかも放りだしてあくせく動きまわった。とくにこうしたときはおおいに苦手とする出迎えだった。ぼくはそっけなく彼をあしらい、まっすぐじぶんの部屋に向かったが、主人はぼくのあとについてきた。さすがにうるさく質問するだけの勇気はないようだったが、その目には好奇の色がありありと輝き、しかもじぶんにはそうしてなにがしかの好奇心をいだく権利があるとでもいわんばかりの顔をしていた。じぶんの利益も考え、ぼくとしては慇懃な態度をとらざるをえなかった。だが、二、三、なんとしても聞きださなくてはならないことがあるのに(いずれ聞きだせることはわかっていたが)、こちらから質問を切りだすのはやはりたまらなく不快だった。ぼくは奥さんの体調を尋ね、ふたりしてそちらの部屋に向かった。奥さんは丁重に迎えてはくれたものの、その様子はひどく事務的で口数もすくなかった。そのせいでぼくの気持ちもいくらか和らいだ。端的に、ぼくはそこできわめてふしぎな事実を聞きだしたのだ。

そう、もちろん、ランベルトは来ていた。だがその後もさらに二度やってきて、おそらく借りることになると言って、「すべての部屋を下見して」いった。ナスターシヤさんもなんどかやって来たが、何のためかはまったくわからなかったとのことだった。「その方も、やはりたいそう興味をおもちでした」主人はそう言いそえたが、ぼくは彼の不満に応えず、彼女がどんなことに興味をもったのか、尋ねることもしなかった。総じて、ぼくはくわしく聞きだすようなことはせず、たんに彼が話すだけで、ぼくはスーツケースのなかをかきまわすふりをしていた(ただし、そこにはほとんど何も入っていなかった)。しかし何より腹が立ったのは、主人までが、この秘密めかした遊びを思いたったことだ。こちらが質問を控えているのに気づくと、じぶんもより断片的で、秘密めかした話し方をするのが義務と心得たらしかった。

「お嬢さまもお見えになりましたが」妙な目でこちらを見ながら、彼は言い添えた。

「どこのお嬢さんです?」

「アンナさまですよ。二度、お見えになりました。家内と仲良しになりましてね。じつにかわいらしいお方だ、とても感じがよくて。あのような方とお近づきになれるのはじつにありがたいことで、アルカージーさん……」こう言うと、彼はぼくのほうに一歩足を踏みだした。ぼくに何かを悟らせたくて仕方なかったらしい。

「ほんとうに、二度も?」ぼくはびっくりして尋ねた。

「二度目は、お兄さまといっしょに見えられました」

《ランベルトとだ》という考えがとっさに浮かんだ。

「いえ、ランベルトさんとじゃございません」主人はただちに読みとった。まるでぼくの心のなかに目玉ごと飛びこんできたかのようだった。「あの方のじつのお兄さまで、若いほうのヴェルシーロフさまです。たしか、侍従補でしたか？」

ぼくはひどく慌ててしまった。主人は、やけに愛想よく微笑みながら、こちらを見ていた。

「そう、それも、もうひとりお見えになりましたっけ、あなたを尋ねて——マドモワゼルで、フランス人で、マドモワゼル・アルフォンシーヌ・ド・ヴェルデンとかおっしゃいましたか。そう、たいへん歌がお上手で、詩の朗読もみごとでした！　たしかソコーリスキー公爵さまのところへ、こっそりお出かけになる途中とかで、ツァールスコエ・セローですか、なんでも、ワンちゃんを売るのが目的らしく、手のひらに乗るくらいの、めずらしい、黒い犬でした……」

ぼくは、頭痛を口実にひとりにしてほしいとたのんだ。主人はとっさに、話がまだ終わりきらないうちにぼくの求めにしたがった。気を悪くした様子はみじんも見せず、なかば満足げに、『わかります、わかります』とでもいわんばかりに意味ありげに手をふった。むろん、それを口に出していったわけではないが、そのかわりつま先立ちで部屋から出ていくことで、それなりの満足にあずかった。世の中には、じつに嫌味な連中がいるものだ。

ぼくはひとり腰をおろしたまま、一時間半ばかりあれこれ考えをめぐらせた。もっとも、考えをめぐらせたというより、たんにもの思いにふけっていただけのことだ。ぼくは慌ててはいたが、かといって少しも驚きを感じてはいなかった。ぼくは、むしろもっと強烈な何かを、もっと大きな奇跡を期待していたほどだ。《ひょっとして連中はもう、なにかとんでもないことをやらかしているかもしれない》ふとそう思った。すでに家にいるときから、ぼくは固く信じていた。連中の車はすでにエンジンがかかり、フルスピードで走っている、と。《連中には、ぼくが欠けているだけだ、そうだとも》ぼくはまた、何かいらだたしい、それでいて心地よい自己満足にひたりながら考えた。連中が、必死の思いでぼくを待ちわび、ぼくの部屋で何かをくわだてていること、——それは火を見るより明らかだった。《老公爵の結婚ではないか？　老公爵はもう完全に罠にかかっている。ただし、このぼくがそれを許すかどうか、諸君、そこがお楽しみってことさ！》ぼくはまた、不遜な満足にかられながらひとりつぶやいていた。

《いったんことを起こしたら、たちまちまた滝つぼの渦に呑まれてしまう、木っ端みたいに。ぼくはいま、この瞬間、自由だろうか、それとも、もう自由ではないのだろうか？　今晩ママの家に帰るとき、ここ数日のあいだそうであったように、ぼくはじ

ぶんにこう言えるのだろうか。『ぼくは、ぼく自身だ』、と》

これがそのとき、部屋の隅のベッドに腰をおろし、膝に両肘をついて、掌で顔を支えていた一時間半のあいだに考えた疑問、というより、ぼくの胸の鼓動のエッセンスである。だが、ぼくにはわかっていた、すでにそのときからわかっていたのだ。こうした疑問が、まったくのナンセンスにすぎないことを、そしてぼくが惹かれているのは、あの人だけだということ、——そう、あの人、あの人ひとりなのだ！　ついにぼくはそれをはっきりと口にし、紙のうえにペンで書きしるした。なぜかといえば、あれから一年ほどが経過し、こうしてこれを書き記しているいまでさえ、あのときのぼくの感情をどう名づけてよいかわからないから！

そう、ぼくはリーザがかわいそうだった、ぼくの胸のうちには、うそ偽りのない痛みだけがあった！　リーザを思う痛みの感情だけでも、たとえほんの一時にせよ、ぼくのうちにひそむ肉感性（ぼくはまたこの言葉を持ちだすが）を和らげるか、拭いさってくれるように思えた。ところがぼくは、はかりしれない好奇心と、ある種の恐怖と、さらにはある種の感情に——それがどんなものかはわからない——心を奪われていたのだ。だがその感情が不吉なものであることは、すでにその時からわかっていたし、いまもわかっている。ことによると、ぼくはあの人の足もとにひれ伏したいとひたすら願っていたのかもしれない、いや、ことによるとあの人をありとあらゆる苦しみに委ねて、「できるだけ早く、一刻も早く」何かを証明して見せてやりたかったのかもしれない。リーザにたいするどのような痛みも、どのような同情も、もはやぼくを押しとどめることはできなかった。はたしてぼくは、そこで立ちあがり、家に帰ることができたのだろうか……マカール老人のもとへ？

《なに、ちょっと出かけていって、連中の口から洗いざらい聞きだし、そのまま彼らの前から永久に姿をくらましてしまえばいいだけだ、奇跡やら極悪人のかたわらを、無傷ですりぬけて》

三時、ふとわれにかえったぼくは、ほとんど遅刻しそうなことに気づいて慌てて飛びだし、辻馬車をつかまえると、アンナさんの家に大急ぎで向かった。

第五章

1

ぼくの来訪が告げられると、アンナさんはすぐ刺繡を放りだし、ぼくを出迎えるために、とっつきの部屋に慌てて入ってきた——これまでいちどもなかったことだ。彼女はぼくに両手を差しのべ、さっと顔を赤らめた。彼女は無言のままぼくをじぶんの部屋に案内すると、ふたたび刺繡台にむかって腰を下ろし、ぼくをそのそばに座らせた。しかしもう刺繡の仕事には手をつけず、ひと言も発することなく、いつもの熱っぽい関心を浮かべて、ぼくの顔をじっと眺めつづけた。

「あなたは、ナスターシヤさんをぼくのところに差し向けましたね」ぼくは相手のあまりにあからさまな関心を——といってもそれ自体心地よいものだったが——少しばかり気づまりに感じながら、率直に切りだした。

ぼくの質問には答えず、彼女はふいに話しだした。

「わたし、なにもかも聞きました。ぜんぶ知っています。あの恐ろしい夜のことは……ああ、どんなにお辛かったことか！　でも、ほんとうなんですか、あの厳しい寒さのなか、意識をなくしたままの状態で発見されたって話、ほんとうなんですか？」

「それをあなたに……ランベルトが……」ぼくは顔が赤くなるのを覚えながら、つぶやくように言った。

「あのあとすぐ、あの人からぜんぶ聞きました。でも、あなたを待っていました。そう、あの人、すっかり怖気づいてわたしの家に駆けこんできたんです！　あなたの家じゃ、あなたが病気で寝てらしたお宅じゃ、彼をあなたのところに通すのをいやがって……何か妙な応対だったとか……わたし、どんないきさつがあったか、正直、何も知らないんですが、あの夜のことは彼が何もかも話してくれました。彼の話だと、意識が戻るか戻らないかするうちに、もうわたしの話を彼になさったんですってね、あなたがわたしに身も心も捧げているとか。アルカージーさん、わたしもう涙が出るくらい感動しました。どんなところがよくて、そこまで熱い関心を寄せてくださったか、じぶんにもわからないくらいでしたから、それも、あんな状態で！　教えてください、ランベルトさん、あなたの幼友だちなんですって？」

「ええ、でも、あのときのぼくは……正直言ってうかつでした、それにひょっとして、あのときぼくはいろんなことをしゃべりすぎたかもしれません」

「そう、あの、憎らしい、おそろしい陰謀のことなら、あの人に聞かなくてもわかったはずです！　わたし、いつも、いつもそんな予感がしてましたから。あの人たちはそのうちきっと、あなたをああいう目に遭わすだろうって。ねえ、でも、ほんとうなんですの。ビョーリングさんがあなたに暴力をふるったって話？」

それはまるで、ぼくが塀のそばに倒れていたのは、ひとりビョーリングとあの女のせいとでもいわんばかりの口ぶりだった。しかし、たしかに彼女のいうことにも一理あるような気がしたが、ぼくはかっとなって叫んだ。

「もしも彼がぼくに暴力をふるっていたら、彼もただでは帰れなかったでしょうし、このぼくにしたところで、復讐もせずここにこうしてあなたの前に腰かけてはいられなかったでしょうね」ぼくはむきになって答えた。肝心なのは、彼女が何のためかぼくをからかい、だれかにけしかけているように感じながら（もっともその相手がだれかはわかっていた）、その手にまんまと乗ってしまったことだ。

「ぼくがそういう目に遭わされることは予見できたとおっしゃいますが、カテリーナさんの側からすれば、あれはむろん、たんなる誤解にすぎなかったわけです……そうはいっても、あの人が、ぼくにたいする親切心を、あまりにも早くその誤解に切りかえたこともたしかです……」

「そう、そこなんです、ほんとうに早すぎます！」アンナさんは同情に堪えないといった表情を浮かべて引きとった。「そう、向こうでいまどんな陰謀がめぐらされているか、あなたが知ったら！　むろん、アルカージーさん、わたしがいま置かれている微妙な立場を、あまさずご理解いただくことはむずかしいと思います」顔を赤らめ、うつむき加減で彼女は言った。「あのときから、そう、わたしたちが最後にお会いした、ちょうどあの日の朝のことですが、わたし、思い切って一歩踏みだしたんです。だれにでもわかる、合点がいく、といった筋合いのものではありません。あなたぐらいの世間に毒されていない頭と、あなたみたいに、優しくて、健全で、新鮮な心をいだいている人でなければとうてい理解できないことです。どうか、これだけは信じてくださいね、わたし、あなたのわたしに対するひたむきな気持ちをちゃんと理解できていますし、いつまでも変わらぬ感謝の思いで、あなたにお応えするつもりですから。世間の人たちからは、むろん石を投げつけられるでしょうし、すでにもう石を手にしている人もいます。でも、もしそのおぞましい目で見て彼らが正しいとしても、いったいだれが、いいえ、彼らのうちのだれがこの場合、このわたしに非難の石を投げることができるでしょう？　わたしは、幼いころから父親に見捨てられた女なんです。わたしたちヴェルシーロフ家は、古くからある高貴な家柄です。そのわたしたちが、流れ者扱いされ、人のお情けにすがって生きているのですよ。ですもの、そんなわたしが、幼いころから父親がわりだった人に、そのお情けでこの年まで生きてこられたその人におすがりするのは当然じゃありません？　あの人にたいするわたしの思いを察し、裁いてくれるのは神さまだけです。わたしは、わたしが選んだこの一歩にたいする世間の人々の批判など毛頭許す気はありません！　おまけに、とてつもなく狡猾で、すさまじく腹黒い陰謀がめぐらされ、人を疑うことをしらない心の広い父親を、じつの娘が破滅させようと仕組んでいるのを知りながら、はたしてだまって見過ごすことができるでしょうか？　いいえ、わたしの評判が地に落ちてもいいんです、わたし、あの方を救ってみせますから！　わたしはね、ただもうあの方の乳母として暮らす覚悟でいるんです、あの方の番人、あの方のナースとしてね。でもとにかく、あんな冷酷で、浅ましい世間の打算に勝たせるものですか！」

彼女は、いつもとは異なる意気込みを見せて話していたが、ことによるとその半分は上辺だけのポーズだったかもしれない。しかしともかくも、その表情は真剣そのものだった。彼女がこの件に全身で打ち込んでいることがありありと見てとれた。そう、この人はいま嘘を言っているし（たしかに真剣そのものだったが、真剣そのものでも嘘はつけるから）、いまは悪い女だ、とぼくは感じていた。しかし女性が相手のときにはしばしば驚くことがあるものだ。この誠実そうな印象、この最高の形式、上流社会の近寄りがたい高み、誇り高い清廉さ——そういったものにすっかり惑わされ、ぼくはすべての点で彼女に同意せざるをえなくなっていた、といっても、彼女の部屋にいる間のことで、少なくとも反対するだけの決心がつかなかったのだ。そう、男というのは、精神的には完全に女性の奴隷なのだ、寛大な男であればなおさらそうなのだ！　こういう女性は寛大な男を好きなだけ納得させられる。《この人とランベルトか——こいつはとんでもないことになったぞ！》半信半疑の思いで彼女を見やりながら、ぼくはそう思った。それはともかく、洗いざらい言ってしまおう。ぼくはいまにいたるも、彼女を見ぬけずにいるのだ。彼女の気持ちを見ぬけるのは、たしかに神のみかもしれない。人間はおまけに複雑なマシーンで——時として、まるきりわけのわからない代物だが、そこへもってきてその人間が女性ときた日には、もはやどうにも手に負えない。

「アンナさん、あなたはぼくにいったい何を期待されているんです？」しかしぼくはかなりきっぱりした調子で尋ねた。

「あら？　アルカージーさん、それってどういうご質問？」

「全体からみて……それとほかのいくつかの点から判断して……」しどろもどろになりながらぼくは説明した。「あなたはぼくに何かを期待して使いを寄こしたような気がするんです、で、それっていったい何なんでしょう？」

ぼくの質問には答えず、彼女はすぐにまた話しだした。同じように早口でいきいきとした話し方だった。

「でも、わたしにだってプライドはありますから、ランベルトさんのような素性のわからない方と話しあったり、取引するなんてできるはずありません！　わたしが待っていたのは、あなたで、ランベルトさんなんかじゃないんですから。わたしの立場は、もうぎりぎりのところまで来ていて、それはもうぞっとするくらいです、アルカージーさん！　わたしね、あの女の陰謀に取りまかれて、いろいろと知恵を働かせなくてはいけない身なんです。それって、わたしには耐えがたいこと。わたしまでが、ほとんど陰謀を弄さなくてはならないところにまで身を落としているありさまですから。だからあなたをまるで救い主みたいに心待ちにしていたんです。そのわたしが、ひとりでも味方になってくれる友だちを探そうと、あくせく周囲を見回しているからって、責めることはできません。ですもの、友だちが現れたことを喜ばずにはいられなかったんです。あの夜、ほとんど凍死しそうになりながら、このわたしのことを思いだし、わたしの名前ばかり繰りかえし口にしてくれるなんて、むろん、わたしに身も心も捧げつくしてくれているひとにちがいありませんもの。わたし、この間ずっとそんなふうに考えてきました。ですから、あなたに望みを託してきたんです」

何か尋ねたいことがあるのか、彼女はもどかしそうにぼくの目を見つめていた。するとぼくはまた勇気をなくし、彼女の迷いを解いて、ランベルトが彼女を欺いていること、あのときじぶんは、彼女にそこまで心服しきっているとは決して言っていないこと、それに、『彼女の名前ばかり』を思いだしていたわけではないと率直に言うことができなくなった。こうしてぼくは、口を閉ざすことでランベルトの嘘を肯定するかたちになった。そう、ぼくは確信している、ランベルトがじぶんに近づくために体のいい口実をもうけ、じぶんと渡りをつけるために誇張し、口から出まかせを言っていることぐらい、彼女自身わかりすぎるほどわかっていたはずなのだ。それに、ぼくの言葉や、ぼくの献身的な思いに嘘がないことを確信している彼女は、しっかりとぼくの目を見れば、ぼくが、言ってみればデリケートさと若さゆえに、そうは簡単には否定できないことをわかっていたはずである。もっとも、この推理が正しいか、正しくないかはぼくにもわからない。ひょっとすると、ぼくのほうがものすごく堕落しているのかもしれない。

「兄がわたしの味方になってくれるそうです」ぼくが答えをしぶっているのを見て、アンナさんはふいに熱っぽく声を発した。

「たしか、その方とおふたりでぼくの家に来られたとか聞きましたが」ぼくはどぎまぎしながらつぶやくように言った。

「だって、あのお気の毒なソコーリスキー公爵からすると、いまこうした陰謀から、というか、むしろじつの娘からというべきなのでしょうけど、逃れるすべは、あなたの家というか、味方であるあなたの家以外にどこにもない、といってよいくらいなんですもの。何にせよあの方は、あなたを少なくとも味方とみなすぐらいの権利はお持ちのはずでしょう！……ですから、あなたがもしあの方のために少しでも何かをしてあげたいという気持ちになったら、ぜひ実行してあげてくださいね——それができるとしたなら、もしもあなたのなかに寛大なお気持ちと勇気がおありでしたら……それにもうひとつ、もしもあなたがほんとうに何か、か、か、おできになるのでしたら。そう、それってわたしのためじゃないんです。わたしのためじゃなくて、あのお気の毒な老人のためなんです。ただひとり、あなたを心から愛したあの方、あなたをまるでごじぶんの息子のように心にかけて、いまでもあなたを懐かしがっているあの方のためです！　わたし、じぶんのためにはなにも期待していません。たとえあなたが相手でも。だって、生みの父ですら、このわたしに、あんな狡猾で意地悪なしうちをするくらいなんですよ！」

「でも、ヴェルシーロフさんは……」そう言いかけてやめた。

「ヴェルシーロフさんは」苦々しい笑みを浮かべながら彼女は話をさえぎった。「ヴェルシーロフさんは、あのとき、わたしの率直な質問にたいしてきっぱりとこう答えました。わたし、カテリーナさんにたいし、じぶんはこれっぽっちの野心ももったことはないって。わたし、それをすっかり信じこんで、こうして思いきって一歩を踏み出したんです。ところがいざ蓋を開けてみたらどうでしょう、あの人が冷静でいられたのは、ビョーリングとかいう人の名前が出てくるまでのことだったじゃないですか」

「いや、それは違う！」ぼくは声を荒らげた。「このぼくも、あの人にたいする彼の愛を信じかけた瞬間がありました。でも、それは違うんです……たとえ、そういうことがあったにしても、いまはもう完全に平静でいるはずです……その人物は、すでにお払い箱ですから」

「その人物って？」

「ビョーリングですよ」

「だれがお払い箱などと言ったんです？　あの男があんな強い立場に立ったことなどいちどもないかもしれないのに」彼女は毒々しい笑みをもらした。ぼくには、彼女がぼくまでせせら笑ったかのように思えたほどだった。

「ナスターシヤさんが教えてくれたんです」内心どぎまぎしながらぼくは答えた。動揺を隠しきれなかったので、彼女もそれに気づかないわけがなかった。

「ナスターシヤさんって、とてもやさしい方。むろんこちらから、わたしを好きになるのはやめてというわけにはいきませんけど、あの人に、じぶんに関わりのないことを知る手立てなど、なにもないでしょう」

胸が疼きだした。彼女のねらいはぼくの怒りに火をつけることにあったので、ぼくのなかで怒りがたぎりだした。しかしその怒りは、あの人にたいする怒りではなく、さしあたりは当のアンナさん自身にたいするものだった。ぼくは椅子から立ち上がった。

「アンナさん、ひとりの誠実な人間として、ぼくはあなたにお断りしなければなりません。あなたの期待は……このぼくに関するかぎり……まったくの無駄骨に終わるかもしれません……」

「あなたがわたしの味方についてくれることを期待しています」毅然とした表情で彼女はぼくをにらんだ。「みんなから見捨てられたわたしの味方に……こう言ってよろしければ、あなたの姉の味方にです、アルカージーさん！」

この一瞬がさらにつづいたら、彼女は泣きだしたことだろう。

「でも、まあ、あまり期待しないほうがいいのかもしれませんよ。だって、『もしかしたら』何も起こらないかもしれませんから」言葉では尽くせないほど重苦しい気分を抱きながら、ぼくはつぶやくように言った。

「そのお言葉、どう理解したらよいのかしら？」彼女はなにやらひどく心もとない口調で言った。

「つまり、ぼくはみなさん全員のもとを離れるということです。それで、すべておしまいです！」ぼくはふいにほとんど怒りくるって叫んだ。「例の文書は、破り捨てます。では、これで、失礼します！」

彼女にお辞儀をすると、ぼくは無言のまま、と同時に彼女のほうにはろくに目もやらずに部屋を出た。だが、階段を降りきらないうちに、二つ折の便箋を手にしたナスターシヤさんが追ってきた。いったいどこからナスターシヤさんが現れたのか、そもそもぼくがアンナさんと話をしていたとき、どこに彼女がいたのか、ぼくには見当すらつかなかった。彼女はひと言も話さず、ぼくに紙切れを寄こしただけで駆けもどっていった。ぼくはその紙切れを広げた。そこには、はっきりとした字で、ランベルトの住所が書いてあったが、それは明らかにその何日か前に用意されたものだった。ぼくはふと思い出した。あのとき、ナスターシヤさんがぼくの部屋に来たさい、ぼくは彼女に、ランベルトがどこに住んでいるか知らないと口を滑らせた。ただし、ぼくはたんに『知らなければ、知りたくもない』という意味で言っただけだった。しかしその時点で、ランベルトの住所はすでにリーザを通じて知っていた。リーザに、住所案内所で調べてほしいとわざわざ頼んでおいたのだ。アンナさんの非常識なふるまいは、あまりに思いきりのいい、恥知らずなものにぼくには思えた。協力は願い下げですというぼくの申し出にもかかわらず、彼女はぼくの言うことなど端《はな》から真に受けず、直接ランベルトのところにぼくを遣わそうというのだ。彼女が例の文書についてすべてを知っていることは、火を見るより明らかだった。ほかでもない、ランベルトから聞いたのだ。だから彼女は、話をつけるために彼のところにぼくを送ろうとしているのではないか？

《連中は、ひとり残らずこのぼくを、意思も根性もない青二才と完全に見くだし、この男相手ならどうにでも動かせると考えている！》そう考えると、ぼくは怒りがこみあげてきた。

2

にもかかわらず、ぼくはやはりランベルトの家をめざして歩きだした。いったいどうすれば、そのときのぼくの好奇心を抑えることができたろう？　ランベルトは、思いがけず、家からかなり遠い、夏の庭園脇のコソーイ横丁に住んでいることがわかった。もっとも部屋のなかはすべて前と同じだった。だが、彼の家から逃げだしたとき、ぼくは道順や距離はまったく気づいていなかったので、四日前、リーザから彼の住所を受けとったときはおおいに驚き、彼がそんなところに住んでいたとはほとんど信じられなかったほどだ。すでに階段をのぼっているときから、三階にある彼の部屋のドア付近に若い男がふたり立っているのに気づき、ぼくよりも先に呼び鈴を鳴らし、ドアが開けられるのを待っているのだと思った。ぼくが階段を上っていくあいだ、ふたりともドアを背にしてぼくを念入りに観察していた。《ここにはいくつか部屋がある、あのふたりは、むろんほかの住人を訪ねてきたのだ》——ぼくは眉をひそめ、ふたりに近づいていった。ランベルトの家でだれかべつの客と居合わせようものなら、このうえなく不愉快だろう。ふたりを見ないように努めながら、呼び鈴に手をかけた。

「アタンデ！（待って！）」ひとりがぼくに向かって叫んだ。

「鳴らすのは、ちょっと待ってくれませんか」べつの青年が、よく通る優しい声で、いくぶん言葉尻を引きながら言った。「われわれはすぐに終わりますから、いっしょに鳴らしましょう、いかがです？」

ぼくは手をとめた。ふたりともまだひじょうに若く、年齢は二十歳から二十二歳ぐらいに見えた。ふたりはドア口でなにやら妙なことにかまけていて、ぼくはふしぎに思って探りをいれはじめた。「アタンデ」と叫んだ男は、身の丈二メートルはあろうかというたいへんな背高のっぽで、ひょろりとしてはいるが、体は締まっていて、体の大きさのわりに頭がひどく小さかった。いくらかあばたの目立つ、とはいえかなり賢そうな感じの、好感さえもてるその顔には、なにやら滑稽なくらい陰気な表情が浮かんでいた。その目は何かとほうもなく、何かしらまるで不必要で余計とも思える決意がこもっているように見えた。身なりはそうとうにお粗末だった。すっかり毛の抜けおちた、アライグマの襟のついている古い綿入りコートを着こんでいた。それが、背丈にあわない、明らかに他人のものとしか見えないつんつるてんのコートなのだ。ほとんど百姓用にしかみえない粗末な長靴をはき、頭にはしわしわの赤茶けたシルクハットが乗っていた。総じて、見るからに不潔な感じのする男だった。手袋をしていない両手は汚かったし、長い爪には垢がたまっていた。それとは裏腹に彼の仲間のほうは、着ているスカンク皮の薄手のコートといい、しゃれた帽子といい、ほっそりした指にはめた明るい色の新品の手袋といい、なかなかエレガントな身なりをした男だった。上背はぼくと同じぐらいだったが、そのいきのいい若々しい顔には、とても愛らしい表情が浮かんでいた。

のっぽの青年はネクタイをほどいているところだった。すっかりよれよれになり、脂ぎったリボンというか、ほとんど紐といったほうがよい代物だった。愛らしい顔だちの若者が、買ってきたばかりのもう一本の新しい黒のネクタイを取り出し、のっぽの青年の首に結んでやるところだった。のっぽの青年はコートを肩からずらし、おとなしく、ひどく神妙な顔をして、やけに長い首をさし出していた。

「こりゃだめだ、こんなきたないシャツじゃ」結んでやっているほうの男が言った。

「効果がないなんてもんじゃない、よけい汚らしく見えるよ。だから言ったじゃないか、カラーをとりかえて来いよって。ぼくにはむりだね……あなたに、できませんか？」男は急にこちらに向きなおった。

「何をです？」ぼくは尋ねた。

「ほら、このとおり、こいつのネクタイを結んでやるんです。いいですか、うまいぐあいにこいつの汚いワイシャツを目立たなくする必要があるんです。でないと、せっかくの効果がだいなしになってしまう。さっき、床屋のフィリップのところでわざわざネクタイを買ってきてやったんですよ。一ルーブルも叩《はた》いてね」

「なんだい、それじゃきみはあの一ルーブルを?」のっぽがぼそぼそと言った。

「そうさ、あれさ、おかげでこっちはもうすっからかんだ。やっぱり、むりですかね? こうなったら、アルフォンシーヌに頼むしかないか」

「で、きみは、ランベルトのところに?」のっぽがふいに険しい声で尋ねた。

「ええ、ランベルトのところへ」彼の目をまともに見すえながら、ぼくも負けじときっぱり答えた。

「Dolgorowky?(ドルゴロウキー?)」彼は同じ声と同じ調子で尋ねた。

「いや、コローフキンじゃありません」ぼくは聞きちがえ、同じような険しい調子で答えた。

「Dolgorowky?!(ドルゴロウキー?)」のっぽは、ほとんど威嚇するようにしてこちらに詰めよりながらくり返し、ほとんど叫び声に近い声で尋ねた。仲間の男がげらげら笑いだした。

「こいつはね、Dolgorowkyと言っているんです、コローフキンじゃありません」そう言って彼はぼくに説明した。「ほら、『Journal des Débats（ジュルナール・デ・デバ）』のフランス人がロシア人の苗字をしょっちゅうなまるじゃないですか……」

「そうじゃない、『Indépendance（アンデパンダンス）』だよ」のっぽが唸った。

「……なあに、どっちにしろ同じさ、『Indépendance（アンデパンダンス）』だってね」。たとえば、ドルゴルーキーのことを、Dolgorowky（ドルゴロウキー）って書いているし——ぼくも読んだことがある。それに、Ｖ—フ公爵なんていつも（conte. Walloniеff（コント・ワロニエフ）って書かれてるじゃないか」

「Doboyny!（ドボイニー！）」のっぽが叫んだ。

「そう、もうひとつ、Doboynyとかいうのもあるんです。ぼくも読んだことがありま す。ふたりして大笑いしました。Madame Doboyny（マダム・ドボイニー）とかいうロシア人の女性なんですが、外国で……でも、こんなふうに名前を挙げていったらきりがないよ」と、彼はふいにのっぽのほうをふり向いた。「失礼ですが、あなたは、ドルゴルーキーさんですよね？」

「ええ、ドルゴルーキーです、でも、どうしてご存じなんです？」するとのっぽが、美男の青年にふいに何ごとかささやきかけた。すると相手は眉をひそめ、やめろ、というしぐさを見せた。だが、のっぽはふいにこちらに向かっていった。

「Monseigneur le prince, vous n'avez pas de rouble d'argent pour nous, pas deux, mais un seul, voulez-vous?（公爵、銀貨で一ルーブル、われわれに貸してもらえませんか、いかがです？）」

「おい、きみってなんてあさましいやつだ」若者が叫んだ。

「Nous vous rendons.（もちろんお返しします）」のっぽの男は、おせじにも上手とはいえない乱暴な発音のフランス語で話を結んだ。

「こいつは、どうも、厚顔無恥ときているもんで」若者はそういってにやりと笑ってみせた。「こいつ、フランス語が下手くそってお思いでしょう？　ところがね、こいつときたら、もうパリジャンみたいにしゃべれるんですよ、ただ、ロシア人のものまねをしているだけでね、ロシア人て、ろくすっぽしゃべれないくせに、社交界じゃおたがい、やたらと大声でフランス語をしゃべりたがるじゃないですか……」

「Dans les wagons.（汽車んなかでもね）」のっぽが説明した。

「たしかにそうだな、汽車んなかでもそうだ。ったく、退屈なやつだ！　何も解説まですることないだろう。それにそのバカのまね、物好きにもほどがあるよ」

ぼくはその間、一ルーブルを抜きだし、のっぽにさし出してやった。

「Nous vous rendons.（ちゃんと返しますから）」男はそう言ってルーブル札をしまうと、ドアのほうを急にふり向き、そのごつくて大きな長靴の先でドアを蹴りだした。顔色ひとつかえず、大真面目で、しかもそこにはいささかの苛立ちも感じられなかった。

「おい、ランベルトとまたやりあう気か！」心配そうな顔で青年が注意した。「それより、あなたが鳴らしてください！」

ぼくが呼び鈴を鳴らしたが、のっぽはあいかわらず長靴でドアを蹴りつづけていた。

「Ah, sacré…（ったく、このこんちくしょう……）」ドアの向こうからふいにランベルトの声がし、さっとドアが開いた。

「Dites donc, voulez-vous que je vous casse la tête, mon ami!（きさま、このおれに頭をかち割られたいのか！）」のっぽに向かって彼は叫んだ。

「Mon ami, voilà Dolgorowky, l'autre mon ami.（そう怒るなよ、ほら、ここにドルゴロウキーさんが来ているぞ、もうひとり親友がね）」のっぽは、しかつめらしいまじめ腐った顔でそう言い、怒りで真っ赤な顔をしているランベルトを見つめた。いっぽうランベルトは、ぼくを見るなりたちまち顔つきを一変させた。

「あれま、アルカージーじゃないか！　ついに現れたか！　なるほど、てことは、良くなったんだ、やっと元気になったわけだ？」

彼はぼくの両手をつかむと、つよく握りしめた。ひと言でいうと、彼は心からの喜びにあふれていたので、ぼくは一瞬えもいわれず心地よくなり、彼が好きになったほどだった。

「まっさきにきみに会いにきたんだ！」

「Alphonsine!（アルフォンシーヌ！）」ランベルトは叫んだ。アルフォンシーヌが、衝立の陰からたちまち飛びだしてきた。

「Le voilà!（ほうら！）」

「C'est lui!（まあ、ほんとう！）」アルフォンシーヌは両手を打ち鳴らすと、また両手を広げてぼくに抱きつこうとしたが、ランベルトがガードして遮った。

「だめ、だめ、だめ、しっ！」彼は犬ころを追いはらうみたいに、アルフォンシーヌにむかって叫んだ。「いいか、アルカージー、おれたち今日、何人かの若い連中と、タタール人のところで飯を食うことになっているんだ。もう放さんからな、おれたちといっしょにくるんだぞ。いっしょに食おう。こいつらはすぐに追っぱらうから、そしたらゆっくり話もできるし。さあ、入れ、入れ！　おれたち、これからすぐに出かけるんだ、一分ばかり待っててくれ……」

部屋に入ったぼくは、その中央に立ってぐるりと周りを見まわしながら、記憶を呼びおこそうとした。ランベルトは衝立の向こうで着替えをしていた。のっぽとその仲間も、ランベルトの言葉にもかかわらず、ぼくたちの後について入ってきた。ぼくたちはみな立ったままだった。

「Mademoiselle Alphonsine, voulez-vous me baiser?（マドモワゼル・アルフォンシーヌ、ぼくにキスしてくれますか？）」のっぽが鼻にかかった声で尋ねた。

「Mademoiselle Alphonsine（マドモワゼル・アルフォンシーヌ）」若いほうの男が、ネクタイを示しながらそばに寄ろうとしたが、彼女はすさまじい声でふたりをどやしつけた。

「Ah, le petit vilain!（あっ、この礼儀知らず！）」彼女は、若いほうの男にむかって叫んだ。「Ne m'approchez pas, ne me salissez pas, et vous, le grand dadais, je vous flanque à la porte tous les deux, savez-vous cela!（そばに寄らないで、汚さないで、そっちもよ、こののっぽのおばかさん、ふたりとも外に追んだしてやるから！）」

彼女が事実、じぶんの服を汚されるのを怖れるかのように、さも汚らわしげに、見くだすような態度で体を引いたにもかかわらず（ぼくにはこれがさっぱりわからなかった。というのは、彼はなかなかの美男で、コートを脱いだ姿はたいそう立派な身なりをしていたからだ）、相手の若い男は、仲間ののっぽのネクタイを結んでくれるように、そしてその前にランベルトが所持している新しいカラーをひとつ貸してほしいと、しつこく頼みはじめた。そんな厚かましい申し出に腹を立て、彼女はいまにも彼になぐりかかろうとしたが、聞きつけたランベルトが衝立のかげから、ぐずぐずしないで言われたとおりにしてやれと叫び、「言われて引っ込むやつらじゃない」と付けたした。アルフォンシーヌはすぐにカラーを取ってくると、こんどはもういやな顔ひとつみせず、のっぽのネクタイを結びはじめた。のっぽは、さっき階段のうえでしたのとまったく同じ姿勢で、ネクタイを結んでもらっているあいだおとなしく首を差しだしていた。

「Mademoiselle Alphonsine, avez-vous vendu votre bologne?（マドモワゼル・アルフォンシーヌ、あのボローニュ、売ってしまいましたか？）」と彼は尋ねた。

「Qu'est que ça, ma bologne?（なんですの、そのボローニュって？）」

若いほうの男が、「ma bologne（そのボローニュ）」というのは、狆のことですと説明した。

「Tiens, quel est ce baragouin?（まあ、なんてひどいなまりなの？）」

「Je parle comme une dame russe sur les eaux minérales.（ぼくはね、ある鉱泉地にいたロシア女のまねをしてしゃべっているだけです）」Le grand dadais（のっぽの木偶）があいかわらず首を伸ばしたままの状態で説明した。

「Qu'est que ça qu'une dame russe sur les eaux minérales et... où est donc votre jolie montre, que Lambert vous a donné? (鉱泉地にいたロシア女って何のことよ……おや、ランベルトがあんたにやったあの時計、どこにやったの?)」彼女はそう言って若いほうの男に向き直った。

「なに、また時計失くした?」衝立の陰から、ランベルトがいらだたしげに応えた。

「胃袋ん中さ」Le grand dadais (のっぽの木偶)がうなるような声を上げた。

「八ルーブルで売っちゃいました。だって、あれってもとは銀時計で、上に金をかぶせただけです、金時計とかおっしゃってましたけどね。あれぐらいのものは、いまどこの店でも売ってますよ。せいぜい、倍の十六ルーブルってところでね」若いほうが、しぶい顔で言いわけをしながら答えた。

「今後二度とそういうまね、するんじゃないぞ!」ますますいらだたしげにランベルトはつづけた。「いいか、おれがきみに服を買い与えたり、けっこうな装身具を持たせたりしているのは、なにも、のっぽの友だちに貢がせるためじゃないんだ……そのうえ、ネクタイ買ったって、どういうことだ?」

「いいえ、——たったの一ルーブルですよ。それも、あなたのお金じゃありませんから。

こいつ一本もネクタイもっていなかったんです、それに帽子だって買ってやらなくちゃならないんです」

「ばかくさい！」ランベルトは本気で怒っていた。「こいつには十分にやってあるんだ、帽子の分もな。ところが、たちまち牡蠣とシャンパンに変わっちまう。こいつ、酒臭いだろう。まったく汚らしい。どこにも連れて行けやしない。どうしてこいつを食事の席に連れていける？」

「馬車で行くさ」Dadais（木偶）は唸り声を上げた。「Nous avons un rouble d'argent que nous avons prêté chez notre nouvel ami.（おれたち、一ルーブル銀貨持ってるからな、ここにいる新しい友だちから借りたんだ）」

「アルカージー、こいつらには何も貸すなよ！」ランベルトはまた叫んだ。

「いいですか、ランベルトさん、ぼくはあなたからただちに十ルーブルを要求します」青年がふいに怒りだした。そのため真っ赤に染まった顔が、ほとんど倍ほども美しくなった。「いま、ドルゴルーキーさんに言ったみたいな、そういう暴言は二度と吐かせませんから。ぼくが十ルーブル要求するのは、いますぐドルゴルーキーさんに一ルーブル返し、残りでこれからすぐアンドレーエフに帽子を買ってやるためです——それくらい、じぶんでもおわかりでしょう」

ランベルトが衝立の陰から出てきた。

「ほら、ここに一ルーブル紙幣が三枚ある、三ルーブルだ。これ以上、次の火曜日までびた一文渡さんからな。生意気ぬかすなよ……さもないと……」Le grand dadais（のっぽの木偶）が彼の手から金をいきなりもぎとった。

「Dolgorowky（ドルゴロウキー）、ほら、一ルーブル、nous vous rendons avec beaucoup de grâce.（返すよ、さっきは悪かったな、ありがとよ）。ペーチャ、行こうぜ！」男は仲間の青年にむかって叫び、いきなり二枚の紙幣を高くさしあげると、それをひらひらさせ、ランベルトをじっとにらみながらありったけの声でわめき立てた。

「Ohé, Lambert! Où est Lambert, as-tu vu Lambert?（おーい、ランベルト！ランベルトはどこだ、ランベルト見なかったか？）」

「うるさい、やめんか！」はげしい怒りにかられて、ランベルトもわめき立てた。こうした一連のやりとりに、何かしらじぶんのまったくあずかり知らない事情があることを見てとり、ぼくはあっけにとられて眺めていた。しかしのっぽは、ランベルトの怒りに少しも怖気づかなかった。それどころかますます大声でわめき立てた。「Ohé, Lambert!（おーい、ランベルト！）」等々。そうして大声を立てながらふたりは部屋を出て、階段のほうに向かって行った。ランベルトもいったんはふたりの後を追いかけたが、思い直して戻ってきた。

「ったく、あいつらときたら、もうじきお払い箱だぜ！　まったく割にあわんやつらだ……さあ、行こうぜ、アルカージー！　間にあわんかもしれん。向こうにも、ひとり、待っているんだ……必要な男がね……といってそいつも犬畜生同然だが……どいつもこいつも、犬畜生だぜ！　くずの、ろくでなしだ！」ほとんど歯ぎしりしながら、彼はまた叫んだ。ところが、そこでふと完全に正気にもどった。「とにかく来てくれてよかった。アルフォンシーヌ、外には一歩も出るなよ！　さあ、行こう」

玄関口に、競走馬をつけた彼の馬車が待ち受けていた。ぼくたちはそれに乗りこんだ。だが道々、馬車のなかにあっても、さっきの若いふたりにたいする怒りから正気にもどれず、彼は気が落ちつかなかった。ぼくがふしぎでならなかったのは、さっきの事件がこれほどにも深刻で、ふたりがランベルトにたいしてひどくぞんざいな態度をとり、逆に彼のほうがふたりにたいしてほとんど怖気づいていることだった。子どものころからぼくの胸に深く刻まれた古い印象もあって、ランベルトのことはだれもが恐れてしかるべき、という気がいつもしていたからだ。だから、じぶん自身が自立していることを充分に承知しながら、その瞬間、ぼく自身が確実にランベルトを怖れていたのだった。

「ほんとうにもう、あいつらときたら、もう、とんでもないごろつきばかりでね」ランベルトの怒りは収まらなかった。「だってだ、あの、のっぽの人でなし、三日前、ある上流の集まりで、おれをひどい目にあわせやがったんだ。おれの前に突っ立って、『Ohé, Lambert!（おーい、ランベルト！）』などとわめきやがってね。上流の集まりでだぞ！　みんな、事情がわかっているからにやにやしていた、おれがやつに金をせびられているってことをな。とんでもない話だろう。仕方なくくれてやったさ。まったく、なんて人でなしだ！　いいか、やつは士官候補生だった、で、追ん出しをくらった、信じられんだろうが、あれでなかなかの教養人でね、上流の家で教育を受けているのさ、これも信じられんだろう！　やつには、やつなりの考えがあるから、やろうと思えば……ったく、あん畜生！　それに、やつは腕力があるんだよ、ヘラクレス（Hercule）みたいにな。だからけっこう役に立つんだが、それがどうもぱっとしないんだ。きみも気づいたと思うが、あいつは手を洗わない。おれはあいつをある女性にさ、そう、ある古い家柄の婦人だが、昔の行いを悔い、良心の呵責から自殺しようとまで思いつめている男ですと紹介してやった。やつときたら、彼女の家に行って椅子にすわるなり、口笛を吹きだしたっていうじゃないか。それともうひとりのほう、なかなか気のいいやつだが、あれはあれで将軍の息子ときたもんだ。やつは一家の鼻つまみものときてな、このおれが裁判から救いだしてやった、そのお返しがあれってわけさ。ここにはまともな人間なんていやしねえのさ！　やつらはお払い箱だな、お払い箱にしてやる！」

「あのふたり、ぼくの名前を知ってたよ。きみが、ぼくのことをしゃべったのかい？」

「ばかなことをしたよ。食事の最中は、たのむからおとなしくしていてくれ……。あそこにはもうひとり、とんでもない人でなしが来ることになっているんだ。そいつときたら、世にも恐ろしいごろつきときてさ、はんぱなくずるがしこい男なんだ。ここの連中は、揃いもそろって悪党ばかりだ。ここには、正直な人間なんて、ひとりとしているもんか！　しかしそれさえすめば、そのときは……で、何が食いたい？　いや、何注文したって同じさ、あそこはとびきり料理がうまいからな。おれのおごりだから心配しなくていい。ちゃんとした身なりをしてきてくれたんで、よかったよ。お金はおれがくれてやる。いつでも来てくれ。いいか、ここでやつらを養っているのはおれでさ、肉入りパイを毎日食わせてやっている。やつが売り払った時計だってそう、これで二度目だぜ。あの、ちっこいほう、トリシャートフっていうんだが、きみも見ただろう、アルフォンシーヌのやつ、もう顔を見るのもいやがってそばに寄るのもご法度《はっと》にしているくらいでね、ところが、あいつめ、将校たちの目の前で『シギが食いたい』などとほざきやがって。で、シギを食わせてやったわけだ！　きっとこの仕返しはしてやるさ」

「おぼえてるかい、ランベルト、いつかぼくたち、モスクワでいっしょに料理店に入ったことがあったよね、きみがフォークでぼくを刺したときのことさ。あのとき、きみは五百ルーブルも持っていた」

「ああ、覚えているとも！　ったく、忘れたりするもんか！　おれはきみが好きなんだ……それだけは信じてくれよな。だれもきみのことを好いちゃいないが、おれは、好きだね。おれひとりだな、それだけは忘れるな……ここに来るあばた面は、どうしようもないずるがしこい悪党だ。たとえ話しかけられても、返事はいっさいするなよ、何か質問されたら、でたらめならべて、あとは黙っているんだ……」

少なくとも彼は、興奮のあまり、道々、なにひとつぼくに質問しなかった。彼がこのぼくをそこまで信じきって、ぼくのうちの猜疑心を疑ってもみようとしないことに、ぼくは侮辱めいたものすら感じはじめていた。以前と同様、彼はぼくを言いなりにできるという愚かな考えに支配されているように見えた。《おまけにこの男、おそろしく無教養だぞ》。レストランに入り際、ぼくはふとそう思った。

3

モルスカヤ通りの一角にあるこのレストランには、以前にもよく通ったものだ。おぞましい自堕落と遊蕩にふけっていた時期のことだ。レストランの部屋や、じろじろこちらを見つめ、馴染みの客と見わけようとするボーイたちの印象、さらには、ぼくがいきなり身をおき、もはやぬけ出ようにも出られなくなったランベルトの怪しげな一味から受ける印象、そして何よりも、ぼくがじぶんから進んで飛びこんだある醜悪なたくらみ、そしてそれが確実に悪い結果に終わるだろうという暗い予感。それらの一連の印象に、ぼくはふと肺腑をえぐられるような気がした。そこで一瞬、帰りかけたが、その一瞬が過ぎて、ぼくはそこに留まった。

ランベルトがなぜかあれほど恐れていた例の「あばた面《づら》」は、ぼくたちが来るのを待ちうけていた。それは、仕事しか頭にないあほ面の男で、ほんの幼い頃からぼくが嫌いぬいてきたタイプのひとりだった。年齢は、四十五、六、背丈は中くらいで、髪の毛には白いものがまじり、嫌らしいくらい顔をつるつるに剃りあげていた。そしてその驚くほど扁平で意地悪げな顔の両頰には、短く刈りこんだ白っぽいちいさな頰ひげが、まるで二本のソーセージのようにくっついていた。当然のことながら、男は面白みにかけ、まじめくさって、口数は少なく、こういう連中のつねとして、なぜか横柄ですらあった。彼はひじょうに注意深くぼくを見まわしたが、うんともすんとも言わなかった。ランベルトはおろかにも、ぼくたちを同じテーブルに座らせながら紹介する労もとろうとはしなかった。そのために男は、このぼくを、ランベルトに同行してきた恐喝屋たちのひとりと受けとったかもしれない。彼は食事の間じゅう例の若い連中とも（ぼくたちとほとんど同時に到着した）何も口をきかなかった。しかし、彼らをみぢかに知っていることは明らかだった。あばた面は、なにごとか、ランベルトとだけ話をし、それもほとんど小声で、おまけに話しているのはほとんどランベルトひとりで、あばた面のほうはぽつりぽつりと、怒ったような、最後通牒めいた言葉を吐いて相手をかわそうとしていた。相手は居丈高にかまえて、意地悪く、ひとを小ばかにするような態度をとっていたが、ランベルトは、逆にひどく興奮した面持ちで、おそらく相手を何かの計画に誘いこもうと熱心に説きふせていた。いちど、ぼくが赤ワインのはいったボトルに手をのばすと、それまでぼくとはひと言も口をきかなかったあばた面が、急にシェリー酒のボトルを手にとってぼくに勧めた。

「こっちを試しては」ぼくにボトルを差しだしながら、彼は言った。そこでぼくはふいに思いあたった。この男もすでに、ぼくについて一切合切知っているにちがいない、と。ぼくの出身も、ぼくの名前も、いや、ひょっとすると、ランベルトがぼくを当てにしているその計画のことも。相手の男がこのぼくを、ランベルトの手下とみているという考えに、ぼくはまたもや頭に血がのぼったが、あばた面がぼくに話しかけたとたん、ランベルトの顔には、このうえなく強烈でばかばかしい不安がありありと浮かびあがった。あばた面はそれに気づいて笑いだした。《ランベルトのやつ、完全に手玉にとられている》ふとそう思った瞬間、心から憎しみがこみあげてきた。こうして、食事の間じゅう同じテーブルを囲みながら、ぼくらは二つのグループに分かれていた。あばた面とランベルトは窓の近くに向きあってすわり、ぼくは垢まみれのアンドレーエフと隣り合ってすわり、ぼくの向かいにはトリシャートフがいた。ランベルトは早く食事を切りあげようと、ひっきりなしにボーイを急がせていた。シャンパンが出てくると、彼はいきなりぼくにグラスを差しだした。

「きみの回復を祝って、乾杯しよう！」あばた面との話を打ちきって、彼は言った。

「あの、ぼくにも乾杯させてもらえますかね？」美男のトリシャートフが、じぶんのグラスをテーブル越しに差しだした。シャンパンが出てくるまで、彼はなにやらひどく考えこんでだまりこくっていたのだ。Dadais（のっぽの木偶）は、まるでひと言も口にせず、黙々と食べつづけていた。

「喜んで」ぼくはトリシャートフに答えた。ぼくたちはグラスをあわせ、一気に飲みほした。

「あなたの回復を祝って飲むの、ぼくは遠慮させてもらいますから」Dadais（のっぽの木偶）はふいにぼくのほうを振りむいた。「あなたが死ぬのを願っているからじゃない、今日ここでこれ以上、飲んでほしくないんです」陰気で、かつ重苦しい調子で彼は言った。

「その三杯でもう十分でしょう。あなたは、どうもぼくのこの汚いこぶしが気になるようですね？」彼はそう言って、じぶんのこぶしをテーブルの上に突きだした。「ぼくはこいつを洗うことはしません、洗わずに、こいつをランベルトに賃貸しするんです。ランベルトがいざ微妙な立場に追いこまれたとき、他人の頭をかち割るためにね」そして、そう言うなり、彼はいきなりこぶしでテーブルをどんと叩いた。すべての皿とグラスを揺らすほどの力だった。そのホールでは、ぼくたち以外にも四組の客がテーブルに向かって食事をしていた。客たちはみな、将校やら、押し出しの立派な紳士たちばかりだった。一流のレストランなのだ。居あわせた客の全員が一瞬、会話をやめ、ぼくたちのテーブルを見た。たしかに、ぼくたちはもう前々から一種の好奇心の的となっていたらしい。ランベルトの顔が真っ赤に染まった。

「ちぇっ、またおっぱじめやがった！　ニコライ君、きみにはおとなしくしているよう前もって頼んでおいたはずだよ」怒りのこもるひそひそ声で彼はアンドレーエフに言った。相手は、ゆっくり視線を動かしてじろりと彼をにらんだ。

「ぼくとしては、わが新しい友人ドルゴロウキー君にここで今日、ワインをあまり飲んでほしくないんです」

ランベルトはますます顔が赤くなった。あばた面はだまって話を聞いていたが、見るからに満足そうだった。アンドレーエフの突飛なふるまいが、なぜか気に入ったらしい。ただぼくだけは、いったいなぜぼくがここでワインを飲んではいけないのか、合点がいかなかった。

「たんに金をもらいたいだけさ！　しょうがない、七ルーブル上乗せしてやるよ、ただし、いいか、食事のあとだぞ――せめて食事ぐらいゆっくりとらせてくれ、恥かかせるな」下唇を嚙みながら、ランベルトは彼に命じた。

「そう来なくちゃ！」Dadais（のっぽの木偶）は勝ちほこったように鼻を鳴らした。あばたの男もこれにはわが意をえたとばかりに、底意地の悪い笑いをもらした。

「おい、そう図に乗るな……」彼を抑えようと思ったのか、トリシャートフは不安げに、ほとんど苦しげな声で友人の仲間に言った。アンドレーエフは口をつぐんだものの、長くは続かなかった。彼のねらいはそんなところにはなかったのだ。ぼくたちからテーブルを一つ隔て、五歩ばかり離れたところで、ふたりの紳士が食事をしながらにぎやかに談笑していた。ふたりとも、いかにもこうるさそうな顔をした中年の紳士連だった。ひとりは上背があって、まるまると太っており、もうひとりもやはりひじょうに太っていたが、背丈はなかった。ふたりは、最近パリで起こった事件についてポーランド語で話しあっていた。Dadais（のっぽの木偶）は興味ありげに、さっきからそのふたりのほうにちらちらと視線を走らせ、聞き耳を立てていた。小柄なポーランド人のほうがどうも彼の目に滑稽な人物と映ったらしく、短気で癇癪もちの例にもれず、彼はたちまちその男に反感を抱いた。この種の男というのは、取りたてて理由もないまま、いつも突如としてそういう気を起こすものなのだ。その小柄なポーランド人がとつぜん、下院議員マディエ・ド・モンジョーの名前を出したのだが、ひじょうに多くのポーランド人の癖で、その名前をポーランド語風に口にした、つまり、語尾から二番目の母音にアクセントを置いて発音したので、マディエ・ド・モンジョーではなく、マージエ・ド・モーンジョになってしまった。Dadais（のっぽの木偶）にとって願ってもない出番がまわってきた。彼はくるりとポーランド人のほうに向きなおると、しかつめらしく胸をはり、一語一語はっきりと区切りながら、大声で、まるで詰問でもするかのような調子で尋ねた。

「マージエ・ド・モーンジョだって？」

ポーランド人たちはすさまじい形相で彼のほうを振りむいた。

「何か用ですか？」図体の大きい、でぶのポーランド人がロシア語で脅しつけるように叫んだ。Dadais（のっぽの木偶）は、そこでひと呼吸置いた。

「マージエ・ド・モーンジョ？」彼はふたたびホール全体にひびくような声でくり返したが、それ以上いっさい説明は加えなかった。その態度は、さっき間抜け面をした彼が、ドア口で、「Dolgorowky（ドルゴロウキー）」一点ばりでこちらに詰めよってきたときとまったく同じやり口だった。ポーランド人が席を蹴って立ちあがると、ランベルトも椅子から立ちあがり、アンドレーエフのほうに駆けよろうとした。だが彼を相手にしているひまはないとみて、ポーランド人たちのほうに駆けより、ふたりにたいして平謝りに謝りはじめた。

「あれは道化ですよね、あなた、あれは、道化です！」小柄なほうのポーランド人が怒りのあまり、顔をニンジンみたいに真っ赤にさせ、さも見くだしたような調子でくり返した。「そのうちここには出入りできなくなります！」ホールの客たちもざわっきはじめ、不平の声も聞こえてきたが、大半が笑い声だった。

「出ていきたまえ……さあ……いっしょに来るんだ！」すっかり度を失ったランベルトが、何とかしてアンドレーエフを外に連れだそうと、躍起になってぶつぶつ呟くように言った。のっぽはランベルトを探るような目で見ると、これで金は入ったも同然と踏んだらしく、おとなしく彼のあとにしたがった。おそらく彼は、これまでにもすでに何度か、同じような恥知らずな手口で、ランベルトから金をむしり取ってきたのだろう。トリシャートフもふたりのあとから走りだそうとしたが、ぼくをひと目みて踏みとどまった。

「ああ、ほんとうにいやになる！」ほっそりした指で顔をおおいながら、彼はつぶやいた。

「ほんとうにいやになります」今度はもう本気で腹を立てているのか、あばたの男がささやくように言った。そうこうするうちに、ランベルトが真っ青な顔をして戻ってきた。そして元気に身ぶり手ぶりを交えながら、何ごとかあばた面にささやきはじめた。相手はその間に早くコーヒーを出すようにボーイに命じた。あばた面はけがらわしそうに耳を傾けていた。どうやら一刻も早くここを出たがっているようすだった。しかしながら、これまでの話はたんなる子どもの遊びにすぎなかった。トリシャートフは、コーヒーカップを手にしたままじぶんの席からこちらに移ってきて、ぼくのとなりに腰を下ろした。

「ぼくはあいつが大好きなんです」これまでずっとこの話題についてぼくと話しあってきたかのような開けっぴろげな態度で話しだした。「あなたには信じられないでしょうが、アンドレーエフってとっても不幸せなやつなんですよ。妹の持参金、ぜんぶ飲み食いに使ってしまって、おまけにやつが勤めに出ていた一年間に一家の財産すべて、これも飲み食いに使ってしまいましてね、見たところ、やつはいまそれで苦しんでいるんです。で、やつが顔や手を洗わないのは、自暴自棄のせいなんです。それにやつって、何だかおそろしく変な考えの持ち主でしてね。悪党も正直者もどっちみち同じことで違いはない、なんてことをとつぜん言いだすんです。それに、いいことも悪いことも何もする必要はない、とか、どっちみち同じことで、よいこともできるし悪いこともできる、で、いちばんいいのは、ひと月、服もぬがずに寝ころがって、ただ飲んだり食ったり、寝たりするだけ、ほかになにもしないことだ、とかね。でも嘘じゃないんです。それがやつなんです。それだけのことなんです。で、そう、ぼくはね、やつがいまああして好き放題しているのは、ランベルトとすっぱり縁を切りたがっているからじゃないかって気までしているんです。つい昨日も、やつはそんなこと言っていました。しかもですよ、やつはときどき夜の夜中や、長いことひとりでいるときなんか、泣きだすんです、しかもそう、その泣き方っていうのが特別なんですよ。だれもまねのできない泣き方なんですね。いきなり、吠えるような泣き声をあげる、恐ろしい声です、でもって、そう、ますますかわいそうになってくる……おまけにあれだけ図体も大きく、体力もある男がとつぜん、身も世もなく吠えたてるわけですから。ほんとうにかわいそうなやつです、そうでしょう？　ぼくとしてもやつを救ってやりたい気持ちはあるんですが、ぼく自身、この体たらくで、手のつけられないガキですからね、そうでしょう！　ドルゴルーキー、そのうちぼくがあなたの家を訪ねていったら、通してくれますか？」

「ええ、来てください、あなたのことが大好きですから」

「ぼくのどこが？　でも、うれしいです。それじゃ、もう一杯飲みましょうよ。いや、それはまずいかな？　あなたはこれ以上飲まないほうがいいです。あいつが言ったとおりね。あなたは、これ以上、飲んじゃだめだ」彼はそう言ってふいに意味ありげに目配せした。「でも、ぼくはやっぱり飲みますよ。ぼく自身はもうべつにどうってこともありませんから。ほんとうに、ぼくってどうしても自制がきかない男なんです。たとえば、これ以上、レストランで食事するのはまかりならんと言われたとしますね、でも、レストランで食事ができるのなら、ぼくはなんだってしかねません。そう、ぼくらはほんとうは正直な人間になりたいんです、嘘じゃありません、でも、すべてを先延ばししているだけなんです。

月日は流れゆく、わが最良の年月！

で、やつが首を吊るんじゃないかって、ものすごく心配しているんですよ。あの男ならやりかねません、だれにも言わずにです。そういう男なんです。最近やたらと首吊りが多いじゃないですか。どうしてかはわからないけど、ひょっとして、ぼくらみたいな人間が多いからなんでしょうね。たとえばぼくなんか、余分な金なしじゃとても生きていけません。必要な金より、余分な金のほうがはるかに重要なんです。ところで、音楽はお好きですか？　ぼくはものすごく好きなんです。おたくにうかがったときは、何か弾いてあげますね。ぼくはピアノがかなり得意なんですよ、ずいぶんと長いこと習ってきましたから。真剣に学びました。もし、オペラを作曲するとすれば、そうですね、『ファウスト』からテーマを借ります。あのテーマがものすごく好きなんです。ぼくはいつも聖堂のなかの場面を作っているんです、そう、頭のなかで想像しているだけですが。ゴシック様式の聖堂、聖堂の内部、合唱隊、賛美歌、そこへグレートヘンが入ってくる。するとそこで、十五世紀の雰囲気がすぐさま感じとれるような、中世の合唱隊が入る。グレートヘンは悲しみに沈んでいます、最初は静かですが、恐ろしい、苦しみに満ちたレチタティーヴォ、でも合唱は、陰鬱に、厳めしく、冷静沈着に歌いあげていきます。

Dies irae, dies illa!（怒りの日、その日は！）

そこでとつぜん、悪魔の声、悪魔の歌が聞こえてくるんです。姿は見えません、歌だけです、賛美歌とまじって、賛美歌とともに、賛美歌とほとんど重なりあっていますが、それでもべつのものです――なんとかしてそこをうまく作る必要があります。歌は長く、とぎれなくつづきます、これは、テノールですね、ぜったいにテノールでなくちゃだめだ。静かな、やさしい出だしではじまります。『覚えているか、グレートヘンよ、おまえがまだ、汚れなく、あどけない子どもだったころ、おまえは母とこの聖堂にやってきて、古き書に記された祈りを、まわらぬ舌で唱えたときのことを？』。でも、歌は少しずつ強さをまし、ますます熱烈で、ますます激しいものに変わっていくんです。調子はますます高くなります。そこには涙もあれば出口のない冷徹な悲しみもある、そしてついに絶望が押し寄せる。『赦しなどない、グレートヘンよ、ここにはおまえへの赦しなどない！』。グレートヘンは祈ろうとするんですが、胸のうちからほとばしり出るのは叫びばかり――涙で胸がひくひく震えることってあるでしょう――でも、悪魔の歌が鎮まる気配はありません、まるで槍の先みたいに、ますます深く胸のなかに突きささっていき、その声はますます高まっていきます――すると、とつぜん、『すべては終わった、呪われよ！』というほとんど絶叫にちかい声で歌が絶ちきられる。グレートヘンはどっと膝から崩れおちて、両手を胸のまえでかたく握りしめる――で、ここに彼女の祈りが入る、何か、とても短いレチタティーヴォ風のものですけど、素朴でいっさい飾り気がなく、何か非常に中世的な感じのするもの、四行詩、そう、せいぜい四行といったところです。ストラデッラに、そういう曲がいくつかあるでしょう、最後の一音とともに失神してしまう！　騒ぎが起こります。彼女は抱きおこされ、運ばれていく、するとそこでふいにまた雷のようなコーラスが入ってくる。これは声による落雷みたいなもので、霊感にあふれ、勝ちほるかのような、圧倒的なコーラスです。ぼくたちのロシアでいえば、『ドリノシマチンミ』といったたぐいのものです――すべてが土台から揺るがされる――そしてすべてが、歓喜に満ち、欣喜雀躍して全体の歓呼へと移っていく。まるで全宇宙の叫び声ででもあるみたいな《ホサナ》です。で、そのなかを彼女は運ばれていく、そしてついに幕が下りるというわけです！　いや、いいですか、できるものならぼくも何か創りだしたい！　ただ、いまのぼくはぜんぜんだめです、たんにいつも空想しているだけ。ずっと夢見ているんです、夢見ているばかり。ぼくの人生全体がひとつの夢と化してしまい、夜も夢みている。ああ、ドルゴルーキー、あなた、ディケンズの『骨董屋』って小説、読んだことがあります？」

「ええ、ありますとも、でも、それが何か？」

「なら、覚えてらっしゃるでしょうが……ちょっと待って、その前にもういっぱい飲んでしまいますから――そう、あの小説のしまいのほうにこういうくだりがありますよね、頭が変になった老人と、その孫娘で、十三歳の美しい女の子が、ファンタスチックな逃避行と放浪を重ねたあげく、とうとうイギリスのとある片田舎の、中世風のゴシック式聖堂のそばに身を寄せる場面。そしてその女の子は、そこでちょっとした仕事を与えられ、聖堂の訪問者を案内する……あるとき、太陽が沈むころ、その子は、聖堂の入り口に立って、最後の光を全身に浴びながら、立ちつくしたまま日没を見つめている。子どもらしい心に静かな瞑想をたたえてね。そしてその子の心は、まるで何かの謎を前にしたかのようにふしぎな思いに充たされているんです、なぜかというと、その双方とも一種の謎だからです。神の思想でもある太陽、そして人間の思想としての聖堂……そうじゃありません？　そう、ぼくにはこれがうまく言葉にできないんですが、ただ、神さまって、子どもの心に宿るそうした初々しい思想を愛するものなんですね……そしてその子のそばでは、階段の上から、頭が変になった例の老人、おじいさんがじっと目を凝らしてその子を見つめている……たしかに、この、ディケンズが描いた光景には、何か特別なことはなにもない、まったくなにもない。それなのに、ぼくたちにはそれが永遠に忘れられない、そしてそれが全ヨーロッパの心に刻みつけられた──それって、なぜなんでしょうか？　美しいからです！　無垢だからです！　いや！　そこに何があるのか、ぼくにはわからない、ただ、すばらしい。高校に通っているとき、いつも小説を読みふけっていました。じつは、ぼくには田舎に姉がいて、年齢は一歳しかちがいません……そう、いまじゃもうすべてが売りはらわれて、田舎には何もないんです！　ぼくは姉と、古い菩提樹の木陰のテラスにすわってこの小説を読みました。そこで太陽が沈みかかると、ぼくらはふいに本を読むのをやめ、おたがいに誓いあったものです。ぼくたちも同じようによい人間になろう、素晴らしい人間になろうとね。──当時、ぼくは大学にはいる準備をしていました、そして……ああ、ドルゴルーキー、そう、どんな人間にだって、思い出があるものなんですよ！……」

そこで彼はふいにその美しい顔をぼくの肩にうずめ――泣きだした。ぼくは彼のことがとてもかわいそうでならなくなった。たしかにワインを飲みすぎていたが、彼はあれほどにも真剣に心を開き、あれほどにも思いを込めて語りかけてくれた……。と、その瞬間、通りからふいに人の叫び声と、ぼくたちに向かって指でつよく窓ガラスをたたく音が聞こえた（ここの窓は一枚ガラスで、しかもそれが一階だったため、外から指でたたくことができたのだ）。それは、さっき外に連れ出されたアンドレーエフだった。

「Ohé, Lambert! Où est Lambert? As-tu vu Lambert?（おーい、ランベルト！　どこにいる、ランベルト？　ランベルトを知らないか？）」通りから、荒々しい叫び声が聞こえてきた。

「なんだ、そこにいたのか！　てことは、帰らなかったわけだね？」椅子から弾かれたように立ちあがると、わがトリシャートフは大声をあげた。

「お愛想！」ランベルトは、歯ぎしりしながらボーイに言った。金をかぞえる両手が怒りにぶるぶる震えていたが、あばた面はじぶんの分を払わせようとしなかった。

「どうしてです？　招待したのはわたしで、あなたは招待を受けたほうでしょう？」

「いや、結構」あばた面は財布をとりだすと、じぶんの分を数え、個別に支払いをすませた。

「恥をかかせないでくださいよ、セミョーンさん！」

「いや、これがわたしの流儀でしてな」あばた面はぶっきらぼうに答え、帽子を手に取ると、だれとも挨拶をかわさずにひとりホールを後にした。ランベルトはボーイに金を投げつけると、慌ててそのあとを追って駆けだしていった。狼狽するあまり、ぼくのことなどすっかり忘れてしまったようだった。ぼくとトリシャートフは彼らのあとからホールを出た。アンドレーエフは玄関口に標識みたいに突っ立ったまま、トリシャートフを待っていた。

「役立たず！」ランベルトは怒り心頭に発して叫んだ。

「なんだと？」アンドレーエフは彼にむかってそうがなり立てると、いきなり片手を一振りして、彼の山高帽をはじき飛ばした。帽子は歩道のうえを転がっていった。ランベルトはぶざまにもその帽子を拾いあげようと駆けだした。

「Vingt-cinq roubles!（二十五ルーブルだぞ！）」アンドレーエフは、ついさっきランベルトから巻きあげた紙幣をトリシャートフに見せびらかした。

「もういいよ」トリシャートフは彼にむかって叫んだ。「なんだってそう暴れまくるんだ……それに、どうしてやつから二十五ルーブルも巻きあげた？ 取り分は七ルーブルのはずじゃないか」

「どうして巻きあげたかだって？ やつはね、美女たちを招いて別々に食事をすると約束しておきながら、美女たちのかわりにあばた面を招びやがったんだ。しかもだ、おれはしまいまで食わせてもらえず、この寒波のなか、十八ルーブル分凍えていたってわけさ。七ルーブルの貸しが残っているからな、それできっかり二十五ルーブルになったってわけよ」

「ふたりとも、さっさと失せ、やがれ！」ランベルトがわめき立てた。「きさまら、ふたりともお払い箱だ、きさまらな、いまにぐうの音も出なくしてやるからな……」

「ランベルト、そっちこそお払い箱さ、そっちこそぐうの音も出なくしてやるわ！」アンドレーエフが叫んだ。「Adieu, mon prince.（それじゃ、あばよ、公爵どの）。これ以上、酒はやりなさんな！ ペーチャ、そうれ、前進！ Ohé, Lambert! Où est Lambert? As-tu vu Lambert?（おーい、ランベルト！ どこにいる、ランベルト？ ランベルトを知らないか？）」大股でその場を離れながら、彼はこれが最後とばかりがなり立てた。

「それじゃ、いずれお邪魔しますね、いいですか？」トリシャートフは早口でそうささやくと、急いで仲間のあとを追った。ぼくとランベルトのふたりがその場に残った。

「それじゃ……行こうか！」肩で息をしながら、いかにも気が抜けたといった表情で彼は言った。

「どこへ行くって？　きみとなんかどこに行くのもごめんだね！」ぼくは慌てて、いくぶん挑発的に叫んだ。

「行かないって、どういうことだ？」一気に正気にもどった彼は、怯えたようにぎくりと体をふるわせた。「だって、ふたりきりになれるのをずっと待っていたんだぜ！」

「いったいどこへ行くっていうんだい？」じつのところ、グラス三杯のシャンパンと二杯のシェリー酒のせいで、かすかながら頭がずきずきしていた。

「この店さ、ほら、ここだ、わかるだろう？」

「ああ、たしかに、新鮮な牡蠣って書いてある。でも、ひどくいやな臭いがするじゃないか……」

「そりゃ食事のあとだからさ、ここはミリューチンの店っていうんだ。べつに牡蠣を食うわけじゃない、きみにシャンパンをおごってやろうと思ってね……」

「いやだね！　きみはぼくを酔いつぶす気だろう」

「それって、やつらの入れ知恵だな。やつら、きみのことからかっていたものな。あんな人でなしの言うこと真に受けるなんて！」

「いや、トリシャートフは人でなしなんかじゃない。それに、ぼくにだって人並みの警戒心はあるってことさ！　わかったろう！」

「ほう、きみにも人並みの根性があるってことかい？」

「そうさ、ぼくにだって根性はある、きみよりもね。だってきみは、相手がだれでもたちまちそいつの言いなりじゃないか。きみはぼくらに恥をかかせただろう、あのポーランド人の前で、まるでボーイみたいにぺこぺこ頭を下げてさ。きっときみは、居酒屋なんかじゃ、しょっちゅう殴られているんだろうね」

「だって、おれたち話すべきことがあるだろう、ばか言うな！」さも見くだしたような、いらいらした様子で彼は叫んだが、言外に彼は『おまえもやつらと同じ道を行く気か』と言いたげな様子だった。「なんだい、きみは怖がっているのか、ええ？　きみはおれの親友じゃないのか？」

「ぼくは――きみの親友なんかじゃないね、きみは――詐欺師だから。でも、行こう、ぼくがきみを怖れていない証拠にね。ああ、なんていやな臭いだ、チーズの臭いだ！　まったく、むかむかする！」

第六章

1

ここで改めて思い出してほしいのだが、ぼくは少しばかり頭がずきずきしていた。そうでなければべつの口のきき方をしただろうし、べつの行動をとったにちがいない。この店の奥の部屋では、じっさい牡蠣を食べることができた。ふたりは、不潔で汚らしいクロスのかかったテーブルを囲んだ。ランベルトはシャンパンを出すように言いつけた。つめたい金色の液体を注いだグラスが目の前にあらわれ、誘惑的な目でこちらを見つめていた。しかし、ぼくは腹立たしくてならなかった。

「いいか、ランベルト、ぼくがいちばん癪にさわるのは、きみがいまもトゥシャール時代みたいにぼくを顎で使えると思っていることだ、そのくせきみはここじゃみんなの言いなりだ」

「ばか言うなって！　さ、乾杯しようぜ！」

「ぼくが相手なら、べつにこそこそやる必要もないわけだね。でも、せめて魂胆を隠すくらいしたらどうだい、ぼくを酔いつぶす気でいるのを、さ」

「いいかげんにしろ、きみは酔ってるんだ。もう少し飲まなきゃな、そうすれば少し気が晴れるぜ。さあ、グラスをとれ、とるんだ！」

「『グラスをとれ』って何なんだ？　ぼくは帰る、これですべておしまいってことだ」

そう言って、ぼくはじっさいに立ちあがりかけた。彼はおそろしく腹を立てた。

「トリシャートフが、何かおれのことで吹きこんだな。見てたよ。あの店でひそひそやっているのをさ。きみはあれからアホな考えを起こした。アルフォンシーヌなんか、やつを毛嫌いしてそばに近寄らせようともしない……やつは、人でなしだ。やつがどんな男か、何なら教えてやるぜ」

「その話ならいま聞いているよ。きみの頭んなかは、アルフォンシーヌしかない。きみってほんとうに視野が狭い男なんだ」

「狭いだと？」彼は意味がつかめなかったらしい。「やつら、いまはあばた面に乗りかえている。そういうことさ！　だからやつらを追っぱらった。やつら、恥も外聞もない連中なんだ。あの悪党のあばた面さ、やつらをだめにしたのはな。あの連中にはつねに正直にふるまえよって、口をすっぱくして言い聞かせてきたんだが」

ぼくは腰を下ろし、なぜか反射的にグラスをとると、いっきに飲みほした。

「教養の面で言ったら、ぼくは比較にならないくらいきみより上だ」ぼくは言った。

だが彼は、ぼくが腰を下ろしたのがよほど嬉しかったのか、すぐにまたグラスにシャンパンを注ぎ足した。

「でも、きみはあの連中を怖がってるじゃないか?」ぼくは彼をからかいつづけた(すでにそのときのぼくはおそらく当の相手よりもいやな人間になりさがっていた)。

「アンドレーエフには帽子をはじきとばされ、そのお礼に二十五ルーブルもやったりしてさ」

「くれてはやったが、ちゃんとお返しはたんまりしてもらうさ。あいつら、いま、クーデターの最中なんだ、でも、いずれ叩きつぶしてやるよ……」

「あばたの男も、ずいぶんと心配の種のようだね。そうなると、どうもいま、きみの味方に残っているのは、ぼくひとりってことになりそうだけど。きみの望みのすべては、いまぼくひとりにかかっている——そうだろ?」

「そうともさ、アルカージー、きみの言うとおりだ。味方に残ったのは、きみひとりだ。なかなかいいこと言うじゃないか！」そう言って彼はぼくの肩を叩いた。

こういう雑な男というのは、どうにも扱いかねた。彼はまったくの未熟児で、皮肉を賛辞と受けとるからだ。

「もしもきみがほんとうによい仲間なら、きみはおれをこの苦境から救いだせるんだがね、アルカージー」やさしげにぼくを見つめながら彼はつづけた。

「どうすれば、きみを救いだせるっていうんだい？」

「どうすればって、それはわかっているはずさ。おれがついてなければ、きみは餓鬼と同じで、きっとばかをしでかすだろうさ。でも、おれはきみに三万ルーブルを稼がせてやる、それを、ふたりで山分けする。それにはどうするか、きみはじぶんでもわかっている。きみがいったいどういう人間か、よく考えてみるんだな。きみには、なにもない、名前もなければ家柄もない、ところがいちどに大金が転がりこむ。それだけの金があれば、出世の道はおのずから開けるってもんだ！」

ぼくはそのやり口にあっけにとられるばかりだった。この男はあれこれ策をめぐらしつつ攻めてくるだろう、と固く信じていたからだ。ところが、彼は、あまりに正直で、あまりに子どもじみた切りだし方をしたのだ。ぼくは、鷹揚な気持ちで彼の話を聞くことにした……それに、恐ろしいくらい好奇心もあった。

「いいか、ランベルト、きみにはわからないかもしれない、でも、ぼくはきみの話を聞くことに同意するよ、ぼくは鷹揚な人間だからね」ぼくはきっぱり宣言し、ふたたびグラスのシャンパンをあおった。ランベルトはすぐさま注ぎたした。

「よく聞くんだ、アルカージー。もしもだ、ビョーリングごとき男が、おれが崇拝する女性のまえで、おれをさんざ罵ったり、殴るようなまねをしてみろ、それこそこっちは何をしでかすかわからんだろう！　ところがきみはそこを耐えた、おれは見損なったよ。だって、きみは腰抜けだからね！」

「ビョーリングがぼくをなぐったなんて、よくもそんなこと言えるね！」ぼくは顔のほてりを感じながら叫んだ。「むしろこっちが彼をなぐったんで、やつがぼくをじゃない」

「いや、あれは彼がきみをなぐったんで、きみが彼を、じゃない」

「何を言うか、それにぼくは、やつの足を踏んづけてやったんだぜ！」

「でも、やつは、きみを手で払いのけて、ボーイどもにつまみだせって命じたじゃないか……で、彼女は、馬車のなかに腰をおろしたまま、窓越しにきみを見て笑っていた。彼女はね、わかっているんだよ、きみは父なし子だから、べつに侮辱したってかまわないってことをね」

「わからないな、ランベルト、どうしてこんなガキっぽいやりとりしなくちゃならないか、ぼくは恥ずかしいよ。きみは、ぼくを怒らせる気でそうしているんだね、そうまで乱暴に、露骨に、まるで十六歳かそこらの子どもを相手にするみたいに。きみはアンナさんとしめしあわせているんだ！」怒りにふるえてぼくはひと声叫び、反射的にシャンパンを一気飲みした。

「アンナさんね——とんでもないあまだぜ！　あれはきみ、おれも、いや、社交界ぜんぶを手玉にとりかねない女だ！　おれがきみを待っていたのは、きみならあっちの件をうまく片づけられるからさ」

「あっちって何のことだ？」

「Madame（マダム）アフマーコワに決まってるだろ。こっちはなんでも知っているんだ。きみがじぶんから言ってたんだぞ、彼女、ぼくがもっている手紙を怖れているってな……」

「何の手紙だ……でたらめ言うな……で、きみは彼女に会ったのか？」どぎまぎしながらぼくは口走った。

「ああ、会ったさ。なかなかの美人じゃないの。Trés belle.（かなりいい線いっているよ）。きみも趣味がいいな」

「きみが会ったことは知っているよ。ただ、きみは彼女とまともには口がきけなかった。ぼくの前で彼女のことは口にしないでもらいたいね」

「きみはまだ子どもだからな、あっちはきみをからかっているのさ、それだけのことさ！　そういや、モスクワにも、あれと同じ、美徳のかたまりみたいな女がひとりいたな。その鼻息の荒いことといったら！　ところが、ぜんぶバラしてやるといって脅しつけたら、それこそがたがた震えだして、すぐにおとなしくなったよ。一挙両得ってわけだ。つまり、金も、あっちのほうも。あっちって何か、わかるよな？　いまじゃ、あの女はまた社交界の高嶺の花——ったく、畜生だよ、その羽振りのいいことといったら、豪勢な馬車、乗りまわしているが、それが、あの物置みたいな部屋でどんなさま曝したか、見せてやりたかったよ！　きみはまだ経験がたりないんだ。きみがもし知ったら驚くぞ、あの連中、どんな物置小屋だろうが恐れちゃいないんだ……」

「そうだと思っていたよ」ぼくは耐えきれずにつぶやいた。

「ああいう女って、骨の髄まで腐っているんだ。きみは知らんだろうが、やつらはどんなことだってやりかねない！　アルフォンシーヌはそういう家に住んだことがあるんだが、やつまで吐き気がするっていってたくらいだ」

「それもわかっていたさ」ぼくはまたうなずいてみせた。

「なのに、きみは殴られたくせして、まだかわいそうがってるなんて……」

「ランベルト、きみってほんとうに人でなしだ、ほんとうに罰当たりだ！」ぼくはなぜかふいにあることを思い出し、ぎくりと身震いして叫んだ。「ぼくはね、そういうのを、ぜんぶ夢に見てるんだ、きみが立っていた、そしてアンナさんが……ああ、きみは罰当たりだ！　ぼくがそんな卑劣漢だなんてほんとうに思っていたのか？　だってね、ぼくが夢に見たのは、きみがそのことを言うってわかっていたからなんだぞ。それともうひとつ、そういうことって、きみがそうしてこともなげに、しかもあけすけにしゃべっているほど単純じゃないんだよ！」

「ほう、怒ったじゃないか！　そう、そう、そう来なくちゃ！」ランベルトは、にやにやしながら、勝ちほこったように言葉尻を引いた。「さあ、アルカージー君、これで何もかもわかったよ、おれがどういう手を打てばいいか、ね。おれが待っていたのもそのためさ。いいか、きみはつまり彼女を愛していて、ビョーリングに復讐したい――おれが知りたかったのはそういうことだ。きみを待っているあいだ、おれはずっとそうじゃないかって疑っていたんだ。Ceci posé, cela change la question.（そうとわかれば、問題も変わってくるってものさ）。しかも、彼女もきみを愛しているとなれば、なおさらいい。それじゃ、ぐずぐずせず結婚するんだな、そのほうがいい。きみの場合、そうする以外考えられんよ、きみはいちばん確実なところにいるわけだから。それにだ、アルカージー、きみには親友がいるってことを覚えておけよ、きみが自由に乗りまわせるおれのことだ。その親友がきみの仲立ちになって、きみを結婚させるんだ。地の底からだって、なんでも手にいれてやるよ、アルカージー！　で、成功のあかつきには、古き同志に三万ルーブルをプレゼントする、どうだい？　そう、ひと肌脱いでやるさ、まちがいなしだ。おれはな、こういう仕事のすみずみまで知りつくしているんだ、きみは持参金をそっくり手に入れ、出世を約束された大金持ちってわけだ！」

ぼくは頭がぐらぐらしていたが、呆気にとられてランベルトを見ていた。彼は大真面目だった、いや、大真面目どころか、ぼくを結婚させられるという可能性を彼自身信じきっていて、そのアイデアに浮かれていることがはっきり見てとれた。むろん、ぼくを子どもみたいに（ぼくはその時、確実にそれを見抜いていた）うまく手玉にとろうとしていることもわかっていた。しかしぼくは、彼女と結婚するという考えに心底ショックを受けていたので、どうしてこんな現実離れした話が信じられるのかとあきれる思いでランベルトを眺めていた。その一方、ぼく自身、その話を必死で信じこもうとしていたのだった。とはいえ、そんなことはむろんとても実現するはずがないという意識を、一瞬たりとも見失うまいとしていた。どういうわけか、そういったことが同時に起こったのだった。

「でも、そんなことが可能なのか？」ぼくはもつれる舌で言った。

「どうして可能じゃない？　彼女にあの文書を見せてやれ、そしたらきっと怖気づいておとなしく後についてくるさ、金を失いたくないからな」

ぼくは、ランベルトをその卑劣な考えにとどまらせまいと決心した。なぜなら、彼はその卑劣さをあまりにも天真爛漫にぼくの前にさらし、ぼくが急に憤慨しだすかもしれないといった懸念などはなから抱いていなかったからだ。そのくせぼくは、結婚するのはいいが、力ずくというのだけはいやだ、などとぶつくさ口にしていた。

「力ずくというのは、ぜったいにいやだからね。きみってやつはどこまで下劣なんだ、ぼくをそんなふうに思うなんて？」

「ほう！　いや、彼女のほうからついてくるっていうんだぜ。きみのほうからじゃなくてさ、彼女のほうが怖気づいて、ついてくるんだ。それに彼女がついてくるのは、きみを愛しているからでもあるんだ」ランベルトは、何かにはっと気づいたようすだった。

「でたらめ言うな。ぼくをからかう気だな。彼女がぼくを愛しているってことがどうしてきみにわかる？」

「それがまちがいないのさ。わかってるんだ。アンナさんもそう思っている。これはね、本気で言っていることで、嘘じゃないぞ、アンナさんがそう考えているっていうのは、ね。それともうひとつ、あとできみがおれの家に来たら話してやるよ。そうすれば、きみも納得するからさ、彼女がきみを愛しているってことを、さ。アルフォンシーヌのやつがツァールスコエ・セローに行ってきたんだ。そこであいつも確かめたんだが……」

「いったい何を確かめたんだ？」

「まあ、いいから、おれの家に行こう。あいつがじぶんからぜんぶ話してくれるからさ、きっと愉快になれるぜ。そもそも、きみのどこがひとに劣るっていうんだ？　美形だし、学もあるし……」

「たしかに、学はあるさ」ようやく息を整えながらぼくはささやくような声で言った。心臓がどきどきしていたが、それはむろんシャンパンのせいだけではなかった。

「きみは美形だよ。身なりだってちゃんとしてる」

「ああ、着るものはちゃんとしてる」

「それに、気がやさしいしな」

「ああ、たしかにやさしい」

「だとしたら、承諾しないわけないだろ？　ビョーリングだって、そりゃ彼女に金なしで結婚ってわけにはいかないし、きみは彼女から金を奪える——彼女が恐れているのはそこでね。で、きみは結婚すれば、ビョーリングに復讐できる。だって凍死しかけたあの晩、きみはじぶんの口から言ってたぞ。彼女、ぼくに惚れているって」

「ほんとうにそんなことを言ってたのか？　いや、そんなことは言っていないね」

「いや、そう言った」

「それじゃ、熱に浮かされていたんだな。きっと、あのとき文書のことも話したんだろう？」

「ああ、話していたよ。そんなふうな手紙を持っているとかね。そこで、おれは考えたってわけさ。そんな手紙を握っていながら、どうしてこいつはぐずぐず時間を無駄にしているのか、とね」

「あんなのはみんな空想さ。そんな話信じるほど、ぼくはばかじゃない」ぼくはぼそぼそ言った。「だいいち、年齢がちがいすぎるだろ。第二に、ぼくは貴族の出じゃないからね」

「なあに、結婚するって。しないわけがない、あれだけの金を棒にふるっていうのに。そこは、おれがうまくやってみせるからさ。おまけにきみを愛しているわけだし。それに、知ってるだろうが、あの老公爵、きみにぞっこんじゃないか。ああいう後ろ盾があれば、どんなコネだって結べるさ。貴族の出じゃないとかいったけど、いまどきそんなものはぜんぜん必要ないんだ。いったん金をちょろまかせたら、あとはとんとん拍子、十年後にはロシアじゅうがひれ伏すくらいの億万長者になれる、そのときいったいどんな家門が必要だっていうんだ？　オーストリアじゃあ、男爵位が金で買えるっていうぜ。で、結婚したあかつきには、しっかり手綱をしめておくことだな。しっかりしつけなきゃだめだ。女ってのは、いったん惚れるっていうと、こぶしでしっかり押さえつけられるのを好むもんでね。女が男に惚れるのは、その男の気骨なんだ。だから手紙で彼女を脅したら、すぐにもその気骨ってやつを見せてやるんだよ。『あら、まだこんなにお若いのに、気骨があって』とか、言わせるのさ」

茫然自失してぼくは腰を下ろしていた。かりに相手がべつの男なら、けっしてこんなばかげた会話にはまりこむことはなかったろう。ところがそのときは、何かつい甘い欲望に引きずられてずるずるやりとりを続けていった。おまけにランベルトが、あまりにもバカで下劣だったので、そうしたやりとりを恥じる気持ちすら起こらなかったのだ。

「いや、ちがう、ランベルト」ぼくはふと口にした。「きみがどう思おうと勝手だが、これはちょっとふざけすぎているな。ぼくがこうしてきみと話しているのは、ぼくたち仲間同士だし、べつに何も恥ずかしく思うことがないからでね。でも、ほかの男が相手だったら、ここまで落ちぶれるようなまねはぜったいにしないね。第一、彼女がぼくを愛しているなんてどうして断言できる？　たしかにきみはさっき、お金についてなかなかうまいこと言っていた。でも、いいかランベルト、きみは上流社会ってものを知らない。あの連中のあいだじゃ、すべてがおそろしく家父長的で、いわゆる氏族的な関係のうえに成りたっているんだよ、だから、まだぼくの能力も知らず、この人生でどこまで上に上がれるかもわからないうちは、彼女はやっぱり恥ずかしく思うにちがいないんだ。でもランベルト、ぼくは隠さず言うけど、ここにはじっさい、希望を託せるポイントがひとつだけある。いいか。あの人はひょっとすると感謝の気持ちからならぼくと結婚するかもしれない、だってそうすれば、ぼくはあの人を、ある男の憎しみから救ってやれるからだ。彼女はその男のことをとても恐れているんだよ」

「ああ、それって、きみの親父さんのことだよね？　なに、きみの親父さん、彼女のことが好きなのかい？」異常ともいえる好奇心を浮かべて、ランベルトはふいに身を乗りだしてきた。

「いや、ちがう！」ぼくは叫んだ。「なんて恐ろしいことをいうんだ、おまけにきみはなんてバカなんだ、ランベルト！　父がもしあの人を愛していたら、どうしてこのぼくがあの人と結婚したいなんて気持ちがもてる？　なんだかんだいっても、親子だぞ、そんな恥知らずなことができるわけない。父はね、母を愛しているんだよ、母をね。ぼくはこの目で見ているんだ。父が母を抱きしめているところをさ。以前、ぼくも思っていたさ。父は、カテリーナさんを愛しているとね、でもいまは、はっきりわかってるんだ。たしかにかつては、あの人を愛した一時期があったかもしれない、でもいまは、もうかなりまえから憎悪しているとね……で、復讐したいと思っているとね、だからあの人は恐れているのさ。なぜかって、いいか、ランベルト、父って、いったん復讐にかかったら、とてつもなく恐ろしい人間になるからさ。ほとんど頭が変になるんだ。いったん人に憎悪をいだいたら、どんなことだってしかけるにちがいないんだよ。これってね、高邁な原理から生まれた、古いタイプの敵意なんだね。いまどき、一般原理なんて糞くらえでさ、ぼくたちの時代には一般原理なんてものはなくて、あるのは個別の事例だけだ。ああ、ランベルト、こんなこと言ってもきっと君にはちんぷんかんぷんだろうね。きみはばかだからさ。いま、きみにこんな原則論をもちかけても、きみはきっと何ひとつ理解できないんだ。きみはおそろしく無教養だからね。覚えているかい、きみがよくぼくを殴ったことを？　いまのぼくはね、きみより強いんだよ、きみにはそれがわかってるのかい？」

「アルカージー、おれのうちに行こう！　ひと晩ゆっくりして、もう一本空けよう、アルフォンシーヌもギターで歌ってくれるからさ」

「いや、行かない。いいかランベルト、ぼくには《理想》があるんだよ。それがうまくゆかず、結婚にも失敗したら、ぼくは理想のなかに逃げこむ気でいるんだ。ところがきみにはその理想ってものがない」

「わかった、わかった、話はあとで聞くよ、だから行こう」

「行くもんか！」ぼくは立ちあがった。「行く気もないし、行くもんか。行くときは、こっちから行く。でも、きみは悪党だからな。三万ルーブルはくれてやる、だから受けとればいい、でも、ぼくはきみより純粋だし、上だからね……だって、わかるんだよ、きみがぼくをすっかり騙そうとしているのがさ。でも、あの人のことは、考えることだって許さないからね。あの人は、だれも適わない高い人なんだ、きみの計画のあまりの下劣さには、呆れて口もきけないくらいさ、ランベルト。ぼくは結婚したい、でも、それとこれとはべつ。だけど、ぼくにはお金なんて必要ないんだ、ぼくはお金を軽蔑している。たとえあの人が跪いてじぶんのお金を差しだしてもぼくは受けとらない……でも、結婚は、結婚するっていうのは、別問題なんだ。それにそう、きみはさっき、こぶしで押さえたがられるとか、うまいことを言っていたよ。愛、つまり、男性にはあっても女性にはぜったいにありえない、寛容さのかぎりを尽くして熱烈に愛しながら、でも暴君のようにふるまう——これもいいことだ。なぜかというと、いいか、ランベルト、女性っていうのは、専制主義ってのが好きだからさ。ランベルト、きみは女性を知っている。でも、ほかのすべての点で、きみは呆れるほど愚かだね。それに、いいか、ランベルト、きみは、みかけほどの人でなしじゃない、きみはたんに単純なだけだ。ぼくはね、きみが好きなんだよ。ああ、ランベルト、どうしてきみはそこまで悪人なんだ？　そうじゃなきゃ、ぼくたち、楽しく生きていけるのに！いいかい、トリシャートフってやつ、愛すべき男だぞ」

最後のこの、とりとめもない言葉は、すでに通りに出てから口走っていたものだ。そう、ぼくがこうしてこまごまとしたことまで書きつらねているのには、理由がある。つまりは、ああまで感激し、よりよい人間に生まれ変わって気品を求めると誓い、約束したにもかかわらず、ぼくが、あのとき、あんなふうに易々と、ああした泥沼にはまったかを読み手に知ってもらいたいからだ！　そして誓っていうが、いまのぼくが、もはやあのときのじぶんではないということ、そしてすでに実生活によってじぶんの性格を鍛えあげていることを、完全に、そして完璧に確信していなかったら、それこそ読者に向かってこんなことを告白することはなかったろう。

ぼくたちは店を出た。そこでランベルトは、片手で軽く腰を抱いてぼくを支えようとした。そこでふと彼の顔を見やり、ぼくは気づいたのだ。じっと探るような、おそろしく注意深い、そして極度に醒めきった彼の目つきに。それはあの日、あの朝、凍死しかかったぼくを、やはりこうして腕で抱きあげて辻馬車のほうに連れていき、その間、耳をそばだて、目を皿にして、脈絡のないぼくのうわごとに聞き入っていたときと、ほとんど同じ目つきだった。酔ってはいるが、まだ必ずしも酔いきっていない人間には、時としてふと完全に冴えわたる瞬間があるものなのだ。

「きみんちなんか、ぜったいに行かない！」ランベルトを嘲るように見つめ、手で彼を払いのけながらぼくは、しっかりときっぱりした調子で言った。

「もう、いいだろう、アルフォンシーヌにお茶を出すよう言うからさ、もういい加減にしろよ！」ぼくが彼を振りきって逃げだすはずはないと、彼は確信しきっていた。彼はぼくの腰を抱き、生贄《いけにえ》をなぶるみたいな快感を覚えながらぼくの体を支えていた。彼はむろん、まさにこの晩、こういう状態にあるぼくを必要としていたのだ！　なぜか——それはあとですっかり説明されるだろう。

「行くもんか！」ぼくはくり返した。「馬車を！」

折よく、馬橇《ばそり》が一台近づいてきて、ぼくはそれに飛びのった。

「どこへ行く？　まったくもう！」ランベルトははげしい恐怖にかられ、ぼくのコートをつかみながら叫んだ。

「ぜったいについてくるなよ！」ぼくは声を荒らげて叫んだ。「追っかけてくるな」

その瞬間、馬橇は動きだし、ぼくのコートがランベルトの手からはなれた。

「どうせ、やって来るさ！」憎々しい声で彼はぼくの背中から叫んだ。

「行きたくなったら、行くさ——こっちの勝手だ！」ぼくは馬橇から彼をふり返って叫んだ。

2

ランベルトは追いかけてこなかった。むろん、近くにほかの橇がなかったからだ。そこで、ぼくはうまく彼の視界から姿をくらますことができた。センナヤ広場に来たところでぼくは立ちあがり、橇を捨てた。ものすごく歩きたくなったのだ。疲れも、たいした酔いも感じず、ただ活力だけがあった。力がみなぎり、どんな障害でも乗りきれそうな異常な力が湧きおこり、数かぎりなく心地よい考えが、頭のなかをぐるぐる駆けめぐっていた。

心臓がはげしく、重く脈打っていた。鼓動の一つひとつまで聞こえるようだった。そして何もかもが愛らしく、軽やかだった。センナヤ広場の衛兵所の脇をとおるとき、ぼくは哨兵のそばに近づいていって、思いきり彼にキスしてやりたくなった。雪どけ模様で、広場は黒っぽく、土の匂いがしていたが、その広場までがとても気に入っていた。

《これからオブーホフスキー大通りに向かう》ぼくは考えた。《それから左にまがって、セミョーノフスキー連隊に出よう。大回りするんだ、そう、そいつはいい、何もかもすばらしい。コートの前をはだけているのに、どうしてだれもはぎ取ろうとしないのか、いったいどこに追いはぎどもは消えた？ センナヤ広場は追いはぎが出るというじゃないか。出るなら出てこい、ひょっとしてくれてやるかもしれないぞ。ぼくにとって、このコートが何だというのだ？ コートだって財産だ。La propriété, c'est le vol.（財産こそ、盗品なり）、だ。それにしても、なに、くだらないこと言っている、何もかもがすばらしい。雪どけというのも、すばらしい。どうして凍てつきなんてあるんだ？　凍てつきなんてまるで不要じゃないか。こうしてくだらない冗談を口にするっていうのもいいもんだ。そういえばさっき、ランベルトにむかって、原理がどうのとか言っていたっけ？　一般原理なんてあるものか、あるのは、たんに個別の事例だけだとか言ったんだった。あんなのは、でたらめだ、とんでもないでたらめだ！　わざと言って、軽くしゃれのめしてみせたかっただけだ。ちょっとばかり気恥ずかしいが、べつになんてことはない、いくらだって帳消しにできる。恥ずかしがるな、くよくよするな、アルカージー君。アルカージー君、きみが気に入っている。ものすごくといっていいくらい気に入っている、若いきみ。きみが、ちょっとばかし、ペテン師なのが残念だが……それと……それと……ああ、そう……あっ！》

ぼくはそこでふいに立ちどまった。心臓がまたしても甘くうずきだしたのだ。《ああ！　やつは、何て言っていたか？　やつは、あの人がぼくを愛していると言っていた。そうとも、やつは詐欺師だ、やつは口からでまかせ並べたが、あれは、ぼくがやつの家に泊まるように仕向けるためだ。でも、もしかしたら、そうじゃないかもしれない。やつは言っていたぞ、アンナさんも、そう思っているって……そうか！　とすると、ナスターシヤさんも何か探りだして、やつに流しているということもありそうだ。あの女は、どこででも嗅ぎまわっているからな。でも、ぼくはなぜランベルトの家に行かなかった？　何もかも探りだせたっていうのに！　ふうん！　やつには計画があって、ぼくはそういったことをぎりぎりの一点まで予感していたんだ。そんなのは空しい夢さ。いろいろ手広く策をめぐらしたものだね、ランベルト君、でも、きみは嘘をついている、そうは問屋がおろさない、でもひょっとしたら、そのとおりになるかもしれない！　そう、ひょっとすると、そのとおりになるかも！　でも、ほんとうにやつはぼくを結婚させられるのか？　ひょっとして、それもできるかもしれない。やつは幼稚で、できると信じている。実務肌の連中ってのはみんなそうだが、やつもばかで厚かましい。ばかさと厚かましさをいっしょにしてみろ、大した力になるぞ。でも、正直に言え、アルカージー君、きみはやっぱりランベルトが恐かったんだろう！　そもそも、やつにとって正直な人間が何の役に立つっていうんだ？　やつは大まじめに言ってたじゃないか、ここには、正直な人間なんてひとりもいないって！　そういうきみ自身、何者だっていうんだ？　いやはや、いったい何を言っている！　いったい、悪党どもに正直な人間は必要じゃないっていうのか？　悪事にあってこそ、正直な人間は、ほかのなによりも必要なんじゃないのか。はっ、はっ！　アルカージー君、きみがこれまでそんなことも知らずに来たのは、きみがあまりに無邪気だからだ。そう！　かりにあの男が、本気でぼくを結婚させる気になったら、いったいど

うなる?》

そこでまたぴたりと足が止まった。ここでぼくは、ある愚かな過ちを告白しなければならない(もうだいぶ前の過ぎたことだからいいだろう)。そう、ぼくは告白しなければならない。ぼくはもうだいぶ前から結婚してみたかった——といって、心からしたかったわけではないし、そんなことはけっして起こりえないことなのだが(それにこれからも起こりえないと約束できる)、ぼくはすでになんどか、それよりもだいぶ前から、結婚できたらどんなにすばらしいだろうかと夢見ていたのだ——じつは、恐ろしいほどくり返し、毎晩、とくに夜、眠りにつくまえに空想したものだった。それがはじまったのは、ぼくがまだ十六歳のころだった。高校時代、ぼくにはぼくと同じ年の、ラヴロフスキーというクラスメートがいた。とても愛らしい物静かな美少年だったが、かといって、ほかにはとくに目立つところもなかった。彼とは、ほとんどいちども言葉を交わしたことがなかった。あるときふと、ふたりきり隣りどうしで座ったことがあった。彼はひどくもの思いに沈んでいて、ふいにぼくに話しかけてきた。『そうだ、ドルゴルーキー君、結婚するとしたら今すぐがいいと思うんだけど、きみはどう思う。じっさい、いまでないとしたら、いつ結婚するっていうのさ。いまが、いちばんのタイミングだっていうのに、でも、それがどう逆立ちしても叶わないんだね！』彼はこんなふうにとても率直に話してくれたのだ。ぼくもふいにすっかりその気になった。というのも、ぼく自身すでにそんなことを空想していたから。その後、ぼくたちは何日か立てつづけに顔をあわせ、おたがい秘密を打ちあけるみたいにしてずっとその話をした。もっとも、それしか話すことがなかったのだが。その後どうしてそうなったのかわからないが、ぼくたちは仲たがいし、話をする機会もなくなってしまった。まさにその時以来、ぼくは空想するようになったのだ。こんなことはむろん思いだすほどのことでもないのだが、ぼくとしてはたんに、そうした夢が遠い昔から時おり訪れてくることを告げておきたかったまでのことだ……。

《ここにひとつだけ重大な反論がある》――ぼくは歩きながらずっと空想していた。――《そう、つまらない年齢の違いなどはむろん、何の障碍にもならないが、問題はこういうことだ。つまり彼女はまぎれもない貴族なのに、このぼくときたら、たんなるドルゴルーキーにすぎない！　こいつはなんとも胸糞わるい話だ！　そうか！　ママと結婚するとき、ヴェルシーロフはぼくを養子とする許可を政府に願いでるわけにはいかないものか……いってみれば、彼の功労に免じるというかたちで……だって、彼は勤務していた経験がある、とすれば、功労だってあったはずじゃないか。彼は、農地調整員だったわけだし……ったく、なんてあさましいことを！》

ぼくはふいにそう叫んで、ぴたりと立ちどまった。これで三度めだったが、その場でもう叩きつぶされたかのような感じだった。養子となることでじぶんの姓を変えることができるという考えからきた、苦しいほどの屈辱感、まさにじぶんの幼年時代のすべてにたいする裏切り――そういった思いが、ほぼ一瞬のうちに、これまでの気分をいっさい打ちくだき、ぼくのすべての喜びを煙のように吹きはらってしまった。《だめだ、こんなことは、だれにもいえない》顔が熱く火照るのを感じながらぼくは思った。《ここまで落ちぶれたのは、ぼくが、……恋に目がくらんで、アホになったからだ。いや、かりにもランベルトの言い分に正しいところがあるとすれば、今やこういった悪ふざけは全然求められていない、いまぼくらの時代にいちばん大事なのは人間自身だし、次がお金だ、っていうあいつの話だ。というか、金ではなく、金をもつ人間の力だ。あれだけの資本があれば、ぼくは『理想』をめざして突き進むことができる、そしてロシア全体が十年後には音を立てて崩れおち、ぼくはみんなに復讐する。あの人に遠慮することなんて何もない。これまたランベルトの言うとおり。彼女は怖気づいてたんにあとについてくるだけだ。ごくあっさりと、ごく俗悪なかたちで同意し、あとについてくる》。《きみは知らないんだ、知らないだけだ、あの物置みたいな部屋でどんなざまを曝したか》ランベルトのさっきの言葉が思い出された。《あれも、そうだ》ぼくはうなずいていた。《ランベルトはすべての面で正しい、ぼくよりも、ヴェルシーロフよりも、そこらのどんな理想主義者よりも、千倍も正しい！やつは——リアリストだ。ぼくに気骨があるのを見て、彼女は『あら、この人、気骨ある人なんだ』とか言うって言っていたな。ランベルトは下劣な男だ。ぼくから三万ルーブルをふんだくれさえすれば、それで気がすむ。でも、やっぱりやつは、ぼくの唯一無二の親友だ。ほかに友情なんてないし、あるはずもない、そんなものはみな、非現実的な人間が考えだしたものにすぎない。で、ぼくは、あの人を貶めるわけじゃない、このぼくに貶められるはずもない。けっして。女性なんて、みんなそんなもんなんだ！　俗悪なところのない女性なんて、はたしているのか？　だからこそ、女性を支配する男が必要になるってわけさ。だからこそ女性は、従属的な存在につくられているってわけだ。女性が悪徳と誘惑の塊なら、男は高潔と寛大さそのもの。これこそ、万古不易の真理というものだ。ぼくが例の『文書』を使おうとしていることだって、べつにどうということもない。高潔さの妨げにも、寛大さの妨げにもならない。純粋無垢のままのシラー主義者なんているわけないし、あんなものはでっちあげにすぎない。目的がすばらしければ、少しぐらい汚れがついていようと、何も気にかけることはないんだ！　あとできれいに洗い落として、きれいにアイロンをかけりゃそれで済む。いまどき、そんなものは、度量という言葉ひとつで片がつく。それが人生だし、人生の真実ってものだ――いまはそう呼ばれている！》

　そう、改めてくり返そう。あのとき酔って口にしたたわごとを、ここに細々と書きしるしたことを許してほしい。むろんこれは、あのとき考えたことのエッセンスでしかないのだが、どうもこの言葉どおりにしゃべっていたようなのだ。ぼくがその言葉をそのまま引用せざるをえなかったのは、こうして腰を落ちつけて書きしるすことでじぶんを裁くためだ。これのほかに、いったい何を裁くというのだ？　これ以上に厳粛なことがこの人生にありうるだろうか？　酒に罪を着せるわけにはいかなかった。In vino veritas.（酒中に真あり）というじゃないか。

　そんなふうなことを空想したり、思いきり幻想に浸かっていたので、ぼくはいつのまにか家まで、つまりママの住居にまで来ていることに気づかなかった。それどころか、どうやって部屋に入ったかさえ気づかなかった。だが、あのごくちいさな控えの間に入ったとたん、わが家で何かただならぬことが起こっていることをすぐに悟った。部屋では大声で話したり、叫んだりしていてママの泣く声も聞こえた。ドア口でぼくは、マカール老人の部屋から台所へと勢いよく走っていくルケーリヤに、危うく突きとばされそうになった。ぼくはコートを脱ぎすて、マカール老人の部屋に入っていった。そこに全員が身を寄せていたからだ。

そこには、ヴェルシーロフとママが立っていた。ママは彼の腕に体をあずけ、彼は胸もとにしっかりとママを抱きとめていた。マカール老人は、いつものようにじぶん用の椅子に腰かけていたが、どうやらすっかり衰弱しきっている様子で、そのため彼が崩れおちないように、リーザが懸命になってその肩を両手で支えていた。それでも、しじゅう体が傾きかけては倒れそうになった。ぼくは一歩そばに歩みより、ぎくりとして立ちどまった。老人が死んでいることがわかったのだ。

老人はたった今、ぼくが到着する何分か前に死んだばかりだった。十分ほど前まで彼の容態はまだふだんとかわりなかった。そのとき彼に付きそっていたのは、リーザひとりだった。彼女は老人のそばにすわって、じぶんの悲しみについて打ちあけ、老人は、昨日と同様、彼女の頭をなでてやっていた。ところが、ふいに老人の体が震えだし(リーザが話してくれたことだ)、体を起こして何かを叫びかけたまま、何もいわず左側に倒れかかった。「心不全だ!」とヴェルシーロフは言った。リーザが家じゅうにむかって叫ぶと、みんなが駆けつけてきた。ぼくが到着する一分かそこら前に起こったことだった。

「アルカージー!」ヴェルシーロフがぼくにむかって叫んだ。「大急ぎでタチヤーナさんのところへ行ってくれ。きっと家にいる。すぐに来るように言ってくれ。辻馬車を拾ってな。さあ、早く、わかったな！」

彼の目はぎらぎらしていた。それをはっきりと覚えている。彼の顔に何かしら、純粋な悲しみや涙を認めることはできなかった。泣いていたのは、ママとリーザ、そしてルケーリヤだけだった。それどころか、このこともとてもよく記憶しているが、彼の顔にはなにかしら異常な興奮、ほとんど歓喜に近いなにかが浮かんでいた。ぼくは、タチヤーナおばを迎えに駆けだした。

すでに述べたこともあるのでおわかりのとおり、さほど遠い道のりではなかった。ぼくは辻馬車を拾わず、一度も立ちどまらずに走りきった。頭のなかは混沌としていて、ほとんど歓喜に近い何かがあった。何かしら根本的なことが起こったのだと、ぼくは感じていた。酔いはすっかり醒めていたし、体中に一滴の残りもなかった。と同時に、タチヤーナおばの家の呼び鈴を鳴らしたときは、もうすべての下劣な考えが消えさっていた。

フィンランド女がドアを開けた。「お留守です！」と言って、ただちにドアを閉めようとした。

「お留守ってどういうことだ？」ぼくは荒々しく玄関間に踏みこんでいった。「いないはずがない！　マカールさんが死んだんだ！」

「何ですって！」客間の閉じたドアの向こうから、タチヤーナおばの叫び声がふいに轟きわたった。

「死んだんです！　マカールさんが亡くなられたんです！　ヴェルシーロフさんがすぐに来てくれるようにと」

「そんなの、嘘に決まってるでしょ！……」

かしゃりという鍵の音がしたが、ドアはほんの五センチばかり開かれただけだった。

「何だというの！　ちゃんと話しなさい！」

「ぼくにもわからないんです。家に着いたら、もう死んでいたんです。ヴェルシーロフさんが言うには、心不全だそうです！」

「すぐ行くよ、いますぐ。さあ、早く戻って、行きますって伝えてちょうだい。さあ、早く、お行きったら、さあ！　なにをぼんやり突っ立ってんだい？」

だがぼくは、かすかに開いたドアの隙間からはっきりと見てとった。タチヤーナおばのベッドが置いてあるカーテンの陰からだれかがふっと出てきて、部屋の奥に、タチヤーナおばの陰に隠れるようにして立ったのを。反射的に、本能的にぼくはドアの取っ手をつかみ、もう閉めさせなかった。

「アルカージーさん！　あの方が亡くなられたってほんとうですの？」聞きおぼえのある、静かでなめらかな金属的な声が響きわたった。その声を聞いただけで、ぼくの胸はいっきに震えをきたした。その問いに、彼女の心を差しつらぬき、かき乱すような何かが聴きとれたからだった。

「そういうことなら」タチヤーナおばが急にドアから手を放した。「そういうことなら、あなたの好きなようにするがいいわ。あなたが望んだことなんだから！」

タチヤーナおばは走りながらショールをかぶり、毛皮コートを羽織ると、部屋から駆けだし階段を駆けおりていった。ぼくたちふたりだけが後に残った。ぼくはコートを脱ぐと一歩前に踏みだし、後ろ手にドアを閉じた。あの人がぼくの前に立っていた。あのとき、あの出会いのときと同じように、明るく顔を輝かせ、明るいまなざしでこちらを見つめながら立っていた。そしてあの時と同じようにぼくに両手をさしだしていた。ぼくはまるでなぎ倒されたように、彼女の足もとに崩れおちた。

3

ぼくは泣きそうだった。なぜかはわからない。彼女がどのようにしてぼくをじぶんのそばに腰かけさせたか、覚えていない。かけがえのない思い出としてぼくが記憶しているのは、ぼくたちが、手をとりあいながら隣りあって腰をおろし、熱烈に語りあっていたということだけだ。彼女は老人とその死についてくわしく尋ね、ぼくは話してきかせた。だから、マカール老人を思ってぼくは泣いていたと思われてもしかたがない。しかしこれは愚の骨頂だ。そんなふうな子どもじみた涙もろさがぼくにあるなど、彼女がぜったいに考えるはずもないことをぼくは知っていたから。やがてぼくははっと気づいて、恥ずかしくなった。いまにして思うと、ぼくがあのとき泣いていたのはひとえに感激のせいで、彼女自身もそのことはとてもよく察していたと思う。だからこの思い出について、ぼくは穏やかな気持ちでいられるのだ。

そのうちふと、彼女がマカール老人のことばかり尋ねてくるのが、とても奇妙な気がしてきた。

「ひょっとして、あなたは老人のことをご存じなのですか？」ぼくはふしぎな思いで尋ねた。

「ええ、前々から。これまでいちどもお目にかかったことはありませんが、でも、わたしの人生で、あの方はある役割を果たしてきたんです。あの方について、ある時期、わたしにいろんなことを教えてくれたんです、わたしが恐れている人が。ご存じのはずね、それがどなたかは」

「いまになってはじめてわかりました。『その人』は、以前あなたがぼくに打ちあけてくれたときよりも、ずっとあなたの心にとっては、親しい存在だったということですね」この言葉によって何を言おうとしていたのか、じぶんにもわからないまま、まるで責めるような調子で、すっかり顔をこわばらせながらぼくは言った。

「あなたは、そのひとが、あなたのお母さまにキスをしたって、おっしゃいましたね？　お母さまを抱きしめられたのですね？　あなたはごじぶんの目でごらんになったのですね？」ぼくの言葉には耳を貸さずに、彼女はこまかく質問しつづけた。

「はい、見ました。嘘ではなく、それはほんとうに誠実で、おおらかな態度でした！」彼女のうれしそうな顔を見ながら、ぼくは慌てて念を押した。

「それはよかった！」そう言って彼女は十字を切った。「これで自由になれたんです。あのすばらしい老人が、あの人の人生をずっと縛ってきたんですもの。その老人が死んで、あの人のなかにまた義務と……尊厳がよみがえるんですわ。すでにいちどよみがえったようにね。そう、あの人はなによりも――おおらかな人なんです。あの人は、きっとあなたのお母さまの気持ちを落ちつかせることでしょうね。何といっても、この世でいちばん愛してらっしゃる方ですから。そして最後には、ごじぶんの心をも落ちつかせるんですわ。そう、とうとうその時期が来たんですよ」

「あなたにとって、彼はほんとうにだいじな人なんですか？」

「そうですよ、ほんとうにだいじな人。といって、あの人が望んでおられるような、そしてあなたが尋ねておられるような意味じゃありませんけど」

「で、あなたがいまになって恐れているのは、彼のことなんですか、それともごじぶんのことですか？」ぼくはふいに尋ねた。

「さあ、それって——むずかしい質問ね、でも、こんな話、やめましょう」

「ええ、やめましょう、もちろんです。ただ、そのことについてぼくは何も知らないんです、たぶん、いろんなことを知らなすぎるんだと思います。でも、おっしゃるとおり、これからすべてが新しくなればいいことです、そこでよみがえった人がいるとしたら、ぼくが最初です。ぼくはあなたにたいして、あさましいことを考えていました、カテリーナさん、ひょっとして一時間ほど前だったら、ぼくはあなたにたいして卑劣なまねをしでかしたかもしれない、それなのに、そう、ぼくはこうしてあなたのそばに腰を下ろしていても、なんの良心の呵責も感じない。なぜかというと、いまは何もかもが消えさって、すべてが新しくなっているからです。だから、一時間ほどまえ、あなたに不届きなことをたくらんだ男のことがわからないし、わかりたいとも思わないんです」

「目を覚ますことね」彼女はそう言って、にこりと微笑んだ。「すこし熱に浮かされているみたい」

「あなたのそばにいて、はたして冷静にじぶんを判断できるでしょうか？」ぼくはつづけた。「正直だろうと、卑劣だろうと、あなたには同じことなんです。太陽みたいに、手の届かないところにある……教えてください、あんなことがあった後だというのに、どうしてあなたはこうしてぼくの前に出てこられたんです？　一時間前に何があったか知ってくださったら、たった一時間前に？　どんな夢が実現しようとしていたかを？」

「わたし、なにもかも知っているはずです」彼女はおだやかな笑みを浮かべた。「あなたは、なにかでわたしに復讐したいと思ったばかりなんですね。わたしを破滅させると誓ったのでしょう、そのくせあなたの目のまえでひとことでもわたしの悪口を言おうものなら、相手がだれだろうと、確実にその場で殺すか、殴り倒すかするにちがいないんです」

そう、彼女はにこにこしながら冗談を言ってくれたのだ。しかしそれは、彼女のありあまる善良さのゆえにすぎない。なぜなら後から考えてみると、彼女の心はその瞬間、じぶんが抱える大きな悩みと、あまりに強烈で、強大な感覚に満たされており、ぼくと話をしたり、ぼくの些細で小うるさい質問にいちいち答える余裕などはなく、できることといえばせいぜい、幼稚でとりとめもない子どもの質問を逃れようと適当に受け答えすることだけだったからだ。そのことにふと気づいてぼくは恥ずかしくなったが、しかしすでに引っこみがつかなくなっていた。

「いえ、ちがうんです」ぼくはじぶんを抑えられず、声を上げた。「ちがうんです、ぼくはあなたのことを悪くいった男を殺すどころか、むしろその男を応援したんです！」

「いや、お願いだから、もう何もおっしゃらないで、だめです、いけません」そういって彼女は、ぼくの話を制止しようとしてふいに掌を突きだした。その顔には苦悩の色さえにじんでいたが、ぼくはすでに席から立ち、彼女のまえに立って、あらいざらい白状しようとしていた。そしてもしそこでそうしていたら、その後生じたような事態にはいたらなかったろう。なぜなら確実にぼくはそこですべてを告白し、彼女に文書を返すという結果に終わっていたはずだから。ところが彼女はそこで急に笑いだしたのだ。

「だめです、何もおっしゃってはだめ、細かいこともふくめてすべて！　あなたがおかそうとした罪は、わたし、すべて存じています。賭けてもかまいません、あなたは、わたしとの結婚かなにか、そうしたことを望んで、あなたの仲間のだれかと、昔の学校時代の友だちのだれかとその相談をしたところなんです……あら、やっぱり当たっていたみたいね！」ぼくの顔をじっと真剣にのぞきこみながら、彼女は叫んだ。

「どうして……どうしてわかったんです？」恐ろしいショックを受けたぼくは、まるでばかみたいにまわらぬ舌で言いかけた。

「あら、まだほかにもありますよ！　でも結構、もうたくさんです！　わたし、あなたを許します、ただ、その話だけはやめてください」彼女はもうあからさまな苛立ちを浮かべて手を横にふった。「わたし、こう見えても、夢多き女なの。だから、あなたにはおわかりにならないでしょうけど、わたし、じぶんでじぶんの抑えがきかなくなると、夢の中でいろんな手段にうったえ出ようとするんです！　もう、よしましょう、あなたはそうやって、いつもまごつかせるんですから。タチヤーナさんがいらっしゃらなくて、ほんとうによかった。わたし、ほんとうにあなたにお会いしたかったの、でも、彼女がいたら、いまみたいにお話しすることなんてできなかったでしょうね。あのとき起こった件で、あなたにはほんとうに悪いことをしたような気がするんです。でしょう？　そうじゃありません？」

「あなたが悪いことをなさった？　でも、ぼくはあのとき、彼のためにあなたを裏切ったんですよ、ですから、あなたにどう思われてもしかたなかった！　この間、ぼくはずっとあのときのことを考えていました、あの時以来、この数日、もう毎分ごとに考えては胸を痛めていました」（ぼくは嘘をついていたわけではなかった）。

「なにもそこまでじぶんを苦しめることはなかったのに、どうしてあんなことになってしまったのか、じぶんでもあのときわかりすぎるくらいわかっていたんです。ただ、あなたはあのとき嬉しくて口にせずにはいられなかったんです、わたしを好きになったことと、わたしが……そう、わたしがおとなしくあなたの言うことを聞いていたことが。だって、あなたはまだ二十歳なんですもの。あなたはあの人を、この世界でだれよりも愛してらっしゃる、あの人のなかに、真の友を、理想を求めてらっしゃるんでしょう？　わたし、わかりすぎるほどわかっていました。でも、もう、遅かったんです。そう、そうなんです、あのときはわたしも悪かった。あのときすぐあなたを呼んで、安心させるべきでした。でも、わたし、なんだか癪にさわって、そこで、あなたを家に通さないように頼んだりしたんです。そんなことから、玄関先であんな事件や、あの夜の出来事が起こったんです。でもね、わたし、この間ずっと、あなたと同じで、あなたとこっそり会うことを空想していたんですよ。でも、どうしたらその機会が作れるか、わからなかった。だって、わたしがいちばん恐れていたものってなんだとお思いになります？　それはね、あの方がわたしについて書いた中傷を、あなたが真に受けるんじゃないか、ってことなんです」

「まさか！」ぼくは叫んだ。

「わたし、これまでのあなたとの出会いをとても大切にしています。わたしにとって大切なのは、あなたのその若さなんです。それに、きっと、その誠実さそのものが……だって、わたしって、ものすごくまじめな性格なんですもの。そう、ものすごくまじめで、陰気な性質《たち》なんです。いまどきの女性たちのなかでも、きっと指折りだと思いますわ。そのことをわかってくださいね……は、は、は！　わたしたち、これからもたくさんおしゃべりしましょう、でも、いま、わたし、すこしどうかしていますす、気が立って……どうも、ヒステリー気味みたい。でも、これで、あの方も、ようやく、ようやく、わたしに息をつかせてくれそう！」

この感慨深い叫び声は、おもわず口をついて出たものだった。ぼくはそれをすぐに悟って話題にしたくなかったが、体じゅうが震えだしていた。

「あの人は、ご存じです、わたしが許していることを！」彼女はふいにまた、まるでひとり言のように叫んだ。

「ほんとうにあの手紙を許せたんですか？　あなたが許したことを、どうして彼は知ることができたんです？」ぼくはもうこらえきれずに叫んだ。

「どうしてあの人が知ったか、ですって？　ええ、知っているんですよ」彼女はぼくにたいする答えをつづけたが、ぼくのことなどはどうやら眼中にないらしく、まるでじぶんと話しているかのようだった。「あの人、いまはもう目が覚めているんです。それに、あの方はわたしの心を手にとるようにお見通しですもの、わたしが許したってことを、知らないはずありません。だって、あの人は、このわたしに少し彼と似ているところがあることを知っていますからね」

「あなたが？」

「まあ、そうですね、それはあの人もわかっています。そう、わたしって情熱的な女じゃないの、わたしって静かな女なの。でも、わたしもあの人と同じで、みんながよくなればいいって思っている……だって、あの人がわたしを愛したのは、あることがあったからですもの」

「それじゃどうして彼は、あなたは悪徳のかたまりだなんて言ったんでしょうか？」

「たんにそう言ってみただけ。あの方は、べつの秘密を心に秘めているの。あの人の書いた手紙って、ものすごくおかしいでしょう、そうじゃありません？」

「おかしい？」（ぼくは一心不乱に彼女のいうことに耳を傾けていた。たしかに彼女は一種のヒステリー状態にあって……ひょっとするとその打ち明け話の相手は、まるでぼくではなかったのかもしれない。でも、ぼくはどうしても、くわしく尋ねずにはいられなかった）。

「ええ、そうですよ、おかしいです。ですから、もし、……もし、わたしがあの方を恐れていなかったら、笑いだしたかもしれませんわ。でもね、わたし、口ほど臆病でもないんです、ですから、誤解しないでくださいね。そうはいえ、あの手紙のせいで、わたし、あの晩は眠れませんでした。あの手紙は、なにか病んだ血で書かれた手紙みたいでしたから……あんな手紙を書いてしまったら、いったい何がその後に残るのかってね？　わたしはね、生活を愛しているの、わたしのこの人生のことが心配でたまらないの。このことでは、わたし、ものすごく臆病になっている……ああ、お願いです！」彼女が急に立ちあがった。「あの人のところへ行ってください！　彼はいまひとりなんです。あそこにずっといられる人じゃない。きっと、ひとりでどこかに出かけてしまったわ。彼をすぐに探しだして、なんとしてもすぐに彼のところへかけつけて見せてやるのよ、あなたが、彼の愛する息子であるってことを証明してみせるの、あなたが、愛らしくて、やさしい子だってことをね、わたしの愛する学生さん、わたしが、そう……そう、あなたには、何がなんでも幸せになってほしい！　わたし、だれも愛してなんかいません、そのほうが楽なんです。でも、みんなの幸せを願っている、みんなの、そしてだれよりも彼の、そのことを彼に知ってほしいのよ……いますぐにでも、それができたら、どんなに気が晴れることか……」

彼女は立ちあがって、ふいにカーテンの向こうに姿を消した。その瞬間、彼女の顔には涙が光っていた（笑いのあとのヒステリックな涙が）。ぼくは興奮し、当惑したままひとりそこに残っていた。彼女のあの動揺ぶりを何のせいにしてよいものか、まったくといってよいほどわからなかった。そしてそれは、これまでいちどとして想定したことのないものだった。ぼくは何かに胸を締めつけられているようだった。

ぼくは五分間待った、そしてやがて十分が過ぎた。深い静寂に、ぼくはふいにぎょっとなった。ぼくは思いきってドアの外をのぞき、叫んだ。ぼくの呼ぶ声に応えて、下女のマリヤが顔を出し、ひどく穏やかな口調でぼくに言った。奥さまはもうとっくに身支度をされ、裏口から帰られました、と。

第七章

1

それだけでは終わらなかった。ぼくは毛皮コートをつかむと、歩きながら袖をとおし、《彼女は父のところへ行くように命じた、どこで探しだせるのか？》と考えながら外へ駆けだした。

だが、ほかの何にもまして驚かされた疑問があった。《なぜ彼女はいま、何かが訪れた、彼がじぶんに安らぎを与えてくれる、などと考えているのか？　それはむろん、彼がママと結婚するからだが、はたしてあの人はどうとらえているのか？　彼がママと結婚することを喜んでいるのか、あるいはそれとは逆に、あの人はそのせいで不幸なのか？　ヒステリーに陥ったのはそのためなのか？　どうしてぼくは、それに答え

られないのか?》

このとき閃いた二つめの考えをここに書きしるすのは、忘れないためだ。この二つめの考えが——重要だった。その夜はまさに運命的な一夜となった。人は、このようにして、いやおうなく宿命というものを信じるようになるのかもしれない。ママの家のある方角にむかってまだ百歩も歩かないうちに、探していた当人と、とつぜん出くわしたのだ。彼はぼくの肩をつかんで引きとめた。

「なんだ、おまえじゃないか!」いかにもうれしそうに、と同時に大きな驚きに打たれたかの様子で、彼は叫んだ。「だって、おまえのところに行ってきたところなんだ」彼は早口で話しはじめた。「おまえを探して、訪ねたんだ——いま、わたしにとってはおまえが、世界じゅうでたったひとり必要な人間というわけでね! おまえの下宿の小役人が、とんでもないでたらめを言うものだから。でもな、おまえが留守にしていたんで、こうして出てきてしまった、戻ったらすぐにわたしのところに来るようにとのおまえへの伝言を頼むのも忘れてな——ところがどうだい? わたしはそれでも、確固とした信念を抱きながら歩いていたんだ。つまり、わたしがいちばんおまえを必要としているいまこそ、運命はわたしにおまえを遣わさないはずはない、という信念をさ。そしたらほら、こうしてたちまち出会えたじゃないか! さあ、わたしの家に行こう、いちども来たことなかったよな」

要するに、ぼくたちふたりとも、おたがいに探しあっていたわけだ。そしてぼくたちのそれぞれに、ある似たようなことが起こっていたのだ。そこでぼくたちは大急ぎで歩きだした。

道々、彼は、ママとタチヤーナおばにあとを頼んできたとかいった、いくつか細切れの話題ばかり口にしていた。彼はぼくの手をつかんで、ぐいぐい先に進んでいった。彼が住んでいる家は、そこからさほど遠くないところにあって、ほどなくしてぼくらは到着した。じっさい、彼の家を訪ねたことはこれまでいちどもなかった。三部屋からなる小さなアパートで、彼はそれを、もっぱら例の「乳飲み子」のために借りていたのだ（というか、より正確にはタチヤーナおばが借りていた）。もっとも、このアパートは以前からつねにタチヤーナおばの管理下におかれ、乳母と赤ん坊がそこに住んでいた（そしていまでは、ナスターシヤさんも住んでいた）。そうはいえ、ヴェルシーロフ用の部屋もふだんから用意されていた。とっつきにある、ソファ付きのかなり広々とした、立派な部屋で、読み書きの仕事ができる書斎といった趣を漂わせていた。じっさい、テーブルの上、キャビネット、重ね棚にはたくさんの書物が並べてあった（ママの家にはほとんどといってよいほどなかった）。書きちらした用紙もあれば、手紙の束もあった――要するに、すべての品々がすでに以前からここにひとが住みついていることを物語っていた。そして、ヴェルシーロフが以前も(とはいってもきわめてまれであった)時としてこちらのアパートに移ってきては、数週間にわたり滞在することがあったのも知っていた。まっさきにぼくの関心を引いたのは、書きもの机の壁にかかった、たいそうみごとな木彫りの、いかにも高価そうな額縁で、そこにはママのポートレート写真が収められていた。むろん、外国で撮られた写真なのだが、その並外れたサイズから判断すると、相当に高価なものにまちがいなかった。こんなポートレートがあることはぼくも知らなかったし、これまで聞いたこともなかった。そして、ぼくが何よりも驚かされたのは、その写真が驚くほど当人に似ていることだった。精神的な意味において似ているということだが――要するに、それはまるで画家の手で描かれたほんものの肖像画のようで、機械が写しとったものとはとても思えなかったのだ。部屋に入るなり、ぼくはたちまちその前に釘づけとなった。

「そうだろう? だろう?」ヴェルシーロフはふいにぼくに向かってくり返した。つまり、『ほんとうによく似ている、だろう?』という意味だ。ぼくは彼のほうをふり返り、その顔の表情に驚いた。いくらか青ざめていたものの、熱っぽい、はりつめた目は、さながら幸福と力に輝いているかのようだった。そんなふうな顔を、ぼくはそれまでいちどとして目にしたことがなかった。

「知りませんでした、あなたが、ママをこんなに愛しているなんて!」感激のあまりつい不器用な調子でぼくは叫んだ。

彼は見るからに幸せそうな笑みを浮かべた。しかしその笑みには、どこか殉教者めいた、というか、うまく言いあらわせないのだが、何かしら人道的といってもよい、崇高なものが映しだされていた。しかし、高い知性をそなえた人間というのは、晴ればれとした、誇らしげで幸せそうな顔ができないものらしい。ぼくには答えず、彼は、ポートレートを鐶《かん》から両手ではずして顔に近づけると、そこにキスをし、それから静かにまた壁につるした。

「いいかね」彼は言った。「写真というのは、ほんとうにまれにしか似ないものなんだ。それも一理あって、オリジナルそれ自体、つまり、われわれの一人ひとりが、ごくまれにしかじぶんには似ないってことさ。人間の顔が、じぶんのおもな特徴を、じぶんのいちばん特徴的な考えを表す瞬間というのは、ごくまれなんだな。だから、画家というのは、顔を研究し、その顔のもっているおもな思想を探りあてる。だから、画家が描いている時に、その顔にまったくその思想が現れていなくても大丈夫なんだ。ところが写真は、そのときのありのままの人間を写しとるわけでね。だからナポレオンが、ばかみたいな写りかたをしたり、ビスマルクが優しそうな感じに写ったりすることもおおいにありうるわけだ。ところがここでは、つまりこのポートレート写真だと、太陽の光が、まるで誂えたみたいに、ソーニャをその肝心な瞬間においてとらえている。恥じらいにみちた、穏やかな愛、いくぶん内気で、おどおどした純心さといったところをね。それに、あの頃の彼女ってほんとうに幸せだったんだな！　わたしが彼女のポートレートを持ちたいと強く願っていることを確信できたときだ！　この写真は、それほど古い昔に撮られたものじゃないが、でもあのときの彼女は、いまより若くてきれいだった。ところがそんなときでも、すでにこんなふうに頬がくぼんだり、額には皺ができたり、目には臆病なはにかみが見てとれるもんなんだ。彼女のなかでこの臆病なはにかみが年々つよくなっていった、先にいけばいくほどね。そう思うだろう、アルカージー？　いまとなっては、べつの表情をした彼女の顔をほとんど想像できないが、じっさいむかしの彼女はほんとうに若くて美しかったのさ！　ロシアの女性というのは、老けるのが早くてね。彼女たちの美しさなんてほんの一瞬のものさ、たしかに、これは民族的特性のせいとばかりはいえず、彼女たちが惜しみなく愛することができるからでもあるんだよ。ロシアの女性っていうのは、いったん愛するとなると、すべてをいちどに与えてしまう。瞬間も、運命も、現在も、未来もね。出し惜しみをするということができず、予備にとっておくということをしない。だから、彼女たちの美しさは、愛する男たちのなかにたちまち吸いとられてしまうわけさ。このくぼんだ頬——これもね、わたしに吸いとられた美しさの名残りなんだ、わたしのほんのつかのまの慰みに吸いとられてしまった、美しさの名残りというのかな。わたしがおまえの母さんを愛していたと知って、おまえはうれしいだろうね。ひょっとして、おまえ、わたしが彼女を愛したことがあるなんて、信じてもいなかったんじゃないのかい？　そうとも、アルカージー、わたしはね、彼女をほんとうに愛していた、でも、でも、苦しめること以外、何もしてやれなかったんだよ……ほら、ここにもう一枚、べつの写真がある。こっちも見てごらん」

彼は、テーブルの上からそれをとり、ぼくに手渡した。それもまた写真で、薄い、卵形の木の枠にはめ込まれた、はるかに小さなサイズのものだった。痩せてひょろりとした少女の顔だが、にもかかわらず美しかった。物思わしげな顔なのだが、ふしぎに思えるほど純真な感じがした。タイプとしては、何代にもわたって築きあげられた端整な顔立ちなのだが、どこか病的な印象をとどめていた。それはまるで、突如としてある固定観念にとりつかれ、どうにもじぶんの手に負えないために苦しんでいるといった趣を漂わせていた。

「これは……これは……あの娘さんですね、あなたが結婚しようとした、でも結核で死んだ、あの人の義理の娘さんでしょう?」ぼくはいくぶんおどおどしながら言った。

「そうさ、結婚しようと思ったんだが、結核で死んだあの人の義理の娘。知っていたよ、おまえが聞きつけていることはな……その手の中傷をだ。もっとも中傷以外、知りたくても何も知りようがなかったわけだが。そのポートレート、置きなさい、アルカージー、この娘はかわいそうに頭がおかしくなっていた、それだけのことさ」

「完全におかしくなっていたんですか?」

「そうでなければ、痴呆だろうね。もっとも、やはり頭がおかしくなっていたと思うよ。この娘には、セルゲイ・ソコーリスキー公爵とのあいだに生まれた子どもがいてね(まさしく狂気のなせるわざで、愛の結晶なんてものじゃなかった。これはね、セルゲイ公爵がおかした、卑劣きわまる行為のうちのひとつなのさ)。子どもはいまここに、向こうの部屋にいるが、前々からおまえに見せたいと思っていたんだ。セルゲイ公爵はここに来て子どもと会うことができなかった。これはね、わたしが外国にいたときに彼ととり交わした約束なのさ。で、おまえの母さんの許しを得たうえで、あの子をこのわたしが引きとることにした。おまえの母さんの許しを得て、あのとき結婚しようとまでしたんだ……この……かわいそうな娘とな……」

「そんな許しって、ほんとうにありなんですか?」ぼくはつい熱くなって口走った。

「そう、あり、なのさ! 彼女は許してくれた。相手が女性なら嫉妬もするだろうが、でも、あの娘は女性ではなかったからね」

「だれにとっても女性じゃなかったでしょうね、ママ以外にとっては! ママが嫉妬しなかったなんて、ぼくはぜったいに信じませんから」ぼくは叫んだ。

「おまえの言うことは正しい。わたしがそのことを察したのは、何もかもが済んでから、つまり彼女が許しを与えてくれたあとのことだ。でも、この話はやめにしよう。リジヤが死んでしまったせいで、この話は成立しなかった。そう、かりに生き残ったところで成立しなかっただろうが。で、いまでもわたしは母さんがあの子のところに来るのを許していない。こんな話は、たんなるエピソードにすぎんが。なあ、アルカージー、わたしはおまえがここに来るのを前々から心待ちにしていたんだ。以前からここで顔を合わせるときを夢見ていた。どれぐらい前からか、おまえにわかるかい? もう二年も夢見てきたんだぞ」

一途な熱い思いを胸にこめ、嘘いつわりのない真摯な目で彼はぼくを見つめた。ぼくは彼の手をつかんだ。

「それじゃなぜ躊躇《ためら》っていたんです、どうしてもっと前に呼んでくれなかったんです？　この間、どんなことがあったかわかってくださったら……もっと前に呼んでくださったら、こんなことにはならなかったはずなんです！……」

その瞬間、サモワールが運ばれ、思いもかけずナスターシヤさんが、眠っている赤ん坊を抱いて部屋に入ってきた。

「この子をごらん」ヴェルシーロフは言った。「わたしはこの子が大好きなんだ、おまえにも見てもらおうと、いまわざわざここに連れてくるように言いつけたんだよ。ナスターシヤさん、もういいからあっちにおゆき。さあ、サモワールのそばに座って。わたしは想像してみるんだ。おまえといつまでもこうして過ごし、毎晩、片ときも離れずに身を寄せあってきたってね。どれ、おまえの顔をよく見させておくれ。さあ、きちんとすわって、おまえの顔がよく見えるように。おまえの顔がどんなに好きか！　おまえがモスクワから来るのを心待ちにしていたとき、どんなにおまえの顔を想像していたことか！　おまえは聞いたね、どうしてもっと前に呼んでくれなかったのかって？　まあ、待ってくれ、それは、たぶん、もうすぐわかるから」

「でも、あの老人が死んだというだけで、あなたはいまそんな打ちとけた話し方をなさるんですか？　それって、不思議な気がしますが……」

口ではそう言ったが、ぼくは愛情をこめて彼を見つめていた。ぼくらは、その言葉のもつこのうえなく高い、完全な意味での親しい友として語り合っていた。彼がぼくをここに連れてきたのは、ぼくに何かを明らかにし、話をし、釈明するためだった。ところが、言葉になる前にすべてが解き明かされ、説明がついていた。だから、彼からいま何を聞かされようと、結果はもう得られているのも同然だった。そしてぼくらはふたりとも、それを知って幸せな気分にひたり、たがいに見つめあっていた。

「あの老人が死んだからというわけじゃない」彼は答えた。「死だけじゃない。もうひとつべつの理由もあって、それがいま、たまたま一つに合わさっただけのことなんだ……神よ、この瞬間、そしてこの人生、これからも末永く祝福されんことを！　さて、アルカージー、これからおおいに語りあおう。わたしは、なんだか気が散って、話がすぐに横道にそれてしまう、ひとつのことを話したいのに、本筋と関係のない、いろんな細かい話にはまりこんでしまう。胸がいっぱいになると、いつもこういう感じになるんだ……でも、とにかく話そう。やっとその機会がめぐってきたんだし、わたしは前々からおまえのことがとても好きだった、アルカージー……」

彼は、肘掛け椅子に背中をあずけ、あらためてぼくの顔を見つめた。

「なんて不思議なんでしょう！　こうして話が聞けるなんて、ほんとうに不思議です」歓喜にひたりながらぼくはくり返した。

とそのとき、忘れもしない、彼の顔にふといつもの皺がちらりと寄るのを見てとった。悲しみと嘲りがないまぜになった、それまでなんども見慣れてきた皺だった。彼はじぶんをおさえ、少しあらたまった表情で切りだした。

2

「いいかね、アルカージー、かりにわたしがもっと早くおまえを呼びだしたところで、いったい何が言えただろう？ この問いに、わたしのすべての答えが含まれているといってもいい」

「つまりあなたはいま、じぶんがママの夫であり、ぼくの父だってことをおっしゃりたいのですか、でも、あの頃は……この社会的地位について、以前はぼくにどう話したらよいかわからなかった、ということですね？ そうでしょう？」

「いや、それだけじゃない、アルカージー、おまえに何を話したらよいかわからなかったのはね。ほかにも、いろんなことについて沈黙せざるをえなかったと思う。そこには、いかさままがいの、いろんな滑稽なできごとや下劣なこともある。嘘じゃなく、見世物小屋のいかさままがいのことだ。それに、以前のわれわれのどこに、おたがいわかりあえる余地があったというのかな、そもそもこのわたし自身が、今日の夕方の五時になってようやくじぶんのことがわかったくらいなのに、つまり、マカール老人が死ぬ二時間前のことさ。おまえはどうも不愉快そうに、不審げな目でこっち見ているようだが？　心配しなくていい、そのいかさまの種明かしをしてやるから。でもね、わたしが言ったことは、きわめて正当なことなんだよ。これまでの長い人生、放浪と疑念のなかで生きてきたが、その疑念が何月何日の午後五時、突如として解決する！　屈辱的といってもよいほどに、そうだろう？　これがもう少し昔のことだったら、わたしは本気で怒りだしたと思う」

ぼくは、じっさい、はげしい疑念をいだきながら話に聞き入っていた。昔からあるヴェルシーロフの皺がつよく浮きだしていた。あれだけの言葉を吐いたあとのことだけに、その晩、ぼくの気持ちとしてその皺は見たくなかった。ぼくはふいに叫び声をあげた。

「そうか！　あ、あの人から何かを受けとったんですね……五時に、今日の？」

彼はじっとぼくをにらんだ。彼は明らかに、ぼくの叫び声にショックを受けたらしかった。ひょっとして、「あの人から」という言葉がショックだったのかもしれない。

「なにもかもお見通しなんだ」もの思わし気な笑みを浮かべて彼は言った。「そりゃ、むろん必要なことを隠したりはしないさ。おまえをここに連れてきたのはそのためだから。でもその話、今は後回しにしよう。いいかね、アルカージー、わたしにはもうだいぶ前からわかっていたことがある。わたしたちのロシアには、父親たちの不始末やじぶんが置かれている境遇に傷つき、早い時期からじぶんの家庭について深く考えこんでいる子どもたちがいるということだ。まだ学校にいる時分からそうして考えこんでいる子どもたちに気づいていて、わたしはこう思いこんでいた。これはすべて、子どもたちがあまりに早くから羨ましがるからだ、とね。ところが、いいかね、わたし自身が、そうして考えこんでいる子どもの一人だと気づいて……いや、ごめん、アルカージー、どうやらじぶんでも呆れるくらい散漫になっているみたいだ。わたしはただ、ここにいて、このところたえずおまえのことが気がかりでならなかったということを言おうとしていただけだ。わたしはいつもおまえを、そういう幼い子どもの一人、ただ、幼いといっても、じぶんの才能を自覚し、みんなから孤立して生きている人間の一人だと想像してきたからね。わたしもおまえと同じで、じぶんの仲間が好きになったことはいちどもない。世界から取りのこされ、じぶんの力と夢だけに頼らざるをえない子どもたちこそ哀れだ。彼らは、情熱的で、あまりに早熟で、ほとんど復讐心にも似た――そう、まさしく『復讐心にも似た』――善と美の願いに身を焼いている。でもやめよう、アルカージー、わたしはまた脇道にそれてしまったみたいだ……おまえを愛しはじめる前にも、わたしはおまえのことや、おまえの孤独で人嫌いな夢を想像していたよ……でも、もうよそう、わたしは正直、何の話をはじめたのか忘れてしまった。そうはいっても、やっぱりこのことだけは言っておかなくちゃね。これが、今より前のことだったら、いったい何を言うことができたろう？　いま、わたしを見るおまえの目を見て、わたしを見ているのがわたしの子だとわかる。ところが、じっさいに昨日でさえ、それが信じられずにいた。今日のように、わが子とこうして向かいあって話しあえる日がいつか来るということが、ね」

たしかに彼はひどく散漫になりつつあったが、同時になにかしら深く心を動かされているように見えた。

「ぼくはいま、夢を見たり、空想したりする必要なんてないんです。ぼくはいま、あなただけで十分です！　あなたのあとについていきます！」彼に身も心を委ねる思いでぼくは言った。

「ついてくるだって？　でもな、わたしの放浪はいま終わったばかりなんだよ、まさしく今日な。ちょっと遅かったかね、アルカージー。今日が最終幕のラストシーンというわけでね、もう幕が下りかかっている。この最後の幕には、ずいぶん長いことかかってしまったよ。幕があがったのはだいぶ前、わたしが最後に外国に逃れたときのことだ。わたしはあのときすべてを投げ捨てた。いいかい、アルカージー、わたしはあのときおまえの母さんとも別れて、そのことをじぶんから宣言したんだ。これは、おまえも知っておかなくちゃいけない。あのとき、わたしは彼女に説明したんだ。これで永遠に外国に出る、もう二度と相まみえることはないとね。最悪なのは、あのとき彼女にお金を残すことを忘れてしまったことでね。おまえについてだって、一瞬たりとも考えたことはなかった。アルカージー、わたしはね、ヨーロッパに留まるつもりで、つまり家には二度と戻らないつもりで外に出たんだ。亡命する気だったのさ」

「ゲルツェンのところへ？　外国でのプロパガンダ活動に参加するつもりで？　あなたはきっと、これまでずっと何かの陰謀に加わってきたんですね」こらえきれずにぼくは叫んだ。

「いや、それがちがうんだな、アルカージー、わたしはどんな陰謀にもかかわったことはないんだ。おまえ、目がぎらぎらしているぞ。わたしはね、今みたいなおまえの叫び声が好きなんだ、アルカージー。でもそうじゃなくて、わたしはあのとき、ふさぎの虫から、とつぜん起こったふさぎの虫から逃れようとしただけなのさ。あれはね、ロシアの貴族に特有のふさぎの虫だ。――じっさい、これよりうまく表現できない。

貴族にとりつくふさぎの虫、それ以外の何ものでもなかったのさ」

「農奴制……民衆の解放ですね？」息を切らしながらぼくはつぶやくように言った。

「農奴制？　おまえはこのわたしが農奴制を懐かしがっていたとでも思うのかね？　民衆の解放に耐えられなかったとでも？　いや、ちがうね、アルカージー、そう、わたしらこそ解放者だったんだ。わたしは、恨みなどいっさいなしで亡命しようとしていた。わたしは土地調停員になったばかりでね、それこそ死に物狂いだった。私利私欲を捨てて働いたものさ、わたしが外国に出たのは、わたしのこのリベラリズムにたいして得られるものがほとんどゼロだったからじゃない。あの当時、わたしらはみな、まったくの無償だった、といっても、わたしのような連中はということだが。外国に出たわたしは、後悔よりもむしろ誇りに満たされていたよ。信じてほしいんだが、つましい靴屋で一生を終えるときが来たなんていうみじめな考えからははるか遠いところにいたのさ。Je suis gentilhomme avant tout et je mourrai gentilhomme!（わたしはなにをさしおいても貴族だ、貴族として死ぬのだ！）。だが、そうはいいつつ、わたしはさびしかった。わたしみたいな人間は、ロシアにはたぶん千人ぐらいいるな。それ以上はいないかもしれない、でも理想を死なせないためには、これぐらいで十分じゃないだろうか。わたしらはね、理想の担い手なんだよ、アルカージー！……ねえ、いいかい、わたしはこんな愚にもつかぬおしゃべりでもおまえならきっとわかってくれるだろうという、そんな奇妙な希望をいだきながら話しているんだ。わたしがおまえを呼んだのは、この心のきまぐれからなのさ。もうずっと前から、夢に見てきたんだ。わたしがおまえに何かを語りかけるときのことをね……そう、ほかのだれでもない、おまえにだ！　ところが……とにかく……」

「いいえ、言ってください」ぼくは叫んだ。「あなたの顔に、また誠実さが戻ってきているのがわかります……で、どうなんです、ヨーロッパはそのときあなたを復活させてくれたんでしょうか？　それに『貴族にとりつくふさぎの虫』って、いったい何のことです？　ごめんなさい、ぼくにはまだわからない」

「ヨーロッパがわたしを復活させてくれたのか、だって？　いや、あのとき、わたし自身がヨーロッパを葬りに行ったのさ！」

「葬りに？」ぼくは驚いてオウム返しに尋ねた。彼はにこりと微笑んだ。

「アルカージー、いま、わたしの胸はいっぱいでね、じぶんでもちょっと情けない気持ちがするよ。わたしは、あのときのヨーロッパでの最初の瞬間をけっして忘れないと思う。以前にもヨーロッパで暮らしたことがあるが、あのときは特別な時代で、あれほど喜びのないさびしさを抱え、と同時に、つよい愛情を感じながらかの地を踏んだことはいちどもないな。おまえにひとつ、そのときの印象を話して聞かせてやろうか、あのとき見たある夢の話だ、じっさいに見た夢の話なんだ。あれはまだドイツにいたころのことでね。ドレスデンを出てまもなく、わたしは、乗りかえるべき駅をうっかり乗りすごして、そのままべつの支線に入ってしまった。わたしはすぐに下ろされた。午後の二時過ぎで、よく晴れた日だったな。そこはドイツのちいさな町だった。で、ホテルを紹介してもらったのさ。次の列車は夜の十一時の通過だというので、それまで待つ必要があったからね。とくにどこへ急ぐわけでもなかったから、この思いもかけぬ出来事をうれしく思ったくらいだ。わたしはあたりをしばらくほっつき歩いた、そう、ほっつき歩いたのさ。汚らしいちっぽけなホテルだったが、すっぽり緑につつまれ、ドイツのホテルはどこもそうだが、ぐるりと花壇に囲まれていた。わたしにあてがわれたのは、狭苦しい部屋だったが、ひと晩列車に揺られっぱなしだったもので、食事を終えるとそのままぐっすり寝入ってしまった。午後の四時のことだ。

そこで、まったく思いもかけない夢を見たんだ。なにせそんな夢はそれまでいちどとしてみたことがなかったからね。ドレスデンの美術館に、クロード・ロランの絵があるんだが、カタログだと、『アキスとガラテヤ』という絵で、わたしはその絵をいつも『黄金時代』と呼んでいた。なぜかは、じぶんにもわからない。わたしは以前にもそれを見たことがあったが、今回も、三日ほどまえ、ちょっとしたついでに改めて見なおしたばかりだった。まさしくこの絵が夢に出てきたわけだが、絵というよりも、なにかしら現実のような感じだった。といって、いったいその夢が何だったのか、わたしにはよくわからなかった。その絵にあるのとまったく同じで、場所は、ギリシャのエーゲ海の一角だ。おまけに時代も三千年も前のことみたいなんだ。青い、静かな波、島々、突きでた岩、花が咲きほこる海辺、魔法のような遠いパノラマ、呼びかけるような日没の太陽、とても言葉では言いつくせない。ここに、ヨーロッパの人類は、じぶんたちの揺籃時代を見たわけだが、そんなふうに考えるというと、わたしの心も、なつかしい愛に満たされるような気がしたものだ。ここにはかつて、人類の地上の楽園があった。神々が天から降りたち、人間たちと親しくまじわった……そう、そこにはすばらしい人々が住んでいたのさ！　彼らは目覚め、幸せに満ち、清らかな心で眠りに就いた。草原や茂みは、歌声や、朗らかな歓声に満たされていた。溢れんばかりに豊かな力が、愛と素朴な喜びのために費やされた。太陽は、その美しい子らをほれぼれと眺めながら、熱と光を降りそそぐ……人類のすばらしい夢、けだかい迷い！　黄金時代、それはかつて存在したすべての夢のなかでもっとも不確かな夢だ。だが、そのために人々は生涯を、もてる力のすべてを捧げ、そのために予言者たちは死に、傷を負い、それなしでは、民族は生きたいと願うことも死ぬこともできない！　そしてこうした感覚を、わたしはこの夢のなかで経験していたみたいなんだ。岩々、海、斜めに差す日没の光――そうしたものすべてを、眠りから覚め、文字通り涙にぬれた目を見開いたときも、まだ見ているような気がした。忘れもしない。わたしはうれしかった。わたしにとって未知の幸福の感触が、わたしの心臓に痛いくらい沁みわたっていった。それは、全人類的な愛だった。外はもうすっかり夕闇に包まれていた。わたしのちいさな部屋の窓をとおして、窓辺に並べられた花々の緑をとおして、斜めに光が差しこんで、わたしのうえに降りそそいでいた。思えばだ、アルカージー、これこそ、わたしが夢に見たヨーロッパ人最初の一日の沈みゆく太陽というわけだが、夢から覚めるというと、この太陽が、わたしにとってはたちまちヨーロッパ人最後の一日の、沈みゆく太陽に変わってしまったわけだ！　当時、ヨーロッパの上空では、葬送の鐘を思わせる響きが、ひときわつよく鳴りひびいていた。わたしが言っているのは、たんに戦争のことばかりでもなければ、チュイルリー宮殿のことでもない。そうでなくても、わたしにはわかっていたからね。すべては過ぎ去ってしまうということを、ヨーロッパの古い世界の面影は、早かれ遅かれ過ぎ去ってしまうことをね。でも、ロシア出自のヨーロッパ人として、わたしはそれが容認できなかったのさ。そう、あの当時、チュイルリー宮殿が焼きはらわれたばかりだった……いやいや、心配しなくていい、あれが『理に適っていた』ことはわかるし、現在の理念が反駁しがたいものであることも、わかりすぎるくらいわかっている。だがね、最高のロシア的な文化思想の担い手として、わたしにはそれが容認できなかったのさ。なぜかといえば、最高のロシア思想というのは、全理念の調停を意味するからだ。それに、はたして当時、全世界でだれがこうした考えを理解できたか、ということだ。わたしはひとり放浪を重ねた。これはわたし個人のことを言ってるわけじゃない――ロシア思想のことを言っているんだ。そこには、罵りあいと理屈の戦いがあるばかりだった。そこでは、フランス人はせいぜいフランス人にすぎなかったし、ドイツ人もせいぜいドイツ人でしかなかった、そしてそれが、彼らの歴史に、かつてなかったほどの強い緊張をともなっていた。つまり、まさにそのときぐらい、フランス人がフランスを傷つけず、ドイツ人がドイツを傷つけなかった時代はない！　当時、全ヨーロッパをみまわしても、ひとりとしてヨーロッパ人はいなかったのさ！　すべての反逆者どもの間にあって、チュイルリー宮殿の放火をまちがいですと言えたのは、このわたしだけなんだよ。そして、復讐心に燃えるすべての保守主義者たちの間にあって、チュイルリー宮殿の放火は犯罪だが、それでも理に適ったものだと彼らに言えたのも、このわたしだけだった。それというのも、いいかね、アルカージー、ロシア人であるわたしだけが当時、ヨーロッパにあって唯一のヨーロッパ人だったからさ。わたしはなにも、じぶんのことを言っているわけじゃない——言っているのは、ロシア思想全体のことだ。アルカージー、わたしは放浪した、放浪しながらも、きちんと弁《わきま》えていたことがある。わたしは沈黙したまま放浪しなければならない、ということだ。でも、それでもわたしは悲しかった。わたしはね、アルカージー、わたしのこの貴族という身分を大切にせずにはいられないんだ。おや、笑っているみたいだが」

「いえ、笑ってなんかいませんよ」しみじみとした思いをぼくは声にかさねた。「ぜんぜん、笑ってなんかいませんとも。あなたが話してくれた黄金時代の幻想に、心を揺さぶられたんです。ですから信じてください、ぼくはあなたのことがだんだんわかってきました。でも、なによりうれしいのは、あなたがそこまでじぶんを大事になさっているということです。まっさきにそのことをいいます。あなたがそういう人だとは、夢にも思っていませんでしたから！」

「さっき言ったよね、おまえのその甲高い声が大好きだって、アルカージー」そういって彼はまた、ぼくの素朴な歓声ににこりと笑みを浮かべた。そして肘掛け椅子から立ちあがると、それとは気づかないまま、部屋のなかを行きつ戻りつしはじめた。

ぼくも腰を上げた。彼はなお独特の奇妙なロシア語で話しつづけていたが、そこにはこのうえなく深い思想が染みわたっていた。

3

「そうなんだ、アルカージー、くどいようだが、わたしはね、じぶんが貴族であるという事実を尊重しないわけにはいかない。わがロシアでは、何世紀にもわたって、これまで世界じゅうどこを見わたしてもない、ある高い文化的なタイプが築きあげられたのさ。それは——それこそ万人の苦しみを背負う世界苦のタイプだ。これはロシア的なタイプなのだが、ロシア人の高い文化的層のなかで得られたものだから、わたし自身、光栄にもこのタイプに属しているというわけさ。そしてこのタイプこそが、ロシアの未来の種子を宿しているということだ。数にしておそらくせいぜい千人というところだが、もしかするとそれよりも多いかもしれないし、少ないかもしれない。しかしロシア全体が、ここのところ、この千人を生みだすためだけに生きてきたわけだよ。なかには、少なすぎるという理由で、この千人のためだけに何世紀、何百万の民衆が費やされてきたか、と憤慨する向きもあるだろうね。でも、わたしに言わせると、少なすぎるということはない」

ぼくは、緊張して聞いていた。確信が、全人生の方向性が生まれ出ようとしていた。『千人』という一言が、きわめてくっきりと彼を浮き彫りにしたのだ！　ぼくは感じていた。ぼくといるときの彼の感情の高まりは、ある外的なショックから来ている、ということを。こうした熱い持論をぼくに語りかけたのは、ぼくを愛しているからだが、ではどうして急に話し出したのだろうか、なぜ、ほかのだれでもなく、ほかでもないこのぼくと話すことを望んだのか、その理由はやはりわからずじまいだった。

「わたしは亡命した」彼は話をつづけた。「わたしには何の未練もなかった。わたしにできることはすべて、あの当時、わたしがロシアにいるあいだに、ロシアに捧げつくした。ロシアを出てからも捧げつづけたが、それはたんに理想を広げることができただけのことだ。だがな、そうしてロシアに奉仕することで、当時のフランス人が当時はたんなるフランス人にすぎず、ドイツ人がたんなるドイツ人にすぎなかったように、わたしがたんなるロシア人にすぎなかったときより、ロシアにはるかに多くを捧げたんだ。しばらくそうしたことは理解されないだろうが。ヨーロッパでは、フランス人、イギリス人、ドイツ人といった立派なタイプを生みだしてきたが、将来の人間についてはまだほとんど何も知らずにいる。それに、いまのところはまだ知ろうともしていない。それも理解できる。なぜかといえば、彼らは不自由だからね。それにたいし、われわれは自由だ。この、ロシア的なふさぎの虫を胸に抱えながらも、当時のヨーロッパにあっては、わたしひとりだけが自由だったのさ。いいかね、アルカージー、ここにひとつ不思議なことがあってね。つまり、どんなフランス人も、彼らが祖国フランスのみならず人類全体にたいして奉仕できるのは、ひとえにフランス人になりきる、という条件のもとにおいてのみということだ。イギリス人、ドイツ人についても同じことがいえる。で、ひとりロシア人だけが、われわれの現代においてすら、ということはつまり、全体の総括がなされるよりもはるかに早く、最大限ヨーロッパ人になりきったときにおいてのみ、最大限ロシア人になれるという能力をすでに獲得していた。これは、他のどんな民族とも異なる、もっとも本質的な国民的相違点でもあるんだ。で、この点でわれわれは、ほかのどこにもない特徴をもっているわけさ。わたしは、フランスではフランス人だったし、ドイツ人といっしょにいるときはドイツ人になった。古代ギリシャ人の世界を知れば、ギリシャ人になり、まさにそのことによって、最大限ロシア人になった。それでこそわたしは、ほんもののロシア人となり、ロシアのために最大限奉仕していることになるわけだ。なぜかって、そうすることでロシアの根本理念を体現しているわけだからね。

わたしはね、この理念の草分けといってもいい人間なんだよ。わたしはあのとき、たしかに亡命はしたが、はたしてロシアを捨てていたただろうか？　いや、そんなことはない、わたしはロシアに奉仕しつづけていたんだ。たとえヨーロッパで何もしなくても、たんに放浪しに出かけていっただけだとしても（そう、わたしもわかっていたよ。たんに放浪するために出かけていくということを）、じぶんの思想とじぶんの意識をもって出かけていった、ということだけで十分なのさ。わたしはそこへ、わたしのロシア流のふさぎの虫を持ちこんだわけだから。そうさ、わたしがあれほど怖気づいたのは、たんに当時の流血だけではないし、チュイルリー宮の焼失でさえなく、そのあとに続くはずのすべてだった。彼らはその後も長くいがみあう運命にあった。なぜかといえば、彼らはまだあまりにドイツ人すぎるし、あまりにフランス人すぎて、それぞれの役割においてまだじぶんの仕事をやり終えていないからだ。で、それまでは、残念なことだが破壊がつづく。ロシア人にとってヨーロッパは、ロシア同様にかけがえのないものだ。その礎石一つひとつが愛おしく、尊い。ヨーロッパは、ロシアと同様、われわれの祖国なんだ。いや、それ以上といっていい！　わたしはね、ヨーロッパを愛する以上にロシアを愛することはできないね。でも、ヴェネツィアや、ローマや、パリや、その科学と芸術の宝や、歴史全体がロシア以上に愛おしいからって、じぶんを責めたりしたことはいちどだってない。ああ、ロシア人にとって、この古い、他人の礎石が、この古い神の世界の奇跡が、これらの聖なる奇跡のかけらが大切なのさ。そう、彼ら自身にとってよりも大切なくらいだ！　いま、彼らは、べつの思想、べつの感情をもっていて、古い礎石を大事にしようとしなくなっている……むこうでは、保守主義者は、せいぜいじぶんのサバイバルのために闘っているだけだし、アナーキストどもときたら、たんに財産の権利を奪いたいだけだ。ロシアだけが、じぶんのためではなく、思想のために生きているんだ。わかるだろう、アルカージー、この意味深な事実が。ロシアはね、ほぼ百年間、じぶんのためではまったくなく、ひたすらヨーロッパのために生きてきたんだ！　それじゃ、彼らはどうなのか？　そう、彼らは、神の国を得るまでに恐ろしい苦しみを受ける運命にある」

告白すると、ぼくは大きなとまどいを覚えながら話に聞き入っていた。話のトーンにまでぼくは怖気づいていた。といっても、その思想には驚かざるをえなかった。ぼくは、病的といえるほど嘘を恐れていた。そこでぼくは、ふいにきびしい声で注意した。

「あなたは、いま、『神の国《ヴェリギ》』ということをおっしゃいましたね。あなたは向こうで、神の教えを説いたり、鉄の鎖を身に着けていたそうじゃないですか」

「鉄の鎖の話は措いておこう」彼はにやりとした。「そいつはまるきりべつの話だからね。あの当時、わたしはまだ何ひとつ伝道などはしていなかったが、彼らの神にはノスタルジーを感じていたな。それは事実だ。彼らは当時、無神論を公言してはばからなかった……ほんのひと握りの連中とはいえ、いずれにしても同じことだ。それは、たんに第一走者であるにすぎないが、その実質的な第一歩であり、じつはそれこそが重要なんだ。そこにも、やはり彼らお得意のロジックがあるが、だいたいロジックというものには、いわゆるふさぎの虫ってやつがつねについてまわるものでね。わたしはべつの文化で育った人間だから、わたしの心はそれが容認できなかった。彼らが、それをもって理念と決別しようとした忘恩にしろ、ブーイングにしろ、中傷といったものが、わたしには耐えられなかったのさ。わたしが怖気づいたのは、その長靴で踏みにじるようなタイプだ。もっとも、現実というのは、理想にたいするどんなに明るい期待があるときでも、つねにこの長靴というやつの影響を受けるものでね、むろんわたしもそのことを知っているべきだったが、やはりわたしはべつのタイプの人間だったわけだ。わたしには選択の自由があったが、連中にはそれがなかった――で、わたしは泣いたのさ。彼らのことを思って泣いたんだ、古い理念をしのんで泣いた、ひょっとすると、本気で、ほんものの涙を流して泣いていたのかもしれない」

「あなたはそこまで真剣に神を信じていたんですか？」ぼくは半信半疑で尋ねた。

「アルカージー、それは、たぶん余分な質問かもしれないね。かりに、わたしがさほど神を信じていなかったとしても、やはり理念には憧れざるをえなかったろうから。わたしは時々、人間は神なしでどうやっていくのか、それはいつか可能になるのか、考えずにはいられなかった。わたしの心は、いつもそれは不可能という結論を下してきた。しかしいつかそのような時代が来れば、ひょっとして可能になるかもしれないともね……わたしだって、その時代がやって来ることに疑いは抱いていない。でも、そこでわたしはいつもべつの光景を思い浮かべてきたんだ……」

「どんな？」

たしかに彼は以前も、じぶんは幸福だと明言したことがあった。むろん彼の言葉には、少なからず熱中癖を思わせるところがあった。だからぼくは、彼がそのとき明かしてくれたことの多くをこのように理解している。この人を尊敬しているので、そのとき語りあったことをここに再現するのははばかられるが、ぼくが彼からなんとか聞きだすことのできた、いくつかの奇妙な話の要点だけは引いておこう。要するに、ぼくがこれまでつねに苦しんできたのはあの『鉄の鎖』の話だったので、それを明らかにしたいと願って、執拗に食いさがったのだ。そして、そこで彼の口から吐き出された、現実離れしてとてつもなく奇怪な思想が、ぼくの記憶に永久に刻みつけられることになった。

「わたしはね、こんなふうに想像しているんだよ、アルカージー」もの思わしげな笑みを浮かべながら彼はこう切りだした。「すでに戦いは終わり、闘争は一段落した。呪詛と、土くれと、ブーイングのあとに静寂が訪れてきた。人々は、望みどおり、ひとりぼっちになった。かつての大きな理想から彼らは見捨てられたんだ。彼らをはぐくみ、あたためてきた大いなる力の源泉が失われようとしている。クロード・ロランの絵に描かれた、あの、呼びかけるような大きな太陽みたいにね。でも、それはすでに人類の最後の一日というべきものだった。人々もふいに悟ったんだ。じぶんたちがまったくひとりぼっちだということをね。そして急に大きな孤独を感じた。そうなんだ、アルカージー、わたしはね、人間がここまで恩知らずでばかになれるなど、いちどだって想像したことはなかった。孤児となった人々は以前にもまして愛情深く、ひしと身を寄せあうようになる。彼らは、もはやじぶんたちだけがおたがいにとってすべてだと悟り、手に手を取りあうんだ。不死という大きな思想が消えてしまったら、ほかのもので代用しなければならなくなる。不死という存在にたいするかつての、あふれんばかりに大きな愛が、すべての人々において、自然へと、世界へと、人々へと、そして一木一草へと向けられていくにちがいないのさ。彼らは、大地と生命をどん欲に愛するようになる、そして、おのれの身のはかなさと、終わりある命を自覚するにつれ、もはや以前のものとは異なる、特別な愛で愛するようになる。彼らは、以前は考えることもできなかった現象や神秘を自然のなかに認めたり、発見したりするにちがいない。なぜかといえば、愛するものがその相手を見るような新しい目、新しいまなざしで自然を眺めるようになるからね。彼らは日々の短さと、それがじぶんたちに残されたすべてであることを自覚して、にわかに眠りから覚め、あわててキスしあい、いそいで愛しあうようになるだろう。彼らはおたがいのために働き、一人ひとりが、もてるすべてのものを万人にあたえ、それだけで幸せを感じるだろう。子どもの一人ひとりは、この地上のすべての人々がじぶんの父、母であることを知り、感じることだろう。《たとえ明日という日が、わたしにとって最後の日となってもいい》日没を見ながら一人ひとりがそう考える。《どのみち同じことだ。わたしは死ぬが、彼らはみな残り、彼らのあとには彼らの子どもたちが残る》。この考え、つまり彼らは同じようにたがいを愛し、たがいに気づかいながら生きのこっていくというこの考えは、いずれ来世での出会いという考えにとって替わられていくだろう。そう、彼らは、心のなかの大きな悲しみをかき消すために、急いで愛しあう。彼らはじぶんのためには誇りたかく、大胆であっても、おたがいのためには臆病になり、一人ひとりは一人ひとりの生命と幸せを気づかって、心が休まることがない。彼らはたがいに優しく、いまのように、そのことを恥じることもなくなり、子どもたちのようにたがいに愛撫しあうだろう。顔を合わせれば、たがいに深い自覚的なまなざしで見つめあい、そのまなざしには愛と悲しみが宿るのだ……」

「なあ、アルカージー」ふいに笑みを浮かべながら彼は話を止めた。「これはみな、夢さ。まったくありそうにない夢なんだ。でもね、わたしはいやになるほど頻繁に、これを想像してきた。なぜかというと、これまでわたしは、この夢なしでは生きられなかったし、これを考えずにはいられなかったからだ。わたしはなにもじぶんの信仰の話をしているわけじゃない。わたしの信仰なんてたいしたものじゃないし、そもそもわたしは理神論者だからね、そう、何百何千といる哲学的な理神論者なんだ、わたしはそう考えている……でも面白いのは、わたしはいつもこのわたしの空想を、ハイネと同じ『バルト海のキリスト』の幻想で締めくくってきたことだ。わたしはキリストなしですますことができなかった、孤児となった人々のあいだに、キリストを想像せずにはいられなかったのさ。キリストは彼らのもとにやってきて、彼らに手をさしのべてこう言われた。『おまえたちはどうして神を忘れることができたのか』とね。するとそこで、まるですべての目から覆いがとれたみたいに、最後の、新しい復活を称える、偉大な感動に満ちあふれた歌声が高らかに響きわたるのさ……。

この話はこれくらいにしよう、アルカージー。わたしの例の『鉄の鎖』の話だが、あれはまったくナンセンスでね。何も心配するほどのことじゃない。そうだ、それにもうひとつあった。そう、わたしは言葉が苦手で、うまく話せない。いまこうしておしゃべりができたのは……いろんな思いがこみあげてきたのと……それに、おまえが相手だったからだ。ほかの人間が相手だと、ぜったいにこんな話し方はしない。おまえを安心させるために、ひとことこれだけは言いたしておくね」

だが、ぼくは感きわまっていた。ぼくが恐れていた嘘がそこにはなかったからだ。ぼくがとくにうれしかったのは、彼がじっさいにふさぎの虫に喘ぎ、苦しみ、まぎれもなく多くのことを愛したことが明らかになったことだ——それが、ぼくにとっては何よりも貴重だった。ぼくは夢中になってそのことを彼に伝えた。

「でも、いいですか」ぼくはふと付けたして言った。「あなたはたしかにそのふさぎの虫に苦しみましたが、そのときもあなたはやはり、ものすごく幸せだったような気がしてならないんです」

彼は愉快そうに笑いだした。

「きょうのおまえの言うことは、とくに冴えているな」彼は言った。「そのとおり、わたしは幸せだった、それに、こんなふさぎの虫を抱えられる人間が、不幸であるはずがない。千人の同胞たちのなかでも、ヨーロッパを放浪するロシア人ほど自由で幸せな存在はないのさ。これは、じっさい笑いながら話せる話じゃない、そこにはまじめな考えがたくさんふくまれているからね。じっさい、わたしはこのふさぎの虫とひきかえに、ほかのどんな幸せを得ようという気もなくてね。その意味で、わたしはいつも幸せだった、アルカージー、これまでずっとね。この幸せがあってこそ、わたしはあの当時、わたしの人生ではじめて、おまえの母さんを愛することができたんだ」

「人生ではじめてですって？」

「まさに、そのとおり。放浪し、ふさぎの虫に苦しみながら、わたしは急に彼女のことが愛おしくなった、それまでにいちどもなかったくらいに。で、そこですぐに彼女を迎えにやったんだ」

「そう、その話もしてください、ママについて話してください！」

「そうだな、そのためにおまえを呼んだのだからな、でも、いいかね」彼は愉快そうに笑みを浮かべた。「じつは気になっていたんだ、おまえが、おまえの母さんにたいするわたしの罪を許してしまったじゃないか、とね、ゲルツェンとか何やら陰謀めいたことの引きかえに……」

第八章

1

ぼくたちはあのときひと晩じゅう話しあい、夜遅くまで起きていたので、そこで話された中身をすべてここに引用することはせず、彼の人生のある謎めいた点で、じぶんにもやっと明らかとなった部分だけをお伝えする。

彼がママを愛していたという、ぼくにとっては疑う余地のない話からはじめよう。かりにママを捨て、出発前に「離縁」していたとしたら、むろんそれは、あまりに深くふさぎの虫にとりつかれたか、なにかそれに類したことがあったからだ。しかもそれは、世間ではだれにでもよく起こることなのだが、いざそれを説明するとなると、いつも厄介をきわめる。そうはいえ、外国にあって、長い時間を経て、彼はふいにまたママがいとおしくなり——つまり空想のなかでそうなったわけだ——彼女を迎えにやった。『たんなる気まぐれさ』という人もおそらくいるにはちがいない。しかし、ぼくならべつの言い方をする。ぼくに言わせると、明らかに道楽者の気まぐれという側面もあるし、ある程度それは認めるが、しかしそこには、人間の生活において期待しうるかぎりの真剣さも含まれていたのだ。しかし誓っていうが、ヨーロッパ風のふさぎの虫について、ぼくは疑問をさしはさむ余地のないものとみなしているし、鉄道敷設といった現代の実践活動と同列どころか、はるかにその上を行くものだと考えている。彼の人類愛を、ぼくはこのうえなく真摯なもの、まやかしなどいっさいない深い情念であると認めている。そして、ママにたいする彼の愛は、いくぶん現実離れしたところがあるにせよ、しかしまったく争う余地のないものと考えている。外国にあって『ふさぎの虫につかれ、幸福を感じながら』、そしてついでに言っておくと、修道院なみのこの上なく厳しい孤独にひたるなかで（この特別の情報はその後タチヤーナおばをとおして得た）、彼はにわかにママのことを、ほかでもないママの『落ちくぼんだ頰』を思いだし、ただちに迎えの者を差しむけたのだった。

「で、アルカージー」やがて彼はふと口走った。「わたしはすぐに自覚したんだ。どれほど理想に献身しようと、精神的で理性的な存在であるわたしはけっして解放してもらえないことをね。こうやって生きつづけていくなかで、たとえひとりでもいい、実際的に幸せにしてやらなくてはならないという義務があるんだ」

「ほんとうに、そんな机上の考えが原因のすべてだったんですか？」合点がいかずにぼくは尋ねた。

「これはね――机上の考えなんかじゃない。がしかし――そうとも言えるかもしれないな。でも、ここでは、すべてがごっちゃになっていてね。なにしろ、わたしはおまえの母さんを、机上でじゃない、本気で愛していたんだから。そこまで愛していなかったら、わざわざ使いなんてやらなかったろうし、もしもその理念が頭のなかでこしらえたものだったなら、そこらのドイツ男かドイツ女を『幸せにする』だけで済ませていただろうしね。じぶんが生きていくなかで、せめてひとりでも何かでもってぜひとも喜ばせてやること、ただし実際的に、ということは口先だけではなくということだが、わたしはこれを、教育を受けたすべての人間にとっての指針に据えたいと思っているんだ。それにならってわたしは、一人ひとりの百姓は、生きている間、せめて一本の木を植えることを、掟なり義務として定めてやりたいのさ。ロシアの緑化を念頭においてね。もっとも、一生に一本だけじゃ足りないだろうから、一人ひとりが年に一本ずつ木を植えるようにと命じてもいい。最高の教養人は、最高の思想を追求しているうちに、どうかすると必要不可欠のものをすっかり失念し、滑稽で気まぐれで、冷淡な人間に成りさがってしまう。まあざっくり言えば、ばかな人間になる。たんに実際的な生活だけでなく、しまいにはじぶんの理論においてさえばかになるということだ。こうして、実践的な仕事にふれ、たとえひとりでも現実の人間を幸せにするという義務は、すべてを矯正し、その恩恵をほどこす当人をも一新するにちがいないんだ。理論として、これはきわめて滑稽だが、でももしこれが実行に移され、習慣に成りかわったら、けっしてばかげたこととはいえなくなるぞ。わたしはね、身をもってこれを経験したんだ。新しい掟についてのこの理念を発展させはじめたとたん——むろん、はじめのうちそれは冗談のつもりだったが——、わたしは、じぶんのうちに潜んでいた、おまえの母さんにたいするわたしの愛のすべての段階がふいに見えてきたんだ。それまで、彼女を愛しているということをわたしはまったく理解していなかった。彼女とともに過ごしている間、彼女がまだ美しかった頃、わたしはたんに彼女から慰めを得ていたにすぎず、後はもう勝手気ままに過ごしてきた。わたしはドイツに来て、はじめて彼女を愛していることを悟った。そもそもの始まりは、彼女の落ちくぼんだ頬だった。胸の痛みを覚えずには——そう、文字どおりの痛み、ほんものの身体的な痛みを覚えずには、——けっして思い起こすことができなかったし、どうかすると眺めることすらできなかった彼女の落ちくぼんだ頬だ。アルカージー、痛い思い出、じっさいの痛みを呼びおこすような思い出というのがあるものでね。それは、ほとんどだれもがもっているのだが、人々はたんにそれを失念しているだけだ。ところが、あとからふいに、どこかほんの一部を思いだすだけで、その後はもう、そこから離れられなくなってしまうようなことがある。で、わたしは、それこそソフィヤと暮らした時代のディテールを、それこそ何千と思いだしはじめた。そしてしまいにはそれらがおのずと思いだされ、塊となってつきまとい、彼女を待つあいだ、絞め殺されんばかりの苦しみを覚えたものだ。なによりもわたしが苦しかったのは、彼女が、いつもわたしの前で卑屈な態度を取りつづけたことや、すべての点で――いいか、肉体的にもだ――彼女がいつもじぶんをわたしよりはるか下にある人間とみなしていた、そんなふうな思い出だ。わたしが時々、貴族的とはとてもいえない彼女の手や指に目をやると、彼女は恥ずかしがって顔を真っ赤にさせたものだ。それに指だけじゃない、彼女の美しさを愛していたにもかかわらず、彼女はじぶんの体のすべてを恥ずかしがっていた。わたしといるときは、いつも呆れるくらいに恥ずかしがった。でも、どうもよくないのは、そのはにかみのなかに、いつも怯えのようなものがちらちら顔をのぞかせることだ。要するに、彼女はわたしにたいし、じぶんを何かしらまるきり無価値で、ほとんどぶしつけなものとみなしていたのさ。たしかに、はじめのうちわたしはときどき、彼女がこのわたしをやはりご主人さまとみなして、怖れているのだと思ったりした。が、それがまるきりそうではなかったんだな。それはともかく、誓ってもいい、彼女はほかのだれよりも、このわたしの欠点を見ぬく力をもっていた。それに、これまでの人生で、わたしはあれほど繊細で察しのいい心をもった女性に出会ったことがない。そう、彼女がまだとても美しかったはじめのころ、わたしが彼女に、もっとおめかししてはどうかと求めたときの情けなさそうな顔といったら！　自尊心もあれば、何かしらべつの心の傷もあったのかもしれない。彼女はわかっていたんだよ。貴婦人になんかぜったいになれないこと、他人の晴れ着を身につけたところで、滑稽でしかないことをね。彼女は女として、滑稽な身なりはしたくなかったし、どんな女もじぶんに見合う服を持たなくてはならない、ということがわかっていたんだ。ところが世間には、そういうことがわからない女たちが何千何万といて、ひたすら流行の服を身につけたがるわけでね。彼女は、わたしの嘲るような視線を怖れていた、そうなんだな！　でも、とくに悲しかったのは、彼女の深く驚いたような目で、いっしょに暮らしていた時期、わたしはそれを頻繁に目にしたものだ。その目には、じぶんの運命と、じぶんを待ちうけている未来にたいする完全な理解が現れていた。

だからその目に出会うたびに、わたし自身しばしば重苦しい気分に陥ったものだ。といっても正直、わたしはあのころ、彼女とゆっくり話しこむようなことはせず、上から目線で軽くあしらっているようなところがあった。で、いいかね、そんな彼女も、かならずしもいまみたいに臆病で、人見知りだったわけではない。いまもどうかすると、急にはしゃぎだして、二十歳の娘みたいにきれいになることがあるが、あのころ、まだ若かったころは、好んでおしゃべりしたり笑ったりしたものだ、むろん仲間うちというか、娘たちや居候が相手だがね。そこで、彼女が笑っているところにひょいと顔を出したりすると、彼女はぎくりとして、すぐに顔を真っ赤にさせ、おどおどした目でわたしを見つめたものだ！　あるとき、外国に発つ少し前、つまり、彼女と離縁するほとんど前の晩といってもよいが、わたしが彼女の部屋に入っていくと、彼女はひとりテーブルに向かって何の仕事もせず、テーブルに肘をついたまま、ひとりもの思いに沈んでいた。彼女の場合、仕事もせずにそうして座っているなどというのはほとんどなかったことだ。あのころ、わたしはもうだいぶ前から彼女を抱かなくなっていた。そこでわたしはつま先立ちで近づいていき、いきなり彼女を抱きしめ、キスをした……すると彼女は思わず立ちあがった——あのとき彼女の顔に浮かんだ歓喜と幸せに満ちた表情を、けっして忘れないだろうね。急に顔が真っ赤に染まったかと思うと、目がきらきら輝きだしたのさ。おまえにわかるかね、あのきらきら光る目に、わたしが何を読みとったか？『わたしに施しをしてくださったのね――そうなんだわ！』そうして彼女は、わたしの不意打ちを口実にヒステリックな声で泣きだしたのだが、わたしはそこではたと考えこんでしまったよ。こういうたぐいの思い出というのは、だいたいがたまらなく辛いものでね、アルカージー。あれは、言うなれば、大芸術家の物語詩にときおり描かれる泣き落としのシーンと似たようなもので、その後、生涯にわたって心の痛みなしには思いだせない。――たとえばシェークスピアの『オセロ』の最後のモノローグとか、タチヤーナの足もとにひれ伏すエフゲニー・オネーギンとか、あるいは脱獄囚が寒い夜に井戸のそばで女の子と顔を合わせるシーン、ヴィクトル・ユーゴーの『Les Misérables（レ・ミゼラブル）』だな。いちど胸をぐさりとやられたが最後、永久にその傷が残る。ああ、どんなにソーニャを待ちこがれ、一刻も早く彼女を抱きたいと思ったことか！　わたしはいまや遅しとじりじりする思いで、人生の新しいプログラムを空想していた。わたしが空想していたのは、急がず、方法的な努力を重ねながら、彼女の心のなかにひそむあのわたしにたいする絶えまない恐怖をゼロに帰し、彼女にじぶんの価値を説き、どの点で彼女がわたしよりもすぐれているか、そのすべてをわからせることだった。そう、わたしはね、あのときもわかりすぎるほどわかっていたんだ。つまり、わたしたちが離れ離れになるや、わたしがいつでもきまっておまえの母さんを愛しはじめてきたこと、そしてまたいっしょになると、みるみる彼女への愛が冷めるということがね。ところが、こんどは勝手がちがった、そのときは勝手がちがっていたな」

ぼくは驚かされた。《で、あの人は？》そんな疑問が頭をちらりとかすめた。

「で、どうしたんです、そのとき、あなたはどんなふうにしてママを迎えたんです？」ぼくは慎重に言葉を選んで尋ねた。

「そのとき、ね？ じつは、そのとき、わたしは彼女とまるきり顔を合わせなかった。彼女はやっとのことでケーニヒスベルクまでやって来たが、そのままそこに残り、わたしはラインにいた。わたしは彼女のところへ出向かず、そこに残って待つように言いつけた。わたしたちが顔を合わせたのは、それからはるか時が経ってから、そう、だいぶあとになって、わたしが結婚の許しを請うために彼女のもとに出かけていったときなのさ……」

2

ここからは問題の本質を、つまり、ぼくがつかみえたことだけをお伝えすることにする。そもそも彼の話は、次第に脈絡があやしくなっていた。彼の話がここまでくると急に十倍もあやふやになり、一貫性を欠きはじめた。

ほかでもない、今や遅しとママの到着を待ちうけていたとき、彼は思いもかけずカテリーナ・アフマーコワと出会ってしまった。彼女の一家は、当時、ライン地方の鉱泉地にいて、治療にあたっていた。カテリーナさんの夫は、もうほとんど死にかけていた。少なくとも医師たちからは死を宣告されたも同然だった。最初の出会いから彼女は彼に衝撃をあたえ、まるで魔法にでもかけたかのようだった。それはまさに宿命だった。注目すべき点は、いまここでこうしてメモをし、思い起こすと、彼が話のなかでただのいちども『愛』という言葉、『恋してしまった』という言葉を使った記憶がないことだ。覚えているのは『宿命《ファトゥーム》』という言葉だ。

たしかに、それはむろん宿命にちがいなかった。彼はそれを望んではいなかったし、『愛する気もなかった』からだ。このことの意味をはっきり伝えられるかどうか、ぼくにはわからない。しかし彼は、じぶんの身にそういうことが起こりえたという事実にはらわたが煮えくりかえる思いだった。彼のなかに息づいていた自由が、この出会いを前にして一気に潰えてしまい、それまでじぶんとはまったく縁のなかった女性に永久に縛りつけられてしまったからだ。彼は、こうして情熱の虜となることを望まなかった。ここではもうはっきり言ってしまおう。カテリーナさんは、社交界の女性としてごく稀な、社交界ではたぶんそう多くは見かけないタイプだった。彼女はこのうえなく素朴で、飾り気のないタイプの女性だったのだ。ぼくは聞いたことがあった、というか確実に知っていた。社交界に顔を出すときの彼女は、まさにその魅力でもって一同を虜にした（彼女はなんどか社交界を完全に離れたことがあった）。ヴェルシーロフはむろん、当初、はじめて彼女と顔を合わせたときは、彼女がそうした女性だとは思わず、むしろそれとはまさしく逆のタイプ、すなわち、偽善者で狡知に長けた女だと思いこんだ。ここで少し先回りし、彼女のヴェルシーロフ評を引用しておく。彼女はヴェルシーロフが、じぶんについてそれ以外に考えようがなかったと言いはった。『なぜかというと、理想主義者というのは、現実に頭をぶつけると、つねに、ほかのだれよりもすべてのものごとを悪く考える傾向にありますから』。この意見が理想主義者全般に当てはまるかどうかわからないが、ヴェルシーロフに関していえば、むろん完全に正しかった。ここでついでながら、ぼくがそのときヴェルシーロフの話を聞いているうちに頭に浮かんだ考えも書きこんでおく。ぼくはこう考えたのだ。すなわち、彼はいわば一般に男が女を愛するときのような単純な愛ではなく、いわゆる人道的かつ全人的な愛でもってママを愛したのだ、と。ところがひとりの女性に出会い、その単純な愛で愛しはじめると、ただちに彼はそうした愛が――十中八九は不慣れなために――いやになった。もっともこの考えはまちがっているかもしれない。ぼくはむろん彼にむかってその考えを口にしたわけではなかった。デリカシーに欠けるし、それに誓っていうが、彼はこちらからそっとしてやらざるをえない状態にあったから。彼はとても興奮していた。どうかすると話の途中ですっかり言葉につまり、何分か押し黙ったまま、怒ったような顔をして部屋のなかをぐるぐる歩きまわるのだった。

彼女はそこで、たちまち彼の秘密を見ぬいてしまった。そう、もしかすると、それを知ってわざと媚びを売っていたのかもしれない。こうした場合、どんなに聡明な女性でも、そうした狡猾なふるまいに出るものだ。そしてそれは、彼女たちにとっては抗いがたい本能でもある。結局ふたりの関係は、無惨な決裂に終わり、彼はどうもカテリーナさんを殺そうとまでしたらしい。彼は彼女を脅しつけ、ことによると本気で殺しかねなかった。『だがね、なにもかもが突如として憎しみに変わってしまったんだ』。それから奇妙な一時期が訪れてきた。彼は突如として、ある戒律でもってわが身を痛めつけるという、奇妙な思想に熱を上げたのだ。『その戒律というのが、修道僧がよく使用するやつでね。方法的な実践でもってすこしずつじぶんの意志を克服していくんだが、最初はごく滑稽でつまらない修行からはじめて、最後は完全に意志を克服し、ついに自由の境地に達するというものなんだ』。彼はそこで、修道僧にあってそれは厳粛な修行とされている、なぜなら一千年の経験を経てひとつの学にまで高められたものだからだ、とも言いそえた。しかしなによりも注目すべき点は、彼が当時この『戒律』の思想に取りくんだのは、カテリーナさんから逃れるためというより、じぶんがもう彼女を愛していないばかりか極度に憎悪してさえいるという完全な確信があったからということだった。彼女にたいする憎悪を信じきっていた彼は、セルゲイ公爵にだまされた義理の娘を愛し、彼女と結婚しようと思いたったほどだし、じぶんの新しい愛をじぶんに信じこませ、あのかわいそうな娘をすっかり夢中にさせてしまった、そしてその愛によって、死ぬまでの最後の数か月、彼女に完全な幸福を与えてやったのだ。どうしてあのとき、彼は、あの娘のかわりに、ケーニヒスベルクでじぶんを待つママのことを思いださなかったのか——この疑問がぼくには明らかにされないままに終わった……それどころか、彼はママのことをふいに忘れさり、生活費を送ることもしなかったので、タチヤーナおばが彼女を助けださなくてはならなかったほどなのだ。そのくせ彼は、『ああいう花嫁は、女とはいえない』などと嘯《うそぶ》き、娘との結婚の『許しを請うために』ママのもとに出向いていった。そう、もしかすると、こういったことすべてが、後にカテリーナさんが彼について評した『机上の人』のプロフィールなのかもしれない。それにしても、これらの『紙人間』は（かりにほんとうに彼らが紙の世界で生きる人間だとして）どうして、ああも苦しみ、これほどの悲劇に到達できるのか？　もっとも、あの日、あの晩、ぼくはそれとはいくぶんべつのことを考えていた、そしてある考えに衝撃を受けていた。

「あなたの知的な高さも、あなたの心もすべて、これまでの人生の苦しみと闘いによって得られたものです――でも、彼女の場合、その完全性は無償で得られました。これって不公平です……だから、女性って癪にさわるんです」彼におもねるつもりなどさらさらなく、熱をこめ、腹立たしささえ覚えながらぼくは言った。

「完全性だって？　彼女の完全性だって？　とんでもない、彼女に完全性なんてひとつだってないがね！」ぼくの言葉に半ば呆れたように彼はふいに言った。「彼女は――ごくごく平凡な女だよ、つまらない女といってもいいくらいだ……でも、彼女はすべての完全性を身につける義務があるんだ！」

「義務があるって、どういうことです？」

「あれだけの権利をもっている以上、すべての完全性を身につける義務があるからだ！」彼は憎らしげに叫んだ。

「なにより悲しいのは、あなたがいまもそれほど苦しんでおられることです」ぼくは思わず口走った。

「いまもだって？　苦しんでいる？」ぼくのまえで立ちどまると、彼はまた、何かしらけげんそうにぼくの言葉をくり返した。するとふいに、おだやかな、妙に間のびした、物思わしげな笑みが彼の顔を照らし、そこで彼は、何かしら思いめぐらすかのように目の前に指を立ててみせた。それから彼はすっかりわれに返ると、テーブルの上からすでに開封された手紙を手にとり、ぼくの目のまえにぽいと投げだした。

「さあ、読んでごらん！　おまえは何もかも知らなくちゃいけない……それにおまえは、ずいぶんと古いガラクタ箱をひっくり返させてくれたじゃないか！……わたしはたんに嫌気がさして、いきり立っているだけだ！……」

そのときのぼくの驚きようは、ちょっと言葉ではあらわせない。その手紙は、彼女が彼に宛てたもので、今日、午後の五時ごろに彼はそれを受けとったのだ。ぼくは興奮のあまり、ほとんど体をふるわせながら手紙を読みとおした。手紙はさして長いものではなかったが、あまりに率直に、かつ真剣な調子で書かれていたので、読みながら、まるで彼女自身が目のまえにいて、その声を聞いているような思いがした。彼女は、きわめて正当に（そのため感動的ともいえるほど）じぶんの恐怖を告白し、それから「わたしをそっとしておいて」ほしいと率直に訴えていた。そして締めくくりに、じぶんはいま、ビョーリングとの結婚を前向きに考えていると伝えていた。このときまで、彼女はいちども彼に手紙を書いたことがなかった。

次に記すのは、そのとき彼の説明から理解したことだ。

さっき、この手紙を読みおえた彼は、じぶんのなかに思いもかけない現象が起こったと感じた。この運命的な二年間で初めて彼は彼女にたいしてごくわずかな憎悪も、ごくわずかなショックも感じることはなかった。だからつい先日、ビョーリングの噂を聞いただけで「頭がおかしくなりかけた」のが、まるで嘘のようだった。『それどころか、わたしは心から祝福したんだ』。深く感情をこめてしみじみと彼は語った。ぼくは感激してその言葉を聞いた。つまり、彼のうちにあった情熱や苦しみが、そしてこの二年間彼にとりついていた憑物が、一挙に、ひとりでに、まるで夢のように、消滅したのだ。じぶんがまだ信じきれないまま、彼はさっきママのもとに駆けだしていった――するとどうだろう、彼が部屋にはいった瞬間、昨日、彼にママを託した老人が死んで、ママは自由の身となったのだ。この二つの一致が、彼の心をはげしく揺り動かした。それから少しして、彼はぼくを探しに飛びだしたのだ――彼がこうしてすぐさまぼくのことを思い出してくれたことを、ぼくはけっして忘れないだろう。それに、その夜の終わりも忘れることがないだろう。ヴェルシーロフは、とつじょとして再びがらりと変貌してしまったのだ。ぼくらは深夜まで起きていた。それらの「ニュース」がぼくにどう影響したかについては、後ほどしかるべきときがきたらお話しするとして、いまは、彼についての結論めいたことばのみを、いくつか書き記すことにする。いまあれこれ考えながらわかるのは、あのとき、ぼくの心を何よりも心地よくすぐったのは、ぼくにたいする彼のへりくだりにも似た態度だった。こんな子どもみたいなぼくにたいして、あそこまでいつわりのない誠意で彼は接してくれた。「あれは悪夢だった、でも、悪夢にも祝福あれ、さ！」彼はそう叫んだ。「ああした幻惑の体験がなかったら、わたしはたぶんわたしの心のなかに、完全に、そして永久にわたしのただひとりの女王であり、受難者であるおまえの母さんを探しあてることはけっしてできなかったろうね」堰《せき》を切ってほとばしり出た彼のこの感動的な言葉を、その後のことを考慮してとくにここに記しておく。しかしそのとき彼は、ぼくの心を鷲づかみにし、完全に征服してしまったのだった。

忘れもしない、ぼくたちはしまいには恐ろしく陽気な気分になっていた。彼はシャンパンを持ってくるように命じ、ぼくらはママと『未来』のために乾杯した。そう、彼はそれほど活力にあふれ、生きる気力が漲っていた！　もっとも、ぼくたちがああして急に恐ろしく陽気になったのは、たんにシャンパンのせいだけではなかった。実際ぼくたちは二杯ずつしか飲んでいなかった。なぜかわからないが、終わりちかくにきてぼくたちはほとんど抑えることができずに笑っていた。ぼくたちはまるで関係のないことを話しはじめていた。彼は次から次へと一口話をくり出し、ぼくもそのお返しをした。ぼくたちの笑いも一口話も、毒などまったくなければ、諷刺もなかったのに、ぼくらは楽しかった。彼はずっとぼくを帰そうとはしなかった。「いいじゃないか、もう少し残っていけ！」彼が何度もくり返したので、ぼくもそのまま留まった。帰るときはわざわざ見送りに出てきてくれた。すばらしい晩で、かすかながらも寒波の訪れが予感された。

「で、あなたはもう、彼女に返事を送ったのですか？」交差点まで来たところでぼくは最後の握手を交わしながら、じぶんでも思いがけずいきなり尋ねた。

「いや、それがまだなんだ。でも、どっちにしろ同じことさ。明日、来てくれ、早めにな……それともうひとつ言い忘れていたよ。ランベルトとはすっかり縁を切るんだな。『文書』なんか破ってしまえ、すぐに。それじゃ！」

そこまで言うと彼はふいに立ち去っていった。ひとり取りのこされたぼくは、その場に立ちつくしたまま、あまりのとまどいのために、引きかえす決心もつかなかった。「文書」という表現にとくに打ちのめされた。ああいう正確な表現を、ランベルト以外のいったいだれから知ることができたのか？　ぼくは大きなとまどいにかられながら家路についた。それに、ああした『二年間とりついていた憑物』が――ぼくの頭をふいにかすめた――夢のように、悪夢のように、幻のように消えてしまうなどということが、どうして起こりえたのか？

第九章

1

しかし翌朝、ぼくはさわやかに素直な心持ちで眠りから覚めた。昨日、彼の『告白』のあるくだりを聞いていたとき、どこか軽率で思いあがったところがあったことが思いだされ、われ知らず心からじぶんを責めたほどだった。その告白がところどころ混乱していたとしても、そしていくつかの発見が、いくぶん朦朧とした感じで辻褄《つじつま》があっていなかったとしても、仕方がない。何も彼は、昨日ぼくを呼び寄せるにあたって、彼は何も演説の下原稿を準備したわけではないのだから。あのような瞬間、彼は唯一の友であるぼくに向きあい、ぼくに大きな敬意を示してくれただけのことなのだ。そのことを、けっしてぼくは忘れることがないだろう。それどころか、彼の告白は、――こういう表現を用いることで人にどうからかわれようとかまわない――『感動的』だった。たとえその告白に、ときおりシニカルなものや、何か滑稽なものがちらついたとしても、リアリズムを解し、容認しないほどぼくの心は狭くなかった。――そうはいえ、理想を汚してまでということはない。要するに、ぼくはついにこの男を理解したのだ。そして、すべてがいとも容易だったことが少し残念で、いまいましい気がしたほどだった。ぼくはこの男をつねに心の異様な高みに、雲のうえに祭りあげていたから、どうしても彼の運命を何かしら神秘的なもので包まずにはいられなかったのだ。だから当然、ぼくはこれまでこの秘密の小箱を開けるのに手がかかることを願っていた。もっとも彼とあの人との出会いや、二年間におよぶ彼の苦悩には、複雑なものも数多く隠されていた。《彼は人生の宿命というものを望まなかった。必要だったのは、自由であり、宿命の奴隷となることではなかった。宿命の奴隷となることをとおして、彼はケーニヒスベルクで待機していたママをいやおうなく辱める結果となった……》。おまけにぼくはこの男を、いずれにせよ伝道者とみなしていた。彼は胸のうちに黄金時代を抱き、無神論の未来を見とおしていた。ところがカテリーナさんとの出会いがすべてを挫折させ、台無しにしてしまった！　ああ、ぼくは彼女を裏切らなかったが、やはり彼の側についた。たとえば、ママなら――ぼくは考えたものだ——彼の運命の妨げとなるようなことは何ひとつなかったろう、ママとの結婚でさえ。それはぼくも理解していた。それは、彼女との出会いとはまったくちがっている、と。たしかにママは、どのみち父に落ちつきを与えてはくれなかったろうが、むしろそれだからこそよかったのだ。ああいう人間はべつの尺度でしか測れないし、彼らの人生とは、つねにそんなふうなものでいいのだ。それだってけっして醜悪とはいえない。それどころか、彼らがすっかり落ちつき、総じてどこにでもいる中庸の人間に似てしまうとしたらそれこそ醜悪というものではないか。貴族階級にたいする賛美や、「Je mourrai gentilhomme（わたしは貴族として死ぬ）」という言葉を聞いても、ぼくは少しもとまどいを覚えなかった。このgentilhomme（貴族）が、どういう人間をいうのか、ぼくは理解した。これは、すべてをなげうち、世界市民そして『理念の総和』という、ロシアの根本思想の預言者となるタイプの人間をいうのだ。たとえそういったものが、つまり『理念の総和』がナンセンスなものであったとしても（むろん考えがたいことだ）、彼が全生涯、ほかのばかげた黄金の子牛にではなく、その理念に膝を屈してきたことだけは立派だ。ああ！　ぼく自身が、あの『理念』を思いついたとき、ぼくは、ぼく自身は、はたして黄金の子牛に膝を屈していただろうか、当時、ぼくはお金を必要としていただろうか？　誓っていうが、ぼくが必要としていたのは理念だけだった！　誓っていうが、ぼくは椅子ひとつ、ソファひとつ、ビロードのカバーをかけることはしなかったろうし、たとえ億万ルーブルを手にしたところで、いまと同じように、牛肉がひと切れ入っただけのスープ一皿で満足したはずだ。

服を着ると、ぼくはもう矢も楯もたまらず、彼のもとへと急いだ。書きそえておくと、『文書』にかんする彼の昨日の言葉について、ぼくは昨日よりもはるかに冷静に受けとめることができた。第一に、ぼくは彼とよく話しあえると期待していたし、第二に、ランベルトが彼にまで食い入り、なにごとか話をつけていたところで、べつにどうということもなかったからだ。だが、ぼくの何よりの喜びは、ある異常ともいえる感覚にあった。彼がもはや『あの人を愛してはいない』という思い。その点を、ぼくは恐ろしいほど信じきっていたし、だれかがぼくの胸から恐ろしい石を押しのけてくれたような感じがしていた。あのとき、ある直感が頭をかすめたことまで覚えている。それはほかでもない、ビョーリングにかんする知らせを聞いた彼の、凶暴ともいえる怒りの発作のもつ醜悪さと無意味さや、侮辱的な手紙を送りつけるという行為だ。ほかでもない、あの極端な行為こそが、彼の感情に生じたきわめてラディカルな変化と良識への、間近な回帰の予言なり、前兆のようなものとなりえたかもしれない、ということだ。あれは、ほとんど病気に近い状態で起こったことにちがいない、とぼくは考えた。だから彼は、まさにそれとは対極の地点に帰らざるをえなかったのだ——つまりこれは、医学的なエピソード以外のなにものでもなかったのだ！　そう考えると、ぼくは幸せな気分になった。『そうさ、あの人の運命なんてあの人の好きにまかせればいい、勝手にビョーリングと結婚するがいい、ただ、彼、ぼくの父であり、ぼくの友である父だけが、これ以上、あの人を愛さないでくれさえすれば』ぼくは胸のうちで叫んだ。もっともそこには、ぼく個人のある感情の秘密が隠されていたのだが、それについてぼくはここで、この手記であれこれ尾ひれをつけて語ろうとは思わない。

しかしもうたくさんだ。ここからは、引きつづいて起こった恐怖と、まやかしに満ちたもろもろの事実を、もはやいっさいの解説ぬきでお伝えする。

2

十時、外出する準備が整ったところで——むろん、彼のもとへだ——ナスターシヤさんが顔を出した。ぼくは嬉しくなって彼女に尋ねた。「ヴェルシーロフの使いですか？」——ところが、いまいましいことに彼の使いではなく、アンナさんの用で「夜が明けるまえに家を出てまいりました」という。

「いったいだれの家ですって？」

「いいえ、あの家ですよ、昨日の家。だって、赤ちゃんを置いている昨日の家は、いまのところわたし名義で借りてまして、家賃はタチヤーナさまが支払っておいでなんですからね……」

「いえ、そんなことはどうでもいいんです！」ぼくはいまいましい思いで話を断ちきった。「少なくとも、あの人は家にいるわけですね？　寄ったら会えますね？」

すると驚いたことに、ヴェルシーロフは、彼女より早く家を出たというではないか。つまり、彼女が「夜が明けるまえに」出たとすれば、彼はそれよりも早く出たことになる。

「それじゃ、いまはもう戻っていますね？」

「いいえ、きっとお戻りになってはいません、いえ、ひょっとしたら、もうまったくお戻りにならないかもしれません」彼女はぼくをじっと見つめ、目をそらすことなく答えた。以前にも書いたように、彼女はぼくが病気で寝ているときに訪問してきたのだが、そのときと同じするどい、盗むような目つきだった。それはともかく、ぼくが何より頭に来たのは、またしても話のなかに何やら秘密めかした、ばかげたやり口が出てきたことだ。こういう連中は、秘密めかした話や手の込んだ裏話なしではすまされないものなのだ。

「どうして、きっとお戻りになりません、だなんて言うんです。あなた、何がおっしゃりたいのです？　彼はママのところに出かけていったんですよ――それだけのことです！」

「そ、それは、存じませんです」

「それじゃ、あなたは何をしに見えられたんです？」

説明によると、彼女はいまアンナさんの使いでぼくを呼びにきたらしく、ぜひともすぐにお越しねがいたい、でないと『手遅れになります』と言っているとのことだった。またしても彼女の口から出た謎めかした言葉に、ぼくは思わずかっとなった。

「どうして手遅れなんです？　ぼくは行く気がありません、だから行きません！　これ以上人のいいなりになりたくないんです！　ランベルトなんて糞くらえだ！――そう彼女に言ってください、かりにもし仲間のランベルトをここに寄こしたら、有無を言わさず追いかえしますから、とね、そう伝えてください！」

ナスターシヤさんはすっかり怖気づいてしまった。

「いいえ、そんなことじゃございません」両手の掌を胸に押しあて、まるでぼくに祈るようにしながら一歩にじり寄った。「どうか、そう早合点なさらずに。これは重大な問題ですし、あなたご自身にとってもとても重大です。あの方にとってもそう、ヴェルシーロフさんにとっても、あなたのお母さまにとっても、みなさんにとって……ですから、アンナさまをすぐに訪ねてくださいまし、だってあの方は、これ以上なんとしても待てないのですから……これは、わたしが名誉にかけて申し上げることです……ご決断は、あとからなんなりとなさればよいことです」

驚きと嫌悪を覚えながら、ぼくは彼女をにらんだ。

「ばかばかしい、何が起こるもんですか、ぼくは行きませんから！」頑固に、意地悪い喜びさえ覚えながらぼくは叫んだ。「いまはもう——すべてが一からはじまるんです！　そもそもあなたにそれが理解できるんですか？　それじゃまた、ナスターシヤさん、ぼくはね、ぼくなりの考えがあって行かないんです、ぼくなりの考えがあって、くわしく聞かないんです。あなたはぼくを混乱させるだけです。あなたのその謎かけに首を突っこみたくないんです」

しかしそれでも帰ろうとせず、立ったままでいるので、ぼくはコートと帽子を手にとり、彼女を部屋のまんなかに置きざりにしたままじぶんから出ていった。部屋には手紙も書類もいっさいなかったし、これまで家を出るさいにも、ほとんど部屋に鍵をかけたことはなかった。ところが、ぼくが表のドアのところに行きつかないうちに、家主のピョートルさんが帽子もかぶらず制服姿で、ぼくのあとから階段を駆けおりてきた。

「アルカージーさん！　アルカージーさん！」

「まだ何か用ですか？」

「お出かけのようですが、何も言いおくことはないんですか？」

「べつに何も」

いかにも不安そうに、彼は突き刺すような目でぼくをにらんだ。

「たとえば、お部屋のことでございますが」

「部屋がどうしたっていうんです？　部屋代は期限内にちゃんと届けているでしょうが？」

「いえ、そうじゃございません、お金のことを言ってるんじゃないんです」彼はふいにゆっくりと笑みを浮かべながら、あいかわらず突き差すような目でぼくをじっと見つめつづけた。

「あなたがた、みなさん、いったいどうしたっていうんです？」ぼくはついに、ほとんど怒り狂ってわめき立てた。「このうえ、何の用があるっていうんです？」

それでも彼は、まだぼくに何か期待しているかのように、さらに数秒間突っ立っていた。

「それじゃ、またあとで伺いましょう……いまはそれどころじゃないようですし」さらに間のびした笑みを浮かべて、彼はぼそぼそ言った。「では、行ってらっしゃいまし、わたしもこれから勤めがありますので」

彼は階段を駆けあがって、じぶんの部屋に引きあげた。むろん、こうしたもろもろの出来事は憶測を呼びおこした。ぼくがこうして、そのときのおよそくだらない無意味なことを細大もらさず書きつらねているのは、こうした一つひとつのディテールが最後はひとつに束ねられておのれの居場所を見いだし、それを読者は納得するものと思うからだ。それにしても、そのときぼくが、実際このふたりに混乱させられたこともまた事実である。ぼくがあそこまで興奮し、いらだたせられたのは、ほかでもない、彼らの言葉にふたたび、あれほどぼくをうんざりさせた陰謀と謎の存在を嗅ぎあて、過去を思い出させられたからだ。しかしともかく話を続けよう。

ヴェルシーロフは不在で、事実、彼は夜明け前に外出していた。『むろん――ママのところだ』――ぼくはじぶんの考えに固執していた。乳母には――これはかなり鈍い女なのだが――こまかく尋ねることはしなかったし、彼女以外、家にはだれもいなかった。ぼくはママの家をめざして駆けだしたが、正直、あまりの不安に耐えかねて、途中馬車をつかまえたほどだった。昨日以来、彼はママのもとを訪ねていなかった。ママに付きそっていたのは、タチヤーナおばとリーザだけだった。ぼくが部屋に入っていくと、リーザはすぐに出かける支度をはじめた。

彼女たち三人は、屋根裏部屋のぼくの「棺桶」にこもっていた。階下の客間にあるテーブルにはマカール老人の遺体が安置されており、その枕もとで、どこかの老人が穏やかな調子で『詩編』を朗読していた。いまはもう事件とじかに関わらないことは何も記さないつもりだが、ただひとつこれだけは注記しておこう。すなわち、すでに問い合わせてその部屋に置かれていた「棺桶」はけっして粗末なものではなく、荒い仕上げながらビロード張りだし、遺体をおおうカバーも高価なものだった――つまり老人にも、老人の信条にもあわない華美なものだった。しかし、それが、ママとタチヤーナおばふたりのたっての願いだったのだ。

むろん、ふたりが陽気でいるとは考えもしなかったが、心労と不安だけでなく、ぼくがふたりの目に読みとった、特別に重苦しい悲しみようにぼくは胸をつかれ、《これは確実に故人ひとりが原因ではない》ととっさに思った。くどいようだが、こうしたことをぼくははっきりと記憶に刻んだ。

しかしそれでも、ぼくはやさしくママを抱きしめ、さっそく彼のことを尋ねた。ママのまなざしにちらりと不安げな好奇心が光った。ぼくはすぐ、昨日は深夜までずっといっしょに時をすごしたが、今日、彼はすでに夜明け近くから不在だったこと、その一方、彼が昨日別れぎわに、今日できるだけ早く家に来るようにと誘ってきたといった話をした。ママはなにも返事をしなかったが、タチヤーナおばは、一瞬の隙を見て、指でぼくを脅した。

「じゃあ、行くわね、兄さん」リーザはふいに断ちきるように言うと、急いで部屋から出ていった。ぼくはむろん彼女を追いかけたが、彼女は表ドアのすぐそばで立ちどまった。

「思ったとおり、やっぱり下りてきたわね」彼女は早口でささやくように言った。

「リーザ、いったい何があったんだ?」

「わたしにも何かはわからないけど、でも、いろんなことがあるみたい。『終わりのない話』も、大詰めに近づいていることだけはたしかね。パパはやってこないけど、あの人たち、パパにつきまとって何か情報をつかんでいるようよ。兄さんには話さないでしょうけど、心配はしないで。兄さんも聞いちゃだめ、頭がいいんだからわかるでしょ。ただ、ママはすっかり打ちのめされている。だから詳しくはなにも聞かなかったわ。それじゃ、ね」

彼女はドアを開けた。

「リーザ、そういうおまえこそ何か隠しているんじゃないのか?」ぼくは彼女の後から玄関口に飛びだしていった。彼女の打ちひしがれ、途方にくれたような様子に、ぼくは胸を抉られるようだった。彼女は憎々しげどころか、何かしら冷酷ともいえる面持ちでぼくを見て苦々しい笑みを浮かべると、そのままぽいと片手を振った。

「いっそ死んでくれたら——どんなにいいか!」彼女は階段の途中から吐きすてるように言い、出ていった。彼女はそのとき、セルゲイ公爵について言ったのだが、当の公爵は熱におかされ、意識不明の状態にあったのだ。《終わりのない話か! どんな終わりのない話だっていうんだ?》猛々しい気分でぼくは思った。すると急に、昨日ぼくが彼の夜の告白から受けた印象のたとえ一部でも、いやその告白そのものを、何としてもふたりに聞かせてやりたくなった。《あのふたりは、彼についていま何か悪いふうに考えている——それなら、洗いざらい知ってもらったほうがいい!》——そんな考えがふいに頭をよぎった。

忘れもしない、ぼくはなぜだかとても巧みに話をはじめることができた。ママたちの顔にたちまち恐ろしい好奇心が浮かびあがった。今回ばかりはタチヤーナおばも食い入るようにぼくの顔を見つめていた。それに比べ、ママは少し控えめだった。彼女の面持ちはひどく真剣だったが、軽やかで、美しい、それでいて何かしら絶望しきったかのような笑みが顔に浮かび、ぼくが話している間じゅうその笑みはほとんど消えることがなかった。ふたりにとってはちんぷんかんぷんの話だとわかっていたが、ぼくはむろん上手に話した。驚いたのは、タチヤーナおばが、ぼくが何か話しだすというと、いつもの習慣ならばきまってするような難癖をつけたり、うるさく正確さを求めたり、茶々を入れたりといった態度に出なかったことだ。彼女はただ、唇をときたま嚙んだり、努めて話に集中しようとするかのように目を細めたりしていた。時たま、彼女らはすべて理解しているのではないかと思えることもあったが、もとよりそれはほとんどありえない話だった。ぼくはたとえば彼の信念の話もしたが、おもに、昨日、彼がみせた有頂天ぶりとか、ママに感激したときの思い、ママへの愛、彼がママのポートレート写真に口づけした話だった……。その話を聞きながら、ふたりは無言のままますばやく目をみかわし、ママのほうはさっと顔を赤らめたが、ふたりともそのまま口ははさまなかった。それから……そのあとぼくはむろん、ママのまえで例の重要な点に触れることはできなかった。つまり、あの人との出会い、そして何よりも肝心な、あの人が彼に宛てた手紙のこと、その手紙が来た後に生じた精神的「復活」の話である。しかしそれこそが、もっとも肝心な部分だったのだ。そのため、彼が昨日経験したすべての感情は、すなわちぼくがあれほどママを喜ばせようと考えた感情は、理解されないままで終わった。とはいっても、これは、むろん、ぼくが悪いわけではない。ぼくは話せることはすべて立派に話してきかせてやったのだから。ぼくはまったく割り切れない思いで話を終えた。ふたりの沈黙が途切れることはなく、ぼくはひどく重苦しい気分になった。

「今ごろは、きっと戻っていますよ、ひょっとしたらぼくの家に来て待っているかもしれない」ぼくはそう言い、帰ろうと立ち上がった。

「そうよ、行きなさい、行ってあげなさい！」タチヤーナおばがつよい調子で相槌をうった。

「下に寄ってくれた？」別れぎわにママが小声でささやくように尋ねた。

「ええ、お辞儀して、祈りました。ほんとうに穏やかで、きれいなお顔ですね、ママ！　ありがとう、ママ、立派な棺、用意してくれて。初め奇妙な感じがしたけど、とっさに思ったんです。じぶんだって同じようにしただろうってね」

「明日、教会には来てくれるのよね？」ママがそう尋ねると、その唇がふるえ出した。

「何を言っているの、ママ？」驚いてぼくは答えた。「今日のお通夜にも来ますよ、もういちど来ます。ですから……それに明日は、お誕生日でしょう、ママ、来るに決まってます！　ああ、せめてあと三日でも生きてくれれば！」

はげしい驚きを覚えながらぼくは部屋を出た。どうしてあんなことが聞けたのか、と——教会の告別式に来るかどうか、だなんて？　かりにぼくのことをそんなふうに考えているのだとしたら、彼についてはいったいどう思っているのか？

タチヤーナおばがあとを追いかけてくるものとわかっていた。だから、玄関のドア口でわざと立ちどまった。だが、ぼくに追いついた彼女は、ぼくを階段のほうに押し出すようにして、ぼくのあとから部屋を出て、後ろ手にドアを閉めた。

「タチヤーナさん、あなたたちは今日も明日も、ヴェルシーロフさんは来ないと踏んでらっしゃるんですね？　驚きました……」

「いいから、おだまり。世間にはいろいろあってね、べつにあんたが驚くこともないんだ。さあ、お言い。おまえが昨日のばか話をしたとき、言いのこしたことがあるだろう？」

べつに隠しだてする必要もないと思ったので、また、ヴェルシーロフにたいするほとんどいらだちに近いものもあって、カテリーナさんが昨日彼によこした手紙のことや、その手紙の効果について、つまり彼が復活をとげて新しい道に立つ、といった話をあらいざらいぶちまけた。驚いたことに、彼女がその手紙の事実に少しも驚いた様子を見せなかったので、彼女はすでに何かをつかんでいるとぼくはにらんだ。

「そう、あんた、嘘ついているね？」

「いいえ、嘘なんてついてません」

「呆れた話だ」彼女は何かに思いをめぐらすようにして、毒々しい笑みを浮かべた。「復活した、ねえ！　そんなことができるもんなのかねえ！　で、写真にキスしたっていうのは、本当なのかい？」

「ほんとうですとも、タチヤーナさん」

「気持ちをこめてキスしたって、そんなふりしてみせただけじゃないの？」

「ふりをした？　あの人がいったい、ふりなんかするんですか？　恥ずかしいですよ、タチヤーナさん、心がすさんでいる、女心ってやつです」

ぼくはつい熱くなってこの言葉を吐いたのだが、彼女の耳には届かなかったらしい。階段口のひどい寒さにも気づかず、彼女はまた何やら思案にふけっているようすだった。ぼくは毛皮のコートを着ていたが、彼女はワンピース一枚だった。

「ひとつ、あんたに仕事をまかせたいところだけどねえ、ほんとうにばかなもんだから困ってしまうよ」彼女は蔑みにくわえ、さも忌々しげに言った。「いいかい、これからアンナさんとこに出かけてって、あそこがどうなっているか見てきてほしいんだ……いや、行かなくていい。ばかにつける薬はないとはよくいったものさ！　さあ、さっさとお行き、何を棒みたいに突っ立ってるんだ？」

「ええ、ええ、アンナさんのところになんか行くもんですか！　アンナさん、来てくださいって、じぶんから使いを寄こしてますから」

「じぶんから？　ナスターシヤを使って？」彼女はくるりとこちらを振り向いた。すでに向こうに戻りかけて、ドアまで開けていたが、またばたんとドアを閉めてしまった。

「アンナさんのところへはぜったいに行きませんから！」意地の悪い快感を覚えながらぼくはくり返した。「行かないのは、いま、ばか呼ばわりされたからです。逆に、今日くらいぼくが冴えわたっていることなんて、これまでいちどもありませんよ。ぼくには、あなたがたのやっていることが手にとるようにわかるんです。でもやっぱり、アンナさんのところには行きませんから！」

「思ったとおりだ！」彼女は叫んだが、またしてもぼくの言葉にたいする返事ではまったくなく、何やらじぶんの件で思いをめぐらしつづけているようだった。「そのうち、あの人、あっちこっちからみつかれて死の縄だわね！」

「アンナさんが？」

「ばか！」

「じゃ、だれのことです？　まさか、カテリーナさんのことじゃないでしょうね？死の縄って何のことです？」ぼくはおそろしく怖気づいていた。おぼろげながら、ある恐ろしい考えにぼくの心はさし貫かれた。タチヤーナおばは突きさすような目でぼくをにらんだ。

「あんた、何か隠しているのかい？」彼女はふいに尋ねた、「あんた、何に首を突っ込んでいるんだ？　あんたのことで、ちょっと耳にしたことがあるんだよ——せいぜい気をつけるんだね！」

「いいですか、タチヤーナさん、あなたに恐ろしい秘密を教えます。でも、今じゃありません、今は時間がないので、明日ふたりだけのときに。ただしそのかわり、いますぐほんとうのことを教えてください、その死の縄っていったい何のことなんです……だって、体が震えてしかたないんです……」

「震えようが震えまいが、こっちの知ったことじゃないさ！」彼女は叫んだ。「この上、明日どんな秘密を話そうっていうんだ？　それじゃあ、何さ、あんた、何も知らないっていうのかい？」彼女は疑わしげな目で食いいるようにぼくを見つめた。

「だって、あんた、あのとき、じぶんから誓って、クラフトの手紙は火で燃やしましたとか言ってたじゃないか？」

「タチヤーナさん、もういちど言いますが、どうか、ぼくを苦しめないで」こんどはこちらが彼女の質問には答えず、じぶんの話をつづけた。前後の見境を失くしていたのだ。「いいですか、タチヤーナさん、あなたがぼくに隠していることがきっかけで、何かもっと悪いことが起こるかもしれないんです……だって、あの人はきのう、完全に、いや、これ以上ないというくらい完全に復活したんですから！」

「ええ、さっさとお行き、この戯者《たわけ》が！　じぶんも、きっと、すずめみたいに惚れちまったんだろ――親子して同じ女に入れあげるなんて！　まったく、みっともないったらない！」

怒りにまかせてバンとドアを閉めると、彼女は姿を消した。その捨てゼリフの、あけすけで、恥知らずなシニシズム――女だけがもっているシニシズムに怒り心頭に発したぼくは、胸に深い屈辱をかかえたまま飛びだした。だが、すでに約束したことでもあるので、今はそのときのもやもやした感情を記すことはせず、これから解決される事実のみを追って書きすすめることにする。当然のことながら、途中また彼の家に立ち寄ると、またしても乳母の口から、彼がまだまったく帰宅していないことを聞かされた。

「まるきり戻ってこないんでしょうか？」

「そこはわかりかねます」

3

事実のみ、事実のみ！……でも、それで読者は納得できるというのか？　よく覚えているが、ぼくはそのとき、その事実そのものに押しつぶされて、何ひとつ理解できなかった。だからその日の終わり近くには、ぼくは頭のなかがすっかり混乱してしまっていた。そんなわけで、二こと三こと、先まわりし、述べておこう！

ぼくのすべての苦しみは、次の点にあった。もしも昨日彼が復活し、あの人への愛が冷めたとしたら、その場合、彼は今日どこに出かける必要があるだろうか？　答え、その一、——昨日、ああしてたがいに抱きしめあったぼくの家だ。その二、いまこの時点で、彼が昨日そのポートレート写真に口づけしたママの家だ。ところが、この二つの、ごく自然に足が向くはずの行き先には現れず、『夜が明ける前に』突如家を出たまま、どこかに姿を消してしまった。ナスターシヤさんはなぜか、『お戻りにならないかもしれません』などとすっとぼけたことを口にしている。そればかりか、リーザは、『終わりのない話』の幕切れがどうのとか、ママが彼に関する情報を、それも最新のものをいくつかにぎっているようなことを口にした。しかも、ママたちはまぎれもなくカテリーナさんの手紙のことを知っており（これはぼく自身気づいたことだ）、ぼくの話を注意深く聞いていたものの、彼の『新しい生活に向けた復活』などはなから信じてはいないのだ。ママはもう打ちしおれていたし、タチヤーナおばは『復活』という言葉に毒のある皮肉を浴びせている。しかしかりにこうしたことがすべてそのとおりだとすると、それは、この一夜のうちに彼の身にまたしても転換が起き、またしても危機が起こった、しかもそれは昨日のあの歓喜と感動とパトスの直後ということになる。つまり、『復活』などといったことはすべてシャボン玉のようにはじけ飛び、ことによると彼はあのとき、ビョーリングに関する噂を聞いた直後と同じように、猛りくるって今またどこかをほっつき歩いているのかもしれない！　だとしたら、ママは、ぼくは、ぼくたちみんなは、いったいどうなるのか、そんな疑問が湧いてくる……そして——そもそもあの人はどうなるのか？　ぼくをアンナさんの家に使いに出そうとしたとき、タチヤーナおばは、『死の縄』がどうのということを口にしたが、いったいあれは何の意味だったのか？　つまりこの『死の縄』は、アンナさんの家にあるということではないか！　では、なぜ、アンナさんの家なのか。むろん、ぼくはアンナさんの家に駆けつけていく。行かない、などというのは、悔しまぎれにわざと口にしただけのセリフだ。ぼくは今すぐ駆けつける。でもタチヤーナおばは『文書』がどうのとか言っていた、あれはどういうことか？　昨日、『文書を燃やしてしまいなさい』とぼくに言ったのは、当の彼ではないか？

これがぼくの考えたことだった。これこそ、ぼくを押しつぶそうとする死の縄でもあった。しかしなにより、ぼくには彼が必要だった。彼となら、ぼくはすぐにもすべてを決断できる——ぼくはそう感じていた。ぼくらは、おたがい二言三言で理解しあえる！　ぼくは彼の手をつかみ、握りしめたい、そうすれば、ぼくの心のなかに熱い言葉を見つけだせるはずだ——いやおうなしにそんな空想が浮かんでくる。ああ、狂気を克服したい！……でも、彼はどこに？　どこにいるのだ？　ところが、ぼくがこれほどにもかっかしていたそのとき、こともあろうにランベルトと出くわしてしまった！　ぼくの家まであと数歩というところで、いきなりランベルトと鉢合わせをしたのだ。彼はぼくの姿を見かけるなりうれしそうに声をあげ、ぼくの腕をつかんだ。

「ここに来るの、もう三度めだぜ……Enfin!（やっと会えた！）。さあ、飯食いにいこう！」

「ちょっと待った！　ぼくの家に来たって？　ヴェルシーロフはいなかったかい？」

「いや、だれもみていない。あんな連中、ほっときゃいいじゃないか！　きみもばかだね、昨日はあんなに怒ったりしてさ。酔ってたんだな、で、きみにだいじな話があるんだよ。今日さ、けっこういい話、耳に挟んだんだよ、昨日、おれたちが話しあった件でさ……」

「ランベルト」ぼくは彼の話をさえぎった。息が切れていたし、急いでもいたので、おのずといくぶん朗読調になった。「ぼくがいまこうしてきみの前で立ちどまったのは、きみと永久に縁を切るためだ。昨日、言ったはずだよ、でも、きみはまだわかっちゃいない。ランベルト、きみは――幼稚で、ばかだ。フランス人並みにね。きみはまだ、じぶんがトゥシャール時代みたいにつよくて、ぼくはやはりトゥシャール時代みたいにばかだと思っている……でもね、ぼくはもう、トゥシャール時代みたいなばかじゃないんだ……ぼくは昨日、酔っぱらっていたけど、それはワインのせいじゃなく、そもそもはじめから気が高ぶっていただけなんだよ。ぼくがきみの与太話に相槌を打っていたのは、きみを騙して、きみのたくらみを探りだすためだったんだ。ぼくはね、きみを騙していたんだよ。それなのにきみはいい気になって、それを本気にして、むだ口叩いていたってわけさ。いいか、あの人と結婚するなんていう話、それこそナンセンスでさ、受験クラスの中学生だって信じやしないよ。ぼくが本気にしてただなんて、よくもまあ考えられたものさ。でも、きみはそれを本気にした！　きみが本気にしたのは、きみが社交界への出入りを許されず、上流社会がどうなっているか、何ひとつ知らないからだ。上流社会のしきたりって、そう単純じゃないんだよ。はい、わかりました、では結婚します、なんて、そう簡単にはいかないもんなのさ……きみが何をしようとしているか、これからはっきり言ってやろうか。きみはぼくをむりやり呼んで酔いつぶし、あの文書をぼくからだまし取る、そして、カテリーナさんに対する一種の恐喝《ゆすり》に一役買わせようって腹だ！　それで、でたらめ並べてるってわけさ！　きみのところになんかぜったい行くもんか、いいか、よく覚えておけよ、あの手紙は、明日か明後日にはかならずカテリーナさんの手にもどる、なぜなら、あの文書は彼女のものだからさ、あの人が書いたものだからさ、だからぼくはこの手であの人に渡してやるんだ、それがどこか知りたければ、教えてやるよ、そう、彼女の知りあいのタチヤーナさんが間に立って、タチヤーナさんのアパートで、タチヤーナさんの立ち合いのもとで渡してやるんだ、その引きかえに、とかいって、びた一文とったりするものか……それじゃ、ここで――永久におさらばだ、でないと、でないと、ランベルト、いつまでも丁重なお相手というわけにはいかないからな……」

そこまで話し終えたとき、ぼくは全身が小刻みにふるえていた。何ごとにつけすべてを台無しにしてしまう、人生最大の忌まわしい習慣、それは……それはわれを忘れてしゃべることだ。ランベルトを相手にしてつい逆上し、話が終わりに近づくにつれて調子づいて啖呵《たんか》を切り、ますます声を荒らげるうちにぼくは急に夢中になり、例の文書はタチヤーナおばが間に立って彼女のアパートで渡すだのといった、まるきり必要もない細かな話を口走ってしまった！　ただそのとき、ぼくはむらむらして、彼をむしょうにあっと言わせてやりたくなったのだ！　あの文書についてああもずばり口にし、とつぜん彼の怖気づいた阿呆面を見たとき、ぼくはふいに、さらに細かい正確な話を持ちだして、さらにやつを押しつぶしてやりたくなった。思えばこの女々しい、高慢ちきなおしゃべりが、後々、恐ろしい不幸の原因となったのだ。なぜなら、このタチヤーナおばと彼女のアパートにかんするこまかな事実が、詐欺師で、けちくさい仕事に手慣れた彼の頭に、たちまちしっかりと叩きこまれたからだ。レベルの高い大仕事となるとからきしだめで、ろくに頭も働かない男だが、こうした細かい話となると、やはり独特の勘が働くらしかった。だから、かりにタチヤーナおばの話をもちださなければ、大きな不幸は起こらなかっただろう。それはともかく、ぼくの話を聞きおえた彼は、はじめの瞬間、恐ろしいばかりにうろたえてしまった。

「じつはね」彼はぼそぼそと切りだした。「アルフォンシーヌが……アルフォンシーヌが歌ってくれるってさ……アルフォンシーヌが彼女のところへ行ったんだよ。で、じつは、手紙をもっている、まあ、手紙っていっていいと思うんだが、そのなかで、アフマーコワがきみのことを書いているんだ、例のあばた面が手に入れてくれてね、覚えているよな、あのあばた面——その手紙を見せてやるから、見せてやるって、さあ、行こうぜ！」

「でたらめもいい加減にしろ、だったら、その手紙、見せてみろ！」

「それが家なんだ、アルフォンシーヌのとこにある、だから、行こうぜ！」

むろん彼は、ぼくに逃げられはしないかとはらはらしながら、寝言みたいなでたらめを口にしていたのだ。しかしぼくは、そんな彼を通りのまんなかにいきなり放りだして歩きだした。彼がぼくのあとを追いかけてこようとしたので、ぼくは立ちどまり、拳で威嚇した。しかし彼はすでに何ごとか考えながら立ちつくし、ぼくがそのまま立ち去るのにまかせた。ことによると、彼の頭のなかでは新しい計画がちらつきだしていたのかもしれない。だが、ぼくにとって思いがけない出会いはこれで終わりということにはならなかった……いま、改めてこの不運な一日をふり返ってみると、これらの思いもかけない出来事と偶然は、まるで申し合わせたように、まるで打ち出の小槌のように、ぼくの頭上に一気に降りかかってきたように思えてならない。ぼくがアパートのドアを開けたとたん、上背のあるひとりの青年と、玄関口のところでばったり出くわした。細長くて青白い顔をした男で、しかつめらしい『優雅な』顔だちをし、豪奢な毛皮コートを身に着けていた。彼は鼻眼鏡をかけていたが、ぼくの姿を見るとすぐに鼻からそれをはずし（どうやら敬意を表するためらしかった）、かぶっていた山高帽を手で恭しく持ち上げたが、しかし足を止めずに、優雅な笑みを浮かべながらぼくに言葉をかけた。『ああ、bonsoir（こんばんは）』。そしてぼくの脇をすり抜けて、階段のほうに出ていった。ぼくはこれまでいちどだけモスクワで彼の姿を見かけたことがあったが、ふたりともすぐにおたがいの見分けがついた。その男はアンナさんの兄にあたり、侍従補をしている男で、ヴェルシーロフ二世、つまりヴェルシーロフの息子、ということは、まあ、ぼくの兄みたいな存在だった。家の女主人が彼の見送りに出てきた（主人はまだ勤めから戻っていなかった）。彼が出ていくと、ぼくはすぐに女主人に食ってかかった。

「あの男はここで何をしていたんです？　ぼくの部屋にいたんですか？」

「まさか、あなたのお部屋にお通ししなんかしておりません。あの方は、わたしを訪ねてきたんです……」彼女はそっけない早口で話を断ちきり、じぶんの部屋のほうにくるりと背を向けた。

「いや、それはないでしょう！」ぼくは叫びだした。「すみませんが、教えてください、彼はいったい何しに来たんです？」

「あら、まあ！　それじゃ、何です、人が何しに来るかまで、いちいちあなたに話さなくちゃいけないってわけですか。わたしたちだって、じぶんの分別ぐらい持っていてもかまわないでしょう。あのお若い方はね、お金を借りたがって、わたしに住所を聞きに来たんです。前回、そう約束したらしくてね……」

「前回っていつのことです？」

「あれ、まあ、あの方が見えられたのは、べつに今回が初めてってわけじゃありませんよ！」

女主人は帰っていった。そこで第一にわかったのは、今回、彼女の口ぶりが変化していることだった。ふたりのぼくにたいする口の利き方が乱暴になっていた。ここにも——秘密があることは明らかだった。一歩ごと、一時間ごとに秘密が蓄積してきている。最初はぼくの病気中、若いヴェルシーロフが妹のアンナさんを連れてやってきた。その話は、ひじょうにはっきりと覚えていた。と同様、アンナさんがすでに昨日ぼくに、ひょっとして老公爵がぼくのアパートに泊まるかもしれないという驚くべきひと言を投げつけたこともよく覚えていた……だが、そうしたことはあまりに的外れで奇怪なものだったので、その件についてはほとんど何も思いつけなかったくらいだ。ぼくは額をぽんと叩くと、一息いれる間もなくアンナさんの家に駆けだした。彼女は不在だったが、玄関番から得た返事は、『ツァールスコエ・セローにお出かけになりました、明日の今ごろでなければお戻りにはなりません』とのことだった。《彼女が――ツァールスコエ・セローに出かけたとすれば、むろん、老公爵のところ以外にない、で、彼女の兄がぼくのアパートの下調べに来ている！　いや、そうはさせんぞ！》ぼくは歯ぎしりした。《でももしそこに何かしら死の縄めいたものがじっさいに隠されているとしたら、ぼくはあの『哀れな女性』をかならず守ってやる！》アンナさんの家を出たあと、ぼくは家に戻らなかった。というのは、ぼくの逆上した頭のなかに、ふと運河沿いの安レストランが浮かんだからだ。そこは、ヴェルシーロフが気が晴れないときの行きつけにしている例の店だった。ぼくはその思いつきに小躍りし、すぐさま店をめざして走りだした。すでに三時を過ぎており、あたりは暗くなりかけていた。安レストランでは彼が来たことを告げられた。『しばらくおられてからお帰りになりました。またお越しになるかもしれません』。ぼくは、ふと何が何でも彼を待つと腹をきめ、食事を出してくれるように言いつけた。これで多少とも望みが出てきた。

　ぼくは食事をすまし、できるだけそこに粘れるように余分の料理まで平らげた。四時間は粘っていたと思う。そのときの憂鬱な気分、そして熱にでも浮かされたかのようなはげしい焦りについて、ここに記すことはしない。まるではらわたがひっくり返り、ぶるぶる震えているみたいな感じだった。あのオルガンといい、あのお客どもといい――ああ、この憂鬱な気分はぼくの心に焼きつき、ことによると死ぬまで消えないかもしれない！　襲来した嵐のあとのおびただしい秋の枯葉さながら、ぼくの頭のなかに次々と湧きおこった考えも記すことはしない。たしかに、何かそれに似たものがあって、じつをいえば、時として理性が薄れかけるのを感じていた。

　しかし、ぼくを痛いくらい苦しめていたのは（とはいえ、その苦しみは、むろん、本筋の苦しみというより、副次的な痛みだったが）――ぼくにどこまでもうるさくつきまとう、ある毒々しい印象だった――そう、毒々しい、秋のハエのようにうるさくつきまとう何か、考えてもいないのに、まわりをぐるぐる飛びまわりながら邪魔をしているうちに、ふいにチクリと針で刺しては恐ろしい痛みをもたらす印象。それは、これまでまだこの世のだれにも話したことのないある事件の思い出にすぎない。しかし、まさにそこのところが問題なのだ。なぜかといえば、いずれはどこかでその話もしなければならないから。

4

ぼくがまだモスクワにいたころ、いよいよペテルブルグ行きが本決まりとなって、ぼくはニコライ・セミョーノヴィチを介し、出発の費用が送られてくるのでそれを待つようにとの知らせを受けた。だれからお金が送られてくるのか――ぼくは尋ねようともしなかった。それが、ヴェルシーロフからであることはわかっていたが、当時のぼくは、寝ても覚めても彼との出会いの夢や、いろいろ思いあがった計画に胸を踊らせていたので、彼については、マリヤさんとさえ口に出して話をするのも止めてしまったほどだった。もっとも、ご存じのようにぼくにも、出発にかかる手持ちの金はあった。だが、それでもぼくは待つことにした。ちなみに、お金は郵送されるものと想定していた。

ある日、ニコライさんが家にもどるなり、いきなりぼくにむかって（いつもの習慣で尾ひれをつけず、簡潔に）こう言い渡した。明日午前十一時に、ミャスニツカヤ通りにあるV公爵の家に行ってもらいたい、ペテルブルグから来たヴェルシーロフ氏の子息で、侍従補《リツェイ》の若いヴェルシーロフ氏が学習院時代の旧友V公爵宅に泊まっておられ、送付されてきた旅費を手渡すことになっている、というのである。用件はごく単純に見えた。ヴェルシーロフが、旅費を郵送するかわりにじぶんの息子に託すということ自体、とくに不思議ではなかった。ところがその知らせがなぜか、不自然にぼくの胸をしめつけ、脅かしたのだった。ヴェルシーロフがぼくを、じぶんの息子でぼくの兄にあたる彼に引き合わせようとしたことに疑いの余地はなかった。ぼくが空想を重ねてきた人の意図と感情が、こうしてはっきりしてきた。とはいえ、そこにひとつぼくにとっては大きな疑問が生じた。まったく予期しない顔合わせで、ぼくはどうふるまうのか、どうふるまうべきなのか、何かしらじぶん自身の品格を貶めることになりはしないか？

翌日の十一時きっかりに、ぼくはV公爵家に出頭した。ひとり住まいとはいえ、ぼくが想像したとおり豪華な家具をとりそろえた屋敷で、制服姿の従僕もいた。玄関の間でぼくは足を止めた。奥の部屋からは、甲高い話し声や笑い声が聞こえてきた。公爵の家には、泊まり客である侍従補のほかに何人かほかの訪問客も来ていた。ぼくは従僕に来意を告げるように命じたが、その言葉づかいがいくぶん横柄だったのだろう。少なくとも取り次ぎに向かうさいに、従僕はけげんそうな顔でこちらを見た。ぼくにはそれが、しかるべき丁重さを欠いているように思えた。驚いたことに従僕は、取り次ぎに五分かそこら、何かたいそう長い時間をかけた。しかもその間、奥の部屋からはひっきりなしに同じような笑い声や甲高い話し声が聞こえていた。

ぼくはむろん、立ったまま待っていた。『同じような貴族』であるぼくが、従僕のいる玄関の間で腰をかけるなど不作法きわまるし、あってはならない態度であることを十分に心得ていたからだ。かといって、呼ばれもしないうちにこちらから勝手に広間に踏み込んでいくのは、どうしても自尊心が許さなかった。たぶん、少しデリケートすぎる自尊心だったかもしれないのだが、そうあるべきだとぼくは思っていた。驚いたことに、玄関の間に残っていた従僕は（ふたりいた）、ぼくの目の前で堂々と腰を下ろしてしまった。それに気づかないふりをするために、ぼくは背中を向けた。ところが、それでも全身がわなわなと震えだした。そしてふとふり返り、従僕のひとりに歩みよると、ぼくはもういちど『ただちに』取り次ぐようにと命じた。ぼくのきびしい目線や、常軌を逸した興奮ぶりにも動じるようすはなく、従僕は腰を下ろしたまま面倒くさそうにこちらを見上げた。するとべつの一人がその従僕に代わって答えた。

「取り次ぎはすんでおります、ご心配は無用です！」

さらに一分だけ、いや、できれば何十秒か待ち、それでも出てこないなら、是が非でも帰ってしまおうと決心した。何といってもぼくはきわめて立派な身なりをしていたのだから。スーツとコートはまがりなりにも新品だったし、シャツも真新しかった。この今日の対面のために、マリヤさん自身がわざわざ気づかって買ってくれたものだ。だが、この従僕たちについては、ずっと後になり、ペテルブルグに来てから確実に知ったことだが、彼らはヴェルシーロフについてきた従僕をとおして、すでにその前の晩のうちに、『これこれ、こういう腹ちがいの兄弟が来る、学生らしい』と聞かされていたのだった。これはいまでは確実にわかっていることである。

一分が過ぎた。いったんは決心しながら、それが実行できないときというのは、何とも奇妙な感じがするものだ。『帰るべきか、帰らざるべきか、帰るべきか、帰らざるべきか?』――ほとんど悪寒をおぼえながら、ぼくは一秒ごとにくり返していた。とつぜん、取り次ぎに向かった従僕が姿を現した。従僕の手の指に挟まれた四枚の赤い紙幣がひらひら揺れていた。四十ルーブルだった。

「どうぞお受け取りください、四十ルーブルございます!」

ぼくは頭に血がのぼった。すさまじい侮辱だった! ぼくは昨晩じゅう、ヴェルシーロフが計らってくれたふたりの兄弟の対面シーンを夢に描いていたのだ。ひと晩、熱病に浮かされたように空想していたのだ。ぼくはどうふるまうべきか、を。そして、あの孤独のなかで手にした、どんな社会にあっても誇ることのできるあの一連の理想をどうすれば漏らさずにすむかを。ぼくは夢見ていたのだ。V公爵の仲間うちにあっても、高潔で、誇りたかく、悲しげな表情をたたえたじぶんでいよう、と。そしてそんなふうにしてあの社交界にまっすぐ引き入れてもらうのだ。――そう、ぼくはじぶんを容赦しない、何、これでいい、これでいいんだ。このことは、こうして詳細をありのまま書きとめなくてはならない！　ところがいきなり、従僕を介して四十ルーブルを手渡された、玄関の間で。しかも、十分も待たされたあげく、おまけに、トレーにのせるでもなく、封筒に包むでもなくじかに素手で、従僕の指の先から手渡された！

ぼくが凄まじい剣幕で従僕をどやしつけたので、相手はぎくりとして後じさった。ぼくはすぐさま、この金を持ち帰って『主人がじきじきに持ってくる』ように言え、と命じた――端的に、ぼくの要求はいうまでもなく支離滅裂なものだったし、従僕にとっても、むろんちんぷんかんぷんだったろう。しかしぼくの剣幕の凄まじさに気おされ、従僕は奥に入っていった。おまけに、広間にいる連中の耳にぼくのどなり声が聞こえたらしく、話し声や笑い声がぴたりと止んだ。

ほとんどそれと同時に、重々しく、ゆったりとして柔らかな足音が聞こえ、美しい、傲慢な感じのするすらりと背の高い青年の姿が（そのとき彼は、今日顔を合わせたときよりも青ざめ、痩せてみえた)、玄関の間の敷居に姿を現した——というか、敷居の手前一メートルほどのところで立ちどまった。彼は豪奢な赤い絹のガウンに身を包み、スリッパ姿で鼻眼鏡をかけていた。ひと言も発することなく、ぼくのほうに鼻眼鏡を向けると、じろじろぼくを観察しはじめた。ぼくは野獣のように彼にむかって一歩踏みだし、ひしと彼をにらみながら挑みかかるようにして立っていた。だが、彼がぼくを観察していたのはほんの一瞬、ものの十秒ばかりだった。彼の口もとにふとごくかすかな薄笑いが浮かんだ。しかしそれは、ひどく毒を含んだ笑いだった。ほとんど目につかないほどなので、かえって毒々しく感じられた。彼は無言のまま くるりと背中を向けると、そのまままた奥の間に向かって歩きだした。来たときと同じように、急がずしずかで滑らかな足どりだった。そう、この手の無礼者というのは、まだ子どもの時分から、じぶんの家で暮らしている頃から、人を侮辱するすべを母親から教えこまれているのだ！　むろんぼくは茫然自失してしまった……そうだ、それにしてもなぜ、ぼくはあのとき茫然自失したのか！

ほぼ時を同じくして、例の従僕がまたしても手に同じ紙幣をもって現れた。「どうか、お受けとりください、これは、ペテルブルグから、あなたさまに送られてきたものです。ですが、今はあなたさまをお通しすることができないとのことです。『いずれべつの機会に、時間が空いたおりにでも』とのことでございました」この最後のひと言は、従僕が勝手につけ足したものだと感じた。だが、茫然自失はそれでもなお続いていた。ぼくは金を受けとると、ドア口にむかって歩きだした。茫然自失ゆえに受けとってしまったわけだが、本来なら受けとるべきではなかった。だが、従僕はむろんぼくを辱める気満々で、あえてあの恐ろしく下賤なふるまいに出たのだ。彼はとつぜん目の前のドアを思いきり開けはなつと、そのままの状態でもったいをつけ、わざと抑揚をつけて、出ていこうとするぼくに向かって言った。

「どうぞ!」

「この下司野郎が!」ぼくは従僕に向かって吠えたて、いきなり手を振りあげたが、振りおろすことはしなかった。「きさまの主人も下司野郎だ! いますぐ、そう伝えろ」ぼくはそう言いたし、急ぎ足で階段口に出た。

「そんなこと、口になさるもんじゃございません! わたしがいますぐ旦那さまにお伝えしたら、それこそ訴状つきで、ただちに警察に突き出されておしまいになります。それに、手を振りあげるなんてことも、するもんじゃございません……」

ぼくは階段を下りていった。吹きぬけの豪華な階段で、赤いカーペットを下りていく間、ぼくの姿は上からまる見えだった。三人の従僕がそろって廊下に出て、手すりの上に顔を並べて立っていた。ぼくはむろん無言を通すことに決めた。従僕ども相手に、どなりあいを演じるわけにはいかなかったからだ。足を速めるでもなく、むしろ緩めるようにしながら、ぼくはぜんぶの階段を下りきった。

そう、こんなことはすべてくだらん話だ、青二才のいらいらにすぎん、などと口にする哲学者がいるとしたら（そういう連中こそ恥を知れ）、勝手にそう言わせておこう。だが、ぼくにとってこれは傷となった——現にいまこの瞬間、この手記を書いている今もなお癒えることのない傷なのだ、もうすべてが終わり、復讐もなし遂げられた今にいたるも。そう、はっきり断言するが、ぼくはべつに執念深くもなければ復讐心がつよいわけでもない。たしかに、ひとに侮辱されれば、つねに病的といえるほどつよい復讐心にかられてきた。だが、誓っていう——ひとえに寛大であればこその復讐なのだ。寛大さをもって報いることができればそれでいいのだが、相手がそれを感じてくれること、それを理解してくれることが条件だ——それによってぼくの恨みも晴れるのだから！　ついでながら書き足しておく。ぼくは復讐心はつよくない、が、執念深いほうだ。とはいえ寛大でもある。ほかの人間にもこういった例があるのだろうか？　そのとき、ぼくは寛大な思いを抱きながら家路についた。ことによると、その思いは滑稽だったかもしれない、しかしそれはそれでかまわない。卑劣で月並みで凡庸であるより、滑稽であり、なおかつ寛大であることのほうがましではないか！　この『兄』との出会いのことを、ぼくはだれにも明かさなかった、マリヤさんにさえ、いやペテルブルグのリーザにさえ明かさなかった。なぜならこの対面は、屈辱的なびんたを張られたのと等しかったからだ。ところがその紳士と、まるで思いもしないときにいきなり鉢合わせしてしまったのだ。男はぼくに微笑みかけ、帽子をとると、いかにも馴れ馴れしい調子で、『Bonsoir（こんばんは）』と声をかけてきた。むろんこれは一考に値した……だが、古傷が口を開けたのだ！

5

安レストランで四時間ほどねばったあげく、ぼくはふいに、まるで発作に襲われたように店の外に駆けだした。――再びヴェルシーロフの家に向かったことはいうまでもないが、もちろん彼はまたしても不在だった。彼は朝、家を出たまま、まったく戻ってきていなかった。乳母はいかにも退屈そうに、ナスターシヤを呼んできておくれとぼくに頼んだ。だが、こちらはそれどころではなかった！　ぼくはママの家にも立ち寄ってみた。しかし中には入らず、ルケーリヤを玄関に呼びだした。そこで知ったのだが、彼は不在であり、リーザもやはり留守にしていた。ルケーリヤのほうも何か聞きたそうにしているのがわかった。ことによると、彼女もまた何かぼくに頼みたいことがあったのかもしれない。だが、ぼくはそれどころではなかった！　残された望みはひとつ、ぼくのアパートに来ているかもしれない、ということだ。だが、その望みももはやあてにはできなかった。

ぼくがほぼ理性をうしないかけていたことはすでに述べておいた。そしてなんと、帰宅したぼくがふいに目にしたのは、アルフォンシーヌとアパートの家主だった。もっとも、ふたりは部屋を出ようとするところで、家主のピョートルさんは手にロウソクをたずさえていた。

「これは――いったい何のまねです？」ぼくは家主にむかってほとんど意味もなくわめき立てた。「何だってこんな女詐欺師をぼくの部屋に連れこんだりしたんです？」

「Tiens!（何とまあ！）」アルフォンシーヌは声を張りあげた。「et les amis?（それでもお友だち？）」

「出てけ！」ぼくは吠えたてた。

「Mais c'est un ours!（これじゃ、熊じゃないの！）」いかにも怯えたようなそぶりを見せて、彼女は廊下に飛びだし、家主の妻のいる部屋に姿を消した。家主のピョートルさんは、あいかわらずロウソクを手にしたまま、けわしい顔をしてこちらに詰め寄った。

「アルカージーさん、失礼ながらひと言申し上げますが、あなたはちょっと興奮しすぎておられますよ。お言葉ですが、マドモワゼル・アルフォンシーヌは、詐欺師なんかじゃありません、いやむしろその逆で、お客に見えられたんです、あなたのところじゃなく、わたしの家内のところにです、なんせ、家内とはもうしばらく前から知りあい同士ってわけでしてね」

「それじゃあ、どうしてわざわざぼくの部屋に入れたんです?」急にはげしく痛みだした頭を抱えながら、ぼくはくり返した。

「たんなる偶然でございます。通風孔を閉めようと、わたしが入ったんです、空気を入れかえるために開けておいたものです。アルフォンシーヌさんとは、その前から話がつづいておりましたから、話の途中、わたしの後から、あなたのお部屋に入ってしまわれたというわけでして」

「それは嘘だ、アルフォンシーヌは――スパイなんだ、ランベルトも、――スパイだ! ひょっとしてあなただって――スパイかもしれない! アルフォンシーヌは、何かを盗もうとしてぼくの部屋に入ったんです」

「そりゃもう、どうとでもおっしゃるがよろしい。今日はそうおっしゃっていても、明日は、べつのことをおっしゃいますから。それはそうと、わたしどもは、しばらくわたしの部屋をお貸しし、わたしと家内は小さな部屋に移ります。ですから、アルフォンシーヌさんは、いまではもう、なかばこの家の間借り人みたいなもんでございまして、あなたさまと同様」

「ランベルトに部屋を貸したんですか？」ぼくは唖然として叫んだ。

「いいえ、ランベルトさんではございません」彼は、さっきと同じ間のびした笑みを浮かべた。もっともその笑みには、今朝がたのとまどいとはうって変わって、強い自信が垣間見えた。「だれに貸したかはあなたさまもご存じだと思いますが、なにより体裁もおありになるから、ここは知らぬふりをなさって、それで腹を立てておられるんでしょう。では、お休みなさいまし！」

「ええ、ええ、わかりました、わかりましたからもう放っておいてください、ぼくをひとりにしてください！」ほとんど泣きそうになりながら両手を振りだしたので、主人は急に驚いたような顔でぼくを見た。しかしすぐに部屋から出ていった。ぼくはドアの掛け金を下ろすと、ベッドに突っ伏して、枕に顔を埋めた。こうして、ぼくの手記が完結するまでに残された最後の運命的な三日間の恐しい一日目が過ぎていった。

第十章

1

だが、ぼくはここでもまた、事件の流れを見こし、せめてなにがしかの事情を前もって読者に説明しておく必要があると思う。なぜかといえば、この事件の論理的な流れにはひじょうに多くの偶然が介在しているため、それらをまえもって説明しておかないことには、理解がおぼつかなくなる恐れがあるからだ。この場合、問題はタチヤーナおばが口をすべらせた例の『死の縄』そのものにあった。この縄とは、アンナさんがとうとう、いまの立場で考えうるもっとも大胆な一歩をついに踏み出したことにあった。ほんとうに、おどろくべき気骨！　ソコーリスキー老公爵は当時、体調を口実に、ツァールスコエ・セローに早々と軟禁されていたため、アンナさんとの結婚というニュースは社交界に流布するいとまもなく、いわばその発生時にもみ消されてしまった。がしかし、どうにでも扱えるはずの病弱な老人でありながら、老公爵が、じぶんの考えを撤回し、じぶんとの結婚を申し込んできたアンナさんを裏切ることなどとうてい承知するはずはなかった。この点、彼は騎士道精神の持ち主だったのだ。したがって遅かれ早かれ、彼がいきなり立ち上がり、まわりの制止を振りきってじぶんの意図を実行することは十分に考えられた。これは、性格の弱い人間にかぎってきわめてありがちなことだ。彼らにはある一線があって、そこまで追いつめてはならないものなのだ。おまけに彼は、じぶんが限りなく大切にしているアンナさんの微妙な立場を完全に意識しており、風評や、嘲りや、彼女にかんするよくない噂が社交界に広がる恐れがあることも意識していた。ただ、さしあたり彼の気持ちはやわらぎ、落ちつきをとり戻していた。カテリーナさんが、彼の前で、いちどとして、ひとことも、アンナさんの悪口を口にすることはなく、おくびにすら出さなかったのと、彼女と結婚するという意向に反対するそぶりを見せることもなかったからだ。それどころか、彼女は、並々ならぬ喜びと、父のフィアンセにたいする好意を表明してみせた。

こうしてアンナさんは、ひじょうに窮屈な立場に置かれることになった。それというのも、老公爵がやはり敬意をいだいている——それもいつも以上にというのは、ほかでもない、カテリーナさんがひどく寛大にうやうやしく父の結婚を許していたからだが——カテリーナさんについて、ほんの少しでも悪く言ったりすれば、それによって老人のやさしい感情を傷つけ、じぶんにたいする不信ばかりか、ことによると憤慨さえ引きおこしかねないことを女らしいするどい直感で理解していたからだ。こうして、当面、この局面での争いがつづいていた。ふたりのライバル同士は、たがいにデリカシーと忍耐力を競いあっているようなところがあって、しまいに老公爵はもう、どちらの女性を讃嘆してよいものやらわからなくなっていた。そしてすべての病弱で、心優しい人間のつねとして、結局のところはじぶんだけが苦しみ、すべての面でじぶんだけを責める結果となったのだ。噂によれば、ふさぎの虫にやられてついに体を壊したとのことだった。つまりすっかり神経を乱してしまい、ツァールスコエ・セローで健康を回復するどころか、いつなんどき寝込んでしまいかねないありさまとのもっぱらの評判だった。

これは、かなり後になってから知った話だが、ひと言カッコ付で記しておく。ビョーリングがカテリーナさんにたいし、老公爵を海外に連れだしてはどうかと、じかに提案をしたとかいう話である。老人をなんとかうまくごまかして説得し、その間社交界には彼が完全に理性を失ったとひそかに知らせておいて、外国で医者の診断書を手に入れるという方策だ。しかし、カテリーナさんがそれはぜったいにいやといってきかなかった。少なくともあとになってそのような証言がなされた。彼女は憤然としてその提案を撥ねつけたらしい。こうしたことはみな、遠回しで聞こえてきた噂でしかないのだが、ぼくはそれを信じている。

そしてついにこの問題が、もはや出口なしの状態に行きついたとき、アンナさんはランベルトを介して思いもかけず、娘のカテリーナさんが、父親を禁治産者と宣告する手段についてすでに法律家に相談している手紙が存在することを知ったのだ。復讐心に燃え、誇り高い知性の持ち主であるアンナさんは、極度に興奮した。彼女はぼくとの以前のやりとりを思いだし、いろいろと細かい事情を考えあわせて、この知らせの信ぴょう性を疑うわけにはいかなくなった。そこで彼女の、確固たる不屈な心の中で、攻撃の計画がいやおうなく熟しはじめたのだ。その計画とは次のようなものだった。すなわち、いっさいの前置きや中傷めいたことは行わずに、いきなり、老公爵にすべていちどにぶちまける、そうして彼をおどろかし、ふるえあがらせ、精神病院行きはまぬがれないと言い聞かせる。そして彼が頑として動じず、怒りにかられ、信じようとしないときは、彼に娘の手紙を突きつける。『いちど、あなたを精神異常者と宣告するもくろみがあったのですよ、ですからこんどは、結婚を妨害するために同じことをやりかねません』。それから、すっかりおじけづきうちのめされている老人をつかまえていきなりペテルブルグに連れだし、まっすぐぼくのアパートに収容するという算段だ。

これは恐ろしいリスクだったが、彼女はじぶんの力に確固たる自信をいだいていた。ここで少しばかり話から離れ、かなり先回りして伝えておこうと思う。すなわち、彼女は、その攻撃がもたらす効果を読みちがえてはいなかった。いや、それどころか、その効果は彼女の期待を大きく上回るものだった。この手紙にまつわる知らせは、彼女自身やぼくたち一同が想定していたよりもおそらく数倍強烈に老公爵に影響した。ぼくはそのときまでまったく知らなかったのだが、この手紙について、老公爵はすでに以前から多少とも聞きおよんでいたらしい。ところが、弱気で、臆病な人間の習いとして、彼は、そうした噂を信じることなく、極力、それを頭から払いのけ、平安を保とうと努めてきた。それればかりか、人の話に容易に乗りやすいじぶんの品性のなさを責めていた。これもまた書きそえておくが、手紙が存在しているという事実は、カテリーナさんにたいしても、当時ぼく自身が予期していたのとは比較にならないほど強烈に影響をもたらした……要するにこの紙切れは、それをポケットに忍ばせているぼく自身が想定していたよりも、はるかに重要なものだったのだ。が、ぼくはすでにあまりに先回りしすぎたようだ。

それにしてもなぜぼくのアパートに、と読者は尋ねるかもしれない。どうして老公爵を、ぼくたちのあんなみじめな小部屋に押しこみ、ことによるとぼくたちのこのみじめな家具調度でもって怖気づかせるようなことをするのか？　もしも彼の屋敷がだめだというなら（というのも、そこだとすべてが障害になりかねなかった）、なぜ、ランベルトが勧めた格別に『豪勢な』アパートに移さなかったのか？　だが、その点にこそ、アンナさんの捨て身の一歩がはらむリスクのすべてがひそんでいたのだ。

要は、老公爵が到着し次第、ただちにその文書を突きつける計画だった。だが、ぼくは何としても文書を見せようとしなかった。もはや時間を失うことはできなかったため、アンナさんはじぶんの力を頼みとして、文書なしのままで事をはじめようと決断した、ただしそれには、老公爵をいきなりぼくのところに送りこむ必要があった、いったい何のためか？　ほかでもない、まさにその一歩によってぼくをも罠にかけるためだ。いわば、諺で言う一石二鳥をねらったわけだ。彼女は不意打ちによってゆさぶりをかけ、意表を突くことで、このぼくにたいしても影響力をもつことをあてこんだのだ。彼女は、ぼくのアパートに老人がいるのを見て、そのおびえよう、救いがたさを目のあたりにし、一同の願いを耳にしたら、ついには兜を脱いでその文書を差しそのねらいは、狡知に長け、人の心理をよく読みこんだものだった。おまけに、――彼女はもう少しのところで成功を手に入れるところだった……。で、老公爵はどうかといえば、アンナさんはそのとき、ぼくのところに連れていくのだと明言することで、たとえ言葉のうえだけでも彼の気持ちを引きつけ信じこませた。これはすべてあとでわかったことだ。その文書がぼくの手もとにあるとの知らせを聞いただけで、彼の臆病な心のうちにあった、事実の信ぴょう性にたいする疑念はきれいにうち消された――老公爵はそれほどにもぼくを愛し、大事に思っていてくれたのだ！

さらにもうひと言、注意しておくと、アンナさん自身、文書がまだぼくの手もとにあるということ、ぼくがそれをまだ手放していないということを一時も疑ったことはなかった。要するに彼女はぼくの性格を曲解し、ぼくの純真さ、素朴さ、はたまた感じやすいところまでシニカルに当てにしていたのだ。他方、彼女は、もしもぼくがこの手紙を、たとえばカテリーナさんに譲りわたす決心をしたとしても、それはある特殊な事情が生まれた場合にのみ限られると考えていた。そしてほかでもない、その事情を、彼女は意表をつき奇襲をかけることで未然に防ごうとあせったのだ。そして結局、こうしたことを納得させたのが、ランベルトだった。すでに述べたように、この時期ランベルトの立場はおそろしく危機的な状況にあった。裏切り者である彼は、全力でアンナさんからぼくを引きはなし、ふたりしてその文書をアフマーコワ夫人に売りつけようと願っていた。彼はなぜかそれが得策とみなしていたのだ。だが、ぼくが最後の瞬間まで頑として文書を見せなかったので、彼は、最悪の場合、すべての儲けを失うことを恐れてアンナさんに手を貸す腹を固めていた。だから彼は、最後の最後まで精一杯ちやほやし、いざとなれば司祭もお世話できますからとまで提案したのだ……だが、アンナさんは、さも見くだしたような薄笑いを浮かべて、そのことには口を出さないでくれと彼に頼んだ。彼女の目にランベルトは、おそろしく野卑な男と映り、はげしい嫌悪感を掻きたてていた。それでも彼女は念のためと、たとえばスパイ行為のような彼の奉仕を受け入れていた。ついでに述べておくと、彼らが家主のピョートルさんを買収したのかどうか、ピョートルさんは当時、その便宜にたいして多少とも連中から金を受けとっていたのか、たんにそうした謀りごとが面白くて、彼らの一味に加わっただけのことなのか、いまもって確実なところはわからない。だが、彼がスパイとしてぼくの身辺を探っていたこと、彼の妻もそうだったこと、それだけは確実にわかっている。

読者のみなさんもこれでおわかりだと思う。ぼく自身、うすうす知らされてはいた

もの の、その翌日ないしは翌々日にぼくのアパートのこんな一室で、よもや老公爵に相まみえようとはおよそ予想することもできなかった。それに、ぼくには、アンナさんにそれほどの大胆さがあるなどとはとても想像できなかった！　口先では何とでも言えるし、ほのめかすこともできる。しかし、決断し、行動に移し、じっさいにやり遂げるとなると——話は別だ。いや、ここではっきりと言っておくが、彼女はまさに気骨の人なのだ！

2

話を続けよう。

翌朝遅くぼくは目を覚ましたが、今思い出してもふしぎな気がするくらい、いつになくぐっすりと、夢を見ることもなく眠ることができた。そのため、目を覚ますと、昨日一日のできごとがまるで嘘のように思われ、またもいつになく爽快な気分でいるじぶんを感じた。ママの家には立ち寄らず、まっすぐ墓地の教会に向かうことにした。いずれ葬儀が済んだら、ママの家にもどり、一日、ママのそばに付きそうためだった。いずれにせよ、今日ママの家で彼に会える、遅かれ早かれ、かならず彼に会えるとぼくは確信していた。

アルフォンシーヌも、下宿の主人も、もうだいぶ前から留守にしていた。下宿のおかみにはなにも聞きだす気にはなれなかったし、そもそも彼らとすべての関係を断ちきり、できるだけ早く下宿を引きはらおうとまで決めていた。だから、コーヒーが運ばれてくると、すぐぼくはまたドアの鍵をかけてしまった。ところが、だしぬけにドアをノックする音が聞こえた。驚いたことに、トリシャートフが来ていた。

ぼくはすぐにドアを開け、すっかり嬉しくなって中に入るように勧めたが、彼は入ろうとしなかった。

「ひと言伝えにきただけですから、ここでけっこうです……いや、やはり入りましょう。どうも、ここじゃ小声で話す必要がありそうですから。でも腰はかけませんよ。ひどいもんでしょう、このコート。じつはランベルトに毛皮のコート、とられちゃったんです」

事実、彼は古くてぼろぼろの、背丈に合わない長いコートを着ていた。彼は、なにやら暗い憂鬱そうな顔をしてぼくの前に立っていた。両手をポケットに突っこんだまま、帽子を脱ごうともしなかった。

「このままで結構です、すわりません。いいですか、ドルゴルーキー、詳しいことは何も知りませんが、ランベルトがあなたにたいして何か裏切りを企んでいることは知っています。近々、かならずやります。これは確実です。ですから気をつけてください。この情報を漏らしてくれたのは、あのあばたです。あのあばた、覚えているでしょう? でも、話の中身については何も言わなかったので、これ以上話すことはありません。ぼくは事前にお知らせするために来ただけですから、それじゃ」

「ねえ、ちょっとここに座ってくれ、トリシャートフ! ぼくも急いでるけど、きみに会えてとても嬉しくて……」ぼくは叫びかけた。

「いや、だめです、すわりません。でも、ぼくを歓迎してくれたこと、それだけは覚えておきますね。ええと、ドルゴルーキー、ぼくは人を騙すなんて、べつにどうということもありません。ぼくは、意識的に、じぶんから進んで、いろんな悪事や、ここでは口にするのも恥ずかしい浅ましい行為に甘んじてきた男です。ぼくらはこれから、あばたの家に……それじゃ、また。ぼくなんか、あなたの家で腰かけるだけの値打ちもない」

「何をいうんです、トリシャートフ、あのね……」

「いや、だめです、いいですか、ドルゴルーキー、ぼくはだれにたいしても恥知らずなんです、これからひと騒動やらかします。もうじきもっといいコートを作ってもらうし、もっといい馬を乗り回す気です。でも、あなたの家で腰をかけなかったことだけは、しっかりと胸にきざんでおきますね。なぜって、じぶんでじぶんにそういう裁きを下したから。だってあなたとくらべて、ぼくはあまりにくだらない人間ですから。恥知らずな乱痴気騒ぎに耽っているときも、このことはやはり快く胸によみがえると思うんです。それじゃ、また、さようなら。でも、握手はしませんよ。アルフォンシーヌだって、ぼくの手はとらないくらいですから。でも、どうかぼくを追いかけてこないで、それと、ぼくのところには来ないでください。ぼくたち、そういう契約なんです」

このふしぎな青年はくるりと背を向け、部屋から出ていった。いまはたんに時間がないだけで、近いうちに、この事件を片づけしだい、かならず探しだしてやろうと心に決めた。

続くこの日の朝のことについては、いろいろ思い出せることもあるが、こまかく述べるのはやめにする。教会での葬儀にヴェルシーロフの姿はなかった。そう、彼らの顔つきから見て、すでに出棺前、教会で彼らは、ヴェルシーロフを待たずに進めることを決めていたようだった。母は恭しく手を合わせていたし、見たところ、祈りに全身全霊をゆだねていた。棺のそばにいたのは、タチヤーナおばとリーザだけだった。

でもやめよう、何も書かないでおこう。埋葬が終わると一同は家にもどり、食卓を囲んだ。このときもまた彼らの顔つきから、彼らがヴェルシーロフはおそらく来ないと踏んでいると判断した。テーブルを離れて立ちあがったとき、ぼくはママのそばに寄り、しっかりとママを抱きしめ、誕生日おめでとうといった。ぼくに続いて、リーザもぼくにならって同じことをした。

「あのね、兄さん」リーザがそっとささやいた。「母さんたち、あの人が来るのを待っているの」

「わかるよ、リーザ、見ていてわかった」

「きっと来るわ」

つまり、正確な情報を持っているのだとぼくは思った、だが、あえてくわしく尋ねることはしなかった。ぼくの気持ちをいちいち書きしるすことはしないが、こうした謎めいた様相は、いかにぼくが元気だとはいえ、ぼくの胸にふいにまた重石のようにどっしりのしかかった。ぼくたちみんなは、ママを囲むようにして、客間の丸テーブルに向かって腰を落ちつけた。ああ、あのときママのそばにいてその姿を眺めているのは、どんなに心地よかったことだろう。ママはふいにどこか福音書の一節を読んでほしいと頼んだ。ぼくは、ルカの福音書の一節を読んだ。ママは泣いてはいなかったし、あまり悲しそうでもなかったが、そのときの顔ほど、精神の深みをたたえていたことはいちどとしてなかったように思える。その穏やかなまなざしには、理想が輝いていたが、そのママが不安な思いで何かを待ち受けていることなど気づきようもなかった。話は尽きることがなかった。故人をめぐっていろんな思い出話がなされ、タチヤーナおばも、以前はまったく知らなかった話をいろいろしてくれた。そして総じて、かりにそれらをここに書きとめていくとしたら、いろんな興味深い話が見つかるにちがいない。タチヤーナおばでさえ、まるで別人になってしまったかのように見えた。とても穏やかで、とても優しかった。それに何より、ママを慰めようと多くを口にしながら、ひじょうに落ち着いていた。ただ、ある細かいことを一つだけ、とてもよく記憶している。ママはソファに腰を下ろしていたが、そのソファの左側に置かれた特別の丸テーブルには、何かのために準備されたらしい聖像がひとつ置いてあった。それは、法衣の縁飾りはなく、ふたりの聖人の頭に小さな花冠を載せただけの古いイコンだった。この聖像はマカール老人の持ちもので——そのことをぼくは知っていたが、故人がこのイコンを手もとから離したことはいちどもなく、霊験あらたかなイコンとみなしていたことも知っていた。タチヤーナおばは、なんどかそちらに目を走らせていた。

「ねえ、ソフィヤ」彼女はふいに話題を変えて言った。「どうしてイコンを横に寝かせておくの、テーブルに立てて壁にもたせかけたらどうなの、その前にロウソクでも灯して？」

「いいえ、今みたいなままのほうがいいの」

「たしかにその通りね。仰々しすぎるのもなんだし……」

そのときのぼくには何もわからなかったが、要はこういうことだった。この聖像は、マカール老人の遺言でヴェルシーロフに譲られることになっており、ママはこれから彼に手渡すための準備をしていたのだ。

すでに午後の五時近くになっていた。ぼくたちのやりとりは続いていた。そこでふと、ママの顔に震えのようなものが走ったのに気づいた。ママは、すばやくぴんと背筋を伸ばして聞き耳をたてたが、そのとき話をしていたタチヤーナおばは、何にも気づかずにそのまま話しつづけていた。ぼくはすぐさまドア口のほうをふりかえった、それからほんの数秒後、ドア口にヴェルシーロフの姿をみとめた。彼は玄関口から入らず、裏口の階段から、キッチン、廊下を通り抜けてやってきたため、ぼくたちのなかでママだけがその足音を聞きつけたのだ。続いて起こったこの狂気めいた状況を、その一つひとつの身振りから、ひと言ひと言にいたるまで、順を追って書きしるしていくことにする。といっても、きわめて短いものだ。

第一に、少なくともひと目見たかぎり、ぼくは彼の顔にいささかの変化もみとめることはできなかった。服装はいつもどおりで、つまりほとんど粋なといってもよい着こなしだった。小ぶりながら、高価な切りたての花束を手にしていた。彼はママのほうに近づいていき、笑みを浮かべながらママにそれを差しだした。そこでママは、うろたえ気味におどおどと彼を見やったが、花束を受けとると青ざめた頬にいきいきと赤みがさし、目は喜びに輝いた。

「思ったとおりだ、よく受けとってくれた、ソーニャ」彼は言った。彼が部屋に入ってきたとき、ぼくたち一同が席から立ちあがったので、テーブルに近づくと、彼はママの左隣りにあったリーザの肘掛け椅子を手にとり、それが他人の席であることにも気づかずに腰をおろしてしまった。こうして彼は、聖像が置いてあるテーブルのそばにいきなり身を置くことになった。

「こんにちは、みなさん。ソーニャ、わたしとしてはぜひとも今日、この花束をおまえの誕生日に持ってきたかったので、それで、葬儀に顔を出せなかったというわけだ。故人のもとに花束を持っていく、というのもなんだし。それに、おまえだってこのわたしが葬儀に来るとは思っていなかったろう、それはわたしにもわかっていたよ。死んだ老人にしても、きっとこの花に腹を立てるようなことはあるまい、何しろ故人みずからが遺言で、われわれの幸せを祈ってくれたわけだし、そうだろう？　思うのだがね、老人はいまこの部屋のどこかにいる」

ママはふしぎそうに彼を見やった。タチヤーナおばは、ぎくりと体を震わせたかのようだった。

「この部屋にだれがいるですって？」彼女は尋ねた。

「亡くなられた方だ。でもやめましょう。ご存じとは思うが、こうした奇跡をかならずしも信じたがらない人間が、かえっていちばん迷信に傾きやすいものでね……でも、花束の話をしたほうがよさそうだね。じつはこの花束、どうして無事ここまでもってこれたか、じぶんにもわからないんだよ。ここに来る途中、三度ばかり、雪のうえに捨てて、足で踏みつけてしまおうと思ったほどでね」

ママはぎくりと体を震わせた。

「どうにもがまんできなかったんだ。わたしを憐れんでくれ、ソーニャ、わたしのこの哀れな頭をな。踏みつけにしたかったのは、あまりに美しすぎるからだ。この世で花より美しいものがあるだろうか？　わたしはそれを手にして歩いている、しかしそこは、雪と凍てつき。わがロシアの凍てつきと花――なんというコントラストだろうか！　もっとも、わたしが考えたのはそのことじゃないんだ。花束を踏みつけたかったのは、ただ美しいからさ。ソーニャ、これからまた姿を消すようなことがあっても、ほんとうにすぐに戻ってくるからね。だって、きっと怖くなるだろうし。怖くなったら、いったいだれがわたしの恐怖を癒してくれるっていうんだ、ソーニャ、おまえのような天使をどこで見つけたらいい？……ここにある聖像はいったい何だね？　ああ、故人のものだったな、覚えているとも。これはあの老人の、父祖代々のもので、祖父からゆずりうけたものだ、そう、彼は一生、肌身離さず持ちあるいていた。そうだった、覚えているよ、これをわたしに譲るといっていた。よく覚えているよ……たしかこれは分離派のものだ……ちょっと見せてくれ」

彼はイコンを手にとり、ロウソクの炎のそばにもっていくと、じっとそれを眺めたが、わずかに数秒ほどそうしていただけで、同じテーブルのじぶんの目の前に置いた。ぼくは驚きに目をみはったが、そうした奇怪な言葉があまりにも唐突に吐きだされたので、ぼくはまだ何ひとつ考えることができなかった。ただ、病的な驚きがぼくの心を刺し貫いたことだけは覚えている。ママのおびえが、戸惑いと憐みに変わっていった。ママが何よりもそこに見ていたのは、ひとりの不幸な男の姿だった。以前も、今回同様、ほとんど奇妙とも思えることを口走ったことがあるらしかった。リーザの顔がなぜかしらふいに青ざめ、奇妙な感じに彼を顎でしゃくってみせた。だが、ほかのだれよりも怖気づいていたのが、タチヤーナおばだった。

「いったいどうなさったっていうの、ヴェルシーロフさん？」彼女は用心深く言葉を放った。

「じつはね、よくわからないんだよ、タチヤーナさん、いったいどうなっているのか。でも大丈夫、あなたがタチヤーナさんで、優しい人だってことぐらいまだちゃんと認識できていますから。もっとも、今日はほんのちょっと立ち寄っただけなんだ、ソーニャにひと言、喜んでもらえるようなことをいいたくてね、それにふさわしい言葉を探しているんだが、胸のなかにはそれがたくさん溢れているのに、なかなかうまく口に出すことができない。じっさい、何かとても奇妙な言葉ばかりでね。じつのところ、わたしはそれこそ真二つに割れていくような気がしているんだ」彼はおそろしくまじめな顔つきで、心から打ちあけたそうな様子でぼくたち一同を見わたした。「そう、心が二つに割れていく、それが恐ろしくてならないんだ。まるでじぶんのそばに、じぶんの分身がいるような感じなのさ。で、じぶん自身は頭もいいし、道理もわかっているが、その分身がじぶんのそばで、何やらはちゃめちゃなことや、ときどき途轍もなく愉快なことをしたがっている、そこでふと気づくんだな、これはじぶん自身がこの愉快なことをしたがっているってことにね、なぜかはまったくわからない、それなのに、なぜか不本意ながらそれにしたがっている、懸命になって抵抗しながらそうせずにはいられないというわけさ。わたしは、かってある医者を知っていた。その男は、教会で執り行われた父親の葬儀の最中にとつぜん口笛を吹きだした。これは嘘じゃなく、わたしが今日葬儀に行くのを恐れたのも、何かのきっかけでとつぜん口笛を鳴らすか、大笑いしだすにちがいないという確信が頭をよぎったからでね。かなりみっともない死に方をした、あの可哀そうな医者と同じにだ……それに、実際、わたしにもわからんのだよ。どうして今日、あの医者のことが思いだされ、ずっと頭にこびりついて離れようとしないのかね。いいかい、ソーニャ、ほらこのとおり、わたしはまた聖像を手にとった（彼は聖像をとり、手のなかでくるくる回した）、で、じつはいま、この瞬間、この聖像を暖炉に、そう、その隅に叩きつけたくてしかたないんだよ。そしたら、一発で真二つに割れると思うんだ、ちょうど真二つにね」

何よりも問題なのは、彼はこうしたことを、いっさいのはったり、いや、何らかの敵意も見せず口にしたことだった。その口ぶりはきわめてあっさりしていたが、逆にそのぶん、鬼気迫るものがあった。じっさいに彼は何かにひどく怯えているようすだった。そこでぼくはふと、彼の両手が軽くふるえているのに気づいた。

「あなた！」両手を打ってママは叫んだ。

「やめて、聖像を放して、ヴェルシーロフさん、さあ、テーブルに置くの！」タチヤーナおばが急に立ちあがった。「さあ、服を脱いで横になるの。アルカージー、医者を呼んできて！」

「それにしても……それにしても、どうしてそうあたふたしている？」ぼくたち一同をじろりとねめまわしながら、彼は小声で言った。それから急に両肘をテーブルにつき、両手で頭を抱えこんだ。

「どうも驚かしてしまったみたいだが、こういうことさ、諸君。少しでもわたしを慰めてくれ。またそこにすわって、みんな落ちついてくれないか――ほんの一分でいいから！　ソーニャ、わたしが来たのは、べつにこの話をするためじゃないんだ。わたしはあることを伝えるために来た、それは、まるきりべつのことでね。さようなら、ソーニャ、わたしはまた放浪の旅に出る、これまですでになんどかおまえのもとを離れていったようにな……なあに、いつかまたおまえのもとに戻ってくるさ、もちろんだとも――その意味で、わたしはおまえからは逃れられない人間なんだ。すべてが終わりをつげたら、ほかに帰るべきところなんてないのだから。信じてくれ、ソーニャ、わたしがいまここにやってきたのは、天使のもとに帰るような思いで、けっしておまえを敵だと思ってきたわけじゃない。おまえが、どんな敵だっていうのさ、敵であるはずなかろう！　この聖像を割るためにきたなどとは思わんでくれ、だって、いいかね、ソーニャ、それでも割りたいと思っているのだ……」

話が終わりきらないうちにタチヤーナおばが叫んだ。「その聖像から、手を放して！」そうして彼の手からイコンを奪いとると、じぶんの手のうちに収めた。彼は最後のひと言を終えると、さっと立ちあがり、タチヤーナおばの手から一瞬のうちに聖像を奪いかえし、勢いよく振りかぶるとタイル張りの暖炉の角に思いきりそれを叩きつけた。聖像は、真二つに割れた……そこで、彼はふいにこちらを振りかえった。その青ざめた顔全体が真っ赤になった。というかほとんど赤紫色となって顔の輪郭が震えだし、ぴくぴくし出した。

「これをアレゴリーとは受けとらないでくれ、ソーニャ、わたしはべつにマカール老人の形見だからというんで割ったわけじゃない、ただたんに断ち割りたかっただけなんだ……でも、やっぱりここに帰ってくる、最後の天使のもとにな！　もっとも、アレゴリーととってくれてもいいんだよ。だって、どうしてもこうならざるをえなかったんだから！……」

そういうと彼は急いで部屋から出ていった、またしてもキッチンを抜けて（コートと帽子がそこに置いてあったのだ)。ママがどうなったか詳しく触れることはしない。死ぬほど怖気づいた彼女は、そこに立ちつくしたまま両手を上げ、頭上で組み、いきなり彼の後ろ姿にむかって叫びだした。

「アンドレイさん、戻って、せめてお別れの挨拶ぐらい、お願い!」

「戻ってくるわよ、ソフィヤ、戻ってくるって! 心配しなくていい!」獰猛ともいえる恐ろしい憎しみの発作で全身を震わせながらタチヤーナおばが叫んだ。「だって、聞いてたでしょ、戻ってくるってじぶんで約束してたじゃないの! あの、悪たれ親父に、もういちど、好きなだけ遊ばせりゃいいんだよ。じっさいに年をとったら、だれがよたよたじいさんの面倒見るっていうのさ、あんた以外、あんたみたいなよぼよぼばあや以外? だって、じぶんからあんなこと宣言してるんだから、恥ずかしげもなくさ……」

　ぼくたちはどうかというと、リーザは気を失っていた。彼を追っていきたかったが、ママのそばに走りよった。ママを抱きしめ、この腕のなかにしっかりと抱きとめた。ルケーリヤが、リーザのためにコップの水をもって駆けつけた。だが、ママはすぐわれに返った。ママはソファにどっと腰を落とし、両手で顔をおおって泣きだした。

「でもね、でもね……でも、あの人を追いかけて!」タチヤーナおばは、はっとわれに返ったかのように、ふいに声をふりしぼって叫んだ。「さあ、行って……行って……追いかけるの、あの人から一歩も離れちゃだめ、さあ、早く、早く！」彼女は力まかせにぼくをママから引き離そうとした。「ええい、じれったい、それならわたしが行くわよ！」

「アルカーシャ、そう、すぐあの人を追いかけて！」ママもとつぜん叫んだ。

ぼくは無我夢中でキッチンをぬけ、中庭を突っ切って通りに駆けだしたが、彼の姿はどこにもなかった。遠くの歩道を歩いていく通行人の姿が、暗闇のなかで黒ずんで見えた。ぼくはいっさんに走りだし、彼らを追いかけはじめた。途中、一人ひとりの顔をのぞきこみながら、その脇を走りぬけていった。こうして十字路までやって来た。

《頭のおかしな相手に、人は腹を立てない》そんな考えがちらりと頭に浮かんだ。《ところがタチヤーナさんは、怒りにまかせて猛りくるった。ということは、彼はまったく頭がおかしいわけじゃないってことだ》。そうとも、ぼくにはあれがアレゴリーに思われてならなかった。あの聖像と同様、彼は何としても何かを断ち割りたかった、そしてそれをぼくらに、ママに、みんなに示したかったのだ、そんな気がしてならなかった。だが、『分身』もまたまぎれもなく彼の傍らに立っていた。その点だけは、何ひとつ疑う余地がなかった……。

3

しかし彼の姿はどこにもなく、彼の家にも駆けつけようがなかった。彼があのままあっさりと家路についたとは、とても考えられなかったからだ。そこで、ふとある考えが目の前にきらめき、ぼくはアンナさんの家をめざして一目散に駆けだした。アンナさんはすでに帰宅していて、すぐさま通してもらえた。はやる気持ちをできるだけ抑えて入っていった。腰を下ろすこともせず、たったいま起こった事件をありのまま話して聞かせた。つまり、ほかでもない『分身』の話だ。ぼくと同じく立ったまま話を聞くアンナさんの、どん欲で冷酷なほどとりすました、いかにも自信ありげな好奇の表情をぼくはけっして忘れないし、許しもしないだろう。

「彼はどこです? たぶんご存じなんでしょう?」ぼくはしつこく詰めよった。「昨日、タチヤーナさんからあなたのところへ行け、と言われました……」

「わたしがあなたをお呼びしたのも、昨日のことです。昨日彼は、ツァールスコエ・セローに行きましたが、わたしのところにも来ました。で、今頃は(時計をちらりと見た)、今が七時ですから……ということは、確実にご自宅におられるはずです」

「あなたは何もかもご存じのようですけど――だとしたら教えてください、言ってください！」ぼくは叫んだ。

「いろいろ存じてますけど、ぜんぶというわけじゃありませんわ。むろん、あなたに隠し立てすることは何もありません……」彼女は笑みを浮かべ、何か思いをめぐらすかのように、そしてぼくを秤にかけるかのような奇妙な目で見た。「昨日の朝、彼はカテリーナさんの手紙への返事として、彼女に正式にプロポーズしました」

「そんなのは――嘘っぱちです！」ぼくは目を皿にして叫んだ。

「手紙を取りついだのは、このわたしです、わたしがこの手で、封のしていない手紙をもっていったんです。今回、彼は『騎士らしく』ふるまいましたし、わたしに何も隠しませんでした」

「アンナさん、ぼくにはさっぱりわからない！」

「むろん、わかりづらいことはたしかですよね、でもこれは――ギャンブラーみたいなものでね、なけなしの金貨をテーブルに投げだし、ポケットにはすでに用意されたピストルを握っている――これが彼のプロポーズの意味なんですよ。十中八九、彼女はプロポーズは受けないでしょう。となると、彼は残りのわずかなチャンスに賭けたというわけです。正直、わたしに言わせると、なかなかおもしろい。もっとも……

もっとも、そこには、狂気もまじっているかもしれませんね、あなたがいまいみじくもおっしゃった『分身』とやらが」

「そう言って笑うんですね？　ぼくが信じるとでも思っているんですか、あなたを介してプロポーズの手紙が手渡されただなんて話？　いやしくもあなたは、彼女の父親のフィアンセなんですよ？　からかわないでください、アンナさん！」

「あの人、じぶんの幸福のために、わたしの運命を犠牲にしてくれって頼みこんできたんです。といっても、じっさいに頼んだわけじゃありません。つまり、無言のうちにそういうかたちをなしたという意味ですけど、わたしはたんにあの人の目からぜんぶを読みとっただけです。ああ、そうなんです、それだけのことなんです。だってあの人、ケーニヒスベルクのあなたのお母さんのところに出かけていったことがあるでしょう。Madame（マダム）アフマーコワの義理の娘との結婚の許可をもらいにね？　これって、昨日、あの人がわたしに全権を与え、腹心に選んだケースとよく似てるじゃないですか」

彼女の顔はかすかに青ざめていた。だが、彼女の冷静さは、せいいっぱいの嫌味でしかなかった。そう、徐々に事情が呑みこめてきたぼくは、多くの点で彼女を許していたのだ。一分ばかりぼくは考えをめぐらしていた。彼女は何もいわずに、待ち受けていた。

「あのですね」ぼくはふいににやりと笑った。「あなたが手紙を渡したのは、あなたにとって何の危険もなかったからでしょう、だって、結婚なんてありえない話ですから。でも彼はどうなります？　それに、あの人は？　むろん、あの人は彼のプロポーズを撥ねつけるでしょうが、そのときは……そのときはいったいどういうことになりますかね？　彼はいまどこなんです、アンナさん？」ぼくは叫んだ。「今はもう一刻を争うんです、一刻の遅れが不幸を呼ぶかもしれない！」

「彼は自宅にいます、いまそう言いました。わたしが手渡したカテリーナさんへの昨日の手紙に、彼はいずれにせよ、今日の晩七時きっかりに自宅でお会いしたいと書いていましたから。で、カテリーナさんは、それに同意しました」

「あの人が彼の家に行く？　どうしてそんなことが？」

「どうしてって？　あの家は、ナスターシヤさんが借りているものですよ。あそこなら、ナスターシヤさんのお客さんとしてふたりして会えるでしょう……」

「でもあの人、彼を怖がっているんですよ……ひょっとして殺しかねません！」

アンナさんは、にこりと笑みを浮かべただけだった。

「カテリーナさんは彼をとても恐れてきましたし、わたしもそれには気づいていました。でも以前からずっと、父がもっている気高い精神や高い知性には、ある種の敬意と驚きの念を抱いてきたんです。今回彼女は、その彼ときっぱりと関係を絶つために彼を信じることにしたんです。だってその手紙で彼は、もうこのうえなく厳かに、このうえなく騎士的な言葉を記していましたから、彼女として何ひとつ危惧することもない、とね……文面は覚えていませんけど、ひと言でいうと、彼女は信頼したんです……言ってみれば、これが最後ということでね……それと、まあ、彼のひじょうに英雄的な感情に応えようとしたんでしょう。ふたりの立場にとって、これは一種の騎士道的な戦いになるかもしれませんもの」

「でも分身がいるんです、分身が！」ぼくは叫んだ。「だって、彼は頭がおかしくなってるんですよ！」

「昨日、会いに行きますって約束したとき、カテリーナさんはたぶん、そういう事態が起きる可能性は想定していなかったと思います」

ぼくはふいに身を翻し、勢いよく走りだした……むろん彼のところへ、ふたりのもとに！　だが、広間まで出たところであらためてきびすを返した。

「そうか、ひょっとして、あなたは、それがお望みなんだ、彼があの人を殺すことを！」ぼくはそう叫んで、家から駆けだした。

まるで発作に襲われたかのように体じゅうが震えていたが、ぼくはキッチンを通ってそっと部屋のなかに入ると、ナスターシヤさんを呼んでくれと小声で頼んだ。ところが、当のナスターシヤさんがすぐに顔を出し、何もいわず、おそろしく怪訝そうな目で食い入るようにぼくを見つめた。

「ヴェルシーロフさまでございますか、ヴェルシーロフさまは留守にしてございます」

だがぼくは、率直にずばり、こちらはすべての事情をアンナさんから聞いて知っている、そもそもいまもアンナさんのところから来たと小声ですばやく伝えた。

「ナスターシヤさん、ふたりはどこです？」

「おふたりは広間です、一昨日、あなたがたがテーブルを囲んだ部屋でございます……」

「ナスターシヤさん、ぼくをそこに通してください！」

「そんなこと、できるはずありません！」

「広間じゃなくて、隣の部屋でいいんです。ナスターシヤさん、アンナさん自身も、おそらくそれを望んでいるはずです。もし望んでいなかったら、ふたりがここに来ていることを教えるはずないでしょう。ふたりに気づかれるようなことはありませんから……あの人自身がそれを望んでいるんです……」

「でも、お望みでなかったら？」ナスターシヤさんは、食い入るような目をぼくから離さずに言った。

「ナスターシヤさん、ぼくはあなたのオーリャさんを覚えています……ぼくを通して」

彼女の唇と下あごが急に震えだした。

「ほんとうにもう、これは、オーリャに免じて……あなたの気持ちに免じて……どうか、アンナさんを見捨てないで、いいですね！　見捨てないでくださいね、え？　見捨てないでしょうね？」

「見捨てませんよ！」

「それじゃ、わたしに固く約束してください、あなたをあそこに入れてあげますけど、おふたりのいるところには絶対に駆けこまないって、大声を立てたりしないって？」

「名誉にかけて誓います、ナスターシヤさん！」

彼女はぼくのフロックコートの袖をつかみ、ふたりのいる部屋の隣の暗い部屋に案内し、柔らかなカーペットの上をかすかな音もたてずにドアのそばに連れていくと、下ろされたカーテンのすぐそばにぼくを立たせた。そしてそのカーテンの端をごくわずかに持ちあげて、ぼくにふたりを見せてくれた。

ぼくはそこに留まり、彼女は出ていった。むろんぼくはそこに留まった。じぶんがいま他人の秘密を盗み聞きしようとしていることは百も承知だった。でも留まった。どうして留まらずにいられたろう——分身が残っているではないか？　さっきだって彼は、ぼくの目のまえで聖像を叩き割ったではないか？

4

ぼくたちが昨日、彼の『復活』を祝ってワインを飲んだ例のテーブルを挟んで、ふたりは腰を下ろしていた。ぼくは、ふたりの顔をすっかり見ることができた。彼女はシンプルな黒のワンピースを着ていた。美しかった。そして見たところ、いつもと変わらず落ちついていた。彼が話をし、彼女は驚くほど思いやりあふれる注意深い態度で話に聞きいっていた。ことによると、彼女のうちには怯えもいくらかは混じっていたかもしれない。彼のほうはすさまじく興奮していた。

ぼくが到着したとき、話はすでにはじまっていたので、しばらくの間、なにも理解できなかった。記憶にあるのは、彼女がふいにこう尋ねたところだ。

「それじゃ、わたしが原因だったのですか?」

「いえ、それはわたしが原因だったんです」彼は答えた。「あなたはたんに罪を着せられただけです。罪がないのに罪を着せられることがあることは、あなたもご存じですよね? これはもっとも許しがたい罪で、ほぼ大方は罰を科せられます」妙な笑みを浮かべて、彼は言いたした。「わたしはじっさい、あなたをすっかり忘れさったと一瞬思い込んで、じぶんのこの愚かしい情熱に、まったく苦笑していたときがあります……でも、それはおわかりでしたね。そうはいえ、あなたが結婚されようとなさっている男のことなんて、どうでもいいじゃありませんか わたしは昨日、あなたにプロポーズしました、そのことを許してください。あれは——愚かでした、でも、だからといって、その愚かさに代わるものが何もなかった……ああして愚かな真似をする以外、いったい何ができたかっていうことです。わたしにはわからない……」

彼はこういうなり、ふと彼女のほうに目をあげ、途方に暮れたように笑いだした。そのときまで彼は、脇のほうに目をやる感じで話していたのだ。ぼくが彼女の立場だったら、その笑い声にぎょっとしたことだろう。ぼくはそう感じた。彼は急に椅子から立ちあがった。

「ひとつ教えてほしいんですが、あなたはどうしてここに来ることに同意なさったんです?」大事な話を忘れていたとでもいうかのように、彼はふいに尋ねた。「わたしのお招きといい、わたしの手紙といい――愚劣もいいところでしょう……ちょっと待って、ほかの推理もできますね。あなたがどういうふうにして、ここに来ることに同意するにいたったかについて。でも、――なぜ、ここに来られたのか――そこのところが問題なんです。あなたはほんとうに恐怖心だけが理由でここに来られたんですか?」

「わたし、あなたにお会いするために来たんです」彼女は気おくれしたように、用心深く相手の様子をうかがいながら言った。ふたりは三十秒ほど黙っていた。ヴェルシーロフはまた椅子に腰を下ろし、やさしいしみじみとした調子で、ほとんど声を震わせながら話しはじめた。

「カテリーナさん、あなたとはずいぶん長いことお会いしていませんでした、ほんとうに久しぶりです。ですから、こうして今みたいに、あなたの近くに腰をかけ、あなたの顔を眺め、あなたの声を聞くことができるなんて、夢にも思えなかったほどです……この二年間、顔を合わせることもなければ、この二年間、お話をすることもありませんでしたから。あなたと言葉をかわすことなど、いちどとして考えたこともありません。でも過ぎたことは過ぎたこと、それでよしとしましょう、いまあるものは――明日には煙と消えてしまいます――それでいいんです！　わたしは認めます、だって、それもまたほかにどうしようもありませんから。でも、今はこのまま空しく帰るということはなさらないでください」ほとんど祈るような声で彼は言いたした。「ここに来るという施しをしてくださったのですから、どうか、このまま空しく帰るなんてことはなさらず、ひとつだけ質問に答えてください！」

「どんな質問です？」

「もう二度とお会いすることはないのですから――どうということもないでしょう？　真実を教えてほしいんです、最後にいちどだけ。賢い男ならけっして聞くようなことはしない質問にです。あなたは、ほんの一時でも、このわたしを好きになったことがありますか、それともわたしの……勘違いだったのでしょうか？」

彼女の顔がぱっと赤くなった。

「好きでした」彼女は言った。

思った通りだ、彼女はそう答えるだろう――ああ、嘘いつわりのない、ああ、真摯な、ああ、誠実なひと！

「で、今は？」彼はつづけた。

「今は、好きではありません」

「そう言ってお笑いになるんですね？」

「いいえ、わたしがいまうっかり笑ったのは、あなたが、『で、今は？』と聞き返してくるとわかっていたからです。だから笑ったんです……だって、思っていたことが当たったりすると、人っていつもくすっと笑ったりするでしょう……」

ぼくには奇妙な気さえした。あの人がこれほど用心深く、ほとんど怯えたようすで、これほどまごついている姿を、これまでいちども見たことがなかったからだ。彼は嘗めるようにあの人を見つめていた。

「あなたがわたしを好きじゃないことはわかっています……でも、まったく好きじゃないのですか？」

「たぶん、まったく好きじゃないと思います。あなたが好きじゃありません」彼女はきっぱりと言いたしたが、すでにその顔に笑みはなく、顔の赤みも消えていた。「ええ、あなたが好きだったことがあります、でも、短いあいだでした。わたし、あのとき、ほんとうにすぐに気持ちが冷めてしまったんです……」

「知っています、知っています、そこにあるのは、あなたが必要としないものだとわかったからですね、でも……いったいあなたは何が必要だったんです？　もういちどそれを説明してください……」

「あら、いつかそれを説明したことがあったかしら？　何がわたしに必要か、ですか？　そうね、わたしって——ほんとうに平凡な女ですから。わたしって静かな女ですから、わたし……わたし、にぎやかな人が好きなんです」

「にぎやかな人？」

「だって、そうでしょう、わたし、あなたが相手だと、まともにお話をすることもできないんですよ。わたし、思うんですけど、あなたがもう少し控えめに好きになってくださったら、あなたのことをもっと好きになれたと思うんです」彼女はまた、おずおずと笑みを浮かべた。その答えには、もはや偽りようのない真摯な思いが息づいていた。その答えこそが、ふたりの関係を示すもっとも根本的な——すべてを説明し、解き明かしてくれる——かたちであることを、彼女が理解できなかったはずはない。そう、彼は、まさにそのことを理解すべきだったのだ！　だが、彼は彼女を見つめながら奇妙な笑いを浮かべていた。

「ビョーリングは、にぎやかな人なんですか？」彼は質問をつづけた。

「あの人のことなんて、気にかけるべきじゃありません」いくぶん慌てぎみに、彼女は答えた。「わたしが彼と結婚するのは、彼といるととても心が安らぐ、それだけの理由です。わたしの心は、そのままわたしのもとに残るからです」

「社交界がまた好きになられたそうですね？」

「べつに社交界が好き、っていうんじゃありません。どこでもそうですが、わたしたちの社交界にもやはり秩序の乱れがあることは知っています。でも、外から見たかたちはやはり美しい、ですから、たんにそばを通りすぎるだけの生き方をしていく分には、ほかのどこよりもあそこがいいんです」

「『乱脈』という言葉を頻繁に耳にするようになりましたが、あなたは、あのときもわたしの『乱脈』ぶりに驚かれていましたよね、鉄の鎖とか、思想とか、ばかげたふるまいに？」

「いいえ、それとはぜんぜん違っていました……」

「というと？　お願いですから、何もかも率直におっしゃってください」

「じゃあ、率直にいいますね、だってあなたを、すばらしく豊かな知性の持ち主だって思っていますから……わたし、いつも、あなたのなかには、何かしら滑稽なものがひそんでいるような気がしてなりませんでした」

そこまで言うと、彼女の顔がぱっと赤くなった。とてつもなく不用意な発言をしてしまったと意識したかのようだった。

「たしかに、あなたがそうおっしゃってくださったので、わたしもあなたのいろんなところが許せるというものです」奇妙な言葉つきだった。

「いえ、まだ最後まで言っていません」なおも顔を赤らめながら彼女は話を急いだ。

「わたしこそ滑稽なんです……だって、あなたと話をしているわたしって、ほんとうにばかみたいなんですもの」

「いえ、滑稽なんかじゃありません、あなたは——たんにふしだらな、社交界の女性にすぎません！」彼はおそろしく青ざめていた。「じつはさっき、どうしてここに来られたのかとあなたに尋ねたとき、わたしも最後まで話していませんでした。かまいませんか、最後まで話しても？ ここに一通の手紙、一通の文書があります、そしてあなたはそれをひどく恐れている。なにしろ、あなたのお父上がそれを手にしたら、生きている間、それこそあなたを呪い、遺産相続の権利を法的に奪いかねない代物だからです。ですから、あなたはその手紙を恐れ——手紙をとり戻すためにやってきた」ほとんど全身を震わせながら、ほとんど歯をがちがち言わせながら彼は言った。

彼女は、悲しげな、痛々しい顔をして話を聞いていた。

「わたし、わかっています。あなたがいろいろといやなことをおっしゃるかもしれない、ということぐらい」彼の言葉を払いのけるようにして、彼女は言った。「でも、わたしがここに来たのは、わたしにつきまとわないでください、とお願いするため、というより、むしろ、あなたご自身にお会いしたかったからなんです。もう、ずっと以前からあなたにお会いしたいと心から願っていました。わたしのほうから……でも、わたしがいま出会ったあなたは、以前と同じあなたでした」ふいに彼女は言いそえた。彼女はまるで、ある特別な決然たる思いと、何かしら奇妙な、思いもかけない感情に魅せられているかのようにみえた。

「では、べつのわたしに出会えることを期待していたわけですね？　それは――あなたのふしだらを責めたわたしの手紙の後のことですか？　おっしゃってください、あなたはここに来る途中、何の恐怖も感じていなかったのですか？」

「わたしが来たのは、むかし、あなたを愛していたからです。でも、あの、お願いがあります。わたしたちが今、こうしていっしょにいるあいだは、どうか恐ろしいことはおっしゃらないでください。わたしの、よくない考えや気持ちにはふれないでください。もし、あなたがわたしに、何かべつのお話をしてくださったら、わたしとしてもとても嬉しい。脅しめいたことは――どうか、後で。いまはどうかべつの話を。わたし、嘘じゃなく、ほんの一瞬でもあなたにお会いし、お声を聞きたくて来たんです。でも、もしそれができないとおっしゃるなら、わたしをこのまま殺してください、でも、どうか脅すことだけはなさらないで、わたしの前でごじぶんを痛めつけるようなことだけはなさらないで」相手がじぶんを殺すかもしれないと本気で予期しているかのように、彼女は奇妙な期待にかられ、ひしと彼を見つめながら言葉を結んだ。彼はまた椅子から立ちあがり、熱いまなざしで彼女を見つめながら、きっぱりと言い放った。

「侮辱なんかいっさい受けずにここから帰れます」

「ああ、そうでした、そう約束してくださいましたものね！」彼女はにこりと笑みを浮かべた。

「いえ、手紙で約束したからだけじゃありません。今晩ひと晩、あなたのことを考えていたいからです……」

「ごじぶんを責めるために？」

「ひとりになったとき、わたしはいつもあなたのことを考えています。わたしのすることといえば、あなたと話をすることだけなんです。わたしが場末の穴倉に出かけていくというと、まるでそのコントラストみたいに、あなたがすぐわたしの目のまえに姿を現す。でも、あなたはいつもわたしをからかってばかりいる、今と同じように……」あたかもわれを忘れたような言い方だった。

「あなたをからかったことなんて、いちどもありません、いちどだって！」深く沁みとおるような声で、そしてその顔に、この上なく憐みの念をたたえながら彼女は叫んだ。「ここに来たからには、どんなことがあってもあなたを傷つけるようなことがないようにと、必死に努めてきました」彼女はふいにそう付けたした。「わたしがここに来たのは、あなたのことをほとんど好きといってもいいくらい、ということを告げるためでした……ごめんなさい、なんだか、言葉を間違えたかもしれません……」彼女は慌てて付けたした。

彼は笑い出した。

「あなたって、どうしてそう演技が下手なんでしょう？　なぜ、あなたは——そんなに正直なのです、なぜあなたはほかの女たちとちがうんです……今から追い払おうとしている男に、どうして『ほとんど好きといってもいいくらい』なんて言い方ができるんです？」

「うまく言えなかっただけです」彼女は慌てて言った。「だから、言葉を間違えてしまったんです。それは、あなたの前だと、いつも恥ずかしさが先に立ってしまうから、初めてお会いしたときからうまく話せませんでした。でも、もし、『ほとんど好きといってもいいくらい』という言葉でうまく言えなかったとしても、気持ちとしては、ほとんどそのとおりだったんです——だから、そう言いました。ただ、わたしがあなたが好きといっても、それは、そう……一般的な愛、みんなを愛するときのような愛、いつ告白しても恥ずかしくない愛なんです……」

彼は黙ったまま、その熱いまなざしを彼女から離すことなく聴き入っていた。

「わたしは、むろんあなたを辱めている」彼はまるでわれを忘れたように話をつづけた。「これは、じっさい、情熱と呼ばれているものにちがいありませんから……ただ一つ、わたしにわかっているのは、わたしがあなたの前では終わった人間だということです。あなたがいなくても同じです。あなたがいなくても、いても同じことなんです。あなたがどこにいても、あなたはずっと、わたしのそばにいるのですから。もう一つ、わかっているのは、あなたをものすごく憎むかもしれないということです、愛するんじゃなくて……といって、もう何も考えなくなってずいぶん経ちます——どうせ同じことですから。ただ、わたしが残念でならないのは、あなたのような人を……好きになってしまったという……」

彼の声はそこで断ち切られた。彼は、まるで息が切れたように話をつづけた。

「どうなさいました？　こんなふうなものの言い方、気味悪いですか？」彼は、生気のない笑みをもらした。「あなたの気持ちを惹きつけるものがそれ以外ないというのでしたら、わたしはどこかの苦行僧のように、三十年でも片足で立っていることでしょうね……わたしにはわかります。あなたがわたしを憐れんでいるのが、あなたの顔にそう書いてありますから。『できることならあなたを愛したい、でも、それができない』……とね、そうでしょう？　いや、いいんです、わたしには誇りなんてありませんから。わたしは、物乞いみたいに、あなたからならどんな施しでも受けとる覚悟です——聞こえましたか、どんな施しでも、ですよ……物乞いにどんな誇りがあるっていうんです？」

彼女は立ちあがり、彼に歩みよった。

「ねえ、あなた！」片手で彼の肩に触れ、その顔にえも言われぬ思いを浮かべながら彼女は言った。「そんな言葉、聞くにたえません！　わたしはあなたのことを死ぬまで、このうえなく大切な人として、最高にけだかい心をもった人として、このわたしが尊敬できたり、愛したりできるすべてにまして、何か神聖な人として思いつづけていくつもりです。ヴェルシーロフさん、どうか、わたしの言葉、わかってください。だって、その気持ちがあるから、いまここに来ているんですよ、そうでしょう、昔も今もかわらず優しい人！　最初に出会ったとき、あなたがわたしの心と頭にどんな衝撃を与えたか、わたし、けっして忘れません。親しい友としてお別れしましょう。そうすれば、あなたは、わたしが死ぬまで、わたしのもっとも真剣な、もっとも親しい思い出として残るのですもの！」

「『お別れしましょう、そうすればあなたを愛してあげます』というんですね。愛してあげます――ただし、別れましょう、ってわけだ。いいですか」彼はすっかり青くなって言った。「わたしにもうひとつ、施しを恵んでください。わたしを愛してくれなくてもいい、いっしょに住んでくれなくてもいい、二度と会えなくてもいい。呼んでくだされば、あなたの奴隷になります――。顔も見たくない、声も聞きたくないというならすぐに消えうせます。ただ……ただ、だれとも結婚しないでください！」

この言葉を聞いたとき、ぼくの胸は痛みでつぶれそうだった。この、ナイーブで屈辱的な願いは、あまりに露骨すぎて聞き入れられるはずのないものだけに、その分いっそうみじめで強烈に胸を刺しつらぬくものがあった。そう、むろん、彼は施しを求めたのだ！　それにしても、彼女がそれに同意するなど考えられるはずもなかった。にもかかわらず、彼はあえてそれを試すまでに身を落としたのだ。施しを求めてみたのだ！　落ちこみもここまでくると、さすがに見るに堪えなかった。彼女の顔の輪郭が苦しみのあまりふいにゆがんだかのようだった。だが、彼女が口を開くいとまもないうちに、彼はふとわれに返った。

「あなたを滅ぼしてやる！」彼はとつぜん、奇妙な、ゆがんだ、とうてい彼のものとも思えない声で言った。

ところが彼女もまた、奇妙にも、これまた彼女のものとも思えない、唐突な声で彼に答えたのだった。

「あなたに施しをしたら」彼女はふいに、しっかりした声で言った。「あなたはあとで今のその脅しよりもっとはげしくわたしに復讐するでしょうね。なぜかって、わたしのまえでそうした物乞いとして立ったことを、永久に忘れられないからです……わたし、あなたの脅し文句なんて聞きたくもありません！」ほとんど怒りにかられ、なかば挑みかかるような目で彼をにらみながら、彼女は言葉を結んだ。

「『あなたの脅し文句』というのは、こんな物乞いの脅し文句なんか、ってことですね！　わたしはね、冗談を言ったんですよ」静かに微笑みながら彼は言った。「わたしは、べつにおかしなまねはしませんせん、ですから怖がる必要はありません、さあ、お帰りなさい……例の文書も送れるように何とか努力します――とにかくお帰りなさい、お帰りなさい！　ばかな手紙を書きました。でもそのばかな手紙に応えて、あなたは来てくださった――これで貸し借りはなしです。あなたはこちらから」と言って彼はドアを指示した（彼女はぼくがカーテンの陰に立っていた部屋を抜けて出ていこうとした）。

「できるなら、わたしを許して」ドアロで彼女は立ちどまった。

「そう、どうでしょう、いつの日か、なんのこだわりもなく友人として顔をあわせ、この場面のことも明るく笑って思い出せるときがきたら？」彼はふいに言った。だが、彼の顔のすべての線が、発作に襲われた人間のようにこまかく震えていた。

「ほんとうに、そうありたいものですわ！」胸に両手を合わせ、おずおずと彼の顔をのぞきながら、彼が何を言わんとしたか探りでもするかのように彼女は叫んだ。

「さあ、帰ってください。われわれふたりとも、分別は十分に備わっていますが、あなたは……そう、あなたは、わたしと似た者同士なんです！　わたしが狂ったような手紙を書けば、あなたはそれに応じて、『ほとんど好きといってもいいくらい』なんてことを告げにやって来るんですから。いや、わたしとあなたは、同じ狂気を抱えた者同士です！　いつまでも、そういう狂った人間であってください、変わらずにいてください。そのときこそ、われわれは友人として出会えるんです――このことをあなたに予言します、そのことを誓います！」

「そのときこそ、わたしはあなたを必ず好きになりますわ、だって、いまもそれを感じているんですもの！」彼女のなかの業《ごう》が、こらえきれずドアロからこの最後の言葉を投げかけたのだった。

彼女は部屋を後にした。ぼくは足音を忍ばせ、急いでキッチンへと向かい、待っていたナスターシヤさんにはほとんど目もやらず、裏階段から中庭を抜けて通りに出た。しかしぼくは、ポーチに待たせてあった辻馬車に乗りこむ彼女の姿を見ることができただけだった。ぼくは通りを駆けだしていった。

第十一章

1

ぼくはランベルトの家に駆けつけた。ああ、その晩、その夜のぼくの行動に、どれほど論理的な筋道をつけ、たとえわずかでも常識のかけらを見出そうにも、いや、もうすべてを判断できるいまになっても、しかるべき明確なつながりのなかで事態を想像することができずにいる。そこにはひとつの感情があった、というか感情のカオスがあったというべきだが、そのただなかにあって、ぼくは当然のようにじぶんを見失ってしまった。たしかにそこにはひとつの大きな力があって、それがぼくを押しつぶし、すべてを支配したのだが、……はたしてその感情を告白すべきだろうか？　まして や、ぼくにはそれだけの確信がない……。

ランベルトの家に駆け込んだぼくは、当然のことながら度を失っていた。ランベルトはおろか、アルフォンシーヌまで怖気づかせたくらいだった。かねて気づいていたことだが、フランス人というのは、どんな道楽者だろうと、どんなにくだらない連中だろうと、家庭生活ではある種のブルジョワ的な秩序、そして十年一日のごとき日常生活の散文的かつ儀式ばったルーティーンにやたらとこだわりたがるものだ。もっともランベルトはたちまち、これは何かが起こったと見抜き、小躍りした。ついにぼくが彼の手に落ち、ついにぼくを支配できるとにらんだのだ。しかも彼はこの数日、夜となく昼となくこのことばかり考えていたのだった！　そう、彼にとってぼくという人間がどれほど必要だったか！　それがどうだろう、すべての望みが絶たれようとした矢先に、ぼくのほうからいきなり姿を現したというわけだ、それも、こんな狂乱の態で……それこそこれ以上望むべくもないかたちで。

「ランベルト、酒をくれ！」ぼくは叫んだ。「飲もうぜ、騒ごうぜ。アルフォンシーヌ、きみのギターはどこだい？」

ここから先の場面は描写しない——余分だからだ。ぼくたちは飲んだ、そして何もかも話してきかせた、あらいざらい。彼はむさぼるように耳を傾けていた。ぼくは、率直に、こちらから先に陰謀をもちかけた。焚きつけたのだ。第一に、手紙でもってカテリーナさんを呼びよせなくてはならなかった。

「そいつはいける」ランベルトはぼくのひと言ひと言にうなずいた。

第二に、念のために彼女の《文書》の写しを同封し、これが嘘ではないことを彼女にじかにわからせる必要があった。

「そりゃそうさ、そいつは必須だ！」ランベルトは、アルフォンシーヌと目くばせしながらうなずいた。

第三に、彼女を呼びよせる役目は、モスクワから来た何者ともわからない人物からという具合にしてランベルト自身が引き受け、ぼくはヴェルシーロフを連れてくることにする……。

「ヴェルシーロフのほうもいけそうだな」ランベルトはうなずいた。

「いけそうじゃなく、いかせるんだ！」ぼくは叫んだ。「それが必須なんだ！　何もかも、彼のためにやっていることなんだから！」コップの酒をがぶ飲みしながらぼくは説明した（三人して飲んでいたが、どうやらシャンパンをまるまる一本、ぼくひとりで空けてしまったらしく、彼らはたんに飲んでいるふりをしているだけだった）。

「ぼくとヴェルシーロフは隣の部屋で待機している（ランベルト、もうひと部屋借りなくちゃだめだ！）――で、彼女がすべてに同意したら、ってことは、金による買い取りと、もうひとつべつの代償だ。なにしろやつらはみんな下劣だからな。そこで、ぼくとヴェルシーロフが飛びだして、彼女がどんなに下劣な女かをあばいてやる、で、ヴェルシーロフは、彼女がどんなにおぞましい女かを見て、いっぺんに病気も治ってしまい、彼女を足蹴にして追い出してしまう。でも、ここでビョーリングにも一枚嚙んでもらい、やつにも彼女の正体を見せてやるんだ！」ぼくは夢中になってつけ足した。

「いや、ビョーリングなんて必要ない」ランベルトが言いかけた。

「いや、必要だね、必要だよ！」ぼくはまたわめき出した。「ランベルト、きみはばかだから何もわかっちゃいない！　それどころか、上流階級にスキャンダルが飛び火してみろ――それでもって上流階級にも彼女にも復讐できるじゃないか、そうして罰を受けるがいいんだ！　ランベルト、彼女はきみに手形を渡すぞ……ぼくは、お金なんて目じゃない――お金なんて唾吐きかけてやる、で、きみはかがみこんで、ぼくの唾のついた金をポケットにねじ込めばいいのさ、ぼくはそのかわり、彼女を破滅させてやれる！」

「そう、そう」ランベルトは終始相槌を打っていた。「そりゃ……きみ……そういうことさ」彼はたえずアルフォンシーヌと目配せをしていた。

「ランベルト！　彼女、えらくヴェルシーロフを崇拝してるぞ。ぼくはさっきそれを確信したね」ろれつも怪しくぼくは言った。

「けっこうじゃないか、きみがそうしてぜんぶ盗み見できたのは。いや、夢にも思わなかったな、きみがそんなに立派なスパイで、頭が回るとはね！」ぼくに取り入ろうと、彼はそんな言い方をした。

「でたらめはよせ、ぼけフランス人、ぼくはスパイなんかじゃない、でも、頭だけはよく回るんだ！　で、いいか、ランベルト、あの女はな、ヴェルシーロフを愛しているんだよ！」ぼくはすべてをぶちまけてしまおうと話しつづけた。「でも、彼とは結婚しない、ビョーリングは近衛将校だが、ヴェルシーロフは、いいとこ心の広い人間、人類の友といったところだからね、連中に言わせると、滑稽な人物という以上のなにものでもないんだ！　そう、彼女は彼の情熱がわかっていて、それを楽しんだり、媚びたり、誘惑したりしているけど、でも、結婚はしない！　それが女ってもんさ、それが、蛇ってもんなんだ！　女なんて、みんな蛇さ、蛇はみんな女なんだ！　ヴェルシーロフの迷いを覚ますんだよ。目隠しをとってやるんだ。彼女の正体をしっかり見届ければ、病気は治る。そうさせるんだ。彼をここに連れてくるよ、ランベルト！」

「ああ、それが順当ってとこだ」ランベルトは、ひっきりなしに注いでは、いちいち頷いてみせた。

要するに彼は、何かの拍子にぼくを怒らせたりすることがないように、ぼくに逆らわないように、ぼくにもっと酒を飲ませることにのみ心を砕いていたのだ。その態度があまりにあけすけで、見えすいたものだったので、そのときのぼくでさえ気づかざるをえなかったほどだ。ところがぼく自身、どうしてもそこを立ち去ることができず、ひっきりなしに飲んではしゃべりつづけていた。とことんぶちまけてやりたくて、どうにも仕方なかったのだ。ランベルトが次のボトルを取りにいくと、アルフォンシーヌはギターで、何やらスペイン風の曲を弾きだした。ぼくはほとんど泣きださんばかりだった。

「ランベルト、きみは何もかもわかっているんだな！」ぼくは胸をつまらせながら叫んだ。「あの人を、なんとしても救わなくちゃならない。だって、魔法に……かかっているんだもの。もしも、あの人と結婚したら、彼は、それこそ初夜が明けた朝に、あの人を蹴飛ばして追い出すにちがいないんだ……そういうことってよくあることだからね。だって、だって、ああいう暴力的で、荒々しい愛って、失神とか、死の縄とか、病気のような作用をもつし、満足が得られれば、たちまち目隠しがとれて、反対の感情が現れるものだからさ。嫌悪や憎しみにくわえて、抹殺したい、叩きつぶしたいという願望が、だよ。ランベルト、きみは、アヴィシャグの話を知っているか、読んだことある？」

「いや、覚えてないな、それって小説か？」ランベルトはもぐもぐ言った。

「そうか、きみは何も知らないんだ、ランベルト！　きみって、ほんとうに恐ろしいほど無学だね……でも、そんなの糞くらえさ。どうでもいいことなんだ。そう、彼は、ママを愛している。ママの写真に口づけをしたくらいだからね。彼は、あの人なんか翌朝には追いだして、ママのところへ戻っていくんだ。でも、そのときではもう遅い、だから、いま救ってやらなくちゃいけないんだ……」

終わりごろには、ぼくもおんおん泣きだしていたが、それでもしゃべりつづけ、おそろしく大量の酒を飲んでいた。もっとも注目すべき点は、ランベルトがひと晩、いちども例の『文書』について、どこにあるか尋ねなかったことだ。つまり、見せてくれとか、テーブルに出してみてくれとか言わなかった。いざ行動に移る段取りをつけようとしているのに、それを訊かないというのは、どうみても不自然ではないか？　もうひとつ注目すべき点は、ぼくらが、これをしなくちゃ、とか、『これ』はぜひともやろう、とか話すばかりで、いつ、どこで、どのようにしてそれをやるか、具体的なことについてはひと言も口に出さなかったことだ！　彼はひたすら頷き、アルフォンシーヌに目くばせするだけで、それ以上のことは何もしなかった！　むろん、そのときのぼくは何ひとつ頭を働かせることができなかったが、それでもそのことだけは、しっかりと記憶に残った。

結局、ぼくは着替えもせず、彼の家のソファのうえで寝こんでしまった。かなり長いこと眠りつづけ、翌朝遅くに目を覚ました。忘れもしない。眠りから覚めてもぼくはしばらくの間、呆然とソファに横になり、まだ寝ているふりをしながら、あれこれ考えをめぐらしては思い出そうと努めていた。だが、部屋のなかにランベルトの姿はすでになかった。外出してしまったらしい。すでに九時を過ぎていた。火の入った暖炉がぱちぱち音を立てていた。あの晩のあと、ランベルトの部屋ではじめてわれに返ったときと寸分違わなかった。だが、衝立のかげでアルフォンシーヌがぼくを見張っていた。ぼくはすぐさまそれに気づいた。なぜなら、彼女は二度ばかり顔をのぞかせ、こちらの様子をうかがっていたからだ。だが、そのたびにぼくは目を閉じ、あいかわらず眠っているふりをしていた。ぼくがそうした態度をとったのは、すでに打ちひしがれていて、じぶんが置かれている立場をはっきりとつかむ必要があったからだ。昨夜、ランベルトに向かって行った告白や、申し合わせ、そしてぼくがここに駆けつけた過ちが、どんなに愚劣でおぞましいものであったかを感じて、思わずぞっとなった！　だがありがたいことに、文書はまだぼくの手もとにあり、ぼくの脇のポケットにそのまま縫いつけられていた。ぼくは手で探ってみた——ある！　ということはつまり、いますぐはね起きて、逃げだすだけでいいわけだ。あとからランベルトに恥じる理由など何もなかった。ランベルトにそんな価値はなかった。

だが、ぼくはじぶんが恥ずかしかった！　ぼく自身がぼくの裁き手だった——ああ、ぼくの心がどうだったか！　だが、この地獄の苦しみにも似た耐えがたい思いを、この、おぞましい汚辱の意識を書きつらねようとは思わない。それでもやはり、ぼくは告白せざるをえない。なぜなら、どうやらそのときが来ているらしいから。このことは、ぼくのこの手記にはっきりと記しておかなくてはならない。そんなわけで、知ってもらいたいことがある。つまり、ぼくが彼女を辱め、彼女がランベルトを買収する場面の（ああ、なんという下劣さ！）目撃者たろうとしたのは——なにも狂ったヴェルシーロフを救いだし、ママのもとに帰らせるためではなく、ことによると……ぼくが彼女に恋をしていたためらしい。そう、恋をし、嫉妬していたためらしいのだ！　では、だれに嫉妬していたのか。ビョーリングか、ヴェルシーロフか？　ぼくが隅で縮こまっているのをしり目に、彼女が舞踏会場で目を見かわしたり、言葉を交わしたりするすべての連中だろうか？……ああ、なんと醜悪な！

要するに、ぼくはじぶんがだれに嫉妬していたのか、わからない。しかし、ぼくが昨晩ひたすら感じ、二二が四のように腑に落ちたのは、彼女をぼくは永久に失ったということ、この女性がぼくを突きはなし、ぼくの欺瞞と愚劣さを嘲るだろうということだった！　彼女が嘘のない誠実な女性なのにたいし、このぼくときたら、文書を隠しもつスパイではないか！

あのとき以来、ぼくはこうしたことをすべて心のなかに秘めてきたが、いまは、そのときが来たので――総括する。しかし、改めて最後の言いわけをさせてもらおう。ことによるとぼくは、まるまる半分、ないし七十五パーセントは、じぶんのせいにしていたのかもしれない！　あの夜、ぼくは逆上して、そのあとは酒の勢いにまかせてあの人を憎んだ。すでに書いたとおり、あれは感情と感覚のカオスだったので、それに巻き込まれたぼく自身何もわからなくなっていたのだ。しかし、どのみち吐きださなくてはならなかった。なぜなら、たとえ一部分たりとも、それらの感情に嘘はなかったからだ。

抑えようのない嫌悪と、すべてを償おうというこれまた抑えようのない思いに急きたてられ、ぼくはいきなりソファから起きあがった。ところが、ぼくが立ちあがるとすぐ、アルフォンシーヌも飛びだしてきた。コートと帽子をつかんで、ぼくは、ランベルトに伝えろと彼女に命じた。昨日、じぶんが口にしたことはぜんぶたわ言で、さんざんあの女の悪口をはいたが、あれはわざと冗談を言ったまでのことだ、ランベルトにはもう二度とぼくのところに来る気を起こさないように伝えろ、と……これらのことをぼくは、なんとか、急いで、苦労しながらフランス語で言ってのけた。むろん、おそろしく曖昧な話し方だった。ところが驚いたことに、アルフォンシーヌはすべてをみごとなまでに理解したのだった。しかし何より驚かされたのは、何やら喜んでいるふうにみてとれたことだ。

「Oui, oui.（そうですとも、そうですとも）」彼女はぼくに相槌を打った。「C'est une honte! Une dame... Oh, vous êtes généreux, vous! Soyez tranquille, je ferai voir raison a Lambert...（ほんとうによくないこと！　ご婦人をね……ああ、あなたってなんてお優しいのかしら！　ご安心なさって、わたし、ランベールにちゃんと言ってきかせますから）」

だからこの瞬間でさえ、ぼくはあの人の気持ち、ということは、おそらくランベルトの心境に生じたかもしれない意外な変化を目にし、疑いを覚えてしかるべきだったのだ。しかしぼくはだまって家を出た。ぼくの心はどんよりと曇り、判断力も鈍っていた！　そう、後になってすべて見きわめがついたが、そのときはすでに手遅れだった！　そう、なんと恐ろしい悪巧みがしかけられていたことか！　ここでぼくは話をとめ、あらかじめその悪巧みの一部始終を説明しておこう。そうしないことには読者の理解もおぼつかなくなるから。

要するにこういうことなのだ。ランベルトとはじめて会ったさい、つまりぼくが彼のアパートで凍えた体を温めていたとき、ぼくはばかみたいに、じぶんのポケットには文書が縫いつけられていると口走った。あのとき、彼の家の片隅にあるソファでしばらくうとうとしたのだが、その間ランベルトはすかさずぼくのポケットを手探りし、たしかに書類のようなものが縫いつけられているのを確かめた。その後も彼はなんどか書類がまだそこにあるのを確認した。たとえば、タタール人の店で会食したとき、彼がなんどかわざとぼくの腰に手をまわして抱きよせようとしたのを覚えている。やがて、この書類がいかに重要かを悟った彼は、ぼくがまったく予想できない完全に独自のプランを作りあげたのだった。ぼくはばかみたいにずっと想像していた。彼があまでしつこくぼくをアパートに呼びよせるのは、もっぱらぼくを仲間に引きこみ、いっしょに行動する気にさせるためなのだ、と。ところが、そうではなかった！　彼はぼくを、まったくべつの目的のために呼び寄せようとしたのだ！　彼がぼくを誘ったのは、ぼくが酔いつぶれ、長々と正体もなくいびきをかきだす頃を見計らってぼくのポケットを切りさき、文書を手にするためだったのだ。その夜、ランベルトとアルフォンシーヌは、まさにその通り行動した。ポケットに鋏を入れたのはアルフォンシーヌだった。手紙、つまり彼女の手紙を、ぼくがモスクワからもってきた文書を手に入れると、ふたりは切りさいた場所に同じサイズのただの便箋を押しこみ、なに食わぬ顔でふたたび縫いつけた。そのせいでぼくは何も気づくことができなかった。縫いつけたのも、やはりアルフォンシーヌだ。そしてこのぼくはといえば、ほとんど最後の最後まで、まる一日半というもの、あいも変わらず考えつづけていたのだ。ぼくは秘密をにぎっており、カテリーナ・アフマーコワの運命は、いまもってぼくの掌中にあると！

最後にひとこと付けたしておこう。この文書が盗難にあったこと、それがその後のすべての不幸の原因となったのだ。

2

ぼくの手記もいよいよ最後の一昼夜というところまで来た。そしてぼくは、いま、最後の土壇場に立たされている。

およそ十時半頃だったと思う。ぼくは気が高ぶり、記憶するかぎりなぜか奇妙な放心状態にありながら、胸のうちに最後の決意を秘め、やっとの思いでアパートにたどりついた。慌ててはいなかった。これからどう行動するべきかすでにわかっていたからだ。だがアパートの廊下に足を踏み入れたとたん、新たな災難が持ちあがっており、異常とも思えるほど事態が紛糾しつつあることをすぐに悟った。ツァールスコエ・セローから連れもどされたばかりの老公爵が、ぼくの住むアパートにいて、アンナさんが彼に付きそっていたのだ。

老公爵が入れられたのはぼくの部屋ではなく、その隣りにある家主夫妻の二部屋だった。これらの部屋では、すでに前夜からいくつかの模様替えと装飾が施されたが、といってもそれはごく簡素なものだった。家主は、以前にも書いた、酔狂なあばた面の下宿人の納戸じみた部屋に移っており、あばた面の下宿人はこの間、部屋を取りあげられていた――行き先はまったくわからない。

ぼくを迎えたのは家主で、待ちかまえていたように、ぼくの部屋に飛び込んできた。家主は、昨日ほどの毅然とした感じはなかったものの、いわば事件相応の異常な興奮状態にあった。ぼくは何もいわずに部屋の隅に向かい、両手で頭を抱えたまま一分ほどそこに立ちつくしていた。彼ははじめ、ぼくが「芝居をしている」と思ったらしいが、ついに痺れをきらして驚きの色をみせた。

「なにか良くないことが？」奥歯にものが挟まったような言い方だった。「あなたにお尋ねしようと、こうしてお待ちしておりました」ぼくが答えようとしないのを見て彼は言いたした。「こちらのドアは、開けたままにしておくようにいたしましょうか、公爵の寝室と直接行き来できますから……いちいち廊下から入るのもなんでしょう？」そう言って彼は、いつもは閉じたままになっている脇のドアを指さした。それは、家主夫妻の部屋、つまりさしあたりは公爵の部屋に通じるドアだった。

「それはそうと、ピョートルさん」ぼくは厳しい顔で話しかけた。「たいへん恐縮ですが、いまからアンナさんのところに行って、相談したいことがあるので、すぐこちらにお越し願えないかと伝えてくれませんか。あの人たち、こちらに移ってだいぶ経ちますすか？」

「ええ、かれこれ一時間ほどにもなりますか」

「それじゃ、行ってくれますか」

彼は行ってもどってきたが、持ちかえった返事が妙だった。と老公爵は、いまかいまかとぼくの帰宅を待っていたというのだ。つまりアンナさんるのを望まなかったということだ。ぼくは昨夜のうちにくしゃくしゃになったフロックコートを直し、ブラシをかけ、顔を洗い、髪をとかした。こうした一連の準備を慌てずにおこない、細心の注意を払う必要があると思いながら、老公爵の部屋に出向いていった。

老公爵は円テーブルと向かいのソファに腰かけ、アンナさんはべつの隅の、クロスのかかったもうひとつのテーブルでお茶の準備をしていた。テーブルのうえでは、これまでになく磨きあげられた家主のサモワールが、しゅんしゅんと音を立てていた。さっきと同じ厳しい顔で入っていくと、老公爵はただちにそれに気づいて、ぎくりと体をふるわせた。そしてその顔に浮かんでいた笑みが、たちまち驚きの表情に変わった。だが、ぼくはがまんできなくなってすぐに笑いだし、彼に手を差しだした。哀れな老公爵はたちまちぼくの胸に飛びこんできた。

疑いようもなく、ぼくはただちに理解した。じぶんがどういう人物を相手にしているか。第一に、ぼくには二二が四のごとく明らかになった。すなわち、まだ十分に元気もあり、多少とも分別が備わり、まがりなりにも気骨のあったこの老人が、ここしばらく見ないでいる間に、まるでミイラといおうか、おどおどした疑いぶかいまったくの子どもにされてしまったということだ。ひと言つけ加えておくと、彼は、じぶんがなぜここに連れてこられたかを知りつくしていた。すべてが、ぼくが先回りして説明しておいたとおり運ばれていたのだ。娘の裏切りや精神病院の話を聞かされた彼は、度肝をぬかれ、打ちのめされ、押しつぶされた。恐怖のあまり、じぶんが何をしているのかさえほとんど意識できないまま、連れ去られるにまかせた。老人は、このぼくが秘密をにぎっており、最終決断の鍵はぼくに委ねられていると教えられていた。先回りして言っておこう。ほかでもない、この最終決断と鍵こそ、老人がこの世のなによりも脅えていたものなのだ。老人は、ぼくが宣告文のようなものを額にはりつけ、手に文書を携えたままいきなり部屋に入ってくるものと覚悟していたので、ぼくがさしあたりにこにこし、なにかまるきりべつのことをしゃべりだしそうなのを見てすっかり嬉しくなった。ぼくたちが抱きあっていたとき、彼はいきなり泣きだしたほどだ。正直のところ、ぼくもちょっとばかりもらい泣きしてしまった。だが、ぼくは急に彼のことがとても哀れになってきた……。アルフォンシーヌから貰いうけた小犬が、鈴のような細い声できゃんきゃん吠え、ソファのうえからこちらに飛びかかってきた。この小犬を手に入れてからというもの、老人は片時もそばから離さなくなり、寝るときもいっしょだった。

「Oh, je disais qu'il a du coeur!（そうとも、わしは言っていたね、この子は心の優しい若者だって！）」ぼくを指さしながら、彼はアンナさんに向かって叫んだ。

「でも、公爵、ほんとうにお元気になられて、ほんとうにすばらしく健康そうなお顔をしてらっしゃる、生気にあふれて！」ぼくはそう口にした。しかし、そう、すべては正反対で、彼はまさにミイラであり、彼を励まそうとしてそう言っただけのことだ。

「N'est-ce pas, n'est-ce pas?（そうだろう？　そうだろう？）」彼はうれしげにくり返した。

「そうとも、わしもびっくりするくらい調子が良くなって」

「でも、まあ、お茶を召し上がってください、ぼくも一杯いただけるのでしたら、おつきあいします」

「そいつは、いい！『ともに飲み、ともに楽しもう』だったかな、なにかそんなふうな詩があったね、アンナさん、この人にもお茶をお出しして。Il prend toujours par les sentiments…（この子には、いつもほろりとさせられるよ……）。さあ、われわれにお茶をお願いします、アンナさん」

アンナさんは、お茶を出してくれたが、急にぼくのほうに向きなおって、ひどく重々しい口調で切りだした。

「アルカージーさん、わたしたちふたりは、そう、このわたしと恩人のニコライ・ソコーリスキー公爵です、あなたのお世話になることにしました。わたしたち、あなたのもとに、あなたひとりを頼りにして参ったつもりです。わたしたちふたりを、あなたのもとに匿（かくま）っていただきたいのです。どうかお忘れにならないで、清らかで高潔きわまりないお人でありながらこうして辱めをうけたこの方の運命が、ほぼあなたの手に委ねられているということを……わたしたち、あなたの義《ただ》しいお心の裁きをお待ちしているのです!」

しかし、彼女は最後まで話しきれなかった。恐怖にかられた公爵が、おびえきって震えださんばかりだったからだ。

「Après, après, n'est-ce pas? Chère amie! (その話は後で、後でいいんじゃないかい? いいだろう?)」

彼女の突飛な言動からぼくが受けた不快な感じは、なんとも言葉にしようがない。ぼくはなんの返事もせず、ただ、冷ややかで重々しいお辞儀だけでじぶんを納得させるしかなかった。それからテーブルにむかって腰をおろしたぼくは、とるにたらぬべつの話をわざと持ちだし、笑ったり、洒落を飛ばしたりしはじめた。老人はどうやらぼくに感謝しているらしく、夢中になってはしゃぎだした。といってもそのはしゃぎようは、夢中ではあったが、どことなく危ういところがあって、一瞬にして完全な落胆に変わるおそれがあった。それは、ひと目で明らかだった。

「Cher enfant, (ねえ、きみ)、きみは病気だと聞いていたが……おっと、pardon! (失礼!)。なんでも、降神術にずっと凝っていたそうじゃないか?」

「そんな、ばかな」ぼくは苦笑した。

「ちがう? じゃ、いったいだれが降神術の話をしてくれたんだ?」

「ここの家主のお役人さん、ピョートルさんがさっき話してくれたんですよ」アンナさんが説明に入った。「とても面白い方で、ひと口話をたくさんご存じです、お呼びしましょうか?」

「Oui, oui, il est charmant…(そう、そう、なかなか面白い男でね)。いろんな笑い話を知っているんだ。でも、呼ぶのは後にしたほうがいい。呼べば、いろんな話をしてくれる。Mais après(でも、後にしよう)。いいかね、さっき、食事の準備をしながら、こんなこと言うんだよ。『ご心配にはおよびません。テーブルは飛んでいきませんから、わたしどもは降神術師じゃありませんし』とね。でも、これが降神術師だと、ほんとうにテーブルが飛んでいくのかね?」

「ほんとうのところはぼくも知りませんが、なんでも四本の脚がそのまますっと浮くんだそうです」

「Mais c'est terrible ce que tu dis.(でも、きみのその話、聞くだけでぞっとするね)」老人は怯えた様子でぼくをにらんだ。

「いえ、ご心配にはおよびません、そんな話は、すべてでたらめですから」

「だから、わしもそう言っているんだがね。ナスターシヤ・サロメーエワ……きみも彼女のことは知っているだろうが……ああ、そうか、知らないんだった……それが、どうだね、彼女も降神術を信じているんだよ、驚くじゃないか、Chère enfant（ねえ、おまえ）」そういって彼はアンナさんのほうをくるりと振りかえった。「だから、彼女にこう言ってやったのさ。どこの役所にも机がたくさんある、どの机にも八組ずつ役人どもの手が乗っかっていて、四六時中、書類を書いているのに――どうしてあそこじゃ、机が踊りださないのか、とね？　そうしたら、どうだ！　そのうちいきなり踊りだすでしょうだと！　財務省か文部省で机の反乱が起こるんだ――われわれが求めているのは、まさにそれさ！」

「あいかわらず、とてもおもしろいことをおっしゃる、公爵」心から笑っているようにみせようと努めながら、ぼくは叫んだ。

「N'est-ce pas? Je ne parle pas trop, mais je dis bien.（そうだろう？　わたしはそう口数は多くないが、それでも気のきいたことはいえるんだ）」

「わたし、ピョートルさんを呼んできます」アンナさんが立ちあがった。その顔に、輝かんばかりに満ちたりた表情が広がった。ぼくがこれほどにも老人にやさしいのを見て、うれしかったのだ。ところが、彼女が部屋から出ていくと、老人の顔が一瞬にして変わった。彼はドアのほうに急いで目を走らせ、ぐるりとまわりを見まわすと、ソファからこちらに身を乗りだし、おどおどした声でささやいた。

「Cher ami!（ねえ、きみ！）。そう、ここで、あのふたりといっしょに会えたらいいんだが！　O, cher enfant!（そうなんだよ、きみ）」

「公爵、落ちついてください……」

「ああ、わかっとるよ、ただ……われわれであのふたりを仲直りさせようじゃないか、n'est-ce pas?（だめかね？）。あんなもの、立派すぎる女同士の、あさはかでつまらん諍いでね、n'est-ce pa?（だろう？）。わたしとしては、きみだけが頼りだ……ここはわれわれふたりして、すべて元の鞘に納めようじゃないか。それにしても、ここは妙な家だね」ほとんど怖気づいた様子で、彼はぐるりとまわりを見まわした。「それに、ここの主人だが……面がまえがなんとも……で、どうなんだ、あの男、危険人物じゃないのかね？」

「ここの家主が？　いや、そんなことありません、どこが危険なもんですか？」

「C'est ça.（たしかに）。それならいいが。Il semble qu'il est bête, ce gentilhomme.（おつむがよくなさそうだな、あの男は）。Cher enfant（ねえ、きみ）、お願いだから、アンナさんには言わんでくれよ、ここに来てから、わたしがやたらと怖がっていることをな。ここに来るとすぐ、なにもかも誉めてやっているんだ、家主のことも誉めた。いいかい、きみは、フォン・ゾーンの話、知っているだろう、覚えているだろ？」

「それがどうかしましたか？」

「Rien, rien du tout... Mais je suis libre ici, n'est-ce pas?（いや、べつになんでもない……ただ、わしはここにいるとせいせいした気分になれる、そうだろう？）。で、どう思っている、ここでわしの身に何も起こらんだろうか……ああいった類のことが？」

「それは、ぼくが保証します、公爵……とんでもありません！」

「Mon ami! Mon enfant!（そうか！　それはありがたい！）」胸のまえで手をあわせ、もはや内心の恐怖をすこしも隠そうともせずに、老人はいきなり叫んだ。「もしも、きみがじっさいに何かを持っているとしても……要するに……文書か何か――かりにもし、なにかわしに言うべきことがあっても、言わんでくれ、お願いだから、何も言わんでくれ。まったく言わんほうがいい……できるだけ先のばししてくれたほうがいい……」

そう言って彼はぼくに抱きつこうとした。彼の顔を涙がつたって流れていた。言いようもなく、胸が締めつけられる思いだった。哀れな老人は、じぶんの生家からジプシーか何かにかどわかされ他人の家に連れてこられた、みじめで、かよわい、おびえきった子どもそっくりだった。だが、ぼくたちは抱きあえなかった。ドアが開いてアンナさんが入ってきたからだ。それも、ここの家主ではなく、兄の侍従補がいっしょだった。この新たな事態に、ぼくは仰天してしまった。ぼくは立ちあがり、ドアにむかって歩きだした。

「アルカージーさん、ご紹介させていただくわ」アンナさんが甲高い声でそう言ったので、ぼくは思わず足を止めなくてはならなかった。

「あなたのお兄さまとは、もう知りすぎるくらいよく知っている仲ですよ」ぼくは、すぎる、という言葉にとくに力をこめてずばり言い切った。

「ああ、あれは、とんでもない誤解でした！　ほ、ほんとうに申しわけない、アンド……アンドレイ君」男は何やらもぐもぐ言いながら、やけにうちとけた態度で歩みより、ぼくの手をにぎった。ぼくはその手を振りほどこうにも振りほどけなかった。

「でも、みんなうちのステパンの責任なんです。やつがあのとき、ああいうばかな取次ぎ方をしたものだから、別人と勘違いしてしまって——この話、モスクワでのことだけど」そういって彼は妹のアンナさんに説明した。「あの後、ぼくはあなたを探し出し、事情を説明しようと必死に頑張ったんですが、生憎、病気になってしまって。

そう、妹に聞いてくれるといいんです……。Cher prince, nous devons être amis même par droit de naissance…（ねえ、公爵、ぼくたち、生まれからいっても友だちでなくちゃならない……）」

そこで青年は厚かましくもぼくの肩に片手をかけたのだが、これなどはもう馴れなれしさの極みだった。ぼくはうまく身をかわしたものの、すっかりとり乱し、ひと言も口をきかずにその場を立ち去るしかなかった。そしてじぶんの部屋に入ったぼくは、こみ上げる思いに動揺しながらベッドに腰をおろした。彼らの謀りに思いをはせると息がつまりそうだったが、かといってアンナさんの度肝をぬき、地べたに叩きつけるようなまねをするわけにもいかなかった。ぼくはそこでふと、彼女もまたぼくにとってはかけがえのない存在であり、彼女が置かれている立場は恐ろしいものだと感じたのだった。

3

予期していたことだが、公爵と兄を残して、彼女はじぶんからぼくの部屋に入ってきた。兄は、あれこれ社交界に出回っているほやほやの噂話をはじめ、感じやすい老人の心を一瞬にして解きほぐしてしまった。ぼくは無言のまま、けげんに思いながらベッドから体を起こした。

「あなたにはすべてお話ししました、アルカージーさん」彼女はいきなりこう切りだした。「わたしたちの運命は、あなたのお気持ちひとつです」

「でも、ぼくはあらかじめお断りしておきましたよ、それはできない相談だとね……。この上なく神聖な義務と心得ていることがありますから、ぼくとしてはあなたが当にされていることをどうにも実行できずにいるんです……」

「そう？　それが、あなたのお答え？　いいえ、わたしはべつにどうなってもいいんです、ただ、あの老人をどうなさいます？　あなたがどうされるおつもりか知りませんが、あの方は日が暮れるまでには、狂ってしまいますよ！」

「いいえ、あの老人が狂うとしたら、それは、ぼくが彼に娘さんの手紙を見せるときです、あの手紙で、彼女はどうすれば父親を狂人と公告できるか、弁護士に相談しているんですから！」ぼくは熱くなって叫んだ。「老人からしたらとても耐えられないことです。でもね、老人はその手紙を信じていないんです、ぼくにむかって、すでにそう言っています！」

彼がそう言ったなどと、ぼくは嘘をついた。だが、それが図星にあたった。

「そう言っている？　そうだと思っていました！　それなら、わたしはこれで終わりです。あの人、さっきまで泣いて、家に帰してくれってせがんでいたくらいですから」

「教えてください、あなたの計画って、そもそも何が目的なんですか？」ぼくは執拗に尋ねた。

いわば、傷つけられた自尊心から彼女は顔を紅潮させたが、それでもなんとか気を取りなおして言った。

「あの人の娘さんの手紙が手に入りさえすれば、世間の目から見てもわたしたちが正しいことがわかります。わたし、あの人の幼馴染であるV公爵と、ボリス・ペリーシチェフさんのもとにさっそくそれを送ります。おふたりとも社交界に影響力をもつ立派なお方で、もう二年前から、あの血も涙もない強欲な娘さんのふるまいに憤慨していたのを知っていますから。むろん、そのふたりは、わたしの願いを聞いて、あの方と娘さんを和解させてくれるでしょうし、わたし自身もそう主張します。でも、そのかわり事態は完全に変わります。それどころか、そうとなったらわたしの親戚のファナリオートフ一族も、意を決してわたしの権利をバックアップしてくれると思います。でも、わたしにとって何より第一は、あの方の幸せなんです。いよいよあの方に理解していただき、きちんと評価してもらうんです。じっさいあの方にたいして献身的なのはだれなのか、ということをね。ほんとうに、わたしが何よりも頼りにしているのは、あなたの影響力です、アルカージーさん。だって、あなたはあんなにあの方を愛してらっしゃるんですから……じっさい、わたしたち以外、だれがあの方を愛していますか？　この数日、あの方の話すことといったら、もうあなたのことばかり。あなたを恋しがっています。あなたは『若き友』なんです……むろん、これから先、死ぬまで、わたしの感謝の思いが尽きることはありません……」

これはもう報酬を約束したも同然だった。お金かもしれない、と思った。語気するどくぼくは相手の話をさえぎった。

「あなたが何とおっしゃっても、ぼくにはできない」決心はゆるがないといった態度でぼくは言った。「ぼくにできるのは、同じような誠意であなたに報い、ぼくの最後のもくろみを説明することだけです。ごく近いうちに、あの運命的な手紙をカテリーナさんの手に渡します。でも、いま、起こっているすべてをスキャンダルにしない、そしてあなたの幸せの邪魔はしないと、彼女が前もって約束してくれることが条件です。ぼくにできることはそれだけです」

「そんなこと、無理です！」顔を真っ赤にして彼女は言った。カテリーナさんに憐みをかけられると考えただけで激高せずにはいられなかったのだ。

「アンナさん、ぼくはこの決心を変えませんから」

「たぶん、変えますわ」

「ランベルトに相談する気ですね！」

「アルカージーさん、あなた、おわかりじゃないのね、あなたのその強情のせいで、どんな不幸が起こるかしれないってことが」きびしく、はげしい調子で彼女は言った。

「不幸が起こる――たしかにそうでしょう……ぼくはめまいがします。あなたのお相手はもうたくさんです。ぼくは決心したんですから――それで終わりです。ただ、お願いですから、あなたのお兄さんをぼくのところに連れてこないでください」

「でも、兄は、ほんとうに償いたいって思っているんですよ……」

「償いなんて何も要りません！　そんな必要は感じません、いやだ、いやだ！」ぼくは頭を抱えて叫んだ。（そう、ぼくはひょっとすると、彼女にたいしあまりに高飛車にふるまっていたかもしれない！）「でも教えてください。今日、公爵はどこに泊まるんです？　まさか、ここじゃないでしょうね？」

「いえ、あの人はここに泊まります。あなたのところに、あなたといっしょに」

「それならぼくは、夜までにべつのアパートに引っ越します！」

容赦ない捨てゼリフを残してぼくは帽子をつかみ、コートを着こみはじめた。アンナさんは無言のまま、けわしい顔でぼくを見守っていた。ぼくは彼女がかわいそうになってきた——そう、この誇りたかい女性が哀れになってきたのだ！　しかしぼくは、彼女に期待を抱かせる言葉はひと言も残さずに部屋から飛びだした。

4

簡略を心がけよう。ぼくの決断は変わることなく下され、ぼくはタチヤーナおばのもとに向かった。ああ！　かりにもしぼくがそのとき彼女をつかまえていれば、あの大きな不幸も未然に防げたかもしれない。ところが図ったように、この日のぼくはとくに不運につきまとわれたのだった。ぼくはむろん、ママの家にも立ち寄ってみた。ひとつには可哀そうなママを見舞うためであり、もうひとつには、そこでならほぼ確実にタチヤーナおばと出会えるだろうと踏んだからだった。ところが、そこでもおばは不在だった。ついいましたがた、おばはどこかに出かけたところで、ママは病床に臥し、リーザがひとり付き添っていた。リーザはぼくに、部屋に入ってママを起こすようなことはしないでほしいと頼んだ。「夜通し眠れなくて、苦しかったみたい、で、いましがたようやく寝ついたところ」ぼくはリーザを抱きしめ、ひと言彼女に伝えた。運命を左右する一大決心をし、いますぐ実行に移す、と。彼女はまるでごくふつうの言葉を聞くように、とりたてて驚くそぶりもみせずにぼくの話を聞き流していた。そう、彼らはみな、ぼくがしょっちゅう口にする「最終決断」と、そのあとにつづく、臆病な心変わりにすでに慣れっこになっていたのだ。しかし今回は――今回こそは勝手がちがう！　ぼくはしかし、運河沿いの安レストランに立ち寄り、そこに腰をすえてタチヤーナおばの帰りを待ち、確実につかまえることにした。もっとも、どうしてこれほど急にこの人がぼくにとって必要となったかを説明しておこう。要するに、彼女をすぐさまカテリーナさんの家に遣わして彼女の家に来てもらい、そこでタチヤーナおばの立ち会いのもと、最終的にすべてを明らかにしたうえ、例の文書を返したかったのだ……。ひと言で言って、ぼくは当然の義務をはたしたかった、きっぱりとじぶんの身の証を立てたかったのだ。この一点さえ解決できたら、ぼくはかならず、もう是が非でもアンナさんを擁護する言葉をいくつか吐き、可能ならばカテリーナさんとタチヤーナおばのふたりをぼくのアパートに（証人として）、つまり老公爵のもとに連れていき、敵対しあう女性たちをその場で和解させ、老公爵をよみがえらせると決断したのだ。そして……そして……端的に言えば、少なくともそこで、その集まりで、今日こそみんなを幸せにしてやるのだ、と。そうすれば、残るはヴェルシーロフとママのみということになる。ぼくは成功を信じて疑わなかった。カテリーナさんはぼくが彼女に何も要求せず、手紙を返したことへの感謝の意味でも、こうした懇願を拒否はしないはずだった。ああ！　ぼくはそのときもまだ、文書を手にしていると思い込んでいたのだ。ああ、それとは知らず、ぼくはなんとも愚かしい役立たずの立場にあったわけだ！

ぼくがあらためてタチヤーナおばを訪ねたのはすでに四時頃で、早くも日はすっかり翳っていた。マリヤがぶっきらぼうな調子で『帰っておりません』と答えた。いまとなって、マリヤのあの奇妙な上目づかいをはっきりと思いだすことができる。だが、そのときぼくの頭には、むろん何ひとつ浮かびようがなかった。それどころかべつの考えにちくりと胸を刺された。腹立たしい、いくらか憂鬱な気分でタチヤーナおばの家の階段を下りる途中、さっきぼくのほうに手を差しのべてきた哀れな老公爵のことを思いだしたのだ。――そこでふと、おそらくは個人的な腹立ちのせいで彼を放りだしたことにたいし、にわかにはげしい自責の念に襲われた。ぼくは不安な思いで、あそこでは、ぼくがいない間に何かしらひどくよくないことが起こったかもしれない、と想像し、急いで家路についた。しかしながら家で起きていたのは、次のようなことだけだった。

アンナさんは、さっき怒りに駆られてぼくの部屋を出たあとも、意気消沈していたわけではなかった。ここで伝えておくことがある。すでに朝のうちから彼女はランベルトに使いをやり、さらにもういちど使いをやったのだが、ランベルトがずっと不在にしていたので、とうとう兄に頼んで彼を探してもらうことにしたのだ。ぼくの抵抗にあった彼女は、哀れにもランベルトと彼のぼくにたいする影響力に一縷の望みを託した。彼女はじりじりする思いでランベルトを待ち、今日の今日までじぶんから離れず、ちょこまかつきまとっていた彼が、急にじぶんを見捨て、じぶんの前から姿を消してしまったことをしきりに不思議がっていた。ああ！　彼女の頭に思い浮かぶはずもなかったのだ。いまや、文書をわがものとしたランベルトが、すでにまったくべつの決断を下しており、むろんそのために姿を消し、じぶんから故意に身を隠していることなど。

そのようなわけで、不安と、胸のうちに膨れあがる動揺に支配されたアンナさんは、ほとんど老人の気をまぎらすこともできなくなっていた。そのいっぽう、老人の不安は危険なレベルにまで膨らんでいた。彼は妙なおびえたような質問を発し、彼女の顔まで疑わしげな目で見るようになって、なんどか泣きだしたほどだ。若いヴェルシーロフはそのときわずかな間付きそっただけだった。彼が行ってしまうと、アンナさんはついに家主のピョートルさんに望みを託して、そばに連れてきた。だが老人はこの家主が気にいらず、嫌悪さえもよおしたほどだ。総じて老公爵は、なぜか家主のピョートルさんを見るたびに不信と猜疑心を募らせていった。ところが、家主は、あてつけのように、またしても降神術だの、どこかのショーで見たとかいう手品の話を勢いこんではじめた。とある旅まわりのいかさま師が、並みいる見物人のまえで人間の頭を斬り落とし、血が流れた、みんなはそれを見ていた、そのあとその頭を首についだところみごとにくっついた、それも並みいる見物人の前でやってのけた、あれはたしか一八五九年のことだ、とかいった話である。それを聞いた老公爵がひどくおびえだし、同時になぜかはげしく怒りだしたので、アンナさんは即座にこの話好きの家主を追いかえさざるをえなくなった。幸い、そこに食事が届けられた。これは昨晩のうちに(ランベルトとアルフォンシーヌの口ききで)、どこか近隣に住みいまは失職して、貴族屋敷かクラブでの職を探している腕ききのフランス人コックにわざわざ注文してあったものだった。シャンパン付きの食事は、ひどく老人を陽気にさせた。彼はたくさん食べたし、さかんにジョークを飛ばした。食後は体がだるくなり、眠気に襲われるとそのままいつもひと眠りする習慣があったので、アンナさんはベッドの用意をしてやった。寝入りぎわに彼はたえず彼女の手にキスをし、おまえはわしの天国だ、生きる望みだ、天女だ、『黄金の花』だとか口にした。要は、やけに東洋風の表現を次々と繰りだすのだった。やがて眠りについたところに、ぼくが戻ってきた。

アンナさんが慌ただしくぼくの部屋に入ってきて、目の前で両手を合わせ、「もう、わたしのためじゃなく、公爵のために出ていかないでほしいんです、公爵が目を覚ましたら、どうかあの人のところに行ってあげてください。あなたがいなくなったら、彼はそれでおしまいです。神経の発作が起きます。夜までもたないのじゃないかって、わたし心配なんです……」と言った。彼女はそこで、じぶんはどうしてもここを留守にしなければならない、「ひょっとして二時間ぐらい、だからあなたひとりに公爵をお任せします」と言いそえた。ぼくは夜までここに残り、目を覚ましたら全力をつくして彼の気をまぎらしてあげます、と熱っぽい調子で約束した。

「わたしは、じぶんの義務を果たします！」彼女はエネルギッシュな口調で言葉を結んだ。

彼女は出ていった。先回りして言いそえておくと、彼女は自力でランベルトを探しに出かけたのだ。それが彼女に残された最後の望みだった。それればかりか、兄や親類にあたるファナリオートフ家も訪ねてまわった。どんな精神状態で彼女が戻ってきたかは、想像するにあまりある。

老公爵は、彼女が出ていってから一時間ほどして眠りから覚めた。壁越しに彼のうめき声が聞こえたので、ぼくはすぐさま彼のもとに駆けつけた。見ると、彼はガウンを羽織ってベッドの上に腰をおろしていた。他人の家にあって、しかもランプのわびしい光に照らされたままひとり置き去りにされていたことにひどくおびえていたのか、ぼくが入っていくと老人はぎくりと身ぶるいをし、軽く体を起こして声を立てた。ぼくは彼のそばに飛んでいった。相手がぼくとわかると、老公爵はうれし涙にくれてぼくを抱きしめた。

「どこかべつのアパートに引っ越したとかいうものでね、怖気づいて逃げだしたとか」

「だれがそんなことを言ったんです？」

「だれが？ ひょっとしてわたしが勝手に思いついたことかもしれない、いや、もしかするとだれかがそう言ったのかもしれない。じつをいうと、いま夢を見ていたんだよ。ひげをはやした老人が手に聖像をもって入ってきた。その聖像というのが、真二つに割れていてね。で、いきなりこういうんだよ。『おまえの命もこういうふうに断ち割られる！』とね」

「ああ、あなたはもう、だれかから聞いていたんですね、ヴェルシーロフが昨日聖像を割ったことを？」

「N'est-ce pas?（そうかね？）ああ、聞いた、聞いた！　ナスターシヤからついさっき、今朝、聞いたんだった。彼女がわしのトランクと小犬を運んでくれてね」

「なるほど、それで夢に見たわけですね」

「まあ、どうでもいいことさ、でも考えられるかね、その老人というのが、ずっと指を立ててわしを脅すまねをするんだよ。ところで、アンナさんはいったいどこに行った？」

「すぐに戻ってきます」

「どこから？　彼女も出ていってしまったのか？」病的な調子で彼は叫んだ。

「いえ、いえ、彼女はすぐに戻ってきます、あなたに付き添ってくれるようにって、ぼくに頼んでいきました」

「Oui（そうか）、戻ってくるんだな。とすると、われらがヴェルシーロフ君はついに頭がおかしくなったってわけだな。『心ならずも、すみやかに！』。わしはいつもあの男には予言しておいたんだ。きみは、そういう末路を辿るからね、となと。いや、ちょっとまった……」

彼はふいにぼくのフロックコートをつかんで、じぶんのほうに引き寄せた。

「さっきここの家主が」と彼は囁きだした。「いきなり写真を持ってきたんだが、それがいやらしい女の写真なんだよ。いろんな東洋風の格好をした裸の女ばかりで、それをいきなりルーペで見せるじゃないか……で、いいかね、わしとしては、しぶしぶ褒めてはやったのだが、あの連中も、そうやってこの手の汚らわしい女たちをあの哀れな男のところに連れて行ったんだろうな、そうすりゃ、あとで毒を盛るのに都合がいいから……」

「あいかわらず、フォン・ゾーンの話ですね、もういい加減にしてください、公爵！あの家主は、ばか以外の何者でもないんですから！」

「ばか以外の何者でもない、ね！ C'est mon opinion!（そいつは、わしの意見だ！）。ねえ、きみ、できたらわしをここから救い出してくれんか！」彼はふいにぼくの目の前で両手を合わせた。

「公爵、できるかぎりのことはなんでもします！ ぼくは、すべてあなたのものなんですから……愛する公爵、少し待ってください、ぼくがたぶんすべてをうまく収めてみせます！」

「N'est-ce pas?（そうかね？）。このまますぐ逃げだそう、見せかけにスーツケースを置いていく、そうしておけば、われわれがまた帰ってくるものと思わせられるし」

「どこへ逃げるんです？　アンナさんは？」

「いや、いや、アンナさんもいっしょだ……Oh, mon cher（ああ、きみ）、わしはもう頭んなかが、なんかぐしゃぐしゃでね……待て、そこの右手にあるバッグだが、そこにカテリーナの写真が入っている。アンナさんや、とくにナスターシヤに気づかれないようそっと押し込んでおいた。頼むからそいつを出してくれ、早く、見つからないように気をつけてな……ドアに掛金をかけるわけにはいかんのかね？」

たしかに、ぼくはバッグのなかに、卵形の額に収まったカテリーナさんのポートレート写真を探りあてた。彼はそれを手にとって光にかざした。ふいに涙が黄ばんで痩せた頰をつたって流れおちた。

「C'est un ange, c'est un ange du ciel!（この子は天使だ、天の御使いだ！）」彼は叫んだ。「これまでずっとわしはこの子にたいして申しわけないことをしてきた……現にいまもだ！　Chère enfant（いいかね）、わしは何も信じない、何も信じられない！　で、教えてほしいんだよ、このわしを病院に入れようと思っている連中がいるなんて、考えられるのか？　Je dis des choses charmantes et tout le monde rit…（わしはしゃれたことを言って、みんなを笑わせている……）、そういう人間を、いきなり病院に連れていくなんてありえることなのかね?」

「そんな話、まったくありません!」ぼくは叫んだ。「それは、まちがいです。あの人の気持ちがぼくにはわかるんです!」

「なに、きみもあの子の気持ちがわかるって? そりゃ、すばらしい! ねえ、きみ、きみはわしを生きかえらせてくれた。あの連中、どうしてそんなきみの悪口を言うのかね? ねえ、きみ、ここにカテリーナを呼んでくれんか、あのふたりに、わしの目の前でキスさせるんだ、で、わしはふたりを家に連れて帰る、で、あの家主を追っ払っちまおう!」

彼は立ちあがり、ぼくの前で両手を合わせると、いきなり跪いた。

「Cher(きみ)」彼はわなわなと全身を震わせながら、なにかしら狂ったような恐怖にかられて囁きだした。「ねえ、きみ、ほんとうのことを言ってくれ、わしはこれからどこに入れられるんだね?」

「ああ!」ぼくは彼を抱きおこし、ベッドにすわらせながら叫んだ。「つまり、もう、ぼくまで信じられなくなっているんですね。このぼくも、陰謀に加わっていると考えているんでしょう? いえ、ここにいるかぎり、ぼくはだれにも指一本あなたに触れさせませんから!」

「C'est ça（そうとも）、そうしてくれ」彼は、両手でぼくの肘をしっかりつかむと、なおも体を震わせながらもぐもぐ言った。「だれにも渡さんでくれ！　それにきみも、ぜったいに嘘はつかんでくれ……だって、ほんとうにわしがここから連れだされることはないんだろう？　いいかね、あの家主、イッポリート、いや、何ていったかな、あの男……あれは医者じゃないのかね？」

「医者って、なんのことです？」

「ここは……ここって病院じゃないのかい、ほら、ここさ、この部屋？」

だが、その瞬間、いきなりドアが開いてアンナさんが入ってきた。ドアのかげで立ち聞きしていたのだが、ついこらえきれなくなり、唐突と知りつつ思わずドアを開けてしまったのだ。ちょっとした軋りにも震えていた公爵は、きゃっと叫び声をあげ、そのまま枕に顔を埋めてしまった。ついに何か発作めいたものが起き、それがやがてはげしい慟哭に変わった。

「すべてあなたがまいた種です」老人を指さしながら、ぼくは彼女に言った。

「いえ、これは、あなたのせいよ！」声を高め、語気するどく彼女は叫んだ。「最後にあらためて言っておきますけど、アルカージーさん、あなたは、このいたいけな老人にたいする腹黒い陰謀を暴いてやろうとは思わないんですか。『異常で、子どもじみた恋の夢』を捨てて、血のつながった姉を救ってやろうとは？」

「ぼくは、あなたたち全員を救いだします、ただし、ぼくがさっきあなたに言ったやり方でですよ！　ぼくはまた行ってきます。もしかすると一時間後には、カテリーナさん本人がここに来るかもしれません！　ぼくはみんなを仲直りさせます、そうして、みんなが幸せになるんです！」なかば霊感にかられてぼくは叫んだ。

「連れてきてくれ、あの子をここに連れてきてくれ」老公爵はそういって急に身震いした。「わしを、あの子のところへ連れていってくれ！　わしは、カテリーナに会いたい、カテリーナに会って祝福してやりたい！」両手をさしあげ、ベッドから身を起こそうとしながら彼は叫んだ。

「ごらんなさい」ぼくはアンナさんに老人を指さして言った。「彼の言っていることを聞くんです。ともかくこうなった以上、どんな『文書』もあなたの役には立ちませんから」

「わかってます、でもあの文書は、世論にたいして、わたしのふるまいが正しいことを証明するのには役立ったかもしれないけれど、いまじゃ、当のわたしが世間に顔向けできなくなりました！　結構です。わたしの良心に曇りはありませんから。わたしはみんなに見捨てられたんですわ。失敗に怖気づいた実の兄にまでね……でも、わたし、じぶんの義務を果たし、この、不幸せなひとのそばに残ります。乳母として、ナースとして！」

だが、もはや一刻も失うわけにはいかず、ぼくは部屋から飛びだした。「一時間後に戻ります、そのときは、ひとりじゃありませんから！」ぼくはドア口からそう叫んだ。

第十二章

1

やっとのことで、タチヤーナおばをつかまえることができた！　ぼくはすべてを一気に彼女に話して聞かせた。文書のこと、現にぼくのアパートで起こっていることまで、細大もらさず話したのだった。彼女自身、これらの事件を知りすぎるくらい知っていたので、ぼくが二言三言口にしただけで事情を呑みこめたはずだった。しかしそれでも、話すのに十分ぐらいかかったと思う。一方的にこちらがしゃべりまくり、洗いざらい事実をぶちまけたが、べつにそれを恥ずかしいと感じることはなかった。彼女は棒のように背筋をぴんとのばして、無言のまま、体ひとつ動かさずにじぶんの椅子に腰をおろし、唇を固く閉じたままぼくから目をはなさず、一心にぼくの話に聞き入っていた。だが、ぼくが話を終えると、彼女はいきなり椅子から立ちあがった。ぼくが飛びあがるほどの勢いだった。

「まったく、この犬っころ！　それじゃあ、あの手紙はほんとうにあんたの服に縫い込んであったんだね、あのマリヤの馬鹿が縫い込んだんだ！　ったく、そろいもそろって、あきれた悪党どもときた！　ってことは、あんたは、女心をつかみたくてここへ来たってわけだ、社交界を征服したくて、私生児の恨みをどっかのだれかに晴らしたくて？」

「タチヤーナさん」ぼくは叫んだ。「どうかそうがみがみ言わないで！　ひょっとしてぼくがこうまで頑なになった原因も、もとはといえば、あなたのその悪態が原因かもしれないんですよ。ええ、たしかにぼくは私生児です。もしかしてぼくは、私生児としての生まれた恨みを晴らしたかっただけなのかもしれない、じっさい、そこらへんのだれかさんにたいしてね。なぜって、当のだれかさんだってだれが悪いかなんてわからないでしょうし。でも、いいですか、ぼくは悪党たちとつるむことを拒んで、じぶんの情熱に打ち克ったんです！　ぼくはだまって彼女のまえに文書を置き、そのまま出ていくつもりです、彼女の言葉も待たずにですよ。あなたがその証人になるんです！」

「さあ、さあ、手紙を出して、いますぐその手紙をテーブルにお置き！　あんた、ひょっとしてでまかせ言ってるんじゃないの？」

「手紙はぼくのポケットに縫いこんであります。マリヤさんがじぶんで縫いこんでくれたんです。で、こちらに来てから、フロックコートを新調してもらったときに、古いのから切りとって、じぶんで新しいのに縫いこみました。ほら手紙はここにあります。さわってみてください、嘘は言いません！」

「いいからさあ、手紙をだして！」タチヤーナおばが乱暴に急きたてた。

「ぜったいにだめです。いくら言ってもむだです。ぼくはこれをあなたのいるところで彼女の目の前に置き、返事をいっさい待たずに出ていくんですから。でも、彼女に知ってもらう必要がある、その目で見てもらう必要があるんです。ぼくが、このぼくが、強制されたわけでも、報酬が目当てでもなく、じぶんから自発的に渡すところをね」

「またかっこうつける気だね？　首ったけなんだ、この犬っころ！」

「好きなだけ言ってください。かまいません、だってそれに値しますから。でも怒ってなんかいません。そう、そこらのチンピラとあの人に思われたっていい、あの人をつけねらって、陰謀をくわだてたチンピラとね。ただ、ぼくがじぶんに打ち克って、あの人の幸せをこの世でいちばん大切なものと考えたってことを認めてくれれば、それでいいんです！　だいじょうぶ、タチヤーナさん、だいじょうぶです！　ぼくは声に出してじぶんを励ましているんです。へこたれるな、希望を持て、とね！　これが、ぼくの人生の第一歩であったっていいんです、だって、そのかわり、この一歩目は、よい結果に終わったんですから。立派な終わり方をしたんですから！　それに、ぼくがあの人のことが好きでどこが悪いんですか」ぼくは霊感にうたれたように、目を輝かせながらつづけた。「それを恥ずかしいなんて思いません。ママが天の御使いなら、あの人は地上の女王です！　ヴェルシーロフはママのもとに帰っていきますが、ぼくはあの人の前で恥じることなんてなにもありません。だって、ぼくは聞いてるんですから。あの人が、あそこでヴェルシーロフと話していたのを、ぼくはカーテンの後ろに立ってたんですから……ええ、ぼくたち三人は、『同じ狂気にかられた人間』なんです！　でも、これってだれの言葉か、ご存じですか？　この『同じ狂気にかられた人間』という言葉。これは彼の言葉なんです。ヴェルシーロフの言葉なんです！　いいですか、いま、同じ狂気にかられている人間は、そこにいたぼくたち三人だけじゃないかもしれないんです。ええ、賭けたっていい、そういうあなたこそ、四人目の同じ狂気にかられた人間です。何なら言ってあげましょう。ええ賭けてもいい、あなたご自身これまでずっとヴェルシーロフに首ったけだったわけでしょう、いや、ひょっとしたらいまだってそうかもしれない……」

くどいようだが、ぼくはインスピレーションにうたれ、ある種の幸福感にひたっていたが、最後まで話しきることはできなかった。タチヤーナおばがなぜか不自然とも思えるすばやさでいきなりぼくの髪を手でつかみ、二度ばかり思いきりぼくを床に向かって押しつけたからだ……それからふと手を放すと、部屋の隅のほうに行き、向こうを向いたままハンカチで顔をおおった。

「この犬っころ！　わたしにむかって、二度とそんななまいきな口きくんじゃないよ！」彼女は泣きながら言った。

すべてがあまりに思いがけなかったので、当然のことながら、ぼくは呆然としてしまった。ぼくは立ったまま、何をどうしてよいものやらわからずに彼女を見つめていた。

「ったく、この馬鹿！　いいからこっちに来て、わたしにキスするの、このばか女にね！」泣いたり笑ったりしながら彼女はふいに言った。「でも、いいかい、いまみたいな口、二度ときくんじゃないよ……でもね、あたしゃ、あんたのことが好きなんだよ、ずっと好きだったんだ……ばかなあんたがね」

ぼくは彼女に口づけした。ついでに言っておけば、タチヤーナおばとは、まさにこのときから親友になったのだ。

「ああ、そうだ！　まったくなんてこったい！」彼女はふいにポンと額を叩いて叫んだ。「あんた、さっき何ていってたっけ。老公爵があんたのアパートにいるとか？　それってほんとうかい？」

「嘘じゃありません」

「ああ、なんてこった！　ああ、胸がむかむかする！」彼女はそう言って部屋のなかをぐるぐると歩きはじめた。「で、で、あの連中、老人を操ろうってわけだ！　まったく、馬鹿は怖いもの知らずだからね！　しかも、朝早くからさ！　やってくれるよ、アンナさん！　あんな尼さんみたいな娘がさ！　なのに、あの、ミリトリーサときたら、何にも知らないときている！」

「ミリトリーサって、だれのことです？」

「何言ってんのさ、地上の女王のことじゃないか、あんたの理想の女じゃないか！　さあて、これからいったいどうしたらいいか」

「タチヤーナさん！」ぼくはわれに返って叫んだ。「ばかなおしゃべりにかまけて、大事なこと忘れてました。カテリーナさんを迎えにここに駆けつけたんです。むこうでみんながまたぼくの帰りを待ってるんです」

そこでぼくは、彼女がすぐにもアンナさんと仲直りする、それにアンナさんの結婚にも同意するという約束を条件に文書を手渡す気でいると説明した。

「けっこうじゃないか」タチヤーナおばが遮った。「わたしだって、口を酸っぱくしていってきたことなんだ。だって、あの老人、どうせ結婚する前に死んじまうわけだしさ。どっちみち結婚なんてできやしないんだ。万が一、遺書で彼女に、つまりアンナさんにお金を残す気なら、もう遺書に書きこんで、残す手はずになっているさ……」

「カテリーナさんが惜しがっているのが、お金だけなんてことがありうるんですか？」

「いいや、あの人は文書が、あの娘の、つまりアンナの手に握られているんじゃないかと、それをずっと恐れてきたんだよ。わたしもだけどさ。それで、彼女を監視していたってわけ。娘としては、老人にショックを与えるようなことはしたくなかったけど、あのドイツ人のビョーリングのほうは金も惜しかったらしいけどさ」

「それがわかっていて、ビョーリングと結婚できるんですか？」

「そう、ばかなのは、どうしようもない！　ばかにつける薬はなし、っていうじゃないか。そうさ、あのばか女、あの男がいっしょだと、気が安らぐんだってさ。『どうせだれかと結婚しなきゃならないなら、あの男といっしょになるのがいちばん適当だと思うの』なんてぬかしてさ。まあ、見てみようじゃないの。あの女にとってどう適当なのか、ね。あとでじたばたしたって、それこそ後の祭りってもんだ」

「でも、どうしてだまって見ているんです？　だって、あの人のこと好きなんでしょう。あの人に面とむかって言ってたじゃないですか、お熱だって」

「惚れてるわよ、あんたたちみんなを束にしたより、好きだわよ。でも、やっぱり、あの女は、分別知らずのばか女なんだ！」

「それじゃ、いまからあの人を呼びに行ってください。ぼくらでぜんぶを解決して、あの人を父親のもとに連れていきましょうよ」

「それはだめ、だめ、ほんとうにばかだね！　これってわけありなの！　ああ、どうしよう！　ああ、胸糞わるい！」膝かけをつかむと彼女はまたぐるぐる歩き回りだした。「ったく、あんたが、四時間早く来てくれていたらよかったのに、もう、七時を回っているだろう、あの女、ついさっきペリーシチェフさんの家に食事に招ばれて出かけちまったんだ、そのあといっしょにオペラに行くんだって」

「ああ、それじゃ、オペラ座に行ってくるってわけにいきませんか……だめか、だめなのか！　それじゃ、これからあの老人どうなります？　だって、今夜にも死んでしまうかもしれないんですよ！」

「いいかい、そっちに行かず、母さんのところにお行き、今晩はそこに泊まるんだ、で、明日の朝早く……」

「いえ、老人はぜったい放っておけません、なにが起きても」

「それなら、ほっとかないことだね。見直したよ。じゃ、わたしは、いいかい……やっぱりあの女のところへ出かけていって、置き手紙してくるよ……そうさ、わたしらだけにわかる言葉で書いてくる（あの子ならわかる！）、文書はここにある、明日の朝十時きっかりにわたしのところに来るようにと……きっかり十時に！　心配はいらないよ、かならず来るから、わたしの言うことならちゃんと聞くから。そこですべてを一気に片づけるんだ。で、あんたは走って帰って、極力老人のご機嫌とって、寝かしつければ、ひょっとして明日朝ぐらいまではもつかもしれない！　アンナのことも、脅かしちゃだめだよ。だって、あの子のことも好きなんだから。あの子にたいしてあんたはちょっと不公平だね、だって、なかなか理解しにくいところがあるだろう。あの子はね、傷ついているんだよ、子どものころから傷を受けてきたんだ。まったく、あんたたち、全員、わたしひとりにおっかぶさってくるんだから！　それに、わたしからといって忘れずに言っとくれ、この問題は、このわたしが、じぶんから引き受けたってね、じぶんから誠心誠意、だから心配はいらない、メンツを失わせるようなことはしないって……じつはこの数日、あの子とすっかり喧嘩しちまって、唾をはきかけあって、さんざ罵りあったのさ！　さあ、お行き……そうだ、ちょっと待って、もういちどポケット見せとくれ……ほんとうなんだろうね、ほんとうなんだね？　ったく、ほんとうなのかね⁈　そう、せめてひと晩ぐらい、その手紙ここに置いていきなさいよ、どうせあんたに用はないだろう？　置いていったからって、食べやしないさ。だって今夜じゅうに失くしてしまうかもしれないし……気が変わるかもしれないだろう？」

「そんなばかな！」ぼくは叫んだ。「さあ、触って、みてください、でもぜったいに置いていきませんから！」

「なるほど、紙切れがはいっているみたいだ」彼女は指で探った。「ええい、もう、いいわよ、行きなさい、わたしは、あの女のところへ、もしかして、劇場にも寄っていくよ、あんた、ほんとうにいいこと言ってくれた！　さあ、走って、走って！」

「タチヤーナさん、ちょっと待って、ママはどうしたんです？」

「ちゃんと生きてるよ」

「で、ヴェルシーロフは？」

彼女は手を横に振った。

「そのうち目を覚ますさ！」

思いどおりには進まなかったが、それでもぼくは希望に励まされて、元気よく駆け出した。だが、ああ、運命はべつの道を示し、まるでべつのことがぼくを待ちかまえていた——この世にはたしかに宿命というものがあるらしい！

2

階段を上る途中からすでに、アパート内の騒がしい物音が耳に入ってきた、入り口のドアは開けっぱなしになっていた。廊下には、制服姿の、見たこともない従僕が立っていた。家主のピョートルさんとその細君は、ふたりともなにかに怯えきったようすで、やはり廊下に突ったったままなにかを待ち受けていた。老公爵の部屋に通じるドアも開けはなたれており、そこから雷のような声がとどろきわたってきたが、ただちにそれがビョーリングの声だとわかった。二歩足を踏みだすまえに、ビョーリングとその連れであるR男爵が——交渉のためにヴェルシーロフのもとに姿を現した例の男だ——体をふるわせて泣いている老公爵を連れ出そうとしているところを目にした。老公爵は、大声を出して泣きながら、ビョーリングにすがったり、キスをしたりしていた。いっぽうビョーリングは、老公爵のあとからやはり廊下に出ていこうとするアンナさんをどなりつけていた。ビョーリングは、彼女を脅しつけて床を踏み鳴らしていたようだった——要するに、『上流階級の人間』という装いをかなぐり捨て、粗暴なドイツ軍人の本性をあらわにしたのだ。あとで露見したことだが、どういうわけかこのとき彼の頭のなかには、アンナさんがすでに何か刑事上の罪を犯しており、その行為にたいして、いまや明らかに法廷で責任をとらなくてはならないとの考えが浮かんだのだった。事情を知らないため、往々にしてありがちなことだが、彼は誇張して考え、じぶんはどんな無礼を働いても許されるとひとり合点していたらしい。要するに、彼には真相を見抜くだけの余裕がなかったわけで、あとでわかったことだが(これについてもあとで触れる)、匿名の手紙で一部始終を知らされた彼は、頭に血がのぼったままの状態でここに駆けつけてきたのだった。こういう状態になると、この民族に属する人間というのは、この上なく聡明な人間でも、靴職人なみの取っ組み合いをしかねない。アンナさんは、きわめて威厳に満ちた態度でこの奇襲を受けとめたが、ぼく自身はその場に居合わせなかった。

ぼくが目にしたのは、老人を廊下に連れ出したビョーリングが、いきなりR男爵の腕に彼をゆだね、勢いよくアンナさんのほうに向きなおった場面だけだった。そのとき彼は、おそらくはアンナさんが何かしら答えたのを受けて、こうどなりつけた。

「あんたって人は、陰謀家だ！ この老人の金がほしいだけだろう！ いまのこの瞬間から、あんたはもう社交界に顔向けできなくなった、法の裁きを受けるがいいんだ！……」

「あなたこそ、この哀れな病人を利用して、狂気に追いやった張本人ですよ……そうしてあなたがわたしをどなりつけるのは、わたしが女で、守ってくれる人がだれもいないからです……」

「ああ、そうだった！ あんたは、このひとのフィアンセだったんだ、フィアンセね！」ビョーリングは、意地悪そうに猛々しく笑いだした。

「男爵、男爵……。Chère enfant, je vous aime.（わが子よ、おまえを愛しているよ）」アンナさんに手を差しだしながら、老公爵は涙ながらに叫んだ。

「お行きなさい、公爵、お行きなさい。あなたにたいして陰謀が企てられていたんですから、ひょっとして、あなたの命をも危うくするような陰謀です！」ビョーリングはわめき立てた。

「Oui, oui, je comprends, j'ai compris au commencement…（そうとも、そうとも、わしはすぐにわかった……）」

「公爵」アンナさんはいっそう声を高めた。「あなたはわたしを侮辱なさるおつもりですか、わたしが侮辱されるのを、黙って見すごすわけですね！」

「あっちに行け！」ビョーリングがとつぜん彼女をどなりつけた。

これにはぼくもがまんできなかった。

「ひどいやつだ！」ぼくは彼にむかって叫びたてた。「アンナさん、ぼくがあなたの味方です！」

ここから先、細かく書きつらねるつもりはないし、またそうすることもできない。恐ろしくも、見苦しい光景が現出し、ぼくはたちまち理性を失ってしまったかのようだった。ぼくはそばに駆けよって彼をなぐりつけたような気がする、少なくともはげしく突きとばしたことはたしかだ。相手もやはり思いきりぼくの頭をなぐりつけ、そのためにぼくは床にぶっ倒れてしまった。ふとわれに返ると、ぼくは彼のあとを追って階段のほうに駆けだしていった。鼻血を出していたのを覚えている。玄関口では、馬車が彼らを待ち受けていた。老公爵を馬車に押しこもうとしているあいだ、ぼくは馬車に駆けより、従僕が押しかえそうとするのも意に介さず、ふたたびビョーリングに飛びかかった。ここはよく覚えていないのだが、気づくと巡査の姿が目の前にあった。ビョーリングはぼくの襟がみをつかみ、ぼくを交番に連れていけと、脅しつけるような調子で巡査に命じた。いっしょに調書をつくるために、やつもいっしょに行くべきだ、自宅の玄関先にいる人間をしょっぴく理由はないなどとぼくはわめき立てた。そうはいえ、事件は家のなかではなく通りで起こっていること、ぼくがまるで酔っ払いのようにわめき、罵り、暴れたこと、そしてビョーリングが軍服を着ていたこともあって、巡査はぼくの腕をつかんだ。だが、ぼくはもう完全に逆上し、あらんかぎりの力で抵抗しているうち、その巡査までなぐりつけたらしかった。それから、とつぜん巡査がもう一人現れ、ふたりがかりでぼくを連行していったのを覚えている。だが、たばこの煙がもうもうと立ちこめ、いろんな人間が、立ったり、座ったり、待ったり、書いたりしながらひしめきあっている部屋にどうやって連れこまれたのか、ごくかすかにしか記憶していない。ぼくはここでもわめきつづけ、調書をとるようにと要求した。だが、事件はもう調書うんぬんどころの話ではなくなっており、警察当局にたいする暴行と反抗とでかなり面倒な事態となっていた。それにぼく自身、あまりにぶざまなかっこうをしていた。だれかが、ふいにおそろしい剣幕でぼくをどなりつけた。その間、巡査は、ぼくの暴行を報告し、大佐がどうのと話をしていた……。

「姓は」だれかがぼくにむかって叫んだ。

「ドルゴルーキー」ぼくは吠えたてた。

「ドルゴルーキー公爵かね？」

ぼくは、われを忘れ、なにやら相当にえげつない罵言で応酬したあと……そう、「酔い覚まし」用の薄暗い小部屋に連れていかれたのを覚えている。いや、べつに抗議しているわけではない。多くの読者はつい最近、新聞紙上に紹介されたある紳士の苦情を読んでいるはずだ。この紳士はまるひと晩、縛られたまま同じ「酔い覚まし」用の部屋に勾留されたが、その紳士はどうやら無実の罪でそうなったらしいのだ。しかし、ぼくの場合は罪があった。ぼくは正体もなく寝こんでいるふたりの見知らぬ先客たちに交じって、ごろりと寝板に横たわった。頭が痛くてこめかみはずきずきするし、心臓ははげしく脈うっていた。どうやらぼくは意識を失い、うわ言を口にしていたらしい。覚えていることといえば、夜更けにふと目をさまし、寝板に座りこんでいたことだけだ。ぼくはいちどにすべてを思い出し、意味をさとった。そして膝に両肘をつくと、両手で頭を抱えて深いもの思いに沈んでいった。

そう！　そのときの気持ちをここに書きつらねようとは思わない。それに、そんな暇もない。ただしひとつだけ、書きとめておきたいことがある。ことによると、逮捕され、夜更け寝板のうえでもの思いにふけっていたときほど、喜ばしい瞬間を心のうちで経験したことはこれまでいちどもなかったかもしれない、ということだ。読者からすると、奇異に感じられるかもしれないし、三文文士好みの、いかにも奇をてらった言葉遣いのように響くかもしれない。しかし事実はすべて、ここに書いているとおりだったのだ。それはおそらくだれの身にも起こることとはいえ、ことによると人生に一、二度しか訪れないそうした瞬間のひとつだったのかもしれない。そうした瞬間、ひとはじぶんの運命を決し、人生観を確立して、じぶんにむかってきっぱりと告げるものだ。『真理は、まさにここにある、真理を得るには、この道を歩まなくてはならない』と。そう、その瞬間こそぼくの魂の光だったのだ。傲慢なビョーリングに辱められ、明日はあの超上流の女性に侮辱されることを覚悟していたぼくは、彼らに手ひどく復讐してやれることは百も承知していたが、復讐はしないと心に決めた。すべての誘惑をしりぞけ、文書を公にはしない、社交界全体にそれを公表するようなことは(その考えがすでになんどもぼくの頭のなかに浮かんだ)しないと決心したのだ。ぼくはくりかえし、じぶんに言い聞かせていた。明日、あの人の前でこの手紙を差しだし、いざとなれば、感謝のかわりに嘲りの笑みすらも耐えしのぼう、でもやはりひとことも口にせず、あの人のもとから永遠に立ち去る、と。とはいえ、こんなことはべつにくどくど書きつらねるべきことではない。明日ここでぼくの身に起こること、当局の前に立たされ何をされるか、といったことを、ぼくはほとんど考えることさえ忘れていた。ぼくは愛に満たされながら十字を切り、寝板に横たわると、晴れやかな、子どものような眠りについた。

目を覚ましたのは遅く、すでに夜が明けていた。部屋のなかは、すでにぼくひとりだけだった。ぼくは腰をおろしたまま、一時間ばかりだまって待ちうけていた。すでに九時をまわっていただろう、ぼくはふいに呼びだされた。より深く詳細にわたって述べることもできるが、その価値はない。そうしたことはすべて副次的なことにすぎないからだ。ぼくとしては、肝心なところを語りつくせればそれでいい。ただ、これだけは記しておこう。ひどく驚いたことに、ぼくは思いもかけず丁重な扱いを受けた。ぼくは何かを尋ねられ、何かを答えた、そしてただちに帰宅を許された。ぼくは何もいわずに出てきたが、彼らの目に、こうした状況にあってなおかつ品位を失わずにいられる男への、ある種の驚きさえ読みとることができて、ぼくは満足だった。そのことに気づかなかったら、ぼくはおそらくここに書きとめなかったはずだ。出口でタチヤーナおばがぼくを待っていた。どうしてこうもかんたんに話がすんだのか、そのわけをごくかいつまんで説明しよう。

早朝、おそらくはまだ八時頃だろう、タチヤーナおばは、老公爵がまだそこにいるものと期待してぼくのアパート、すなわち家主のピョートルさんのところに飛んでいった。そしてそこでいきなり、昨日起こった恐ろしい事件について、要するに、ぼくが逮捕された話を知らされた。そこで彼女は、すぐにカテリーナさんのもとに飛んでいき（彼女は劇場から戻るなり、自宅に連れもどされた父親とすでに昨日のうちに対面を果たしていた）、彼女を叩きおこして驚かせたうえ、ぼくをすみやかに釈放させるよう要求した。タチヤーナおばは、カテリーナさんの手紙をもってただちにビョーリングのもとに飛んでいき、「しかるべき筋」に向けたべつの手紙を用意するように、すぐさま要求した。その手紙には、「誤解がもとで逮捕された」ぼくを即刻釈放するようにとのビョーリングのたっての依頼が記されていた。この手紙をもってタチヤーナおばは区の警察署に出向き、依頼が聞き入れられたというわけだ。

3

ここから先は、おもだった部分について話をつづけることにする。

タチヤーナおばは、抱きかかえるようにしてぼくを辻馬車に乗せ、自宅に連れかえると、すぐさまサモワールを用意するように命じ、台所ではわざわざぼくの顔や手を洗いきよめてくれた。台所で彼女は、十一時半にカテリーナさんがじぶんから出向いてくる——さっき彼女たちはそう約束したばかりだった——ぼくと会うためにここにやって来ると、大声で言った。その話を、下女のマリヤが聞きつけた。

数分してマリヤがサモワールを運んできたが、さらにその二分後、タチヤーナおばがふいにあの人を呼んだときは、返事がなかった。何のためか外出したことがわかった。読者のみなさんには、この点によく注意してほしいと思う。そのとき時計は、十時十五分前をさしていたと思う。タチヤーナおばは、マリヤが無断で外出したことに腹をたてたが、近くの店に買い物に出たのだろうぐらいにしか考えず、そのまましばらくそのことを失念していた。それに、ぼくたちふたりともそれどころの話ではなかったのだ。ぼくらはひきもきらずおしゃべりをつづけていた。それだけ話すことがあったからだが、そのため、たとえばぼくは、マリヤが姿を消したことなどほとんど気にもとめなかった。読者のみなさんには、このことも記憶に留めておいてほしい。

いうまでもなく、ぼくは頭がぼうっとなっていた。じぶんの気持ちについてぼくは述べたが、本心では、ふたりともカテリーナさんを待ちのぞんでいた。そして、一時間後についにあの人と会える、しかも、ぼくの人生におけるこれほど決定的な瞬間に会うとの思いに、ぼくは不安と戦慄に陥った。やがてお茶を二杯飲みほすと、タチヤーナおばは急に立ちあがり、テーブルの鋏を手にとって言った。

「さあ、ポケットをお出し、手紙を取りださなくちゃね——あのひとの前でじょきじょきやるわけにもいかないでしょ！」

「たしかにそうだ！」ぼくはひと声叫び、フロックコートのボタンをはずした。

「なんだい、このひどい縫い方は？　だれが縫ったんだ？」

「ぼくです、ぼくがじぶんでやったんです、タチヤーナさん」

「たしかに、じぶんでやったみたいだね。なるほど、これがそうか……」手紙が取りだされた。古い封筒はそのままだったが、そこからはみ出していたのは、ただの紙きれだった。

「これって——いったい何？……」タチヤーナおばはその紙切れを裏返しながら、大声で叫んだ。「あんた、どうしたの？」

だが、ぼくはもう言葉もなく、青くなったまま立ちつくしていた……そして急にくたくたと椅子に腰を落とした。事実、ぼくはほとんど気を失いかけていた。

「いったい、なんの真似だい！」タチヤーナおばが吠えたてた。「あの手紙はどこにやったんだ？」

「ランベルトだ！」合点がいったぼくは、額をごつんと叩いていきなり立ちあがった。あわてふためき、息を切らしながらぼくは彼女にあらいざらい説明して聞かせた。ランベルトの家で過ごした一夜のことも、そのとき出たぼくらの陰謀の話も、すべて。もっとも、その陰謀について、ぼくはすでに昨日のうちに彼女に打ちあけてはいたのだった。

「盗まれた！　盗まれたんだ！」床を踏みならし、髪をかきむしりながらぼくはわめき立てた。

「こりゃ、たいへん！」事情を察したタチヤーナおばが、ふいに決然と叫んだ。「いま、何時？」

十一時近くになっていた。

「ったく、マリヤがいない！……マリヤ、マリヤ！」

「何でしょう、奥さま？」ふいに台所からマリヤの声がした。

「おまえ、いたのかい？　さあて、これからどうしようか！　わたしは彼女のところに飛んでいく……ったく、おまえったら、なんて間抜けなんだ、この間抜け！」

「ぼくは、ランベルトのとこに行きます！」ぼくは大声でわめき立てた。「いざとなったら、絞め殺してやる」

「奥さま！」台所からマリヤが急に金切り声をあげた。「ここで変な女の人が、奥さまにぜひお目にかかりたいと言ってきています……」

だが、マリヤがしまいまで言いきらぬうちに、その「変な女の人」がいきなり台所から泣き叫びながら飛び込んできた。アルフォンシーヌだった。そこでの一幕を事細かに書き記すことはしない。その一幕は、まさに文字通りの茶番劇だったが、アルフォンシーヌがその一幕を、もののみごとに演じきったことだけは指摘しておいてい い。後悔の涙に、狂ったようなジェスチャーを交えて彼女はしゃべりまくった（もちろん、フランス語でだ）。あのときポケットの手紙を切りとったのはじぶんだ、手紙はいまランベルトの手もとにある、ランベルトは「あの強盗」、cet homme noir（あの腹ぐろい男）と手を組み、Madame le générale（将軍夫人）呼びだし、撃ち殺す気でいる、これからすぐ、一時間後に……じぶんはこの話をすべて彼からじかに聞いて、急に恐ろしくなった、というのは、あのふたりがピストルを、le pistolet（ピストル）を持っているのを見たからだ、いま、こうしてここに飛びこんできたのも、あなたたちに出かけていって救ってほしいから、前もって警告してもらいたいからだ……Cet homme noir（なんせ、あの腹黒い男ときたら）……。ひと言でいえば、すべてがありそうな話だった、アルフォンシーヌの説明のそこここにすけて見えるばかばかしさそのものまでが、真実らしさに拍車をかけるのだった。

「その、homme noir（腹黒い男）ってだれのことだい？」タチヤーナおばは叫んだ。

「Tiens, j'ai oublié son nom... Un homme affreux... Tiens, Versiloff.（ええと、何ていう名前だったかしら……恐ろしい男で……ええと、そう、ヴェルシローフだったわ）」

「ヴェルシーロフだって、そんなばかな！」ぼくは叫んだ。

「いや、そんなことない、ありうる話よ！」タチヤーナおばが甲高い声で叫んだ。

「さあ、話しとくれ、ねえさん、そう、跳んだり、手を振りまわしたりしないでさ。いったい、あの連中、何をしでかそうっていうんだ？　ちゃんとわかりやすく話すんだよ、ねえさん、わかりやすくね。あの人を撃ち殺そうなんて、こっちは信じやしないから」

そこで、「ねえさん」はこう説明した（注、改めて断っておくが、話はすべて嘘だった）。Versiloff（ヴェルシローフ）は、ドアの陰にひそみ、彼女が部屋に入って来るやランベルトが彼女に cette lettre（その手紙）を見せ、そこで Versiloff（ヴェルシローフ）が飛びだしていって、ふたりは彼女を…… Oh, ils feront leur vengeance!（そう、あの人たちは、復讐するの！）。彼女、アルフォンシーヌも、これに関わっているので、厄介なことになるのが怖い、cette dame, la générale（あの将軍夫人）はかならずやってくる、『すぐ、すぐ』、だってあの人たち、手紙の写しを送ったから、あの女、じっさいにこの手紙があの人たちの手もとにあることがすぐにわかるので、出かけてくる。手紙はランベルトがひとりで書いたから、ヴェルシーロフのことは知らない、ランベルトはモスクワから来た男、あるモスクワの貴婦人 une dame de Moscou（NB マリヤ・イワーノヴナのことだ！）のところから来たという触れこみだからだ。

「ああ、胸がむかつく！　ああ、気分が悪い！」タチヤーナおばは叫んだ。

「Sauvez-la, sauvez-la!（あの人を救ってあげて！　救ってあげて！）」アルフォンシーヌはわめき立てた。

むろん、この常軌を逸した報告には、一見しただけでどことなくちぐはぐなところがあったが、そこにじっくり思いめぐらす余裕はなかった。事実、なにもかもがおそろしく真実めいていた。ランベルトからの誘いの手紙を受けとったカテリーナさんが、事情をただすためにひとまずぼくたちのもとに、つまりタチヤーナおばの家に立ちよるという事態も想定できたし、それはおおいにありうることだった。しかし逆に、そういう事態にはならず、彼女が彼らのもとに直行する事態も起こりえた――しかしそうなったら彼女は破滅だ！　彼女が最初の呼びだしに応じて、見も知らぬランベルトのところへそのままずっ飛んでいくなどにわかには信じがたかったが、たとえば例の手紙の写しを見て、じっさいに手紙が連中の手もとにあると確信したなら、なぜかそうした事態も起こりえることのように思えた。しかしそうなったときは、これまた破滅だ！　要するに、ぼくらには一刻の猶予も残されておらず、あれこれ考える暇すらなかったということだ。

「ヴェルシーロフは、彼女を殺します！　あの男がもし、ランベルト・レベルに身を落としたとしたら、それこそ殺します！　分身がそばについていますから！」ぼくは叫んだ。

「ああ、あの『分身』ね！」タチヤーナおばは手をもみしだきながら叫んだ。「さあ、ここにいてもしょうがない」彼女は唐突に決断をくだした。「帽子とコートを取って――いっしょに行くんだ。ねえさん、まっすぐあの人たちのところへ連れていってちょうだい。ああ、ずいぶん遠いんだ！　マリヤ、マリヤ、もしカテリーナさんが来たら、すぐに戻るから、すわって待っているように伝えておくれ、もし待ちたがらなかったら、ドアに鍵かけて、力ずくでも外に出さないようにするんだよ。わたしにそう言いつかっていますってお言い！　マリヤ、ちゃんと務めが果たせたら、百ルーブルあげるからね」

ぼくたちは階段に向かって駆けだした。きっとこれ以上いい考えは思いつかなかったろう。いずれにせよ、最大の難点は、ランベルトのアパートにあったわけで、かりにカテリーナさんが先にタチヤーナおばの家に来たとしても、マリヤが何としてでも彼女を引きとめることになっていたからだ。ところがタチヤーナおばは辻馬車を呼びよせると、急に決心を変えた。

「あんたはこの娘とお行き」おばはそう言いつけて、ぼくとアルフォンシーヌをその場に残した。「向こうでは、いざとなったら、死ぬ気だよ、わかったかい？　わたしはすぐに後から追いかけていくから、でもそのまえに、あの人のところに飛んでいこうと思うんだ、たぶん、つかまえられるって、だって、あんたがどう思うかしれないが、どうも怪しい気がするんだよ！」

そう言って彼女は、カテリーナさんの家へ飛んでいった。ぼくとアルフォンシーヌは、ランベルトのもとへ馬車を走らせた。道々、ぼくは御者を急がせながら、アルフォンシーヌ相手にあれこれ質問を浴びせつづけたが、アルフォンシーヌは、わっとかきゃっとか叫んで逃げの手を打つばかりで、最後は泣き出す始末だった。だが破滅の一歩手前で、神はぼくたちみんなを護ってくれた。道のりの四分の一と行かないところで、ぼくはふと背後に叫び声を耳にしたのだ。ぼくの名前を呼ぶ声だった。ぼくは振りかえった——トリシャートフが、辻馬車でぼくたちを追いかけてきたのだ。

「どこへ行く?」驚いたように彼は叫んだ。「しかもアルフォンシーヌなんかと!」

「トリシャートフ!」彼にむかってぼくは叫んだ。「きみの言ったとおり——一大事だ! あの、ランベルトの悪党のところに行くんだ! いっしょにどうだ、ひとりでも多いほうがいい!」

「戻れ、戻るんだ、いますぐ!」トリシャートフは叫んだ。「ランベルトにだまされている、アルフォンシーヌにもだまされている。あのあばたの使いで行ったが、連中は家にいない。さっきヴェルシーロフとランベルトに会ったばかりだ。連中はタチヤーナさんの家に馬車で乗りつけていった……連中はいまあそこに……」

ぼくは馬車を止め、トリシャートフの馬車に飛びのった。どうしてああいうとっさの決心ができたのかいまもってわからない。ともかく、ぼくは彼のいうことをとっさに信じ、とっさに決心したのだ。アルフォンシーヌは恐ろしい声でわめきだしたが、ぼくたちは彼女をそのまま放置した。彼女がぼくたちを追って引きかえしたか、それともそのまま家路についたかはわからない。しかしそれきり、彼女の姿を見ることはなかった。

馬車のなかで息を切らしながら、トリシャートフがやっとのことで伝えてくれた話だと、あるペテンが仕組まれている、ランベルトは例のあばた面といったんは手を組んだが、最後の土壇場であばた面が裏切り、じぶんからトリシャートフをタチヤーナおばのもとに遣わし、ランベルトとアルフォンシーヌを信じないように彼女に注意しようとしたのだという。トリシャートフは、こうも言いそえた。じぶんはこれ以上何も知らない、あばた面はじぶんに、それ以上なにも伝えてくれなかったからだ、というのも彼自身どこかへ急いでいて、何もかもが大忙しだったから、と。「あなたたちが出かけるところを」とトリシャートフはつづけた。「ちょうど見かけたんです、で、後を追いかけてきたんです」。むろん、あのあばた面がトリシャートフをまっすぐタチヤーナおばのもとに遣わしたとすれば、彼もまたすべてを知っていることは明らかだった。だが、これはもう新たな謎だった。

とはいえ、これ以上混乱を避けるため、この物語の大団円を書きしるすまえに、これを最後の先回りとして、すべての真相を明らかにしておこう。

4

あの時、手紙を盗みとったランベルトは、ただちにヴェルシーロフと手を結んだ。

ヴェルシーロフともあろう男が、どうしてあのランベルトごときと手を組むことができたか、それについては、さしあたり話さないでおく。あとで述べる。要は、そこに『分身』がいたということだ！　だが、ヴェルシーロフと組んだランベルトは、できるだけ巧妙にカテリーナさんをおびきよせる必要があった。彼女は来ないと、ヴェルシーロフははっきり主張した。だがぼくがあのとき、つまり一昨日の晩通りで彼と出会って、ぼくが大見得を切り、タチヤーナおばの家で、タチヤーナおばの立ち会いのもとで彼女に手紙を返すと宣言して以来、ランベルトは、タチヤーナおばの家にある種のスパイ網を張ったのだった。そして、ほかでもないマリヤがそのために買収されたのだ。マリヤに彼は二十ルーブルを握らせ、それから一日置いて、文書を盗みとることに成功すると、二度めにマリヤを訪ねて最終的に話しあい、礼金として二百ルーブル渡す約束をしたのだ。

まさしくそういうわけで、さっき、十一時半にカテリーナさんがタチヤーナおばの家に来る、そこにはぼくも同席するということを聞きつけたマリヤは、その知らせをもってただちに家を飛びだし、ランベルトの家に馬車で駆けつけたのだ。彼女がランベルトに伝えるべき内容とは、まさしくそのことだった。それこそが、礼金の意味するところだったのだ。ちょうどそのとき、ランベルトの家にはヴェルシーロフもいた。

一瞬のうちにヴェルシーロフは、あの恐るべき手口を思いついた。狂人は時としておそろしく狡猾になるというではないか。

手口というのは、カテリーナさんが到着する前に、せめて十五分でもタチヤーナおばとぼくを何とか部屋の外におびき出すというものだった。それから、通りで待機し、ぼくとタチヤーナおばが出てくるのを見計らってすぐさま部屋に駆けこみ——マリヤがふたりのために開けてやる手はずだった——、カテリーナさんを待つのだ。アルフォンシーヌはその間、全力でもってぼくらふたりをどこか適当な場所に引きとめておかなくてはならなかった。カテリーナさんは約束どおり十一時半に、ということはつまり——ぼくらが引きかえすよりも確実に倍も早くやって来るはずだった（当然のことながら、カテリーナさんは、ランベルトからいかなる呼びだしも受けてはいなかったし、アルフォンシーヌはでたらめを言ったにすぎない。しかもこの策略を細部にわたって考えだしたのは、ヴェルシーロフであって、アルフォンシーヌはたんに、震えあがった裏切り者という役どころを演じただけのことだった）。むろん、彼らはあえて危険をおかしたわけだが、読みは正しかった。『うまくいけば、しめたもの、うまくいかなくたって、べつに何かを失うわけじゃない。なにしろ、文書はやはりこちらの手にあるのだから』というわけである。ところが、それが図に当たった。当たらないはずはなかった。なにしろ、ぼくたちはもう、『ああ、これがみんな事実だったら、どうしよう!』との思いひとつにせき立てられ、なんとしてもアルフォンシーヌの後から駆けださずにはいられなかったのだから。重ねていうが、考えている暇はなかった。

5

ぼくとトリシャートフが台所に駆けこんでいくと、そこには怯えきったマリヤの姿があった。ランベルトとヴェルシーロフを家に通したのはいいが、何かの拍子にランベルトの手にピストルが握られているのに気づき、縮みあがっていたのだ。たしかに彼女も現金を受けとっていたが、ピストルが持ちこまれるなどまるで想定外だった。わけがわからなくなった彼女は、ぼくの姿を見るやいきなりぼくに飛びついてきた。

「将軍夫人がお見えになりましたが、あの人たちはピストルをもっています!」

「トリシャートフ、この台所で待っていてくれ」ぼくは指図した。「ぼくが何か叫んだら、全力でぼくを助けに来てくれ」

小廊下に通じるドアをマリヤが開けてくれたので、ぼくはタチヤーナおばの寝室にすべりこむことができた――そこはタチヤーナおばのベッドがようやく置けるぐらいの広さで、以前、ぼくが図らずも盗み聞きをした小部屋だった。ベッドに腰をおろしたぼくは、のぞき見できるカーテンの隙間をただちに見つけだした。

だが、部屋のなかではもう騒ぎがはじまっており、甲高い話し声が聞こえてきた。ここでひと言断っておくと、カテリーナさんは、彼らからきっかり一分遅れてアパートに入った。騒ぎと話し声は、ぼくがすでに台所にいるうちから耳に入ってきた。叫んでいたのはランベルトだった。彼女はソファに腰をおろし、彼は彼女の前に突っ立ったまま、ばかみたいにわめき立てていた。彼がなぜそこまでぶざまに取り乱していたか、いまになってわかる。彼は、不意打ちをくらわされるのではないかと恐れ、慌てていたのだ。そもそも彼がだれを恐れていたかは、後で説明するとしよう。彼の手には手紙がにぎられていた。だが、部屋のなかにヴェルシーロフの姿はなかった。ぼくは、危険とみたらすぐさま飛びだす覚悟だった。ここでは、やりとりの意味だけを伝えることにする。ことによると、いろいろ記憶ちがいもあるかもしれない。だがそのときのぼくは動転のあまり、最後のこまかい部分まではとても覚えられなかった。

「この手紙が三万ルーブルするっていうんで、肝をつぶしているわけだ！　じっさいには十万ルーブルの値打ちがあるのに、それをたったの三万でいいって言っているんですぜ！」ランベルトは恐ろしく熱くなってがなり立てていた。カテリーナさんは、見るからにおびえていたが、ある種軽蔑のいりまじった驚きの色を浮かべて彼をにらみかえしていた。

「どうも、ここには罠が仕かけられているみたいですけど、何がなんだかさっぱりわかりませんわ」彼女は言った。「でも、その手紙がじっさいにあなたの手にあるのなら……」

「ほうら、これさ、見りゃ、わかるでしょう！　なに、ちがうっていうんですか？　手形で三万ルーブル、一コペイカもまけませんからね！」ランベルトが彼女の言葉を遮った。

「わたし、そんなお金、持ちあわせてません」

「だから、手形を書けっていってるんですよ――ほら、ここに用紙があります、書き終わったら、帰って工面するんですね、待ってあげますから、ただし一週間――それ以上はだめです。お金を持ってきたら、手形は返しましょう、手紙もそのときお渡しします」

「あなたのそのものの言い方、ちょっと変ですよ。勘違いなさってるわ。その文書、わたしが出るところに出て訴えたら、それこそ今日にも没収されます」

「だれに？　は、は、は！　じゃあ、スキャンダルはどうなさいます、この手紙、公爵にお見せしましょうか！　どうやって没収するんですか？　書類を家になんて置いときませんよ。第三者を介して、公爵に見せるんです。そう意地をはりなさんな、奥さん、感謝なさい、たいした要求してるわけじゃない、これがほかの男だったら、金以外に、べつの代償をおねだりするところですぜ……それが何か、わかっておいででしょう……事情がせっぱつまれば、どんな美人だってぜったい断りきれない代償ですよ……へ、へ、へ！ Vous êtes belle, vous!（あなたって、ほんとうに美人だ！）」

カテリーナさんは顔を真っ赤にしてさっと椅子から立ちあがり、ぺっと相手の顔に唾をはきかけた。それからそそくさとドアに向かいかけた。そこでついに、ランベルトは愚かにもピストルを取りだした。了見の狭いばかのつねとして、彼は文書の効力を過信していた。つまり――なにより――じぶんがだれを相手にしているか、見きわめがつかなかったのだ。すでに述べたとおり、彼はだれもが、じぶんと同じような下劣な感情をもっているものとはなから決めてかかっていた。彼は、最初のひと言から、その荒っぽい言動で彼女を怒らせてしまったわけだが、そうでなければ、彼女も、ことによると、金銭の交渉に入ることを辞さなかったかもしれない。

「動くな！」唾をかけられたことで激高した彼は、彼女の肩をぐいとつかむと、ピストルを突きつけながらほえ立てた――むろんたんなる脅しにすぎなかった――。彼女はきゃっと悲鳴をあげ、ソファに倒れこんでしまった。ぼくは部屋に飛びこんでいった。だが、同時に、廊下に通じるドアからヴェルシーロフも駆けこんできた（彼はそこに立ったまま、機会をうかがっていたのだ）。瞬きをする間もなく彼はランベルトからピストルを奪いとると、それで思いきり彼の頭をなぐりつけた。ランベルトはよろけ、気をうしなって床に倒れた。頭から血があふれ出て、カーペットを濡らした。いっぽう、ヴェルシーロフの姿を目にした彼女は、急にまっ青になった。何秒間か、言い知れぬ恐怖にかられた様子で身じろぎもせず彼を見つめていた。が、急に気を失って床に倒れてしまった。彼は彼女のほうに走りよった。いまもそのときの光景が目に浮かぶようだ。忘れもしないが、ぼくはそのとき、彼の真っ赤な、ほとんど赤紫色の顔と血走った目を見て、ぎょっとしたのだ。彼はぼくが部屋のなかにいることに気づいたものの、それがだれか見わけがつかなかったらしい。彼は失神している彼女の体をつかみ、信じがたい力で彼女を羽のように軽々と抱きあげると、子どもをあやすかのように意味もなく部屋のなかをぐるぐる歩きだした。部屋はごくちっぽけだったが、彼は隅から隅へ彷徨うように歩きまわっていた。なんのためにそんなことをしているのか、明らかにわかっていない様子だった。一瞬の間に、理性を失ったのだ。

彼はずっと彼女の顔をながめていた。ぼくは彼のあとについて追いかけた。何はさておき、ぼくが恐れていたのは、彼がじぶんの右手でピストルを持っていることを忘れはて、その銃口が彼女の頭のすぐそばにあることだった。ところが彼はいちどは肘で、二度めは足でぼくを突きとばした。ぼくはトリシャートフを呼ぼうとしかけたが、狂った彼を刺激することを恐れた。ついにぼくはカーテンを引きあけ、彼女をベッドに寝かしつけてくれと拝むようにして頼んだ。彼はベッドに歩みよって彼女を横たえ、じぶんは彼女を見下ろすようにして立ったまま、一分ばかり彼女の顔をしげしげと見やっていた、とふいに屈みこみ、血の気のない彼女の唇に二度口づけをした。そう、ぼくはついに悟ったのだ。これは、もう、かんぜんに正気をうしなった人間なのだ、と。彼はそこで彼女めがけてピストルを振りむけたが、何か思いついたかのように銃口の向きを変え、彼女の顔にねらいを定めた。ぼくはとっさにありたけの力で彼の腕をつかみ、大声でトリシャートフを呼んだ。忘れもしない。ぼくたちはふたりがかりで彼ともみあったが、ようやく腕をふり払うと、じぶんにむけて銃を放った。彼は最初に彼女を射殺してから、自殺しようとしたのだ。だが、ぼくたちは彼女を撃たせなかったので、こんどはじぶんの心臓部にじかにピストルを押しあてた。だが、その手をぼくがうまく上に払いのけたため、弾丸は彼の肩に当たった。とその瞬間、タチヤーナおばが大声をあげて駆けこんできた。だが、彼はすでに意識を失って、カーペットのうえにランベルトと並んで横たわっていた。

第十三章　結び

1

いまは、この一幕が演じられてからもうほとんど半年が過ぎた。あれ以来、多くのことが流れすぎ、多くものが様変わりしてしまった。そしてぼくにとって新しい生活が訪れてすでにだいぶ経つ……しかし、そろそろぼくも読者を解放することにしよう。

当時も、あれから長く経ったいまも、少なくともぼくにとって第一の疑問とは、次のようなことだった。すなわち、ヴェルシーロフはどうしてランベルトのごとき男と手を結ぶことができたのか、当時の彼はどんな目的を頭に描いていたのか。ぼくは少しずつある解釈にたどり着いていった。ぼくの考えでは、ヴェルシーロフはあのとき、ということは、あの最後の一日とその前日、確固とした目的など何ひとつ持ってはいなかったし、思うにあまり深く考えることもせず、何かしら感情の嵐のなすがままになっていた、もっとも、彼が完全に発狂したなどという説はけっして認めないし、ましてや彼はいまもまったく狂人などではない。ただし《分身》の存在だけは文句なしに認める。そもそも、分身とは何だろうか？　少なくともぼくがそのわざわざ目を通したある専門家の医学書によれば、分身とはすなわち、かなり悪い結果をもたらしかねない、ある深刻な精神失調の初期の段階にほかならない。それにヴェルシーロフ自身、ママの家であの一幕を演じたとき、恐ろしいほど真剣に、あのときの感情と意志の「分裂」をぼくたちに説明してきかせた。けれど、あらためてくり返すが、ママの家で起こったあの一幕、聖像を割ったあの事件がほんものの分身の影響下に起こったことにまちがいはないものの、あれ以来ぼくはつねに、そこには一部、ある種の意地悪いアレゴリーも、ああした女性たちの期待にたいするある種の憎しみのようなもの、彼女たちの権利や裁きにたいする一種の敵意も含まれていたような気がしてならないのだ。そうして彼は、分身と力を合わせて、あの聖像を割った！　《おまえたちの期待もこうして割られるのだぞ！》というわけだ。約《まと》めていえば、そこにはたしかに分身もいただろうが、たんなる気まぐれもあったということだ……とはいえ、こうしたことはすべてぼくの推測にすぎず、確実な判断をくだすことはむずかしい。

たしかに、カテリーナさんを深く崇拝していたにもかかわらず、彼の胸のうちでは彼女の精神的品位にたいするこのうえなく深刻でかつこのうえなく深い不信がつねに根を張っていた。彼はあのときドアの陰で、彼女がランベルトに卑しめられるのを待ち受けていたにちがいないと確信している。だが、かりにそれを待ち受けていたとしても、はたして彼はそれを望んでいただろうか？　改めてくり返すが、ぼくはこうも確信している。彼は何も望んではいなかったし、考えることすらもしていなかった、と。彼はたんにそこにいたかっただけのことで、あとで飛びだしていって何かを言ってやりたかった、そしてことによると――ことによると彼女を辱め、あるいは殺したかったのかもしれない……あのときはすべてが起こりえたのだ。しかしランベルトと乗りこんでいったとき、彼はこれからどうなるか何ひとつわからなかった。ひとこと言いそえておくと、ピストルはランベルトのもので、ヴェルシーロフ自身は何ももたずにやって来た。ところが、彼女の誇りたかい態度を目にし、そして何より、彼女を脅しにかかるランベルトの卑劣ぶりを見るに見かねて飛びだした――正気を失ったのはそのあとのことだ。あの瞬間、彼は彼女を射殺するつもりだったのか？　ぼくに言わせると、彼自身そんなことはわからなかったが、もしもぼくたちが彼の手を払いのけなかったら、確実に撃ち殺していただろう。

彼が受けた傷は致命的なものではなく、傷もすっかり癒えたが、かなり長いあいだ病床にあった。むろん、ママの家でだ。ぼくがこの手記を書いているいま、戸外は春が訪れ、五月中旬の晴れやかな一日で、家の窓もすっかり開け放たれている。ママは彼のかたわらに腰を下ろしている。彼は手で彼女の頬と髪をなで、うっとりとママの目を見つめている。そう、これはかつてのヴェルシーロフの半身にすぎない。彼はもうママから離れようとしないし、今後もけっして離れることはないだろう。彼は、忘れがたいマカール老人があの商人の物語のなかで語った「涙の才」まで受けとっていた。もっともヴェルシーロフは、これからも長生きしそうな気がする。今の彼はぼくたちにたいして、まるで子どもみたいにすっかり素直で天真爛漫といえるほどだが、かといって節度も自制も失っていなければ、余計なことを口にすることもない。彼の頭脳も精神性もまったくもとのままだが、彼のうちにあった理想的なものが、よりつよく前面に出てきた。はっきり言ってしまうと、ぼくはいまぐらい彼が好きになったことはないし、彼についてもっと話せる時間も紙数もないのが残念だ。ただし、最近のエピソード（たくさんあるが）をひとつお話しすることにする。大斎期が近づくころには彼はもうすっかり回復し、第六週目には精進すると言いだした。彼は三十年この方、いやそれ以上精進したことがなかったと思う。ママは大喜びし、精進料理の準備にかかったが、精進料理とは名ばかりで、かなり贅沢で凝った中身のものだった。月曜日と火曜日に彼がひとり「見よ、花婿は訪れくる」を口ずさむのを、隣の部屋で耳にした。彼は、その節回しにも詩句にも感激している様子だった。その二日間、彼はなんどかみごとな宗教論を聞かせてくれた。ところが、水曜日になると精進をぱったりやめてしまった。何かが急に気に障ったらしく、笑いながら話してくれたところでは、ある「滑稽なコントラスト」が原因だったらしい。司祭の顔つきやその場の雰囲気に、彼の意になじまない何かがあったのだ。ところが家に戻ってくると、彼はしずかな笑みを浮かべながらひと言こう口にした。『じつはね、わたしはとても神を愛しているが――こういうのだけはどうも苦手でね』。そしてその日の昼食には、早くもローストビーフが出されたのだった。しかしぼくは、ママがいまもしばしば彼のかたわらに腰を下ろし、ちいさな声で、おだやかな笑みを浮かべながら、どうかするとひどく抽象的な話題について彼と言葉を交わしあっているのを知っている。この頃、ママはどうしたことか、彼にたいして急に大胆になったが、どうしてそんなふうになったかわからない。彼女は彼のかたわらに腰をかけ、たいていの場合、囁き声で話しかけている。彼は笑みを浮かべながら話に聞きいり、彼女の髪をなで、手にキスをする。そしてその顔は、このうえなく満ちたりた幸せに輝いている。彼はどうかすると、ほとんどヒステリックともいえる発作に見舞われることがある。彼はそこで彼女の写真を手にとる。あの晩、彼が口づけした例の写真だ。彼は涙を浮かべながらそれに見入り、キスをし、思い出にふけり、一同を呼びよせるのだが、そういうときの彼は口数もすくない……。カテリーナさんのことは完全に忘れ去っているかのようで、その名前を口にしたことはいちどもない。ママとの結婚についても家ではまだ何も話されていない。夏になったら彼を外国に転地させようという話もあったが、転地の話は、タチヤーナおばがむきになって反対したし、そもそも彼自身望んではいなかった。夏は、ペテルブルグ郡のどこかの村にある別荘で過ごすことになりそうだ。ついでに述べておくと、ぼくたちはさしあたり、タチヤーナおばのお金で暮らしている。もうひとつつけ足しておこう。ぼくがひどく悔やまれてならないのは、この手記の中で、ヴェルシーロフにたいしてしばしば無礼かつ横柄な態度で接してきたことだ。しかしぼくは、ほかでもない、この手記に書かれているその時々にじぶんがそうあったありのままの姿を思い出しながら書いたのだ。この手記を終え、最後の章を書き終えようとするいま、ふと感じることがある。すなわちぼくは、まさに回想と執筆という営みをとおして、じぶん自身を再教育してきたということだ。ぼくはいま、ここに書きしるした多くのことを、とりわけいくつかのフレーズやページの書きぶりを否定してはいるが、一字一句たりとも抹消したり、訂正したりすることはないだろう。

カテリーナさんについて彼はひと言も口にしていない、と書いたが、ことによると病はすっかり癒えているのではないかとさえ思っている。カテリーナさんについてときどき話題にしているのは、ぼくとタチヤーナおばぐらいで、それも内緒話程度のものである。いまカテリーナさんは外国にいる。出発前、ぼくは彼女と会っているし、彼女の家にも何度か足を運んだ。外国にいる彼女からすでに二通手紙を受けとったし、その返事も書いた。だが、その手紙の内容について、また、出発前の別れぎわにぼくたちがどんな言葉を交わしあったかということについては沈黙を守ることにする。それはもうべつの話、まったく新しい物語だからだ。それはたぶんまだ先の話だろう。それはタチヤーナおばにたいしてすらいくつかの事柄についてぼくは黙っている。しかし、もうよそう。ひと言だけ付けたしておけば、カテリーナさんは結婚せず、ペリーシチェフ一家と旅をつづけている。彼女の父親は死去し、そして彼女は有数の金持ちの未亡人となった。現在、彼女はパリに住んでいる。ビョーリングとの決裂は、すみやかに、おのずから、つまりきわめて自然なかたちで生じた。もっともこの話だけはしておく必要がある。

あの恐ろしい一幕が演じられた日の朝、トリシャートフと彼の仲間を味方につけた例のあばた面は、差しせまった陰謀を、いち早くビョーリングに知らせた。それは、こんなぐあいに起こった。ランベルトは、とにもかくにもあばた面を仲間に引きいれようと、例の文書が手に入るや、今回の計画のあらゆるディテールと状況、そしてついには彼らの計画の最後の決め手、すなわちヴェルシーロフがタチヤーナおばをたぶらかす手口を考えだした話まで詳しく打ち明けた。だが、いざ決行の段となって、ほかのだれよりも分別のあったあばた面は、彼らの計画が刑事犯罪へと発展する可能性があるととらえ、これはランベルトを裏切るほうが得策と見てとった。要するに彼は、ビョーリングからの謝礼のほうが、未熟なくせにのぼせやすいランベルトや、半ば恋に狂ったヴェルシーロフの現実離れした計画よりもはるかに確実と考えたわけだ。これはすべて、後になってトリシャートフから聞いた話である。ついでに書いておくと、ぼくはランベルトとこのあばた面の関係を知らないし、なぜランベルトがこのあばた面の手を借りずにすまなかったのかもわからない。だが、それよりもはるかにぼくの好奇心を引いた問題がある。それは、どうしてランベルトにとってヴェルシーロフが必要だったのか、ということだ。すでに文書を手にしている以上、ヴェルシーロフの助けなしでも、完全にやっていけたはずではないか？　いま、ぼくにはその答えが明らかである。彼にヴェルシーロフが必要だったのは、第一に事情に通じていたからだが、しかし何より、かりに大騒ぎになったり、何かしら災難が降りかかったりした際、すべての責任を彼に押しつけるためだったのだ。ヴェルシーロフは金を欲しがらなかったので、ランベルトは彼の助力をもっけの幸いとみなした。ところでビョーリングは、あのときタイミングよく駆けつけることができなかった。彼が到着したのは、銃が放たれてからすでに一時間経った後のことであり、タチヤーナおばの部屋はもうきれいに様変わりしていた。ほかでもない、ヴェルシーロフが血まみれになってカーペットに倒れてから五分ほどすると、ぼくたちのだれもが殺されたものとばかり思っていた当のランベルトがむっくりと体を起こし、立ち上がったのだ。彼は驚いた様子でまわりをみまわすと、はっと何かに思いあたったらしく、ひと言も口をきかずにキッチンに入っていき、そこでコートをひっかけると、そのままどこぞへと姿をくらました。『文書』はテーブルに置きっぱなしにしたままだった。小耳にはさんだのだが、彼はべつに大したこともなく、しばらく寝込んだだけらしい。ピストルの一撃で気を失い出血はしたものの、それ以上深刻な事態にはいたらなかった。その間、トリシャートフは医者を呼びに駆けだしていた。だが、医者が到着するまでにはヴェルシーロフも意識を取りもどし、しかもそれまでには、タチヤーナおばがカテリーナさんを正気づかせ、彼女の自宅につれ戻していた。こうしてビョーリングが駆けつけたときは、タチヤーナおばの家にいたのは、ぼくと、医者と、負傷したヴェルシーロフ、そしてママだけだった。ママはまだ病身だったが、われを忘れて彼のもとに駆けつけた。ママを呼びにいったのは、同じトリシャートフだった。ビョーリングはけげんそうに眺めまわし、カテリーナさんがすでに帰宅していることを知るとすぐ、ぼくたちには何も告げずにそのまま彼女の家へ向かった。

彼はうろたえていた。これが表ざたとなって、スキャンダルを呼びおこすことは避けられないとはっきりと見てとったからだ。ところが、大きなスキャンダルにはならず、多少、噂が流れただけですんだ。事件に銃がからんだことを隠すことはできなかった。それは事実である。しかし、事件の全容というか、その要点はほとんど知られずにすんだ。審理の結果明らかにされたのは、次のような内容だった。すなわち、妻帯者の身で、ほぼ五十に手が届こうというV某なる人物が、恋に狂い、情熱のとりことなって、その切々たる思いをとある名門貴族の婦人に告白したところ、当の婦人がその告白にまったく応じなかったため、狂気にかられ、ピストル自殺を図ったというものだ。それ以上のことは何ひとつ表ざたとはならなかった。ニュースはこうしたかたちで、曖昧な噂となって、新聞ダネにもなったが、姓のイニシャルが出ただけで実名は載らなかった。少なくともぼくの知るかぎり、たとえばランベルトなどはまったく問題とされなかった。にもかかわらず、真相に通じていたビョーリングはすっかり怯えあがってしまった。ところがそこへまるで追い討ちをかけるように、あの大事件が持ちあがる二日前、カテリーナさんと彼女に恋をしているヴェルシーロフがふたりきりで会ったという話がいきなり彼の耳に飛び込んできた。それに激高したビョーリングは、カテリーナさんにむかってかなり不用意に、そういうことがあったからには、ああいう現実離れした事件があなたの身に起こっても、もはや驚かないと言い放った。カテリーナさんは、べつに怒りもしなければ、かといって動揺も見せず、即座に彼の求婚を断った。この男と結婚することが何やら道理に適ったものとする先入観は、これでもってみごとに打ちくだかれた。ことによると、彼女はもうだいぶ前から、彼の本性を見ぬいていたかもしれない。あるいは、ああいうショッキングな経験を経たあとで、彼女のものの見方や感じ方が急変したのかもしれない。しかしここでも、ぼくはまた沈黙を守ることにする。もうひとつだけ言い添えておくと、ランベルトはモスクワに逃亡し、そこで何かの事件に巻きこまれたという話である。トリシャートフはほぼあの事件以来、何とかして彼の消息をつかもうと努力してはいるのだが、いまもって杳として消息はわからない。彼が姿を消したのは、友人の le grand dadais（のっぽの木偶）の死後のことである。彼はピストル自殺をとげた。

2

ニコライ・ソコーリスキー老公爵の死については、ひと言触れておいた。善良で魅力的なこの老人は、例の事件の後ほどなくしてこの世を去ったが、といってもまるひと月後のことで、夜中、ベッドのなかで神経発作のために死去したのだ。老公爵がぼくのアパートで過ごして以来、いちどとして彼の顔を見ることはなかった。人の話によれば、彼はこのひと月ほどの間に、前とは比べられないほど聡明になり、厳格になったくらいで、不必要にびくびくしたり泣いたりすることもなければ、その間ずっと、アンナさんについてはいちどとしてひと言なりとも口にしたことがなかったそうだ。彼の愛情は、すべて娘のカテリーナさんに向けられた。老公爵が亡くなる一週間前、カテリーナさんがあるときふと、気晴らしにぼくを招待してはと水を向けたところ、彼はかえって顔をくもらせたとのことだ。いっさいの説明ぬきでこの事実をお伝えしておく。彼の領地は、整然と管理されていることがわかった。それればかりか、莫大な現金が残されていることもわかった。老人の遺言どおり、その現金のうちの三分の一が、彼が名づけ親となった、あまたいる娘たちに分配されることになった。だが、だれもがひじょうに不思議に思ったのは、この遺言状にアンナさんについてまったく言及がなされていなかったことだ。彼女の名前だけが漏れていた。もっとも、きわめて信頼できる事実として、ぼくは次のことを知っている。死の数日前、老人は娘とじぶんの友人ペリーシチェフとV公爵を枕元に呼びよせ、カテリーナさんにたいし、みずから死が近いことを想定して、遺された現金から六万ルーブルをかならずアンナさんに分けてやるように命じたというのだ。彼は、じぶんの意思を正確かつ明瞭簡潔につたえて、嘆息ひとつつかなければ、言いわけめいたことも何ひとつ口にしなかったという。父親の死後、すべての事情が明らかとなって、カテリーナさんはじぶんの代理人を介し、いつでも好きなときにこの六万ルーブルを受けとることができる旨、アンナさんに知らせてやった。だがアンナさんはそっけなく、余計なことは何ひとつ言わずにその申し出をはねつけてしまった。こうした計らいが老公爵の遺志であることをいくら言葉を尽くして説明されても、彼女は頑としてお金を受けとることを拒んだ。お金はいまもそのままのかたちで眠っており、彼女の受け取りを待っている。カテリーナさんは、今でも彼女が決心を変えることに望みをかけているが、そうした事態にはならないだろうし、それはぼくも確実に知っている。というのは、ぼくはいま、アンナさんのもっとも近い知人であり、友人のひとりだからである。彼女が受けとりを拒否した事実は物議をかもし、さまざまな噂にもなった。アンナさんの伯母にあたるファナリオートワ夫人ははじめ、老公爵との間におこしたスキャンダルにおおいに憤慨してみせたもののにわかに考えを改め、彼女がお金の受けとりを拒否してからは、晴れ晴れとした顔でじぶんはあの子を尊敬すると公言したものだ。そのかわり彼女の兄とは、それが原因で完全な喧嘩別れとなってしまった。アンナさんのお宅にはひんぱんにお邪魔しているが、ぼくたちがおおいに仲良しになったとはとても言いがたい。古い昔の話にはまったくふれないようにしている。彼女は心から喜んでぼくを迎えてくれるが、ぼくと話すことは何かしら抽象的なことばかりだ。何かのおりに、彼女はつよい調子で、じぶんはかならず修道院に入るつもりでいると明言した。これはつい最近のことだが、ぼくはその言葉を信じていないし、苦しまぎれの言葉にすぎないと思っている。

しかし、悲痛な、ほんものの苦しみに満ちた言葉を吐かなくてはならないのは、とくに妹のリーザにまつわる話である。それこそ、まぎれもない不幸というもので、彼女のつらい運命にくらべたら、ぼくの失敗などまったくものの数ではない！　ことの起こりは、セルゲイ公爵の健康が回復せず、公判を待たずに病院で死んだことだ。彼は、ニコライ・ソコーリスキー老公爵よりも先にこの世を去った。リーザは、やがて生まれてくる赤ちゃんをお腹に宿したままひとり残された。彼女は泣くこともせず、表向きはむしろ落ちついているようにも見えた。やさしく、おだやかになった。以前の熱しやすさは、どこかに一気に葬り去られてしまったかのようだった。おとなしくママを手助けし、病身のヴェルシーロフの世話を焼いていたが、おそろしいほど無口になって、だれにも何にも目を向けようとしなくなった。すべてがもうどうでもよくて、じぶんはたんに通りすがりの人間にすぎないのだとでもいわんばかりの様子なのだ。ヴェルシーロフが快方に向かうと、彼女はやたらと眠るようになった。本を持っていってやっても、読もうとしなかった。ひどく痩せはじめた。彼女を慰めてやろうとちょくちょく訪ねていったが、いざとなると妙に言葉に詰まった。だが、彼女の前に出ても、なぜか妙に近寄りがたく、話しかけようにもそれに適した言葉が見つからない。こんな状態がつづくうち、恐ろしい事故が持ちあがった。彼女がわが家の階段から転げおちたのだ。たいして高いところではなく、せいぜい三段ばかりだったが、彼女は流産し、病いはほぼひと冬続いた。いまはもうベッドから離れているものの、彼女の健康にもたらされた打撃はしばらくつづいた。ぼくたちの前では、あいかわらず無口で物思いにふけりがちだが、ママとは少しずつ話をするようになった。ここ数日、明るい春の太陽が空高くのぼり、ぼくは心ひそかに思い返している。昨年秋、ふたりして喜びにあふれ、希望にみち、たがいに睦みあいながら肩をならべて通りを歩いた、あの晴れやかな朝のことを。ああ、あれから、いったい何が残ったというのか？　ぼくは愚痴をこぼしているわけではない。なにしろぼくには新しい生活が訪れているのだから。でも、リーザは？　彼女の将来はヴェールにつつまれているが、いまのぼくには、胸の痛みを覚えず彼女に目を向けることはできない。

しかし三週間前、ワーシンにまつわるニュースで彼女の関心を呼びさますことができた。彼はやっとのことで釈放され、晴れて自由の身となった。この分別にとんだ男が行った、正確きわまる釈明ときわめて興味深い陳述は、彼の運命をにぎる人々の意見を完全に裏づけるものであった。それと、悪名高い彼の原稿も、フランス語からの翻訳以外の何ものでもないことがわかった。つまり、もっぱらじぶん用に集めた資料でしかなく、後でそれを参考にして雑誌用のある有用な論文を書きあげるつもりでいたのだ。彼は今度ある県に向けて出発した。義父にあたるステベリコフはいまもって監獄暮らしをつづけている。聞いた話では、彼が関係した事件は、取り調べが進むにつれますます規模が広がり、複雑なものになっているとのことだ。リーザは奇妙な笑みを浮かべながらワーシンの話を聞いていたが、やがてあの人はきっとそうなると思っていた、とひと言意見まで述べた。しかし、彼女は見るからに満足そうだった。むろん、今は亡きセルゲイ公爵の口だしで、ワーシンに不利が生じることがなかったことに安堵していたのだ。デルガチョフやほかの連中について、ここでお伝えできる情報は何ももっていない。

ぼくはこれで語り終えた。読者のなかには、ぼくの《理想》はどこに消えてしまったのか、ぼくがひどく謎めかして宣言した、いまはじまった新しい生活とはいったい何なのか、知りたいと思われる向きもあるだろう。しかしこの新しい生活、ぼくの目のまえに開かれた新しい道こそが、ぼくの《理想》なのだ。これは、以前のものと変わりないものの、すでにまったくべつの姿をしているため、はや見分けがつかなくなっている。しかし、ぼくの《手記》にそういったことを入れこむことはもはやできない。なぜなら、それはまったく別ものだからだ。古い生活はすっかり過ぎ去ってしまったが、新しい生活はようやくはじまったばかり。そうはいえ、もうひとつ必要なことを書きたしておこう。ぼくの愛する誠実な友タチヤーナおばが、ほとんど毎日のように、ぜひとも少しでも早く、大学に入れとうるさくつきまとうのだ。『学業が終わったら、いろいろ考えればいいことでね、でもいまはしっかり学びきることよ』。正直、彼女の提案についてあれこれ思いをめぐらしているが、どんな決断をくだすかはまったくわからない。それはともかく、ぼくは彼女に、じぶんにはいま大学で学ぶ資格すらない、なぜなら母とリーザを養うためには働かなくてはならないからだと反論した。しかし彼女は、お金はじぶんが出す、大学に在籍中はそれで十分に間に合うはずだと主張する。そこでぼくは、ある人物にアドバイスを求めることにした。ぼくの周囲をみわたし、ぼくは注意深く厳正にその人物を選びだしたのだ。それは――マリヤさんのご主人で、モスクワ時代にぼくの親代わりとなってくれたニコライ・セミョーノヴィチだ。ぼくはべつに、だれかのアドバイスをさほど必要としていたわけではなかった。けれど、単純に、この完全な第三者で、いくぶん冷たいエゴイストではあるが掛値なしに聡明といえる人物の意見がどうしても聞いてみたかった。ぼくはこの原稿をそのまま彼に送りつけ、どうかくれぐれも内緒にしてほしいと頼んだ。というのも、この原稿はまだだれにも、とりわけタチヤーナおばには見せていなかったからである。二週間後、送った原稿はかなり長い手紙付きで送り返されてきた。この手紙のなかから何か所か抜き書きしてみる。そこには、概観ふうなものと、何やら解説めいたものが見いだされるからだ。次に引用するのが、その抜き書きである。

3

「……忘れがたい友、アルカージー君、あなたがこの『手記』を書き終えたいまほど、たいへん有益に余暇を過ごされたことはこれまでいちどもなかったことでしょう！人生という大舞台にあってあなたは、波瀾と危険にみちた第一歩について、いってみれば、意識的な報告をなさったことになります。わたしはこう確信しています。これを記すことであなたは、ご自身お書きになっているとおり、多くの点で『じぶん自身を再教育する』ことができた、と。ここではむろん、批判がましい意見はいっさい控えるつもりでいますが、しかし、ページをめくるごとにいろんな思いをかき立てられます……たとえばあなたが、あれほどの長きにわたり執念深く『文書』を手もとに隠しもっておられた事情は、きわめて特徴的です……ですが、これは、あまたある感想のひとつをあえて述べただけのことです。わたしは、あなたがわたしに、あなたご自身の言葉を用いれば、『あなたの理想の秘密』を、どうやらわたしだけに伝えてくださったこともおおいに感謝したいと思います。ですが、あなたの理想についてわたしの意見を伝えてほしいとのご依頼については、きっぱりお断りせざるをえません。第一に、それが手紙では収まりきらないこと、第二に、わたし自身それにお答えできるだけの準備がないことがあげられます。そのためには、これをさらに煮つめる必要があるのです。ここで言えることは、あなたの『理想』は、そのオリジナリティにおいて際だっているということです。しかるに、いまの世代の若者たちは、その大半がじぶんで編みだした理想ではなく、できあいの思想に飛びつき、しかもその蓄積たるや微々たるもので、しばしば危険でもあります。たとえば、あなたの『理想』は、まぎれもなく、すくなくとも一時的にはデルガチョフ氏とその仲間たちの思想からあなたを守ってくれました。それともうひとつ、わたしが尊敬してやまないタチヤーナさんの意見におおいに賛成しています。タチヤーナさんとは個人的にも面識がありましたが、これまで、あの方に値する十分な敬意を払うことができずにきました。大学に入るべきだとのあの方の考えは、あなたにとってきわめて有益です。学問と人生はまぎれもなく、この三、四年のあいだにあなたの思考と希求の地平をさらに広げてくれることでしょう。大学卒業後、あなたがその『理想』にふたたび立ち返られるにしても、何ひとつそれを妨げるものはないはずです。

ではこれから、あなたのご依頼とはべつに、あなたのあれほど真率な手記を読んでいるうちに、わたしの頭と心に浮かんだいくつかの考えや印象を、ここに率直に述べさせていただきます。そうです、わたしはアンドレイ・ヴェルシーロフさんの意見に同意します。あなたのような人間、あなたのような孤立した青春を送った人間のことは、たしかに十分に気づかってやるべきだという意見です。それに、あなたのような若者は少なくなく、彼らの能力は、じっさい、つねに悪いほうへ、あるいはモルチャーリン風のへつらいとか、無秩序へのひそやかな願望へと発展する恐れがあります。しかしこの無秩序への願望は——まず第一に——秩序と『気品』(あなたの言葉をお借りします)のひそやかな渇望からおそらく生じるのかもしれません。青春は、青春であるという理由だけで清らかです。ことによると、このあまりにも早い狂気の発作のなかにこそ、この秩序への渇望と真理を求める気持ちがひそんでいるのかもしれません。現代の一部の若者たちがこの真理とこの秩序を、どうしてこんなことが信じられるかと理解に苦しむような愚かしくも滑稽なもののなかに見ているからといって、はたしてだれの責任だというのでしょう！　ついでながらひと言申しそえておきますが、以前は、といってもそう遠い過去のことではありません、せいぜい一世代前といったところです、こうした興味深い若者たちもさほど哀れまずにすんだのです。なぜかといえば、その当時、彼らは結局のところ、わが国のもっとも高い文化的な層にうまく合体し、ひとつの全体へと溶け込んでいくことができたからです。そしてもし、たとえば彼らが人生のはじめの段階で、もろもろの無秩序や偶然性を、たとえば家庭環境における品位の欠落とか、伝統なり、完成した形式美といったものの欠如を自覚したとしても、かえってそのほうがよかったのです。なぜかといえば、すでに意識的にそれをあとからじぶんのものにしようと努力し、まさにそうすることでそれを大事にすることに慣れることができたからです。しかし、いまは、少し事情が異なります。それはほかでもありません、合体しようにも合体すべき相手がほとんど見当たらないありさまだからです。

比喩によって、ないしはいわゆる直喩によって説明してみましょう。もしもわたしがロシアの小説家で、才能にも恵まれていたとしたら、わたしはかならずや、ロシアの伝統的な貴族階級から主人公を選びだしてくるにちがいありません。なぜなら、読者に洗練された影響をもたらすため小説に欠かせない美しい秩序、美しい印象を少しでも見いだせるのは、ひとえにこのタイプのロシア文化人だからです。こんなことを口にしたからといって、けっして冗談を言っているわけではありません。そもそもわたし自身、まったく貴族ではないのですから、といってそんなことはあなたご自身もご存じの通りです。そもそもプーシキンからして、未来の小説の題材を『ロシア人家庭の伝説』に認めていました。そしてそう、そこには、じっさい、ロシアでこれまで美しいとされてきたもののすべてが含まれています。すくなくともそこには、ロシアで多少なりとも完成されたものが含まれているのです。わたしがこんなことをいうのは、なにもこの美の正しさと真実性を無条件に認めているからではありません。ですが、ここには、たとえば、名誉と責務の完成された形式がすでに存在しています。しかし、貴族階級をのぞき、ロシアのどこをみまわしてもその完成された姿などないばかりか、まだ手がつけられていないほどなのです。わたしは、平安な人間、平安をもとめる人間としてこれを述べています。

この名誉ははたして美しく、この責務ははたして正しいのか、これは別問題です。しかしわたしにとってより重要なのは、ほかでもありません、形式の完成であり、せめてものなにがしかの秩序であって、その秩序も上から与えられた秩序ではなく、ともかくもじぶんたちの力でどうにか生みだした秩序です。そうです、ロシアにおいてなにより重要なのは、そう、それが何であれじぶん自身の秩序なのです！　そこにこそ希望と、言うなれば休息がある。たとえそれが何であれ、とにもかくにも打ちたてられた何かが望まれているのであって、はてしなくつづく破壊、いたるところに飛びちる木っ端、ごみと屑、そんなものはごめんです。すでに二百年、そこから何ひとつ生まれてはいません。

それはスラブ主義だ、などとわたしを責めないでください。これはわたしが、たんに人嫌いからそう言ったまでのことです。なにしろ、胸が苦しくてしかたないのですから！ 今日、つい最近わが国では、ここに述べたのとは真逆のことが起ころうとしています。もはや最上層の人々に付着するのはごみ屑ではなく、それとは逆に、塵や芥がこの美しいタイプから景気よく飛びちり、無秩序やねたみに突き動かされている人々とひと塊をなそうとしているの。しかも過去の文化的な家庭の父親たち家長たちが、彼らの子どもたちが信じたいと願っているかもしれないものにまで、冷笑を浴びせている例がけっしてめずらしくないのです。それればかりではありません。どこから大量に仕込んだ破廉恥行為の権利に熱中するあまり、彼らはその強欲な喜びを子どもから隠そうともしません。親愛なるアルカージー君、わたしがここで言っているのは、真の進歩主義者たちのことではなく、すでに述べた無数にのぼる屑ども、つまり“Grattez le russe et vous verrez le tartare.”（ロシア人は一皮むけばタタール人）のことを言っているのです。正直申し上げて、わたしたちのロシアに、ほんもののリベラル、すなわち真に寛大な心をもった人類の友は、わたしたちが単純に考えるほど数多くはおりません。

しかし、こんなものはすべて哲学にすぎません。ここで、先ほど例にあげた小説家の話題にもどりましょう。こうした場合、わたしたちの小説家が置かれる立場は完全に限定されたものになります。彼は、歴史小説以外のかたちでは書けなくなるでしょう。なぜかといえば、わたしたちの現代には、美しいタイプはもう存在していないのですから。かりにその末裔が残っていたとしても、今日の支配的な考え方に照らせば、美しさを留めていません。しかしそう、歴史小説のかたちでなら、まだまだ際だって心地よく喜ばしいディテールをいくつでも描くことができるのです！　歴史的な光景が今日もなおありうるものと考えられるくらい、読者を夢中にさせることができるのです。偉大な才能のもとで生みだされたそうした作品は、もはやロシア文学というより、むしろロシア史に属するものとなるでしょう。それは、芸術的に完成されたロシア的蜃気楼ともいうべき光景ですが、それが、蜃気楼であることに気づかないあいだは、現実に存在した光景と言えるのです。過去三代にわたって、中間より上の文化層に属するロシア家庭をロシア史との関連において描いた絵巻に描かれたヒーローの孫たち――すなわち先祖たちの末裔は、現代のタイプに見る、いくぶん人嫌いで、孤立していて、あきらかに悲しい姿で描かれるよりほかないでしょう。読者がひと目で脱落者と認め、その背後に活躍の場は残されていないと納得させられるような、一種の変わり種として登場せざるをえないのです。さらに先に進めば、この人間嫌いの孫たちすらも姿を消し、まだ知られることのない新しい顔たち、新しい蜃気楼が現れるのです。しかし、それははたしてどんな人間だというのでしょう？　かりに醜い人たちだったら、今後ロシアの小説は成り立ちません。しかし、ああ！　そのとき成り立たなくなるのは小説だけでしょうか？

遠くにむかって進むよりも、あなたの原稿を拠りどころとします。たとえば、ヴェルシーロフ氏の二つの家庭をごらんなさい（今度ばかりは遠慮なく書かせてください）。第一に、アンドレイ・ヴェルシーロフ氏本人についてこれ以上くどくどと話を広げることはしません。しかし、彼はやはり家長のひとりなのです。彼は古くから知られる名門の貴族であり、同時にパリ・コミューンの一員でもあります。彼はまぎれもなく詩人であり、ロシアを愛していますが、そのかわり、ロシアを完全に否定しています。彼はどんな宗教も信じていませんが、ある名づけえない漠としたもの、ただし熱烈に信じているもののためなら、ほとんど死ぬ覚悟でいます。ロシア史におけるペテルブルグ時代に生きた多数のロシア人で、ヨーロッパ文明の紹介者たちの例にもれません。でも、彼自身のことはこれくらいでいいでしょう。そうはいえ、彼の一族があとに控えています。彼の息子のことは話さないことにします。それに、その名誉に値する人物でもありません。人を見る目を備えた人であれば、あらかじめわかっているはずです。わが国のあしたやんちゃ連中がどこまで行きつくか、ついでにどこまで他人を巻き添えにするか。それにひきかえ、娘さんのアンナさんのほうは、なかなか気骨あふれるお嬢さんですね。尼僧ミトロファニヤに匹敵するスケールの女性です。かといって、むろん彼女がゆくゆく刑事犯になるなどと予言しているわけではありません、そんなことを言ったら、それこそこのわたしが公正さを欠くことになります。アルカージー君、ここでひとつ明言していただきたいのです、この家族は、偶然の現象だと。そうすれば、わたしもおおいに元気が出ます。いや、それとは裏腹に、こうした、まぎれもなく名門のロシア人家族の多くが、抑えがたい勢いに押され、群れをなして次々と偶然の家族へ転落し、全体的な無秩序とカオスのなかに合流しているという結論のほうがより正しいのではないでしょうか。あなたも、この偶然の家族のタイプを、その原稿のなかで一部提示しておられます。そうです、アルカージー君、あなたは、偶然の家族の一員なのです、あなたとまったくかけ離れた幼年時代、少年時代を送ったわが国の名門のタイプ――つい最近まであった――の対極にあるのです。

正直に申し上げて、わたしは偶然の家族から出た主人公を描く小説家になりたいとは思わないでしょう！

その仕事は、見返りも少なければ、美しい形式にも欠けるからです。それにそれらのタイプは、いずれにせよ――まだ過渡的な現象であり、したがって芸術的に完成されたものとはなりえないからです。重大な誤ちをおかすかもしれませんし、誇張、見落としも考えられます。いずれにせよ、あまりに多くのことを推量に頼らなくてはなりません。しかしそうはいえ、歴史小説のようなものばかり書くことを望まず、現代の問題にたいする憧れにとらわれている作家たちは、どうすればよいのか？　あれこれ推量し……誤りをおかすしかありません。

しかし、あなたがお書きになったこうした『手記』は、未来の芸術作品のための素材、未来の絵巻――無秩序ながらすでに過ぎ去った時代の図を描く素材として、役立ちそうな気がします。そう、当面の問題もかたづき、未来が訪れるとき、未来の芸術家は、過ぎさった時代の無秩序とカオスを描きだすためにも美しい形式を模索することになるでしょう。まさにそのときこそ、あなたのお書きになったこうした『手記』が必要となり、素材を提供してくれるのです――それがいかにカオス的であり、偶然に満ちあふれていようと、真摯なものでありさえすれば……少なくとも、いくつかの正確な輪郭はそのまま生きのこり、当時の混乱時代に生きたある未成年の心に秘められた何かを、その手記から推しはかることができるわけで――その探索は、かならずしも空しいものとはならないでしょう、なにしろ次の世代は、未成年たちによって築きあげられていくのですから……」

読書ガイド

亀山郁夫

1　ヴェルシーロフ・コンプレックス……

フョードル・ドストエフスキーの『未成年』第三部をお届けする。

『未成年』はここにいたって壮大なメロドラマ、壮大なスラップスティックのごとき観を呈しはじめた。主人公アルカージーはもとより、この小説が生まれる段階での主役であり、名だたる歴史的人物の面影を背負う父ヴェルシーロフまでもが、このドタバタ劇の主役どころを演じていく。外連味《けれんみ》なく、堂々と。しかし、メロドラマ、スラップスティック、道化芝居といくつ言葉を重ねたところで、この小説の本質を正しく定義づけしたことにはならない。そして当然のことながら、この小説のもつ思想的なヴィジョンを説明したことにもならない。なぜなら作者は、最晩年の彼が到達した世界観をこの小説の奥に埋め込み、なおかつその外観を道化芝居に仕立てることで、この作品に込めた真意をみごとにカムフラージュしてみせたからだ。事実、この作品が放つ政治的メッセージは、前作『悪霊』に勝るとも劣らない危機感に貫かれており、それだけにこの表面上の「無秩序」ぶりは、ことさらに痛々しい印象を与える。

さて、『未成年』第三部を、それまでの第一部、第二部との対比の上でおおまかに定義づけるとしたら、「復活」の部ということができるのではないだろうか。作者は、この果てしないドタバタ劇を介して、老若男女を問わず、無秩序、混沌の泥沼に足をとられた登場人物たちの「復活」への道のりを丹念に描きこんだ。

ただ、主人公アルカージーの歩んだ道だけは、他の登場人物とは異なり、天と人の配剤に恵まれたという言い方が可能だろう。事実、ほかの多くの若者たちが、頼るべきものもなく捨て身の戦いを強いられるなか、アルカージーだけは、多くの理解者に囲まれ、復活のための支えを得ていることが明らかである。第一に、父ヴェルシーロフの真摯さと母ソフィヤのあたたかいまなざし、第二に、タチヤーナおばの見えざる配慮、そして最後に、法律上の父マカール・ドルゴルーキーとの出会い。

ただし、父ヴェルシーロフとの関係性のみに注目すれば、彼の支えが必ずしも一義的なものではなかったことは、『未成年』の深層を読みとる際に注意すべき点の一つとなる。厳密を期して言うなら、ヴェルシーロフはたんにアルカージーの支えであることに留まらず、むしろ彼の自己喪失を招きかねない危険な存在でもあった。アルカージーとの再会からはじまるこの物語で、ヴェルシーロフは何より、理想的な父親を演じきることを目標にしていたが、その願いは深く二重性を帯びていた。その行為は、まさに、みずからの過去の「罪」の償いを意味すると同時に、彼自身の内的欲求、ないしは成熟への願望の裏返しでもあった。言い換えると、物語がはじまる時点のヴェルシーロフとは、ある意味で、「復活」をめざす「未成年」の一人に他ならなかったということである。

では、ヴェルシーロフは、アルカージーにとってどのような意味で危険だったのか。理由は、簡単である。現にアルカージーの存在を支配している感情の複合体（それをあえて「ヴェルシーロフ・コンプレックス」と呼ぶ）は、ルネ・ジラールのいう「欲望の模倣」へとたちまち転化し、青年を堕落の底に導きいれる可能性があった。事実、父のかつての「恋人」であるカテリーナ・アフマーコワに対する感情の奥底では、たんに年上の女性にたいする憧れ以上の不吉で淫らな欲望（「蜘蛛の魂」）が渦を巻いている。また、彼のロスチャイルド主義がめざす「力と孤独」の渇望も、まさに父性的な力への飽くなき憧憬《しょうけい》を示すものであって、その意味では「ヴェルシーロフ・コンプレックス」と表裏一体の関係にある。言い換えると、この『未成年』そのものが、アルカージーによる「ヴェルシーロフ・コンプレックス」からの逃走の物語と呼ぶことができるのだ。そしてその際に威力を発揮した力こそ、未成年アルカージーの心にひそやかに息づく信仰心（「ぼくはキリストをほんとうに愛しているんです」［第二部］）であった。

2　第二部の梗概

物語のはじまりは、第一部の終わりから三か月が経過した十一月十五日。主人公のアルカージー・ドルゴルーキーは、外面的にも内面的にも、見違えるばかりの変貌を遂げている。一流のテーラーで服を新調し、一流のレストランで食事をし、ギャンブルに現《うつつ》を抜かす日々……。この堕落は、ヴェルシーロフが裁判で闘い、遺産相続を拒否した当の相手セルゲイ・ソコーリスキー公爵（セルゲイ公爵）との知遇を得たときからはじまった。公爵は、遺産相続を拒否したヴェルシーロフに、遺産の三分の一相当を譲渡することを約束していたが、現実にはそれを果たせず、父親が受け取るべき遺産の一部としてアルカージーは、三百ルーブルの金を受けとり、それを遊興に当てていたのである。詳しい裏事情もわからず、与えられた金をただ湯水のごとく使うものの、彼自身とくにそれによって良心の呵責に苦しめられているふうでもない。一時ははげしく敵対した父親との和解の道も開かれ、何度めかの話し合いのあとで、親子同士の初めてのキスが実現するほど繋がりも深まった。

他方、何やら不吉な企みを抱くステベリコフを訪ねたアルカージーは、彼から二千ルーブルの融資を持ちかけられる。ステベリコフの狙いは、ヴェルシーロフの実の娘アンナとセルゲイ公爵の結婚の邪魔をしないとの言質をとることにあった。その足でアンナの家を訪ねたアルカージーは、たまたまそこにいた妹のリーザから、アンナの下心について警告を受ける。しかし彼はいっこうに要領を得ない。じつのところアルカージーの手もとには、下宿の主人の妻マリヤから預かった一通の手紙があった。それは、アフマーコワの将来を決する重大な手紙で、かりにそれが父親の手にわたった場合には、彼女自身、財政的にも精神的にも重大な窮地に立たされる恐れがあった。その手紙の所在を探りあてようと接近を図ってきたアフマーコワは、アルカージーとの「デート」を示唆し、翌日、父ヴェルシーロフとの謎に満ちた関係をそれとなく物語る。他方、アルカージーは、彼女とのやりとりのなかで件《くだん》の手紙はすでに廃棄されていると嘯《うそぶ》く。

セルゲイ公爵から定期的に受け取ってきた三百ルーブルが意味するところを知らされたアルカージーは、呆然自失する。母親の危惧をよそに、ゼルシチコフのカジノで莫大な勝ちを収めるが、儲けの一部をカジノに出入りする泥棒に奪われる。一見幸せそうに見えるリーザだが、セルゲイ公爵が秘密裏にとってきた行動の一部始終を知らずにいた。裁判で勝ち取った遺産も底をつき、苦境に立たされた公爵は、持参金を狙ってアンナとの結婚を画策するが、先手を打たれて挫折する。アンナは、内心ですでに、ソコーリスキー老公爵のもとに嫁ぐ覚悟を決めていたのだ。セルゲイ公爵は、アルカージーにリーザとの新生活を夢見ていると告白し、同時にまた、株券偽造事件に関わっていることを示唆する。他方、アルカージーとアフマーコワの接近を知ったヴェルシーロフは、「知的にも肉体的にも未熟な子どもを堕落させるようなことは止めていただきたい」との激烈な抗議状を認《したた》める。アルカージーは、金銭問題を一挙に解決すべく再びカジノに出かけ、大勝ちするが、今度は、いかさま行為があったとの言いがかりをつけられ、カジノから追放される。帰宅途中、アルカージーは腹いせに都心の一角にある材木置き場への放火を試みる。だが、火を放とうとして上った塀から落ち、気を失ってしまう。厳しい冷え込みのなか、気を失って倒れているアルカージーを間一髪のところで救い出したのが、寄宿学校時代の悪友ランベルトだった。ランベルトは、アルカージーが意識不明の状態のなかで放った譫言《うわごと》からいくつかの重要な秘密を嗅ぎあてた。

3　ヴェルシーロフの分裂

『未成年』第三部における事実上の主人公ヴェルシーロフを何よりも特徴づけているのは、両面価値的な志向性、端的には、「二重性」である。そしてそれが、むき出しのかたちで表出するのが、この第三部である。第一部、第二部において彼の二重性は、たとえば「女の予言者」といった外部的なイメージとして提示されているにすぎなかった。高等遊民に似たおぼつかなさはあったが、一家の主として曲がりなりにも一定の権威と安定感を保持することができた。ところが第二部の半ば、アルカージーとのやりとりで「アフマーコワ」の名に言及するあたりから、その安定感に揺らぎが生じはじめる。そして最終的に、この第三部ラストにおいて彼は、みずからの二重性のみならず、そのカリスマ性が隠しもつ空疎な内実までもあらわに曝け出すのである。では、ヴェルシーロフの突然の変容がもつ意味とは、果たして何だったのか。

この問いに答える際に有効な手がかりを与えてくれるのが、ヴェルシーロフのモデルとなった何人かの人物である。実在した人物として知られるのが、哲学者のピョートル・チャーダーエフ（一七九四～一八五六）。また、文学上の登場人物としては、

『知恵の悲しみ』(グリボエードフ)に登場するチャーツキー、『エフゲニー・オネーギン』(プーシキン)のオネーギンの二人。

実在の人物ピョートル・チャーダーエフは、ニコライ一世時代の厳しい検閲下で「哲学書簡」を発表し、農奴制とロシア正教を厳しく批判し、これらを廃して西欧化を急ぐべきだと主張した哲学者である。チャーダーエフの著作は、当のニコライ一世から禁書処分を受け、勅令によって彼自身「狂人」の宣告を受けた。しかしチャーダーエフは、根っからの西欧派ではなく、ロシアの後進性そのものに大きな可能性を見た、ある意味で懐の深い哲学者であり、その点で西欧派に対立するスラブ派の思想家たちからも高い評価を得ていた。右派のイデオローグであるドストエフスキーもまた、彼を高く評価していた作家の一人だった。

西欧派的な立場にあったヴェルシーロフは、長いヨーロッパ放浪のなかでロシアの貴族階級のもつ意味について新たな発見に遭遇した。「名誉と光と学問と至高の理念の担い手」としての貴族階級の役割に気づき、これを「もっとも高い文化的タイプ」として称揚するのだ。かりにヴェルシーロフの思想とチャーダーエフの思想を厳密に二重写しにするなら、このような類比は成り立ちえないかもしれない。しかしそれは、時代的な違いを考慮しない見方である。チャーダーエフが活躍した時代は、十九世紀前半であり、また有名な「哲学書簡」が公刊されたのが、デカブリスト事件から十年以上経た一八三六年のことであった。他方、『未成年』に描かれている舞台は、一八七〇年代前半のロシアであり、チャーダーエフの時代とは四十年近い開きがある(チャーダーエフは、クリミア戦争の終結とほぼ同時期にこの世を去った)。つまり、基盤とするヨーロッパのイメージそのものが大きく異なっていたのである。チャーダーエフ自身は、先ほども述べたように、けっして一面的な西欧主義者ではなく、ゲルツェンの言葉を借りれば、「神秘主義に転向したデカブリスト」であった。西欧志向とロシアの神秘主義的な使命という逆説を受けいれた彼は、ヴェルシーロフのモデルとしてまさにうってつけの人物だったということができる。

4　メシア意識の萌芽

では、ヴェルシーロフの「転向」はどのようにして生じたのか。農奴解放からまもなくヨーロッパへの旅に出た彼がそこで目撃したのは、「沈みゆく太陽」の光であり、「葬送の鐘」であった。その理由は、いうまでもなく二つの事件、すなわち作者自身がヨーロッパ滞在中に見聞した普仏戦争(一八七〇~七一)と、パリ・コミューン

（一八七一年三月二十六日～五月二十八日）の二つにあった。前者、すなわち、ドイツ統一をめざすプロイセンとそれを阻止せんとするフランスとの間で戦われた普仏戦争では、両軍合わせて四十万人を超える死傷者が出た。また、後者、すなわち普仏戦争の敗北に連なる内戦と約二か月続いたパリ・コミューン政権の崩壊の際には、「血の一週間」と呼ばれる激烈な市街戦のさなか約三万人が犠牲となった。『未成年』のなかで何度か取りざたされるチュイルリー宮殿の焼失はまさにその最終段階で起こった。このように、ヴェルシーロフは、ヨーロッパ世界が直面する血なまぐさい分断の現実を目のあたりにしつつ、ロシア貴族の一人としてみずからのナショナルな使命に目覚め、「神秘主義」を培ったと見ることができる。

「ロシア人であるわたしだけが当時、ヨーロッパにあって唯一のヨーロッパ人だった」

「最高のロシア思想というのは、全理念の調停を意味する」

ヴェルシーロフのこれらの言葉には、まさに、晩年のドストエフスキーが辿りつきつつあったメシア主義の気分が色濃く影を落としている（たとえば、その萌芽は、一八六三年に書かれた「冬に記す夏の印象」に見ることができる）。ヨーロッパ全体を危機に陥れている対立を唯一統合できる理念の担い手は、ロシアしかないとする考えである。

同時代の作家を見回しても、ドストエフスキーほど熱烈にロシア人の使命を声高に叫んだ作家をほかに探しあてることは困難だろう。ところが、ヴェルシーロフは、作者とは一線を画し、ロシア至上主義に完全に酔い痴《し》れているわけではなかった。彼は、みずからを「理神論者」と呼んだが、現実のその言動は、「無神論者」のそれと大きくは変わらなかった（草稿で、作家は、アルカージーの口を通して「これはまぎれもない無神論だ」と述べさせている）。ヴェルシーロフは、たしかに黄金時代への憧れを語り、神なきあとの世界を支配する人類愛に究極の理想を求めている（「彼らは同じようにたがいを愛し、たがいに気づかいながら生きのこっていくというこの考えは、いずれ来世での出会いという考えにとって替わられていくだろう」）。だが、クロード・ロランの「アキスとガラテア」に描かれた「黄金時代」は、あくまでも「幻影」にすぎず、それ自体が、まさに無神論の行きつく先の光景なのである。

ただ、注意すべき点は、神なきあとの世界でも、けっしてキリストへのこだわりを捨てずにいる点である。体に巻きつけたとされる鉄鎖《ヴェリギ》について、「あれはまったくナンセンスでね」ときっぱり否定するが、それでもハイネの「『バルト海のキリスト』の幻想」が去ることはなかった。まさにここに彼の「二重性」があった。その二重性が、彼の精神性そのものを完全にのみ込んだとき（「アレゴリーとは受けとらないでくれ」）、「聖像」破壊の事件が起こった。「聖像」破壊とは、まさにいっさいの幻想から解放され、純粋存在としての人間を生きるという「無神論者」の宣言である。そして純粋存在として生きるという赤裸々な決意が生みだしたものこそが、「分身」なのであり、「分身」とは、絶対自由における人間の極限の姿、神なき世界の人間の宿命だったともいえるかもしれない。

5　マカール・ドルゴルーキーの「気品」

物語の終わり近くにようやく登場するマカール・ドルゴルーキーは、ヴェルシーロフのいわば「超自我」として、彼を自己分裂から救い続けてきた神的存在である。したがってマカールの死が、ヴェルシーロフにおける狂気のきっかけとなったのは、当然である。そうはいえマカールは、『悪霊』のチーホンや、『カラマーゾフの兄弟』のゾシマ長老らと並び称されるような偉人ではなく、長期間にわたってロシア国内を放浪する一介の正教徒にすぎなかった。ただし、ここで指摘しておきたいのは、ロシアの精神風土にあって、こうした放浪者は、修道院暮らしを続ける修道僧たちよりも格が上とみなされ、民衆から手厚くもてなされた事実である。青年アルカージーがマカール老人に精神的な美の極致を見たのも、「放浪者」のもつ特権性と切り離しては考えられないだろう。そしてその精神美の極致を現した言葉が、まさに「ブラゴオブラージエ（благообразие）」だったのである。このロシア語は、「その外見によって尊敬の念を呼びおこすような心地よさ」（オジェゴフ『詳解辞典』）と定義されるが、今回の訳ではあえて「気品」という訳語を採用した。ちなみに既訳では、「端麗」（米川正夫）、「上品さ」（小沼文彦、北垣信行）、「善美」（工藤精一郎）などが使用され、英訳では、C・ガーネットによる初訳以来、概《おおむ》ね、「seemliness」が定訳として使われているようである。いずれにせよ作者は、マカール老人がその外貌をふくめて漂わせる存在感を、「気品」のひと言を通して表現した。

そして何よりも特筆すべき点は、この「ブラゴオブラージエ」の語が、潜在的には「秩序（ポリャードク）」の類似概念として意識されていた点である。思えば、主人公アルカージーの傍らには、もう一人、「気品」を体現する人物が存在していた。それはほかでもない、母ソフィヤである。『未成年』の草稿には、作者ドストエフスキーが、このソフィヤを、「気品」の体現者として想定していたことが示唆されている。そしてその認識は、確実にアルカージー自身のソフィヤ観に受け継がれていった（「ここでひとりだけ神聖なのは——ママです」）。

もしれない）と言うことが可能である。

6　巡礼、または「スコトボイニコフの話」

マカール老人は、ロシア各地を放浪する「巡礼《ストランニク》」である。ただし、聖地をめざして旅をするいわゆる一方向的な旅人ではなく、循環型の旅人（「遍路《へんろ》」の概念に近いかもしれない）と言うことが可能である。

マカール老人は、他方、長年にわたる放浪のなかでロシア国内のさまざまな現実を見聞きしては、人々の話に耳を傾けてきた。彼の知性を培ったのは、まさに「放浪」の経験そのものだった。この点、ヨーロッパ放浪の末に、ロシア貴族階級の意義や、ロシア人の使命の自覚にいたったヴェルシーロフとパラレルな関係にある。そのマカール老人が見聞したエピソードのなかで、主人公のアルカージーのみならず、私たち読者の世界観に新たな地平を切り開いてくれるのが、商人スコトボイニコフ（この姓には、「屠畜」に近い意味がある）ことマクシム・イワーノヴィチをめぐる物語だろう（第三部第三章）。まさにロシア精神の神髄を写しとるエピソードといってよい。

物語の背景をなしているのは、西欧の文明社会からは著しい遅れをとった農奴制下のロシア農村。地主と農奴との間の家父長制度的な支配と服従がすべてであり、そこではむきだしの暴虐や飲酒が横行する。農奴、庶民たちは深く受動的であり、ほぼ完全といってよいほど無抵抗を貫くが、にもかかわらず、不思議な安定が土地を支配している。地主マクシム・イワーノヴィチはこの土地にあっていわば絶対者として君臨するが、仮借《かしゃく》ない彼の心にふいに芽ばえた善意が不幸を呼び招く結果となる。善意で引きとって育てた少年は、商人の思いあがった親切心を素直には受け入れられず、小さな行きちがいがきっかけで川に身を投じてしまう。柄にもなく後悔と、罪深さの思いに苦しめられるマクシムだが、彼の遍歴の物語はこの少年の死を起点として立ちあがることになる（「そもそもこんなにちっちゃい魂だ、あの世で神さまにどんな申し開きができるというのだ」）。

地主としてのそれまでの横暴な手口を改め、さまざまな善行を施し、ついには死んだ少年の母親と再婚を果たし、新たに子どもを授かるのだが、受難は果てることがない（うち続く受難のテーマに、ヨブ記との関連を見たのはカサートキナである）。そして絶望に暮れるマクシムに残された道は、巡礼にしかなかった。そしてこの巡礼から得られた神の「恵み（ブラゴダーチ）」こそは、現にこの物語を語るマカールが辿りつこうとしている「無欲」の境地だったのである。

7　永遠の旅人マカール

スコトボイニコフの物語を読み終えた読者の多くは、この物語を語るマカール老人自身の人生との類似に思いを馳せたのではないだろうか。そもそもマカール老人は、どのような意図のもとにこの話をアルカージーに語ったのか。マカール老人は、農奴出の巡礼であり、マクシムほどの富も横暴さも持ち合わせてはいない。にもかかわらず、その存在が、マカール老人との類似を呼び起こすのは、まさに「巡礼」という営みの共通性にある。「巡礼」は、現象的には、神と運命のもとでの生命そのものの自由、とでも表すことができる営みなのだが、しかしそこにはより深化した「罪」の観念との繋がりがあった。S・ポドソソヌイという研究者の言葉を引用しよう。

「罪の絶対的な克服は生じることもなければ、主人公とともに消滅することもついになく、滅びた魂の後を引き継いで質的に異なるべつの倫理的な秩序へと移行し、自らの破壊的な行動を死後も続行させていく。その点にドストエフスキーは罪のもつ恐ろしさのすべてを見ていた」

罪の永続性、ないし永遠回帰的な性質、それを断ち切るためにとられる行動こそが、まさに「放浪」(「巡礼」)なのである。では、いったいマカールは、はたしてだれの罪を背負い、だれの罪を贖《あがな》うべく巡礼の旅に出たのか。アルカージーが生を享けた二十年前、マカールはどのような屈辱に耐え、精神の困難に向かいあっていたのか。アルカージーを前にしたマカールは、まさに傲《おご》りのない、無私の境地を青年に伝えるが、ヴェルシーロフの証言として、当のマカールが、「放浪」や「巡礼」よりも「隠遁」に大きな価値を見ていたことが伝えられる。しかし現実に彼は、「隠遁」の道に歩み出すことはせず、二十年間「放浪」を重ねたのちに、あたかも死に場所を求めるかのようにヴェルシーロフ家に辿りついた。それは、けっして偶然ではなかった。マカールには彼なりの命を懸けた「使命」があったのである。死の淵に立ったマカールが、ヴェルシーロフを前に、あたかもみずからの「気品」を裏切るかのように、徐々に厳しく相手を問いつめていくのを見るとき、読者は、彼がまだ「復活」(それはほかでもない、完全な「無欲」「無我」の獲得にある)の途上にあることを理解する。マカール老人は、マクシム・イワーノヴィチ同様、おそらく死してもなお「永遠の旅人」としてとどまる。

8　失われた世代――無秩序1

「崩壊――これがこの小説の明白な思想だ」
作者が創作ノートに記した一行である。作者はこの「崩壊」という語を「無秩序」と同義語で用いていた。その「無秩序」をいかに表象化するかが、『未成年』に託された最大のテーマであったことは、すでに読者も十分に理解されておられるだろう。

　社会の根幹をなすはずの家族は破壊され、親子の絆もずたずたに断ち切られた。存在するのは、見せかけの家族、「偶然の家族」である。ヴェルシーロフの血のもとに生まれた二つの家族が、とりあえず、「偶然の家族」の「無秩序」ぶりをまざまざと体現している。だが、「偶然の家族」は、むろん、ヴェルシーロフ家にかぎらない。とくに若い世代は、社会全体の「崩壊」のなかで、サバイバルのための孤独な闘いを強いられている。リーザは、セルゲイ公爵の病死後まもなく、階段から落ちて流産を余儀なくされる。アンナは、カテリーナとの闘争に敗れた末、修道院行きを考える。ランベルト、トリシャートフは行方不明となり、アンドレーエフは自殺をとげる。とくにトリシャートフの場合、彼がどのような悪に手を染めてきたかについては、かなり曖昧かつ暗示的な書き方しかなされていない。したがってその行く末も謎に包まれている。破滅する若い世代に対する作者の筆遣いはきわめて同情に満ちているが、デルガチョフ事件への関与を疑われながら、無事帰還したワーシンに対してだけは過剰とも思える皮肉を浴びせている。

破滅する若い世代のなかで特筆しておきたいのが、二人のランベルトの手下、すなわち Le grand dadais（「のっぽの木偶《でく》」）呼ばわりされるアンドレーエフと、トリシャートフの二人である。アンドレーエフは、パリジャンも顔負けのフランス語の使い手であり、他方、トリシャートフは、作曲家を夢見る才能豊かなピアニストである（「ぼくはピアノがかなり得意です、ずいぶんと長いこと習ってきましたから」）。ここでとくに注意を促したいのは、トリシャートフがレストランでの会食の際にアルカージーに向かって語りかけるオペラの話である（「もし、オペラを作曲するとすれば、そうですね、『ファウスト』からテーマを借ります。あのテーマがものすごく好きなんです」）。『未成年』における「ファウスト」のモチーフは、非常に重要なテーマの一つであり、とりわけ、ディケンズの小説『骨董屋』との関連性において、すなわち比較文学の観点からのさらなる考察が求められるだろう。しかし、「ファウスト」に描かれた罪は、何もトリシャートフのみに関係づけられているわけではなかった。『未成年』の主人公アルカージーに対してもまた、罪と悔悟によって救済される道筋が暗示されている。巨万の富を得、なおかつ力と孤独の境地に沈潜することを願うアルカージーは、まさにロシアの「若いファウスト」なのだから。

9 「混沌」の演出――無秩序2

第三部に入ってまもなくアルカージーの部屋を突然訪ねてくる女性がいる（「ぼくが興奮させられたのは、いまは亡きオーリャの母親ナスターシヤ・エゴーロヴナのとつぜんの訪問だった」）。第一部の最後で縊死をとげたオーリャの母親である。第二部で彼女は、ダリヤ・オニーシモヴナの名で紹介されていた。その彼女が、突然、別名で登場するのだ。私たち読者は、一瞬面くらうが、名前が変わった理由は、最後まで明かされることがない。だが、死んだオーリャに母親が二人いるはずもなく、読者は、大きな謎を抱えたまま読み進めることになる。翻訳の原本に使用したアカデミー版全集の第十三巻（一九七五年）以外のテクストを参照してみたが、トマシェフスキー版『未成年』（一九〇三年）を除き、概ね基本的に原作を踏襲しており、したがって第三部以降は、ナスターシヤ・エゴーロヴナの名前で一貫している。これまでの邦訳では、ほとんどの場合、これを校正上のミスと見なして「ダリヤ」に修正しているが、アメリカで出たリチャード・ピヴィアとボルコンスキーの共訳による『未成年』では、初版刊行時の表記、すなわち「ナスターシヤ・エゴーロヴナ」が踏襲されている。ロシアでは、いくつもの論文がこの問題を扱っているが、この問題に対し柔軟な解釈を施したカルパーチェワは、「ナスターシヤ」の名前で新たに登場するこの人物とダリヤの性格上の大きな違いに着目しながら、次の三点の可能性が考えられるとしている。

一、この名称変更は、これまでつねに考えられてきたように、作者のミスと出版社の見落としから生じた。

二、この名称変更は、作者の意図にしたがって実現された。とすれば、これは、ある種の「読者との戯れ」と見ることができる。この視点は、「無秩序」の表象化という全体の意図を考慮することできわめて有効性を帯びる。

三、この名称変更は、最初、校正上のミスないし見落としから生まれ、まちがいがそのまま残る形になったが、作者によって意図的に修正が施されることはなかった。というのは、この名称変更は、オーリヤの母であるダリヤという人物像そのものの変更を招来したからであり、それが、この小説の思想的、テーマ的内容のコンテクストにみごとに合致したためである。

本書でのこの問題の扱いについては、二と三の視点を考慮しつつ、あえてこれまでの慣習に逆らい、ナスターシヤ・エゴーロヴナへの改名を是とし、それを反映させることにした。『未成年』という小説のタイトルが、当初は「無秩序」として想定されていた事実を念頭に置くなら、呼称の統一を図らないほうが、この小説のもつ底深いダイナミズムを経験するうえで一助となるかもしれない、また、語り手であるアルカージーの記憶違いという可能性も完全には棄てきれないと判断したためである。

10 境界線上の「分身」、その起源をめぐって

第三部のクライマックスを形づくるのは、ヴェルシーロフとカテリーナの二度にわたる「対面」シーンである。この場面の謎解きは、読者にとっても最高度にスリリングな喜びをもたらしてくれるにちがいない。この会話から浮かびあがるのは、カテリーナの清潔な憧憬とヴェルシーロフの分裂した、サディスティックな愛の対比である。ヴェルシーロフは、まさに二重性によってカテリーナを愛していたことが明らかであり、それに対してカテリーナ自身も何ゆえか彼に対する未練を最後まで捨てきれ

なかった。ドリーニンがいみじくも指摘するように、この愛のドラマには、アレクサンドル・プーシキンの『エフゲニー・オネーギン』からの影響を見てとることができる。しかし、二人の会話に読者が感じるリアリティは、そうした説明では届かない実人生での作者の経験を示唆するものとなっている。

ここでとくに指摘しておきたいのは、「分身」の存在である。ヴェルシーロフにおいて「分身」の発作が決定的な意味を帯びたのは、ソフィヤの誕生日を祝う席だった。ヴェルシーロフは、テーブルの上に置かれた聖像を暖炉の角にぶつけて叩き割る。

「じつのところ、わたしはそれこそ真二つに割れていくような気がしているんだ」

「じつはいま、この瞬間、この聖像を暖炉に、そう、その隅に叩きつけたくてしかたないんだよ。そしたら、一発で真二つに割れると思うんだ、ちょうど真二つにね」

ヴェルシーロフは、一種の人格分裂をも思わせるこの衝動に「分身」の名を与えるのだが、ここにおける「分身」の観念は、ドストエフスキーの他の作品における「分身」の理解とは若干異なっている。つまり、より感覚的なレベルでの分裂感覚を想定したほうが、ヴェルシーロフの混沌とした内面に近づくことができるということだ。『未成年』においては、むしろ超自我のコントロールから離れた主体による望まれない行為というほどの意味で、分離した主体はあくまでも意識としての主体であり、独立した身体を持っているわけではない。いささか唐突だが、『未成年』における分身のモチーフは、エドガー・アラン・ポーにおける「分身」と限りなく似ている（「黒猫」「天邪鬼」）。一人の人間の主体的意識が、「真二つ」に分裂していくありさまを、ほとんど臨床的ともいうべき正確さで描きとったのは、この『未成年』が初めてということである。

11　思想小説としての顔

思想小説としての『未成年』の特色は、主に、父ヴェルシーロフに対する批判として顕在化する。デラシネのごとき彼の、西欧派知識人としての身勝手なエゴイズムが、アルカージーの厳しい糾弾の前で明らかにされていく。そして、その父とアルカージーの和解は、『祖国雑記』の読者たちにけっして不満を抱かせることはなかっただろう。他方、アルカージーの法律上の父で、放浪者マカール・ドルゴルーキーに対しても、けっして無条件に聖域化が施されることはない。第一部では、ヴェルシーロフの口をとおして、マカール老人のネガティブな側面が、やんわりとかつアイロニカルに提示された。また、第三部でアルカージーは、彼自身が精神的に大きく傾斜しはじめた老人の話について、「話をすることで、じぶんの理想をもろに傷つけるようなことがあった」理由を、「老化と病気」に帰している。これは、むろんそれが一種のカムフラージュであった可能性も高い。いずれにせよ、作家が、挫折した西欧派知識人ヴェルシーロフと俗的な面影を残す巡礼マカール・ドルゴルーキーに対し、並外れた配慮を示しつつ、巧みにバランスをとっていたことが行の端々からうかがえる。まさに「ポリフォニー」の精神の真骨頂ともいうべき対比である。

思想小説として、『祖国雑記』に依拠する左派の知識人を喜ばせたかもしれない理由は、別の問題にあったと思われる。最近、発表されたアレクサンドル・ラズーモフの論文によると、この小説で描かれる「無秩序」のコアをなしている「偶然の家族」とは、ほかでもない、アレクサンドル二世の家族そのものだったという。

農奴解放をなしとげたアレクサンドル二世は、きわめて性的に旺盛な皇帝であり、ヘッセン大公ルートヴィヒ二世の娘マリヤとの間に八人の子どもをもうけた。しかし妻マリヤへの愛情は冷め、一八六五年に出会った没落貴族の娘エカテリーナ（愛称・カーチャ）と恋に落ち、その後四人の子どもをもうけた。長年連れ添ったマリヤは、肺結核の苦しみのなかにあった。この事実は広く明るみに出て、帝室内の批判を買っただけでなく広く社会の話題ともなった。注目すべき点は、いわば皇帝の不倫相手だったエカテリーナの姓が、「ドルゴルーカヤ」（男性の場合は、ドルゴルーキー）だったという歴然たる事実である。ラズーモフは、ドストエフスキーが、帝室一家におけるこの事実を念頭に置きつつ、『未成年』の主人公にドルゴルーキーの姓を与えたと主張している。真偽のほどはわからないが、これが相方の陣営に憶測を生み、とくに右派の友人たちがドストエフスキーから離反する結果となったことは事実である。『未成年』第一部が刊行された時点で『未成年』に寄せられた左派からの高い評価は、この小説のもつスキャンダラスな話題が、皇帝権力への不満を浸透させるという左派の思惑と結びついたと考えていい。

12 「秩序」への回帰

さて、未成年アルカージーが、マカール老人の放つ神々しい輝きに、「気品」の理想を重ねたことは、すでに述べた通りである。作者は、この「気品」という概念を提示することで、社会全体を現に呑み込んでいる「醜悪（べズオブラージエ）」からの脱却の道を示したのだった。「醜悪」とは、ランベルトの周辺に群がる青年男女の言動のみならず、第二部で、世俗的享楽にどっぷりつかったアルカージーの言動そのものも意味している。事実、『未成年』第三部では、終わり近くにきて、ほとんどすべての人物が、一種の精神的浄化を経験し、思い思いに再生の道を歩みはじめる。さながら、「気品」の見えざる感化を受けたかのように。なかでもひときわ印象に残るのが、ランベルトの手下である青年トリシャートフとヴェルシーロフの娘アンナの二人である。トリシャートフは、アルカージーへの、同性愛的ともいえる深い愛着を契機に（おそらくは）「復活」の道を歩み、破滅の瀬戸際に追いやられたアンナは、ソコーリスキー老公爵の死を契機に浄化の道を歩みはじめる。約束された遺言を拒み、修道女となる道を決意した彼女の内面をだれよりも正確にとらえていたのが、アルカージーだった。

これらの光景は、まさに、ドストエフスキーが、『悪霊』の最後に示した「光明」に一脈通じるものがある。すなわち、「気品」に対立する概念は、何も「醜悪」だけに限らないということだ。社会と家庭の瓦解は、たしかに「醜悪」を極めるものであったかもしれない。だが、「気品」は、社会と人間をまるごと呑みこむ自然力、すなわち「悪魔憑き（ベソフシチナ）」（бесовщина）という病的な力から解放する霊的な力を備えていた。そのことを念頭に置いたうえでドストエフスキーは、保守イデオローグたる面子にかけてこう主張して見せたのだった。アルカージーの「手記」を読み終えたニコライ・セミョーノヴィチの「感想」を引用する。

「そうです、ロシアにおいてなにより重要なのは、そう、それが何であれじぶん自身の秩序なのです！　そこにこそ希望と、言うなれば、休息がある。たとえそれが何であろうと、ともかくも打ちたてられた何かが望まれているのであって、はてしなくつづく破壊、いたるところに飛びちる木っ端、ごみと屑、そんなものはごめんです。すでに二百年、そこから何ひとつ生まれてはいません」

伝統を重んじ、秩序を重んじ、平安を求める、そこに救いの道がある。境界に立ったロシアが真に歩むべき道は、いうまでもなく「無秩序」ではなく、「秩序」である。そしてその「秩序」を生み出す精神的な出発点は、穏やかな風貌と精神美に満たされたマカール老人の「気品」でなくてはならない。果たしてそれが、どれだけ現実的な力となりうるか、未知数である。アルカージーは果たして、過去のロスチャイルド的夢から脱して、マカール老人の「気品」の精神のうえにみずからの人生を築くことができるのか。そもそも彼のロスチャイルド主義は、「気品」の対極にある精神として位置づけられるべき「理想」なのか。『未成年』の物語は、そうしたいくつもの問いを、曖昧な、そしていわゆる開かれた状態にしたまま幕となる。

《読書ガイド（一～三）》執筆のために使用した主要参考文献一覧

・Долинин А., Последние романы Достоевского: Как создавались «Подросток» и «Братья Карамазовы». М., Л., 1963.

・Померанц Г., Открытость бездне: Встречи с Достоевским. М., Советский писатель, 1990.

・Хорст-Юрген Геригк, Литературное мастерство Достоевского в развитии. издания 2016.

・Зунделович Я., Романы Достоевского. Статьи. Ташкент, 1963.

・Захаров В., Символика христианского календаря в произведениях Достоевского// Новые аспекты в изучении Достоевского: Сб. науч. тр. Петрозаводск, 1994.

・Касаткина Т., Роман Ф.М. Достоевского «Подросток»: «Идея» героя и идея автора, «Вопросы литературы», 2004, No. 1.

・Гаричева Е., Преображение личности в романе Ф. М. Достоевского «Подросток». （ウェブ資料）

・Карпачева Е., Как Дарья Онисимовна стала Настасьей Егоровной в романе Ф.М. Достоевского «Подросток», Вестник Московского городского педагогического университета, Серия «Филологическое образование», н.1（12）, М., 2014.

・Подсосонный С., Мотив греха в образной системе романа Ф.М.Достоевского «Подросток».（ウェブ資料）

・Тарасова Н., Фаустовская сцена в романе Достоевского «Подросток», «Русская литература», No. 1, 2010.

・Потапова Г., Сцена из «Фауста» в романе Достоевского «Подросток».（ウェブ資料）

・Разумов А., “Случайное семейство” в романе Ф. М. Достоевского “Подросток”.（ウェブ資料）

・Капустина С., Концепт «беспорядок» в романе Ф.М.Достоевского «Подросток», Достоевский и мировая культура. Филологический журнал. 2021, н. 3（15）.（ウェブ資料）

・Бурханов Р., Странничество на Руси:Русифилософско-антропологические и социокультурные смыслы.（ウェブ資料）

・Fusso S., Dostoevsky's Comely Boy: Homoerotic Desire and Aesthetic Strategies in «A Raw Youth», The Russian Review 59, Oct. 2000.（ウェブ資料）

・ドストエフスキー『ドストエフスキー全集』19A「創作ノートⅡ」小沼文彦訳、筑摩書房、一九九一年。

・モチューリスキー『評伝ドストエフスキー』松下裕、松下恭子訳、筑摩書房、二〇〇〇年。

・山城むつみ『ドストエフスキー』講談社、二〇一〇年。

・望月哲男「『未成年』における идея と対話」『ロシヤ語ロシヤ文学研究』第一二号、一九八〇年。

・望月哲男「恥と理想《イデヤ》:『未成年』の世界」『現代思想』四月臨時増刊号(第三八巻第四号)、二〇一〇年。

・木下豊房「ロシア民衆の宗教意識の淵源――正教思想の伏水脈『ヘシュカスム(静寂主義)』とドストエフスキー」『現代思想』十二月臨時増刊号(第四九巻一四号)、二〇二一年。

・松本賢一「『理念』からの逸脱:アルカーヂイ・ドルゴルーキイ論」『言語文化』第三巻第二号、二〇〇〇年。

・松本賢一「ドストエフスキイ『未成年』における〈благообразие〉について」『言語文化』第一一巻第二号、二〇〇八年。

・坂中紀夫「『未成年』における行為と理念――Φ・M・ドストエフスキーにおける自伝的叙述の問題」『ロシア語ロシア文化研究』第四四号、二〇一二年。

本文中の訳注

28頁　神が『生きよ、そして知れ』といって、人間に命の息吹をもたらしたのには、……

旧約聖書の創世記第二章第七節には、神による人間の創造について「主なる神は、土（アダマ）の塵で人（アダム）を形づくり、その鼻に命の息を吹き入れられた。人はこうして生きる者となった」（新共同訳）と記されている。人間のもつ認識の力を神の恵みとして捉えるマカールは、このとき創世記を意識していたことが明らかである。

29頁　教権拡張論者

一国の生活における教会の強化、拡張を目的とした政治的傾向を言う。

29頁　ところが、みながみな身の程知らずときていて、世間をあっと驚かせたい、……

マカール・ドルゴルーキーによる説教は、概ね、『未成年』執筆時のドストエフスキーが愛読していた『聖山アトスの修道士パルフェーニーのロシア、モルダヴィア、トルコ、聖地エルサレム遍歴と旅の物語』に基づいている。

30頁　ゲンナージーの庵にひとり、偉大な知恵者が暮らしておってな
ここでドストエフスキーが念頭においているのは、一五六五年に、コストロマー県のスールスク湖にゲンナージー・リュビモグラツキーが建立した修道院である。
31頁　聖ペテロ祭の時期に、……
聖ペテロ祭とは、聖ペテロと聖パウロにちなんだ教会の祝日で、旧暦の六月二十九日がそれにあたる。
54頁　ツァールスコエ・セロー
サンクトペテルブルグの中心から、南に二十四キロメートルほど下った位置にあるロシア皇帝の離宮を言う。エカテリーナ宮殿などが集まる避暑地として知られ、元の意味は、「皇帝村」。一八三七年に、国民的詩人アレクサンドル・プーシキンが決闘死したのち、この町には新たに「プーシキノ」の名前が与えられた。プーシキンは、ここに設立されたリツェイ（学習院）で学んだ。
85頁　それは、ぼくのなかに蜘蛛の魂がひそんでいたからなのだ！
ドストエフスキーは、ここで、「蜘蛛」のイメージを、人間の心にひそむ淫欲や堕落の象徴として用いている。『虐げられた人々』に登場するワルコフスキー公爵、『地下室の手記』の主人公などにも同じ例が見られる。

93頁　エジプトのマリヤ
東方諸教会、正教会、カトリック教会、聖公会で崇敬されるキリスト教の聖人で、生没年は明らかではない。とくに信仰のつよかった正教会では、六世紀の初めの存在と伝えられている。東西教会のいずれにおいても、彼女の生涯にまつわる伝承の内容は共通しており、修行によって淫蕩を克服した聖人とみなされる。「エジプトのマリヤ」は、現代にいたるまで芸術の種々のジャンルでモチーフ化された。フランスの作家オノレ・ド・バルザックの短編小説『知られざる傑作』、オーストリアの作曲家グスタフ・マーラーの交響曲第八番がその例である。

99頁　キリストさまが言われた「行きて、おまえの富を分かち、万人の僕となれ」とはそういうことじゃないかね？
「マタイによる福音書」（第十九章第十六節、二十一節）には、次のように書かれている。「先生、永遠の命を得るには、どんな善いことをすればよいのでしょうか」（十六節）、「もし完全になりたいのなら、行って持ち物を売り払い、貧しい人々に施しなさい。そうすれば、天に富を積むことになる」（二十一節）

107頁　で、これから話をするアフィーミエフスクというわしらの町で、じつは……
アフィーミエフスクは架空の町。ただし、その描写では、ドストエフスキーが『未成年』の執筆にあたったスターラヤ・ルッサの特徴が数多く取り入れられている。

117頁　着ている服にまで嫌われちまったぜ
「ヨブ記」より「あなたはわたしを汚物の中に沈め、着ているものさえわたしにはいとわしい」（第九章第三十一節）を典拠としている。

117頁　ドラデダムまで着せ
ドラデダムは、毛織物の一種で、平織りによる軽い布をいう。縞模様の飾りが付いている場合もある。十九世紀の都市部では、とくに貧困層に需要があり、この生地で衣服やスカーフが作られた。

121頁　しかし、わたしを信じるこれらの小さな者の一人をつまずかせる者は、……
「マタイによる福音書」を典拠としている（第十八章第六節）。ドストエフスキーは、スタヴローギンを諫めるチーホン司祭（『悪霊』）の言葉でもこのくだりを引用している。

141～142頁　アンナさんについていえば、（中略）『生存競争のために』、じぶんからその針に食らいついていかざるをえなかった
作者がここで用いている「生存競争」という表現は、チャールズ・ダーウィンの著書『種の起源』（一八五九年、ロシア語訳は一八六五年に出た）に基づいている。「生

存競争」の語は、同時代の流行語として広範な広がりを見せた。作者はただし、この考え方に対してアイロニックな態度をとっている。

155頁　あるときは狼がこわいといってわたしに飛びつき、がたがた震えていたこともあったな、……

これに類似したエピソードが、ドストエフスキーの短編小説「百姓マレイ」でも語られている（『作家の日記』一八七六年二月号）。作者が、マカール・ドルゴルーキーを理想的な農民像として思い描き、百姓マレイを二重写しにしていたことは明らかである。

157頁　多くの苦しみを嘗めたヨブだって、新しいわが子を眺め、慰めを得たが、……

「ヨブ記」を典拠としているが、この言葉は、マカール老人がヨブの一連の経験についての福音書的な解釈に同意していなかったことを物語るものである。おそらくこれには、作者自身の痛苦の体験、すなわち、一八六八年五月にジュネーヴで早世した愛娘ソーニャの記憶が反映されているものと思われる。

170頁　『アルハンゲリスクは、人里離れたホルモゴールィにて』……

零落した名門の末裔であるセルゲイ・ソコーリスキー公爵は、未来の子どもの教育について抱く誇大妄想のなかで、ミハイル・ロモノーソフ（一七一一～一七六五）

をイメージしていたことが明らかである。引用文中のホルモゴールィは、アルハンゲリスク州の小さな村。天才的な博学者として知られ、学問のすべての領域に通じていたロモノーソフはこの村の出身者とされる。

199頁　『Journal des Débats（ジュルナール・デ・デバ）』

一七八九年にパリで発刊された新聞。政府広報、公的な情報が掲載され、そこには、フランスに来た外国人に関する情報もあった。

199頁　『Indépendance（アンデパンダンス）』

一八三〇年から一九四〇年にかけてブリュッセルで刊行されたベルギーの新聞。

218頁　マージエ・ド・モーンジョ

マージエ・ド・モーンジョ（一八一四〜一八九二）は、フランスの政治家で、ナポレオン三世に敵対した。『未成年』執筆中、新聞等でこの人物の名前が取りざたされた。

222頁　月日は流れゆく、わが最良の年月！

レールモントフの詩「わびしく、悲しく」（一八四〇年）を典拠としている。

222頁　もし、オペラを作曲するとすれば、そうですね、『ファウスト』からテーマを……

トリシャートフのセリフでは、ゲーテ（一七四九～一八三二）の劇詩『ファウスト』から二つの場面（「寺院にて」と「牢獄」）がほぼ字句通りに引用されている。

223頁Dies irae, dies illa!（怒りの日、その日は！）

「最後の審判」を描く「レクイエム」で使用される最初の言葉。教会葬の際に歌われる。

224頁 ストラデッラには、そういう曲がいくつか……

アレッサンドロ・ストラデッラ（一六四四～一六八二）は、バロック時代のイタリアの作曲家。オラトリオ《洗礼者ヨハネ》の作曲者として知られ、コンチェルト・グロッソ様式の創始者として歴史に名を刻んだ。私生活面では、プレイボーイとして浮名を流し、ジェノヴァで暗殺された。

224～225頁 ぼくたちのロシアでいえば、『ドリノシマチンミ』といったたぐいのもの……

ロシア正教会での聖体拝領の際に歌われるケルビム（第二天使）の歌の一句。ロシア語の原文で示すと次のようになる（イタリックの部分が、『ドリノシマチンミ』に該当する）。

«яко да Царя всех подымем,

ангельскими невидимо *дориносима чинми*. Аллилуйа.»

「全ての（世界）王（たるキリスト）を称えよう、天使の軍隊が厳かに運びくる（征服者を）。ハレルヤ」

ちなみに、「ドリ（дори）」は、ギリシャ語で「槍」を、「ノシマ（носима）」は、ロシア語で「運ばれる」を意味する。したがって、「ドリノシマ」は、「槍で運ばれる」の意味だが、古代および中世時代において征服者、勝利者は、凱旋の際に、槍で支えられた盾に載せて運ばれた。

225頁　あなた、ディケンズの『骨董屋』って小説、……

ドストエフスキーは、英国の小説家チャールズ・ディケンズ（一八一二〜一八七〇）の愛読者であり、なかでも『骨董屋』（一八四一年刊行、一八四三年ロシア語訳刊行）を好んでいたことが知られている。このくだりは、『骨董屋』の第三章に対応している。

230頁　ここはミリューチンの店っていうんだ

「ミリューチンの店」は、大事業家で工場や商店の所有者だったA・ミリューチン伯爵の店の一つ。一七三五年にネフスキー大通りに作られた商店街に出した。ここのいくつかの商店では、ウォッカ等のアルコール飲料が売られ、軽食用の部屋も置かれていたとされる。建物は現存していない。

251頁　センナヤ広場の衛兵所の脇をとおるとき、……
センナヤ広場の衛兵所は、ドストエフスキーの伝記に若干の役割を果たした。雑誌『市民』の編集者の任にあった時期に、彼は区裁判所の判決によって二昼夜（一八七四年三月）の投獄を経験した。

251頁　La propriété, c'est le vol.（財産こそ、盗品なり）
フランス革命の政治家で、ジロンド派の指導者の一人ジャック＝ピエール・ブリッソー（一七五四〜一七九三）が残した名言の一つで、『財産とは何か』（一八四〇年）の著者である経済学者、社会学者ピエール＝ジョゼフ・プルードン（一八〇九〜一八六五）により、人口に膾炙した。

258頁　In vino veritas.（酒中に真あり）
古代の博物学者プリニウス（二三〜七九）が残した名言。

292頁　ドレスデンの美術館に、クロード・ロランの絵があるんだが、カタログだと、『アキスとガラテヤ』という絵で、……
クロード・ロラン（一六〇〇〜一六八二）は、フランスの風景画家で、ドストエフスキーが好んだ芸術家の一人。

294頁　当時、ヨーロッパの上空では、葬送の鐘を思わせる響きが、ひときわ……

ヴェルシーロフが念頭に置いているのは、普仏戦争（一八七〇年〜一八七一年）。フランスの敗北に終わり、続いてパリ・コミューンが勃発した。

294〜295頁　そう、あの当時、チュイルリー宮殿が焼きはらわれたばかりだった……

一八七一年の五月二十一日から二十七日にかけて繰り広げられたパリ・コミューンと、臨時政府の首班となったティエール率いる政府軍の市街戦では、パリ市内の多くの公共施設が焼失し、そのうちの一つに、フランスの歴代の王たちの邸宅だったチュイルリー宮殿も含まれた。宮殿は、ルーブル美術館の一角をも占めていた。当時、チュイルリー宮殿の焼失は、コミューン派の野蛮な行動の結果として喧伝されたが、こうした見解に影響を与えたのが、高名な経済学者モリナーリ（一八一九〜一九一二）だった。モリナーリは、その著書の一つで、ある「演説者」の発言に依拠しつつ、次のように書いた。「なぜ、われわれは爆弾を怖れるのか？　爆弾は、芸術の全作品、博物館、宮殿を焼き払うとされる！　しかし、市民諸君、共和国は芸術よりも高くそびえ立っていなければならない。（……）ルーブルなど、ルーベンスやミケランジェロの絵とともに焼き払われるがいいのである。われわれは、べつにそれらを惜しいとも思わないだろう。共和国が勝利しさえすれば、それでいいのだ」（『パリ包囲時の赤いクラブ』一八七一年）。左派の雑誌『祖国雑記』に『未成年』を連載中、同雑誌の理論的支柱の一人でもあったN・ミハイロフスキーとドストエフスキーとの間に論争が生じたことが知られている。

306頁　哲学的な理神論者なんだ、……

理神論とは、「一八世紀、ヨーロッパの啓蒙時代に流行した合理主義的な自然神論。神は創造主ではあるが、創造後の世界は神の支配を離れ、自己の法則に従って働くとし、奇跡・預言・啓示などの存在を否定した。チャーブリーのハーバート、ティンダル、ボルテール、ディドロらが代表」（精選日本国語大辞典）とされる。

306頁　わたしはいつもこのわたしの空想を、ハイネと同じ『バルト海のキリスト』の幻想で……

ハインリッヒ・ハイネ（一七九七〜一八五六）の詩、「世界」を典拠としている。この詩は、一八七二年に雑誌『市民』にM・プラーホフによって全訳されたが、この訳詩とヴェルシーロフによる叙述との間には大きな類似が見られるとされる。

316頁　シェークスピアの『オセロ』の最後のモノローグとか、……

作者はここで、オセロが、妻デズデモーナを無実の罪で殺したと気づいた後の場面を念頭に置いている。

316頁　タチヤーナの足もとにひれ伏すエフゲニー・オネーギンとか、……

作者は、アレクサンドル・プーシキンの『エフゲニー・オネーギン』の最後の場面を念頭に置いている。オネーギンとヴェルシーロフの人物像の類似に注意を向けたのが、A・ドリーニンである。ドリーニンはまた、オネーギンとタチヤーナの決別の場面は、ヴェルシーロフとアフマーコワの最後の会話を連想させるとも指摘している。

316頁　ヴィクトル・ユーゴーの『Les Miserables（レ・ミゼラブル）』だな

ヴィクトル・ユーゴーの『レ・ミゼラブル』は、ドストエフスキーの愛読書の一つで、『未成年』執筆を開始してまもなく、一八七四年の昼夜にわたる「投獄」の際に読み直している。なお、作者は、この場面で、少女コゼットとジャン・ヴァルジャンが森の中で出会う場面を念頭に置いている。

388頁　たしかこれは分離派のものだ……ちょっと見せてくれ

アカデミー版全集の注釈によると、マカール・ドルゴルーキーが、分離派（古儀式派）のイコンを持っていたという事実は、彼と、教会分裂《ラスコール》との関連ではなく、彼のイコンがきわめて古いものであることを示唆するのみであるという。

425頁　ランベルト、きみは、アヴィシャグの話を知っているか、読んだことある？

老齢ゆえに一向に体が温まらなくなったダヴィデ王の臣下たちは、王に若い処女を抱かせることでその解決を図ろうとし、イスラエルの地に美しい処女を求めた。その結果、探し出されたのが、シュネムの美少女アヴィシャグだった。アカデミー版全集の注によれば、旧約聖書に基づくこのエピソードは、明らかに場違いな印象を与え、作者の無意識的ないし意識的誤りである可能性を示唆するものであるとする。また、主人公アルカージーの旧約聖書理解の未熟さを暗示する意味合いもあったのではないかと指摘する。同時に、ここでは同じ旧約聖書から別の典拠を求めるべきであったと示唆されている。すなわち、「列王記」（第二の書、第十三章、第十五節）ないしは、「サムエル記下」で述べられるダヴィデの子アムノンの伝説である。アムノンは、アヴシャロムの妹タマルを熱愛し、彼女を騙して力ずくで自らのものとした。アムノンは二年後、復讐心に燃えるアヴシャロムの命を受けた従者によって殺害された。

436頁『ともに飲み、ともに楽しもう』だったかな、なにかそんなふうな詩があったね、……

正確な出典は明らかではないが、K・バーチュシュコフの詩「賑やかな時」（一八〇六年～一八一〇年）の可能性があるという。

せめて人生を楽しもう
盃にあふれる歓びを飲みほすのだ

441頁　きみは、フォン・ゾーンの話、知っているだろう、……

役人フォン・ゾーン（一八〇七〜一八六九）は、一八六九年の暮れ、ペテルブルグで殺害され、その遺体は、トランクに詰め込まれたまま、モスクワに鉄道で送られた。この事件に刺激されたドストエフスキーは、フォン・ゾーン自身を、『カラマーゾフの兄弟』で殺害されるカラマーゾフ家の主人フョードル・カラマーゾフのモデルの一人とした。

455頁　とすると、われらがヴェルシーロフ君はついに頭がおかしくなったってわけだな。『心ならずも、すみやかに！』

引用文中の「心ならずも、すみやかに！」は、グリボエードフの喜劇『知恵の悲しみ』からの不正確な引用で、登場人物の一人フレストフが、チャーツキーについて語ったセリフと正確に呼応している（「頭がおかしくなったんだ！　ほんとうに驚きました！　そう、心ならずも！　おまけに何という速さでしょうか！」）。この呼応は、ヴェルシーロフが、『知恵の悲しみ』のチャーツキーとダブルイメージ化されていたことを物語っている。

521頁　そもそもプーシキンからして、未来の小説の題材を『ロシア人家庭の伝説』に……

アレクサンドル・プーシキンの『エフゲニー・オネーギン』を典拠としている。

523頁　"Grattez le russe et vous verrez le tartare"（ロシア人は一皮むけばタタール人）

ナポレオン時代に活躍したフランスの外交官で、保守派の思想家とされたジョゼフ・ド・メーストル（一七五三～一八二一）の言葉とされている。

524頁　歴史小説以外のかたちでは書けなくなるでしょう

作者がここで念頭に置いているのは、レフ・トルストイの長編小説『戦争と平和』（一八六五～一八六九）である。

524頁　すなわち先祖たちの末裔は、現代のタイプに見る、いくぶん人嫌いで、孤立していて、あきらかに悲しい姿で描かれるよりほかないでしょう

作者がここで念頭に置いているのは、レフ・トルストイの長編小説『アンナ・カレーニナ』（一八七五年）に登場する地方の純朴な領主リョーヴィンである。

525頁　ロシア史におけるペテルブルグ時代に……

作者がここで念頭に置いている「ペテルブルグ時代」とは、ピョートル大帝による一連の改革が行われた十七世紀末以降の時代をいう。

526頁　尼僧ミトロファニヤに匹敵するスケールの女性です
モスクワ南部の町セルプホフにあるヴラドゥイチネ・ポクロフスキー修道院に暮らす尼僧ミトロファニヤ（一八二五～一八九九。俗名は、プラスコーヴィヤ・グリゴーリエヴナ・ローゼン）は、手形、遺言などの金銭に関わる文書の偽造による違法な財産略取を重ねてきたが、一八七三年初め、その事実が露見し、サンクトペテルブルグに移送されて裁判にかけられた。事件は、当時のジャーナリズム界に大反響を巻き起こした。裁判は、一八七四年十月五日から十八日にかけ、モスクワ区裁判所で行われ、尼僧ミトロファニヤにエニセイ県への十四年間の流刑判決が下された。しかし実際に送られたのは、より温暖なスタヴローポリエその他の修道院だった。

526頁　あなたは（中略）あなたとまったくかけ離れた幼年時代、少年時代を送ったわが国の……
作者がここで念頭に置いているのは、レフ・トルストイの自伝的小説『幼年時代』（一八五二年）と『少年時代』（一八五四年）である。

翻訳ならびに訳注の作成にあたっては、次のテクストを底本とした。
Достоевский Ф. М. Полное собрание сочинений в тридцати томах / АН СССР,

Институт русской литературы (Пушкинский дом); [редкол.: В.Г. Базанов (гл. ред.), Г. М. Фридлендер (зам. гл. ред.), В. В. Виноградов и др.] – Наука. Ленинградское отделение,Том 13, 1975.

ドストエフスキー年譜

一八二一年
一〇月三〇日(新暦一一月一一日)、軍医の父ミハイル・アンドレーヴィチ(一七八九〜一八三九年)、母マリヤ・フョードロヴナ(一八〇〇〜三七年)の次男として生まれる。兄弟姉妹は長男ミハイル(一八二〇〜六四年)ほか、四男四女。

一八三一年　一〇歳
父がトゥーラ県にダロヴォーエ村を買い、以後、夏の休暇をこの村で過ごすことになる。このころシラー作の芝居『群盗』を見、決定的な感銘を受ける。翌年、父は隣村のチェルマシニャーを買う。

一八三四年　一三歳
兄ミハイルとフョードル、モスクワのチェルマーク寄宿学校に入学。

一八三七年　一六歳
一月、プーシキン、決闘で死去。二月二七日、母マリヤ、肺結核で死去。三月、プーシキンの死の知らせに接する。兄ミハイルとフョードル、ペテルブルグの予備寄宿学校に入学。父ミハイル、病院を辞職。

一八三八年　一七歳

一月、中央工兵学校に入学許可。不合格となった兄は四月にレーヴェリ（現在のターリン）に移る。一〇月、試験の成績優れず原級にとどまる。この年、イギリスの作家アン・ラドクリフの影響のもと、「ヴェネツィアの生活の小説」を書く。グーベル訳のゲーテ『ファウスト』第1部が出版され、この時期に読んだ形跡がある。

一八三九年　一八歳

六月、父ミハイルがチェルマシニャーのはずれで農奴たちに殺害される（八日＝推定）。父はその直前、隣の領地の女領主アレクサンドラ・ラグヴィヨーノワと結婚する意志があった。父の死の知らせを受けたあと、初めての癲癇の発作を起こしたという家族の証言。

一八四〇年　一九歳

一一月、下士官に任命される。読書に熱中。この年から翌年にかけ、史劇「マリア・スチュアート」「ボリス・ゴドゥノフ」を創作（散逸）。

一八四三年　二二歳

八月、中央工兵学校を卒業、陸軍少尉に任命される。工兵局製図課に勤務。バルザックの『ウージェニー・グランデ』をロシア語に翻訳。

一八四四年　二三歳

二月、遺産相続権を放棄。一〇月、工兵局を退職、『貧しき人々』の執筆に専念する。作家グリゴローヴィチと共同生活。

一八四五年　二四歳

五月末、『貧しき人々』完成。評論家の大立者ベリンスキーに絶賛される。

一八四六年　二五歳

一月、『貧しき人々』が詩人ネクラーソフの総合誌「ペテルブルグ文集」に掲載される。その後、『分身』(二月)、『プロハルチン氏』(一〇月)を雑誌「祖国雑記」に発表するが不評。一〇月末、詩人ネクラーソフと口論、雑誌「現代人」と決別する。

一八四七年　二六歳

二月、社会主義者ペトラシェフスキーの会への接近。ベリンスキーと論争し、不和となる。秋から暮れにかけて、『家主の妻』を「祖国雑記」(一〇月、一二月)に発表。

一八四八年　二七歳

二月、『弱い心』を「祖国雑記」に発表。五月、ベリンスキー死去。秋から冬にかけ、ペトラシェフスキーの会に頻繁に出入り。一二月、『白夜』が「祖国雑記」に掲載される。ほかに『ポルズンコフ』『クリスマス・ツリーと結婚式』などを発表。

一八四九年　二八歳

一月、二月、『ネートチカ・ネズワーノワ』の最初の部分を「祖国雑記」に発表。春、ペトラシェフスキーの会が分裂する。四月一五日、ベリンスキーがゴーゴリに宛てた「手紙」を朗読。
四月二三日、皇帝直属第三課による捜査が入り、ペトラシェフスキーの会のメンバー三四名とともに逮捕され、ペトロパヴロフスク要塞監獄に収監される。一一月一六日、有罪判決を受ける。
一二月二二日、セミョーノフスキー練兵場に連れ出され、死刑を宣告されるが、執行の直前に皇帝の恩赦が下り、同月二四日、シベリアの流刑地に向けて旅立つ。

一八五〇年　二九歳
一月、トボリスク着、一二月党員《デカブリスト》（ムラヴィヨフ、アンネンコフら）の妻たちから『聖書』を贈られる。同二三日、シベリアのオムスク監獄に到着。その後の監獄体験がのちに『死の家の記録』として結実する。

一八五四年　三三歳
二月、刑期満了。三月、セミパラチンスクのシベリア守備大隊に配属される。県庁書記イサーエフと知り合い、その妻マリアに恋をする。

一八五五年　三四歳
八月、イサーエフ死去。

一八五七年　三六歳
二月、クズネーツクでイサーエフの寡婦マリアと結婚。貴族としての権利を回復する。『小さな英雄』を執筆。

一八五八年　三七歳
一〇月、兄ミハイルの雑誌「時代《ヴレーミャ》」誌の発行許可が下りる。

一八五九年　三八歳
三月（四月?）、『伯父様の夢』を雑誌「ロシアの言葉」に発表。七月、セミパラチンスクを出発し、八月、トヴェーリに着く。一一、一二月、『ステパンチコヴォ村とその住人たち』を「祖国雑記」に発表。一二月、一〇年ぶりにペテルブルグに帰還する。

一八六〇年　三九歳
九月、『死の家の記録』の連載が週刊誌「ロシア世界」で開始される。連載は翌年「時代」に移る。

一八六一年　四〇歳
一月、兄ミハイルが「時代」を発刊。「時代」に『虐げられた人々』を連載する。二月一九日、農奴解放令発布。九月、作家志望の若い女性アポリナーリア・スースロワを知る。

一八六二年　四一歳
六月、最初のヨーロッパ旅行に出発。パリ、ロンドン、ジュネーヴ、フィレンツェなどを訪ね、九月に帰国する。『死の家の記録』第2部、『いやな話』などを執筆。

一八六三年　四二歳
五月、「時代」が発行停止となる。八月、アポリナーリア・スースロワとヨーロッパ旅行に出発。イタリア各地を旅し、一〇月中旬に帰国。賭博に熱中する。

一八六四年　四三歳
一月、兄ミハイルが雑誌「世紀《エポーハ》」を発

刊する。三月、四月、『地下室の手記』を「世紀」に発表。四月一五日、妻マリア、結核のためにモスクワで死去。七月一〇日、兄ミハイル、急病で死去。兄の遺族の面倒をみる。九月、友人のグリゴーリエフが死去。

一八六五年　四四歳

三月、「世紀」廃刊となる。この時期、コルヴィン・クルコフスカヤに結婚を申し込む。七月、三度目のヨーロッパ旅行に出発。一〇月中旬に帰国。『鰐』執筆。

一八六六年　四五歳

一月、『罪と罰』の連載を「ロシア報知」で開始（一二月号で完結）。一〇月、速記者のアンナ・グリゴーリエヴナ・スニートキナの助けを借り、口述で『賭博者』を完成させる。一一月八日、アンナに結婚を申し込む。以降、口述執筆のスタイルがとられる。

一八六七年　四六歳

二月一五日、アンナと結婚。四月一四日、アンナとヨーロッパ旅行に出発、ベルリン着。その後、ドレスデン、バーデン・バーデン、バーゼルを経て、八月にジュネーヴに到着。ドレスデンではラファエロ『サン・シストの聖母』を、バーゼルでは『死せるキリスト』を見る。バーデン・バーデンでは賭博に熱中。『白痴』の執筆。

一八六八年　四七歳

一月、『白痴』の連載が「ロシア報

知」で始まる（翌年二月号で完結）。二月二二日、娘ソフィアが誕生するも、五月一二日に死亡する。九月にミラノに移り、さらにフィレンツェに向かう。

一八六九年　四八歳

ヴェネツィア、ボローニャ、トリエステ、ウィーン、プラハを経て、八月、ドレスデンに戻る。九月、娘リュボーフィ誕生。一一月、モスクワで社会主義者ネチャーエフらによる内ゲバ殺人事件。

一八七〇年　四九歳

一月、二月、『永遠の夫』を雑誌「朝焼け」に連載。一〇月、「ロシア報知」編集部に『悪霊』の冒頭部を送る。

一八七一年　五〇歳

一月、『悪霊』の連載を雑誌「ロシア報知」で開始。三月～五月、パリ・コミューン。否定的な態度をとる。七月、ドレスデンを発ち、ペテルブルグに着く。出発の前に、国境での検閲を怖れ『白痴』『悪霊』の草稿を焼く。このとき、妻アンナ「創作ノート」を別便で帰る母親に託して救う。七月一日、ネチャーエフ事件の審理開始。発表された「革命家のカテキズム」を熟読。七月一六日、息子フョードルが誕生する。

年の暮、モスクワに滞在し、イワーノフ（＝シャートフ）殺害現場を検分。

一一月、『悪霊』第二部完結（一月、二月、四月、七月、九月、一〇月、一一月号に連載）。以後、一年間にわたって休載となる。

一八七二年　五一歳
五月、スターラヤ・ルッサに行く。九月、ペテルブルグに戻る。一一月、一二月、『悪霊』第3部が「ロシア報知」に発表され連載完結。一二月、週刊誌「市民《グラジダニーン》」の編集を引き受ける。

一八七三年　五二歳
一月、ドストエフスキー編集による「市民」の刊行開始。『作家の日記』を連載。「ボボーク」(『作家の日記』第6章)などを執筆。

一八七四年　五三歳
四月、「市民」の編集を離れる。五月、スターラヤ・ルッサに行く。六月、ドイツの保養地エムスに向かう。この冬はスターラヤ・ルッサで過ごす。

一八七五年　五四歳
一月、『未成年』の連載を「祖国雑記」で開始、一二月号で完結。五月末、病気療養のためにエムスに行き、七月にスターラヤ・ルッサに戻る。八月一〇日、次男アレクセイ生まれる。

一八七六年　五五歳
二月、雑誌「作家の日記」の刊行を始める。三月、ペテルソンからの手紙でニコライ・フョードロフの思想を知り、衝撃を受ける。五月から六月までスターラヤ・ルッサで過ごし、七月、ドイツのエムスに向かう。一一月、「おとなしい女」を「作家の日記」に発表。他に「キリストのヨールカに召された少年」「百姓マレイ」「百歳の老婆」など。

一八七七年　　五六歳

四月、「おかしな男の夢」を「作家の日記」に発表。七月、ダロヴォーエ、チェルマシニャーを四〇年ぶりに訪問。チェルマシニャーでは、スメルジャコフの母リザヴェータのモデルになった「神がかり女」アグラフェーナ・チモフェーエヴナにも会う。一二月、ネクラーソフ死去。

一八七八年　　五七歳

一月二四日、女性革命家ヴェーラ・ザスーリチがペテルブルグ特別市長官トレーポフ将軍を狙撃、重傷を負わせる。三月、ザスーリチの裁判に出席。五月一六日、次男アレクセイが癲癇の発作で死去。六月、哲学者ウラジーミル・ソロヴィヨフと、オプチナ修道院を訪ね、アンブロージー長老と面談する。

一八七九年　　五八歳

一月、『カラマーゾフの兄弟』の連載を「ロシア報知」で開始（第1編、第2編）。このあと各地で、進行中の『カラマーゾフの兄弟』の朗読をたびたび行う。七月、エムスに向かう。九月、ロシアに戻る。

一八八〇年　　五九歳

六月、プーシキン記念祭で講演（「プーシキン講演」）、聴衆に異常な興奮を巻き起こす。その後、スターラヤ・ルッサに戻る。夏、子どもたちにシラーの『群盗』を読んできかせる。一一月、『カラマーゾフの兄弟』完結。一二月、単行本『カラマーゾフの兄弟』二分冊で刊行。

一八八一年

一月二五日、転がったペンを拾おうと棚を動かしたさいに咽喉から出血。二八日、肺動脈破裂、妻、子どもたちに別れをつげる。午後八時三八分、絶命する。享年五九。

一九一八年

アンナ夫人、死去。

『未成年』連載と単行本

「祖国雑記」

一八七五年一月号～一二月号

単行本化は、一八七五年。

訳者あとがき

ドストエフスキー五大長編を翻訳する――。

いつかは辿り着けるゴール、と思いながら半信半疑で取り組んできた仕事がここにようやく完結した。足かけ十七年、思えば長い道のりだった。偉大なドストエフスキー翻訳の先達、米川正夫と小沼文彦のお二人の仕事には遠く及ばないが、それでもこの翻訳にささやかながらも誇りを感じることができる理由が一つある（どうかこの誇りを、驕りと理解しないでほしい）。それは、右に記したお二人以外に、五大長編の翻訳に成功した翻訳者がいないという事情である。

思うに、多くの優れた翻訳者からその機会を奪ってきたのは、長く「失敗作」の烙印を押され続けてきた『未成年』の存在にあった。この小説が描きだした途轍もなく複雑な人間関係や、二十歳の青年による「手記」という形式そのもの、さらには暗示に次ぐ暗示といった手法上の問題が、多くの読者にとって躓きの石となった可能性が大いにあるのだ。また、『悪霊』や『カラマーゾフの兄弟』のように、各部、各章に見出しがない点も読みにくさを助長し、不人気の遠因の一つとなった。そうしたもろもろの負の要因を顧るに、挫折は、ある意味で必然の結果であり、かくいう私自身も、若い時代、何度も中途で放り出すという経験を重ねている。他方、外部的には、商業上の不安もあった。端的には売れ行きの問題である。つまり、『未成年』の翻訳を世に出すということは、翻訳者にとっても出版社にとってもそれ相当な覚悟を要する試みだったということである。ちなみに、講談社の世界文学全集の一巻として『未成年』（北垣信行訳）が出たのは、今から約半世紀近く前の一九七七年のことである。『未成年』の出版をめぐる二次的な話題はさておき、五大長編の翻訳に取り組んできた私なりの心構えなり心境について少し述べておこう。正直なところ、翻訳を進める私の心のなかである時期から、一人の翻訳者の存在が大切な位置を占めるようになった。ドイツ語版による五大長編を完訳を成し遂げ、話題となったスヴェトラーナ・ガイヤーである。一九二三年にソ連（現・ウクライナ首都）のキーウで生まれた彼女は、ドイツ軍による侵攻の際に一家とともに敵国についた（父親はスターリン獄の経験者だった）。そのため、ドイツの敗色が濃くなる一九四三年、母親とともにドイツに逃れ、晩年の二十年間は、得意なドイツ語をいかしてドストエフスキーの翻訳に命を捧げた。波瀾に満ちたその生涯は、ドイツの監督ヴァディム・イェンドレイコによって映画化され(邦題『ドストエフスキーと愛に生きる』、二〇一四年日本公開、原題『五頭の象と生きる女』、二〇〇九年)、日本でも話題となったが、その彼女を支える精神の源となったのは、「私には負い目がある」との一念である。その「負い目」がはたして何に向けられたものであったのか、故国ソ連か、ナチスドイツか、今となっては知るよしもないが、そこに、独ソ戦時の複雑な政治情勢や個人的な問題が複雑な影を落としていたことは改めて述べるまでもない。ソ連侵攻当時、キーウ市内にあるバビ・ヤール(女たちの谷)は、ナチスドイツによるホロコーストの舞台となり、三万数千人の人々が犠牲となった。いずれにせよ、その「負い目」が、ドストエフスキーの翻訳を介したドイツ文化への貢献に結実したことも、疑いようのない事実である。そして何よりも興味深いことに、その彼女が最後に挑んだ「五大長編」が、『未成年』だったのである。

では、『未成年』の魅力とは、そもそもどこにあるのだろうか。それを一言で定義することはかなり難しく、私自身、言葉に迷う。ただこの小説が、『悪霊』と『カラマーゾフの兄弟』という両大作に挟まれるかたちで誕生している事実だけは忘れるわけにはいかない。同時にこの小説が、一人称小説の可能性、すなわち「私」という人間の表象化の限界にいどむ小説という趣を放っている事実も無視することはできない。作家が、意気揚々とその第一行を書きだしたとき、果たしてこの物語を成功裏に終わらせることができるという自信があったのかどうか。また、一思想家として円熟の域に入りつつあった彼が、若い青年の語りに託してみずからの世界観をどこまで説得的に披露できると考えたか、それもわからない。いずれにせよ作者は、アンドレイ・ヴェルシーロフという、まさに『悪霊』の末裔たる父的存在と、マカール・ドルゴルーキーという、次の『カラマーゾフの兄弟』において聖なる長老として復活をとげる一巡礼者を主人公の両脇に配置することで、一人称形式における自己表現の究極のかたちを構築することができた。その意味において『未成年』とは、たんに二十歳の青年アルカージーに留まらず、作者ドストエフスキー自身の内的自画像と呼ぶこともできるのである。

さて、『未成年』についてあれこれ思いをめぐらすなかで、しきりと脳裏に浮かかんでは消えた作家自身の言葉がある。「小説を書くには、作者みずからが心で実際に経験した、一つ、ないしはいくつかの強烈な印象を用意しておかなくてはなりません」。はたしてこの確信は、「失敗作」の烙印を押された『未成年』において、どの程度具現化されたのか。結論から先に述べるなら、その理想は、十二分すぎるほど実現したというのが、私の今の印象である。事実、それぞれの部の終わりには、「偶然」をキーワードとして凄まじく劇的なクライマックスが用意されている。第一部では、オーリャの死、第二部では、アルカージーの放火未遂事件、第三部では、ヴェルシーロフの「分裂」。作者の言葉にある「心で実際に経験した」が具体的にどのレベルの経験を意味しているのか明らかではないが、右に挙げた三つのクライマックスが、ある「強烈な印象」のもとに造形されたイメージであることは、読者のだれもが等しく納得するところだと思う。しかし、それら三つのエピソードにもまして「強烈な」物語が、第三部の前半にいわば入れ子式にはめ込まれた。第三部第三章、商人スコトボイニコフをめぐるマカール老人の話である。率直な思いをつづれば、『未成年』の翻訳にとりかかった当初、訳者として最大の楽しみとしたのが、マカール老人の語りによるこのエピソードだった。この第三部第三章を訳し終えたとき、私は初めてトンネルの向こうにゴールの存在を予感することができた。

最後に再び、回想めいたことをひと言書き留めておきたい。

光文社古典新訳文庫創刊第一弾として『カラマーゾフの兄弟』第一巻が刊行されたのが、二〇〇六年九月、それから約十七年の月日が経過した。この間、二度のブランクがあった。最初のブランクは、『悪霊』を訳し終えた二〇一一年のことで、次の『白痴』第一巻が刊行されるまでの約四年間、他社で『新訳 地下室の記録』（集英社刊）に挑戦した。第二のブランクは、『白痴』最終巻の刊行から『未成年』第一巻が刊行されるまでの三年間で、この間、私はあえて脇道に入り、『賭博者』の翻訳に取りかかった。理由は一つである。スヴェトラーナ・ガイヤーが、『賭博者』の翻訳でその生涯を閉じた事実を踏まえ、験を担いだのである。『賭博者』刊行後まもなく、『未成年』の翻訳にとりかかった私は、病気に倒れ、実質的に三年近い歳月を要して、何とか第一巻の刊行にこぎつけることができた。それが、ドストエフスキー生誕二百年にあたる二〇二一年の十一月のことである。補足すれば、この間、日本におけるドストエフスキー熱が冷え込むことはほとんどなかったし、実際、生誕二百年の記念すべき年にあたる二〇二一年には、ドストエフスキー関連の書籍、雑誌が数多く刊行された。また、二〇二二年には世界のドストエフスキー研究者にとっては三年に一度の祝祭である国際ドストエフスキー協会によるシンポジウムが、名古屋で開催される運びとなった。

さて、波状的に襲いかかるコロナ禍への対応に追われるなか、私たちの世界にもう一つ大きな不幸が現実化した。いうまでもなく、二・二四すなわちロシア軍によるウクライナ侵攻である。ロシアの大統領プーチンの抱いている世界観が、ドストエフスキーのそれと類似するとの指摘がなされ、にわかに彼の文学に対する再検討の必要性が囁かれるようになった。きっかけとなったのは、二〇二一年十一月十一日のドストエフスキー博物館（モスクワ）リニューアルオープンに際し、プーチンがメッセージカードに書き残した「ドストエフスキーは天才的な思想家にしてロシアの愛国者」の一行である。たしかにドストエフスキーが、プーチンの思想（新ユーラシア主義ないしは帝国主義的ナショナリズム）に一脈通じるスラブ主義的な考えの持ち主であったことは知られている。また、同時代のほかのどの作家にもまして熱狂的な「愛国者」としての顔をもち、最晩年には、「プーシキン演説」や「作家の日記」等でロシア精神の世界的優位性を唱え、「全理念の調停」（『未成年』）と考えるほどの極右派のイデオローグと化していたことも知られている。

では、最晩年のドストエフスキーが公にした思想や世界観なりは、プーチンの言葉通り、はたして「天才的」と呼ぶにふさわしい内容を伴うものだったのだろうか。私は必ずしもそうは考えていない。晩年の反ユダヤ主義的な言動とあわせ、彼の思想は、彼自身の精神的ボルテージの高さを示す指標とはなりえても、彼の精神性そのものの高さを示すものではないというのが率直な感想である。彼が「天才的」だったのはあくまで、みずからの政治的信念をはるかに上回る人間の存在そのものへの卓越した洞察力とその不滅性に対する信仰の強さだった。そしてその思想の根底に息づいていたものが、生命の絶対性という観念だった。ただし、作家がイメージしていた生命の絶対性とは、外的な暴力によってけっして侵されてはならない超越的領域というより、むしろ犠牲や献身をも受け入れる高邁さをも含みこんだ、高次の精神世界を意味するものだったのである。

しかし、かりにそうしたドストエフスキー文学の特質を肯定的にとらえるにせよ、今回のウクライナ侵攻が、彼の文学のもつ負の部分を照らしだし、相対化、いや、もっといえば脱神話化を促す重要なきっかけとなった事実から目を背けることはできない。なぜならそれは、ドストエフスキー文学の将来にとってきわめて幸運な試練となる可能性を秘めているからである。問題はむしろ、相対化、脱神話化の試みが、やせ細った想像力による揚げ足取りに堕す恐れがあることである。相対化、脱神話化の試みがかりに読み手の想像力の欠如ゆえに可能となるとしたら、それこそ本末転倒であり、たんにイデオロギー闘争に作家を巻き込み、貶めるだけの悲しい営みに過ぎなくなる。相対化、脱神話化において望まれる態度とは、少し抽象的な物言いになるが、より大きな精神的スケールによる読解である。そしてその、より大きな精神的スケールを手に入れるには、より大きな魂と、より高い知性、ひと言で言うなら、真の意味での「共感力《エンパシー》」の力が必要となる。「共感力」の意味を顧みることなく、ドストエフスキーをアカデミズムの甘い餌に貶めることは許されない。真のアカデミズムとは、テクストから計り知れず大きな可能性を引き出す契機そのものを意味するし、それはまた一読者としての虚心の読みと、過去の、夥しい蓄積の渉猟という営みを通してはじめて可能となる。そしてその営みが真に意味あるものとなり、それをさらに大きな渦へと発展させていくには、ひとりでも多くの読者を作品の前に立たせなければならない。『未成年』は、たしかに「失敗作」かもしれない。しかしドストエフスキー文学にとって「成功」か「失敗」かは、じつのところ大した意味をもっていない。なぜなら私たちがドストエフスキーの文学に求めているのは、生命のリアリティそのものなのだから。

最後に、光文社古典新訳のシリーズが始まって以来、十七年の長きにわたって伴走者としてお付き合いくださった元編集長、駒井稔さん、現編集長、中町俊伸さん、そして担当編集者の川端博さんに対して御礼を申し上げる。また、『未成年』のみならず、五大長編の翻訳の完成を辛抱強く心待ちにしてくださった読者の皆さんに対し、ここに深く御礼申し上げることで、このあとがきの締めくくりとしたい。

亀山郁夫

二〇二二年十二月

光文社古典新訳文庫

未成年《みせいねん》3

著者　ドストエフスキー
訳者　亀山《かめやま》 郁夫《いくお》

2023年1月20日　初版第1刷発行

発行者　三宅貴久
印刷　萩原印刷
製本　ナショナル製本

発行所　株式会社光文社
〒112-8011東京都文京区音羽1-16-6
電話　03（5395）8162（編集部）
03（5395）8116（書籍販売部）
03（5395）8125（業務部）
www.kobunsha.com

ISBN978-4-334-75474-7 Printed in Japan

いま、息をしている言葉で、もういちど古典を

長い年月をかけて世界中で読み継がれてきたのが古典です。奥の深い味わいある作品ばかりがそろっており、この「古典の森」に分け入ることは人生のもっとも大きな喜びであることに異論のある人はいないはずです。しかしながら、こんなに豊饒で魅力に満ちた古典を、なぜわたしたちはこれほどまで疎んじてきたのでしょうか。

ひとつには古臭い教養主義からの逃走だったのかもしれません。真面目に文学や思想を論じることは、ある種の権威化であるという思いから、その呪縛から逃れるために、教養そのものを否定しすぎてしまったのではないでしょうか。

いま、時代は大きな転換期を迎えています。まれに見るスピードで歴史が動いていくのを多くの人々が実感していると思います。

こんな時わたしたちを支え、導いてくれるものが古典なのです。「いま、息をしている言葉で」――光文社の古典新訳文庫は、さまよえる現代人の心の奥底まで届くような言葉で、古典を現代に蘇らせることを意図して創刊されました。気取らず、自由に、心の赴くままに、気軽に手に取って楽しめる古典作品を、新訳という光のもとに読者に届けていくこと。それがこの文庫の使命だとわたしたちは考えています。